the force
行动组

[美] 唐·温斯洛 ◎著
（Don Winslow）

同同 ◎译

青岛出版社

目 录

001
序　曲

021
第一部分　白色圣诞节

143
第二部分　复活节兔子

441
第三部分　独立日，最后的交锋

579
致　谢

序曲

"警察同样也是人。"她委婉地说道。
"据我了解,他们开始渐渐变得不是人了。"

——雷蒙德·钱德勒 《再见,吾爱》

石破天惊

丹尼·马龙是这个世界上最不可能出现在位于帕克洛（Park Row）的大都会惩教中心的人。

纽约市民宁肯相信，纽约市长、美国总统甚至意大利教皇有可能被关进这里，也不肯相信，一级警探丹尼斯·约翰·马龙竟然会在这里现身。

他可是一个警察英雄，也是警察英雄的儿子，是供职于纽约警察局最精英部门——北曼哈顿特别行动组——的资深警探。

最致命的是，他知晓这个城市里所有死者的葬身之地，因为半数都是他亲手所为。

马龙、鲁索、比利、蒙蒂以及行动组的其他人掌控着这座城市的每一个街区，就如同国王统治着自己的王国。他们保证这里的安全，保证在这里谋生的体面人的安全。这不仅是他们的职责，更是他们的精神寄托和激情所在。如果这意味着他们要时不时耍点儿花招，采取些特殊手段，那他们也不会有丝毫迟疑。

普通市民一般都不会知道，安全需要付出什么代价。也许，让他们毫不知情反而对他们更好。他们也许想要知道，他们也许丝毫不会掩饰自己的这个想法，但是，他们根本接受不了真相的残酷。

马龙和行动组的每个成员并不是普通警察。纽约警察局有三万八千名警察,丹尼·马龙和他的同伴是万中挑一——他们是最聪明、最坚韧、最迅捷、最勇猛的一群人。他们是最好的,也是最坏的。

这就是北曼哈顿特别行动组。

"行动组"像一股冷酷无情、迅猛无比的狂风,席卷这个城市的大街小巷、游乐场、花园和建筑物,清扫垃圾和污秽;也像一场肆虐的风暴,将所有的损人利己者通通卷走。

这股狂风无孔不入,穿过了建筑物的电梯井、出租的海洛因厂房、社会俱乐部的贵宾室、新贵阶层的公寓以及富豪的顶层套房。从哥伦布环岛①到亨利·哈德逊大桥,从河滨公园到哈莱姆河,上至百老汇大道和阿姆斯特丹大道,下至雷诺克斯大道和圣·尼古拉斯大道,在曼哈顿上西城、哈莱姆、华盛顿高地和因伍德这个范围内,如果说还有行动组不知道的秘密的话,那是因为这些秘密还在酝酿中。

英国人、西班牙人、法国人和俄罗斯人潜伏在这个罪恶与利益之城的五星级饭店里,品尝着各色美味佳肴,密谋着毒品与军火交易、人口与物资的非法买卖、强奸、抢劫等犯罪活动。

行动组打击所有这些犯罪活动,但是重点针对毒品与军火交易。因为军火让人去杀人,而毒品煽动人去杀人。

在马龙银铛入狱之后,这股狂风停止了肆虐。但众所周知,他是风暴的中心。而风暴在暂时的沉寂之后,将会更加肆虐。丹尼·马龙竟然落在了联邦调查局的手里?不是内务部②,也不

---

① 中央公园西南角一个小广场,中心是哥伦布的雕塑,四周则是绿地、喷泉和供游客休憩的长椅。
② Internal Affairs Bureau,全称为内部事务管理部。

是州检察院,竟然是联邦调查局这个任谁都束手无策的地方?

每个人都变得胆战心惊,开始低调行事,准备迎接命运中的暴风雨。因为,马龙掌握的信息之多,足以扳倒警督、警监甚至警察专员。如果继续深挖,他还能供出检察官和法官——该死,他甚至能为联邦调查局和市长烹饪一桌饕餮大餐,在明晃晃的银盘餐具里,至少会有一个国会议员和几个地产大亨作为开胃菜。

马龙被抓进大都会惩戒中心的消息不胫而走,那些处于风暴中心的人开始居安思危,防患于未然。他们知道,天网恢恢,疏而不漏——即使他们住在警察总局、刑事法院大楼、瑰西园①,甚至第五大道沿线及中央公园南部的豪宅里——马龙都可以在瞬间让他们土崩瓦解。

如果马龙愿意,把整个城市掀个底儿朝天都易如反掌。在马龙和他的团队眼里,没有人是绝对安全的。

马龙的团队是各大头条——《纽约每日新闻》《邮报》以及频道七、频道四和频道二——的常客。他们能够登上"午夜十一点新闻";走在大街上,他们经常被人认出来,甚至连市长都对他们的名字耳熟能详。他们在花园、草地甚至洋基体育场等地方享有免费专座,在城里的餐馆、酒吧、俱乐部里接受的待遇不啻王族权贵。

而在这所有的警察之中,丹尼·马龙是无可争议的"带头大哥"。

只要他走进这个城市的任何一个警察分局,制服警察和新手警察都会立刻立正并对其行注目礼。警督们会跟他点头示意,甚

---

① Gracie Mansion,纽约市市长的官邸,位于纽约市曼哈顿的舒尔兹公园内,建造于1799年,于1975年被列入《国家史迹名录》。

至警监们都会避其锋芒。

所有人都对他尊敬有加。

且不说他阻止过多少起抢劫、挨过多少颗子弹、救过多少做人质的孩子,也不说他主导了多少次搜查、抓捕和定罪活动,马龙和他的团队破获了纽约市历史上规模最大的一宗毒品交易,收缴了五十公斤海洛因。

贩卖这些海洛因的那个多米尼加人虽然被击毙,但同时,他拉了一个缉毒英雄做垫背。

马龙他们参加完同伴的葬礼之后,便继续开始工作。因为,毒贩、黑帮、盗贼、强奸犯、黑手党,根本不会给他们悲伤的时间和喘息的机会。如果想要维护街区的治安,那你必须不惜一切代价时刻守卫着这里——白天,晚上,周末,节假日。妻子们会理解她们当初的选择,孩子们也会学着理解父亲的工作——将坏人绳之以法。

但是现在,他却坐牢了!马龙坐在囚室的钢板凳上,与以前自己抓捕的那些邋遢鬼毫无二致,弓着腰,双手捧着脸,担心着自己的同伴——行动组的兄弟们——此刻,他将他们置于险境之中,等待他们的将会是什么呢?

他也担心家人——妻子本来就不太理解他;儿子和女儿现在又太小,也不太能理解他。但是等他们到了能理解他的年龄之后,他们又会心生怨念,为什么自己成长的过程中没有父亲的陪伴呢?

还有克劳德特,会以她自己的方式继续堕落下去。

没有他的帮助,她的生活将举步维艰。可现如今,他再也无法常伴她的左右。此时此刻,他根本就无法想象,他爱的这些人将会遭遇什么样的厄运。

他直勾勾地盯着那堵墙，想要搞清楚自己为什么会来到这里。可是墙壁并没有给出答案。

管不了那么多了。马龙暗自思忖。最起码，对自己诚实点儿。他静静坐在那里，眼前，除了大把的时间，自己已经一无所有。

至少，至少，要跟自己坦白。

你应该最清楚，自己如何沦落到了现在这个地步。

冰冻三尺，非一日之寒。

我们能猜到开头，却无法预测结局。但是通过结局，我们却能够看懂开头。

很小的时候，修女就告诉马龙：在我们出生之前，上帝——也只有上帝——就已经知道我们生命之旅的长度、死亡的日期以及我们会成为什么样的人物、达成什么样的成就。

马龙想，真希望这该死的上帝能够跟我分享这些信息。他完全可以告诉我一个词，给我一个小提示，透露点儿信息给我，什么样的信息都行。他可以说，嘿，混蛋，你应该向右转，而不是向左转！

事实是，上帝一言未发。

显而易见，马龙并不是上帝的忠实信徒，而感觉这种东西又是相互的。他有很多问题需要向上帝咨询，但是一旦两人独处一室，上帝应该会寡言少语，甚至缄默不言，让他这个可怜的孩子独自去面对应有的挫折。

多年的警察工作已经让他背弃了信仰。所以，当马龙直视恶魔眼睛的那一刻，他和杀人犯唯一的区别，就是扣动扳机的十磅之力——十磅沉重的力量。

扣动扳机的是马龙的手指，但是，很可能是这十磅力量将他拉下了马——十八年的警察工作所产生的残酷无情、不可宽恕的沉重力量，将他吞噬，让他走到了现在。

这并不是马龙的初心。从警校毕业并宣誓入职的那天，是他生命中最幸福的日子——那天日丽风清，碧空如洗——他兴奋至极，将手中的帽子抛向天空，那时候的他怎么也想不到，自己竟然会落得如此下场。

入职之初，他有指路明灯，信念笃定，脚步坚定。但是，职业生涯的好坏需要用一生的时间去检验——起步的时候，你朝着正确的方向前进。偶尔一度的偏差，也许在一年甚至五年的时间里看起来并不明显，但是，随着时间的推移，你会离当初的目标越来越远，甚至于说，你根本就没意识到自己早已误入歧途。可能这辈子，你再也无法到达那个既定的终点了。

人生没有后悔药，谁也不可能有重新来过的机会。

时光不会为任何人停留。

丹尼·马龙愿意付出沉重的代价，重新来过。

不对，他愿意付出任何代价。

因为他从来没想过，自己会被关进帕克洛的惩戒中心。这一点也出乎所有人的意料！可能，上帝是知道的，但他并没有泄露天机。

马龙坐牢，这已成事实。

没有枪，没有警徽，他无法证明他是谁，曾经又是谁。

现在，他只是一个肮脏的警察而已。

裂　缝

雷诺克斯大街，
亲爱的。
午夜。
上帝在嘲笑我们。

——兰斯顿·休斯，《雷诺克斯大街：午夜》

哈莱姆，纽约
2016 年 7 月

凌晨四点。
即使这是一个全年无休的不夜城，到了这时候，也该躺下来闭眼小憩片刻。丹尼·马龙开着他的维多利亚皇冠在哈莱姆巡逻，若有所思。

公寓、宾馆、各种楼房内，有些人要么在梦里沉醉，要么在梦外神游；有些人要么在打架，要么在做爱，或者两者兼而有之，一边做爱，一边酝酿怀孕；有些人在高声咒骂，有些人在喃喃细语，向挚爱诉说亲密的情话；有些人想继续把婴儿摇睡，有些人却已经起床，为第二天的工作做准备；还有些人，将数公斤海洛因分装在玻璃纸袋子里，卖给瘾君子作"早餐"。

此刻，妓女已经收工，环卫工人尚未开始作业。马龙再清楚不过，这个时间段是盗窃案发生的高峰。同是警察的父亲曾告诉马龙，午夜之后的这段时间，绝不会发生什么好事情。父亲曾是负责这几个街区的警察。每天值夜班时，他都会目睹谋杀和死亡事件，再加上罹患心脏病，这些成为致命的慢性毒药。一天早上，刚下夜班的父亲从车里出来的时候倒在了车道上，肝胆俱裂。医生说，他的身体还没着地的时候，人已经走了。

八岁的马龙从家里出来，正要步行去学校，却发现穿着蓝色警察外套的父亲倒在行车道旁边的雪堆上。

天欲破晓，热浪已滚滚袭来。又是一个上帝不愿意降温、房东拒绝开空调的夏天——整个城市躁动不安，处于崩溃的边缘，群殴或者暴乱一触即发。空气中弥漫着旧垃圾的酸腐味和久置尿液的骚臭味，就像一个老妓女的香水，充满了病态和腐败的气息。

但丹尼·马龙深深地爱着这一切。

即使在烈日炙烤、喧嚣杂乱的白天，小混混们在街角出没，外放的嘻哈重低音折磨着每个人的耳朵。瓶子、易拉罐、脏尿布以及装着小便的塑料袋不时从建筑物的窗户里飞出来，狗粪在高温中发出让人难以忍受的恶臭。纵然如此，这里也是马龙最钟情的所在。

这里是他的城市，他的地盘，他的心之所属。

来到雷诺克斯大道，经过芒特莫里斯公园（Mount Morris

Park）古老的街区和其优雅的褐石建筑①，是让马龙顶礼膜拜的埃比尼泽福音圣殿（Ebenezer Gospel Tabernacle）的双子塔。每个周日，天使们演唱赞美诗的歌声都会在这里萦绕。之后便是以弗所基督复临安息日教堂（Ephesus Seventh-Day Adventist）别具一格的塔尖。这个街区的远端，是闻名遐迩的"哈莱姆摇摆"——这个名字不是舞蹈，而是城里最好吃的汉堡店之一。

接下来经过的是逝去的圣地——雷诺克斯酒吧旧址，其标志性的霓虹灯和一如既往的红色前台已成为历史。比利·哈乐黛②曾在这里开过演唱会，迈尔斯·戴维斯③和约翰·克特兰④在这里表演过乐器，詹姆斯·鲍德温⑤、兰斯顿·休斯⑥和马尔科姆·艾克斯⑦经常在这里小酌。但是现在，它已经倒闭——窗户上贴满了带黑色标识的棕色纸条——不过，最近有传言说，它要重新开张。

马龙对此持怀疑态度。

冥神复活只能发生在童话故事里。

他穿过125街，这条街还有一个更让人熟悉的名字：马

---

① 指运用褐色的石材和砖石以及红砖建造的建筑，兴起于欧洲，兴盛于美国纽约。
② 比利·哈乐黛（1915—1959），出生于美国费城，著名爵士女歌手。
③ 迈尔斯·戴维斯（1926—1991），素有"黑暗王子"之称，爵士音乐史上杰出的指挥家和小号演奏家。
④ 约翰·克特兰（1926—1967），爵士音乐史上最伟大的萨克斯管演奏家之一。
⑤ 詹姆斯·鲍德温（1924—1987），美国黑人作家、散文家、戏剧家和社会评论家。
⑥ 兰斯顿·休斯（1902—1967），被誉为"黑人民族的桂冠诗人"，"哈莱姆文艺复兴运动"的领袖。
⑦ 马尔科姆·艾克斯（1925—1965），美国黑人民权运动领导人物之一。

丁·路德·金大街。

城市的开拓者和黑人中产阶级已经让这里的环境有了很大的改善，房产经纪人甚至将这里重新命名为"新视界"（SoHa）。马龙想，这种新名词的诞生往往已经敲响了老旧街区的丧钟。他坚信，如果开发商能够在但丁所描写的"地狱"的最底层开发房地产，他们肯定会将"地狱"重新命名，并开始抛售网点和公寓。

十五年以前，雷诺克斯的这一片还是空荡荡的店面。现如今，随着新的饭馆、酒吧和路边咖啡店的开业，这里重新变得时尚起来。住在附近生活比较宽裕的人过来吃饭，白人们过来欣赏过往行人的丰乳肥臀，考察新建高层里售价两百五十万美金的公寓。

马龙想，现在哈莱姆这一片，你需要知道的就是，阿波罗剧院（Apollo Theater）旁边有一家"香蕉共和"（Banana Republic）的专卖店，它们分别代表建筑圣地和商业圣地。如果你要下注，打赌两者谁将胜出的话，恐怕赌注会越加越大。

上城的远端，夹杂在建筑物之间的仍然是贫民区。

马龙穿过125街，路过红色公鸡餐厅（Red Rooster），它的地下室是著名的吉妮晚餐俱乐部（Ginny's Supper Club）所在地。

还有一些不太知名的地方，但对马龙来说却意义非凡。

他去百利（Bailey's）参加葬礼，在雷诺克斯酒窖买酒，去哈莱姆医院的急救室缝补伤口，到弗莱德·萨缪尔体育场（Fred Samuel Playground）打球，从肯尼迪炸鸡店（Kennedy Fried Chicken）的防弹玻璃处订餐。他经常把车停在路边，看着孩子们跳舞。在屋顶平台抽烟，看着朝阳从翠亨堡公园（Fort Tryon Park）冉冉升起。

现在，越来越多已经倒闭但历史悠久的圣地闯入他的视线——曾经的萨沃伊舞厅（Savoy Ballroom）和棉花俱乐部旧址（Cotton Club），这两个地方都在马龙出生之前就已关门大吉。哈莱姆文艺复兴①的残留气息依然在这个街区随处可见，然而时光早已回不到从前。

但是，雷诺克斯却是鲜活的。

它的活力发源于每天贯穿它的腹地的地铁。马龙以前习惯乘坐 2 号线，当时该列车号称"野兽"。

接下来是黑星音乐、摩门教会、非裔美国人极品菜馆。车辆到达雷诺克斯大道的尽头，马龙说："去街区绕一圈。"

开车的菲尔·鲁索会随即左拐进入 147 街，沿着街区滑行，路过第七大道，再次左拐进入 146 街，经过一栋被业主遗弃的出租公寓楼。该业主赶走租户，把这里还给老鼠和蟑螂，寄希望于某个瘾君子一时兴起，将整个大楼一把火给点了，这样，他就可以在拿到保费之后再把这块地卖掉。

一石二鸟。

马龙在巡查哨卡以及无线电警车上的警察们，防止大家在上大夜班时睡觉。他们监视的地方，门外有一个单独的放哨人。绿头巾、绿耐克和绿鞋带让其身份特别明显。

整个夏天，马龙他们都在监视二楼的这个海洛因制毒工厂。墨西哥人将海洛因装满卡车，运送给迭戈·皮纳这个负责整个纽约市场的多米尼加人。皮纳将大块海洛因切分，装在小袋子里，再分发给多摩（Domo）、纯内提瑞斯（Trinitarios）和多米尼加不

---

① Harlem Renaissance，又称黑人文艺复兴，是 20 世纪 20 年代到经济危机爆发这十年间，美国纽约黑人聚居区哈莱姆的黑人作家们所发动的一种文学运动。

游戏（DDP）等帮派，他们再分发给黑人和有采购需求的其他帮派。

今晚，这个制毒工厂是块大肥肉——巨额现金，大量毒品。

"准备行动！"马龙压低嗓门，顺势检查了一下屁股后枪套里的西格绍尔手枪。他穿着新的陶瓷板防弹背心，腋下还有一个枪套，里面装着一把伯莱塔自动手枪。

马龙要求，在执行任务的时候所有人都必须穿防弹背心。蒙蒂抱怨他的背心太紧了。马龙淡淡地说，背心再紧，也比棺材宽松得多。比尔·蒙塔古——也就是蒙蒂——是个老派的人。即使是夏天，他的头上也还戴着标志性的窄边爵士帽，帽檐左边放一撮红毛。他对夏天的炙热做出的唯一让步就是，穿一件大号的、宽松的卡其色瓜亚贝拉衬衣，嘴角叼着一支没点的"基督山"牌雪茄。

一支莫斯伯格机枪和一支装载着陶瓷粉、拥有二十英寸枪管及十二颗装弹能力的霰弹枪摆在菲尔·鲁索穿着高度抛光的尖头红皮鞋的脚边。这双鞋的颜色与他的头发很搭——鲁索是个少有的红头发意大利人。马龙经常笑话他有爱尔兰血统。鲁索拒不承认，还列举了两个原因：其一，他不是酒鬼；其二，他不用放大镜就能看到自己的那玩意儿。

比利·奥尼尔拿着一把冲锋枪、两个闪光雷以及一卷胶带。他年纪轻轻，天赋满满，有街头智慧，行动干脆利落。当然，他还很有胆识。

马龙知道，比利从不会临阵脱逃，在需要开枪的时候，他也不会有任何迟疑。如果说，这孩子有一点不足的话，那就是他的急脾气。这小子长着一张酷似肯尼迪家族成员的帅气脸庞，却拥有一副爱尔兰人的坏脾气。他还有另一个与肯尼迪相似的地方：

无法抵挡女色的诱惑，而女人们也深深为其着迷。

今夜，全员整装待发，跃跃欲试。

抓捕这些吸食可卡因并且会超级兴奋的毒枭，从药理学上来说，你也必须与他们匹配，因此，马龙行动之前吃了两粒苯丙胺——一种刺激中枢神经的兴奋剂。然后，他套上印有白色"纽约警察局"（NYPD）字样的蓝色防风夹克，翻开系带，把警徽放在了胸前。

鲁索沿着周围转了一圈，又回到146街上。他狠踩油门，加速向制毒工厂冲去，然后一个急刹车。放哨人听到轮胎打转的声音，第一时间回头查看，可惜晚了一步——车停之前，马龙已然跳了下来。把那人摁在墙壁上，用西格绍尔的枪管顶着他的头。

"别出声，"马龙用西班牙语低声说，"否则打爆你的头。"

马龙把放哨人一脚踹倒，顺势将其摁在了地上。等候多时的比利麻利地将他的双手绑在身后，并用胶带粘住了他的嘴。

所有人都把身体贴紧建筑，就像长在墙壁上。"保持警惕，"马龙说，"我们今晚都回家睡个安稳觉。"

兴奋剂开始生效，马龙感觉自己心跳加快，血脉偾张。

他让比利爬上屋顶，从逃生梯下来守住窗户。其他人进屋，从楼梯冲上去。马龙举着西格绍尔第一个冲进去，就位。鲁索拿着霰弹枪跟在他后面，然后是蒙蒂。

马龙从不需要担心自己的后方。

楼梯的尽头，一道木门挡住了去路。

马龙朝蒙蒂点了点头。

大块头走向木门，把开门工具塞进了木门和门槛之间。使劲按压，豆大的汗珠顺着他的黑色额头滚了下来。过了一会儿，他把开门工具的两个把手摁在了一起，门顺势打开。

马龙一个箭步跨入门内,举着手枪转了半圈,玄关里没人!向右一看,他发现玄关的尽头还有一扇新的不锈钢防盗门。里面录音机播放的音乐声,西班牙语的说话声,咖啡机旋转的呼呼声,验钞机的噼啪声,一片嘈杂。

还有狗叫声。

该死!马龙想,就像东区的少女们手包里都会放一条狂吠的约克夏一样,这些毒贩养了比特犬!真是个省时省力的好主意——卧底们怕狗,而工厂里的女人也不会为了偷一点毒品,就让狗把自己咬死。

马龙担心的是比利,这小子爱狗,甚至包括这种比特犬。四月份的时候,他们突袭一个河边的大仓库。三条比特犬咆哮着,想要挣脱钢圈,跳出围栏来咬断他们的喉咙。但是比利却不愿朝它们开枪,也不让其他人伤害它们。他们只好绕了一大圈,来到建筑物的背后,沿安全梯爬上屋顶,然后走楼梯下楼。

简直让人崩溃!

还好,虽然比特犬发现了他们,但是多米尼加人并没有。马龙听到有人大喊"闭嘴",然后是刺耳的击打声,比特犬安静了下来。

但是,那扇安全系数很高的不锈钢防盗门是个麻烦。

不可能手动撬开。马龙对着对讲机问:"比利,是否就位?"

"我就是在这儿出生的,伙计。"

"我们要把门炸开,"马龙说,"成功之后,你扔一个闪光雷进去。"

"没问题,丹尼。"

马龙朝鲁索点了点头。鲁索瞄准门铰链连射两下。陶瓷粉爆炸的速度超过了声速,门应声被炸开。只戴着塑胶手套和发网的裸体女人们纷纷向窗边跑去。其他人躲在桌子底下，验钞机不停地往地板上吐着钞票，就像老虎机在吐币。

马龙大喊："纽约警察局！"

通过左侧的窗户，他能看到比利。

他在干什么？为什么只是瞪着眼睛看？赶紧扔闪光雷啊！

但是比利并没有反应。

他到底在等什么？

循着比利的眼光，马龙看到了下面的一幕。

比特犬生了四只小狗，它们缩成一个球，躲在母亲的身后。母狗挣扎着，咆哮着，撕咬着，想要保护自己的孩子。

比利不愿意伤害小狗们。

马龙从对讲机里喊道："该死！行动！"

比利透过窗户看了他一眼，然后踢碎了窗玻璃，把闪光雷扔了出去。但是，他扔得稍微近了一些，这样那些小狗就不会受伤。

爆炸的冲击波震碎了其他玻璃，玻璃碴扎满了比利的脸和脖子。

屋内全是明亮、刺眼的白光，夹杂着痛苦的尖叫声、哭喊声。

马龙数到三，然后冲了进去。

一片混乱。

一个多米尼加人步履蹒跚，一只手捂着暂时失明的眼睛，另一只手还拿着一把格洛克点射着，同时冲向窗户和安全梯。马龙朝他胸口开了两枪，后者应声倒在了窗边。另一个枪手躲在桌子底下，准备偷袭马龙。蒙蒂用手枪将他撂倒，紧接着又补了一枪，以确保他彻底咽了气。

他们让女人们从窗户里出去。

马龙问:"比利,你没事儿吧?"

比利的脸看起来像戴着一个好莱坞面具,胳膊和腿上都是伤口。

"我在冰球比赛里受的伤比这严重,"他大笑着说,"这里结束之后,我去缝补伤口。"

钞票撒满了整个屋子。有成捆的,还有从验钞机喷到地板上的。尚未切分完的海洛因还留在咖啡机里。

但,这些只是九牛一毛。

一扇嵌入墙壁的活门被打开了。

从地板一直到天花板,堆满了成块的海洛因。

迭戈·皮纳安静地坐在一张桌子旁。虽然两个手下的死对他影响很大,但他却装作若无其事的样子。"你有搜查令吗,马龙?"

马龙回答:"我听到有个女人在大声呼救。"

皮纳假笑了一下。

这个衣冠禽兽。灰色的阿玛尼套装价值两千美金,而手腕上的金伯爵手表,价值是衣服的五倍。

皮纳注意到了这点,慷慨地说道:"送给你,我还有三块。"

比特犬野蛮地咆哮着,奋力想要挣脱铁链。

马龙的眼神聚焦在堆山积海、用黑色塑料真空包装的海洛因上。

如此大量的海洛因,足以支撑整个城市数星期的狂欢。

皮纳说:"我直接告诉你,省得你再清点了。正好一百公斤。墨西哥肉桂海洛因——'黑马'——纯度百分之六十。你可以以每公斤十万美元的价格出售。现金大约有五百万美元。这些毒品和钞票都是你的。我坐飞机回多米尼加,再也不会露面。仔细想想——如果你拒绝我,这辈子还有机会赚一千五百万吗?"

马龙想,今晚我们都要回家睡个安稳觉。

他说:"把枪交出来,慢慢地。"

皮纳慢慢把手伸进夹克里,去摸自己的手枪。

与此同时,马龙朝他心脏处连开两枪。

比利蹲下来拿起一公斤海洛因,用格斗刀划开,把一个小瓶放到海洛因里,取了一撮,放入他从口袋里拿出的塑料袋里。他把小瓶也弄碎,放到测试袋里,等着看颜色会发生什么变化。

海洛因变成了粉色。

比利咧着嘴笑了:"我们有钱了。"

马龙喊道:"抓紧时间。"

突然,"砰"的一声,比特犬挣脱锁链,朝比利扑了过去。比利在被扑倒的同时,把手里的一公斤毒品抛向了空中。海洛因在空中形成了一朵漂亮的蘑菇云,然后像雪花一样飘落,溶入他裸露着的伤口之中。

一声枪响,蒙蒂结果了比特犬的性命。

但是,比利直挺挺躺在地板上。马龙眼睁睁看着,他先是身体变得僵硬,然后双腿开始抽搐,当海洛因彻底溶入血液,他便开始不由自主地颤抖起来,双腿重击地板。

马龙跪在他身旁,抱着他:"比利,坚持住。"

比利抬头看着马龙,眼神空洞,脸色煞白,脊柱就像一根松开的弹簧。

他走了。

该死的比利,帅气的比利,年轻的比利,现在却老得不能再老了。

马龙听到了自己心脏破碎的声音,然后整个身体开始自内向外爆裂。起初,他以为自己中枪了,可是,他看不到任何伤口。然后他感觉,可能是自己的脑袋裂开了。

他记了起来。

今天是七月四日,国庆日。

第一部分　白色圣诞节

欢迎来到丛林，这里是我的家。
它是蓝调的源头，是歌曲的故乡。

——克里斯·托马斯·金 《欢迎来到丛林》

第一章

哈莱姆，纽约
平安夜

中午时分，丹尼·马龙吞下两片苯丙胺，走进了浴室。由于昨天半夜到今早八点值班，刚起床的他需要点儿刺激让自己清醒一些。他抬头迎着花洒，让如针的水流扎向自己的皮肤，直到开始不舒服为止。

他需要这种刺激，刺激他疲惫的皮肤，疲惫的眼睛，疲惫的灵魂。

马龙转过身子，任由热水冲洗着自己的脖子和肩膀，然后顺着胳膊上的刺青滚滚淌下。这感觉真舒服啊，真想就这么冲一整天。可是，他还有事情要处理。

他自言自语道："伙计，该出门了。"

责任，让人义不容辞。

他从浴室出来，擦干身体，顺势把浴巾缠在了腰上。

马龙身高六英尺两英寸（约1.88米），非常结实。年届三十八岁的他很明白，自己看起来不像个好人：小臂上大面积的文身、即使刮过也很浓密的胡茬、小平头、"别惹我"的眼神、被打断的鼻梁、左嘴唇的小伤疤。右腿上还有一个看不到的大伤疤，这个伤疤让他拿到了一枚"勇气勋章"①——笨到让自己都中弹了。他想，这或许就是纽约警察局：通过颁发勋章来证明你的愚蠢；通过拿走警徽来证明他们的睿智。

也许，这副坏人长相让他多次避免身体冲突。首先，能用谈话解决问题，会显得你非常专业。其次，任何冲突都会使自己受伤——即使受伤的只是关节——而且，他也不愿意把衣服弄得乱七八糟的，在地上滚来滚去。毕竟，只有上帝才知道，混凝土地上到底有什么乱七八糟的脏东西。

马龙没有刻意去保持体重。他的运动项目基本是拳击和跑步。运动时间一般会在清晨或者傍晚，视工作情况而定。他会穿过河滨公园，因为他喜欢开阔的哈得孙河、河对岸的泽西以及乔治·华盛顿大桥的壮丽风景。

马龙走进狭小的厨房。克劳德特起床后，给他留了一些咖啡。他倒了一杯放到微波炉里。

克劳德特是哈莱姆医院的护士。医院与她的住处相隔四个街区，在雷诺克斯大道和135街的交叉口。她要连续上两天班，这样，另一个护士就可以陪陪家人。如果运气好的话，今夜晚些时候，或者明天早上，他还能见着她。

咖啡有点不新鲜了，还有点苦，但是马龙并不在意。他喝咖啡并不是为了细品去追求高质量的口感，而是为了用咖啡因刺激刚吃下去的苯丙胺，使其快速发挥药效。马龙实在不能理解那些

---

① 现为"荣誉勋章"，是美国政府颁发的级别最高且最难获得的军事勋章。

所谓的"咖啡品鉴师"——在一堆千禧年之后出生的蠢货后面排十分钟的队,点一杯拿铁,然后拿着咖啡发一个自拍。跟其他警察一样,马龙往咖啡里放了一些牛奶和焦糖,因为他们喝咖啡喝得太多了,需要牛奶来缓和反应日渐迟钝的胃,再用焦糖刺激一下早已不灵敏的味蕾。

马龙需要的所有药品——苯丙胺、维柯丁、赞安诺、抗生素等,都需要一个上西区的医生给他写纸条作为凭证。几年以前,这个好医生——他确实是个好人,有一个妻子和三个孩子——跟一个女孩发生了婚外情,当他要结束这段关系的时候,对方竟然威胁要勒索他。

马龙跟勒索医生的这个女孩聊了聊,给了她一个装着一万美金的信封,并告诉她,这件事情到此为止,不准再联系这个医生,否则,他会把她送入大牢,在那里,她如果想多要一勺花生酱,都得跳一段拙劣的库奇舞(Cooch)①才行。

现在,对马龙感恩戴德的医生仍然给他写纸条取药,但大多数时候,他直接给马龙提供免费的样品。马龙想,医生的举手之劳确实使他受益匪浅,毕竟,他不希望这些药品出现在自己的医疗记录里,以免影响医保。

他不想在克劳德特工作的时候打电话骚扰她,于是便发了一个短消息,告诉她自己没有睡到预定的闹钟时间,并问她今天过得怎么样。她也回了个短消息:圣诞狂欢,不过还好。

是啊,圣诞狂欢。

马龙想,纽约城无时无刻不在狂欢。

如果不是圣诞狂欢,还有跨年夜狂欢(烂醉)、情人节狂欢

---

① 一种色情女子舞蹈,颇具挑逗性。舞者一般穿着短裙,腰部裸露,上身是紧紧的胸带。

（家庭纠纷飙升、同性恋参与酒吧斗殴）、圣·帕特里克节①狂欢（烂醉的警察）、国庆日狂欢、劳动节狂欢。而我们需要的，其实是一个远离节日的节假日。政府可以尝试在一年的时间内取消某一个节日，看看效果如何。

马龙想，这很可能没什么用。

因为，你还得忍受日常狂欢——醉酒狂欢、吸毒狂欢、兴奋剂狂欢、恋爱狂欢、憎恨狂欢，以及马龙个人最喜欢的，普通的、传统意义上的狂欢。大部分市民不太理解的是，为什么这座城市里的监狱都变成了实际上的精神病院和戒毒所。接受检测的罪犯中，有四分之三为吸毒者或者精神病患者，或者两者兼而有之。

他们应该去的地方是医院，但是他们没有医保。

马龙走进衣帽间，穿好衣服——黑色棉布衬衣，李维斯牛仔裤，一双脚尖有钢骨的马丁靴（便于踹门），一件黑色毛夹克，半官方的爱尔兰裔美国纽约警察的街头制服，上面写着斯塔滕岛分局的字样。

马龙在斯塔滕长大，他的妻子和孩子还住在那儿。而且如果你是来自斯塔滕岛的爱尔兰裔或者意大利裔，你的职业选择基本上就是警察、消防员或者坏人。马龙选择了第一种，而他的一个弟弟和两个表弟都选择了当消防员。

他的弟弟利亚姆在"9·11"恐怖袭击中牺牲。

他每年都会去两次银河公墓，带着鲜花、一品脱尊美醇②以及流浪者队（Rangers）的战况与弟弟分享。

这种感觉让人痛不欲生。

---

①爱尔兰国庆日。
②Jameson，非常流行的爱尔兰调和威士忌，曾排名国际第一，是该国多年来唯一一个销售量超百万箱的威士忌品牌。

他们经常开利亚姆的玩笑,笑话他特立独行,选择成为一个手拿软管的猴子——消防员——而不是警察。马龙经常会量一量弟弟的胳膊,看看在经过每天拉扯那些该死的管子之后,它们有没有变长。利亚姆这时候就会反击,说一个警察爬楼梯的时候,顶多能拿得动一盒甜甜圈。接着,两个人就会暗暗较劲,看谁在遇到紧急情况时的表现更优秀——一个抢救家中失火的消防员还是一个接到抢劫报警电话的警察。

马龙非常喜欢这个弟弟。父亲不在家的晚上,都是他来照顾弟弟,两人一起观看流浪者队的比赛。1994年流浪者队赢得斯坦利杯①的那个夜晚,是马龙这辈子最高兴的时刻之一。那天晚上,他和利亚姆跪在电视机前。比赛的最后一分钟,流浪者队仅一球领先,胜利与失败可能就在转瞬之间。这时候,克雷格·麦克塔维什(Craig MacTavish)——上帝保佑的克雷格·麦克塔维什——将冰球击打到了对手的区域,终场哨声同时响起。流浪者队以4∶3的比分赢得了系列赛。马龙和利亚姆抱在一起激动得又蹦又跳。

利亚姆走了,就那样走了。而马龙,必须亲自把这个消息告诉母亲。这无异于一个晴天霹雳,母亲瞬间像变了一个人,第二年就去世了。医生说,癌症夺走了她的生命,但是马龙知道,她只是"9·11"的又一个受害者而已。

马龙将装着西格绍尔手枪的枪套别在了腰带上。

大部分警察喜欢腋下枪套,但是马龙认为,拿枪的时候还得把手抬起来,这是一个多余的动作,他更喜欢把武器放在手本来就在的地方。他把标志着下班的四角帽别在腰带上,帽子在他腰

---

① Stanley Cup,成立于1893年,为国家冰球联盟的最高奖项,在每个赛季季后赛后颁给联盟的冠军队伍。

胯间若隐若现。他又把特种部队的作战刀放在右脚的靴子里，这种做法违反规定，也是违法的，但是马龙根本不在乎。他随时都有可能被歹徒下枪，在那种情况下，他还能拿什么防身呢？难道拔出自己的那玩意儿？他可不想像个母狗似的双手抱头趴在地上，他会用这把刀劈砍、刺杀歹徒。

可是，谁会袭击他呢？

很多人，你这个傻瓜！他告诉自己。这阵子，有太多警察身陷囹圄。

如今是纽约警察局的艰难时期。

首当其冲的，是迈克尔·贝内特的枪击案。

迈克尔·贝内特是一个十四岁的黑人小孩，被一个警察在布朗斯维尔射杀。这是一个经典案例：夜晚时分，这孩子引起了警察的注意——一个叫海耶斯的新手警察。警察命令他停下来，但是这孩子并没有理会。相反，他转过身来，把手伸向腰间，并拔出一个东西。海耶斯以为是枪，这个紧张的新手警察就把自己手枪里的子弹全部送到了这个孩子身上。结果发现，这孩子拿的不是一把枪，而是一部手机。

不出所料，整个社会"愤怒"了。抗议者云集，数次都在引发暴乱的边缘。平常的那些明星部长、律师和社会活动家在镜头前演戏，承诺会对此做彻底调查。在调查结果明朗之前，海耶斯被停职并被强制要求休假。黑人和警察之间的关系也因为这件事更加剑拔弩张。

截至目前，"调查"仍然在进行之中。

这件事发生在弗格森事件①之后，紧接着，克利夫兰、芝加

---

① 2014年8月9日，在美国密苏里州弗格森镇，非裔美国青年迈克尔·布朗在没有携带武器的情况下，被白人警察达伦·威尔逊射杀。

哥以及巴尔的摩（费雷迪·格雷事件）相继发生类似案件。然后是巴吞鲁日的埃尔顿·斯特林①和明尼苏达的费兰多·卡斯蒂利亚②等。

纽约警察局不乏警察射杀没有武装的黑人的先例——肖恩·贝尔、奥斯曼·宗戈、乔治·蒂尔曼、安凯·葛力、大卫·菲利克斯、埃里克·夏纳、德尔多瓦·斯摩尔……再加上现在这个叫海耶斯的新手警察，射杀了年轻的迈克尔·贝内特。

由此，警察就被"黑人的命也是命"这句口号给黏上了。每一个手机有摄像头的市民都化身为记者，而且，全世界都会认为，警察都是种族主义谋杀犯。

也罢，可能也不是每个人。马龙承认，但是，现在一切都不同了。

人们将你视为异类。或者，二话不说，直接就朝你开枪。

在达拉斯，五个警察被一个狙击手射杀。在洛杉矶，两个警察在饭店吃午饭的时候被枪杀。过去的一年，整个美国有四十九名警察被谋杀，其中包括纽约警察局的保罗·托佐洛，在他之前，警局损失了兰迪·霍尔德和布莱恩·摩尔，过去这些年，这种例子不胜枚举。马龙知道确切的数据：三百二十五人被枪杀，二十一人被刺杀，三十二人被殴打致死，二十一人被故意撞死，八人被炸弹炸死，而死于"9·11"恐怖袭击的，至今没有准确的官方数字。

因此，马龙多准备一件防身的武器这件事，无可厚非。他想，如果被发现非法持有武器，有一些人会时刻做好把他绞

---

① 2016年7月7日，在路易斯安那州首府巴吞鲁日，三十七岁的黑人埃尔顿·斯特林遭两名白人警察枪击身亡。
② 2016年7月12日，非裔美国人费兰多跟警察说明了他是合法持有枪支，然而在他从后面的口袋准备掏出证件的时候，警察开枪将其射杀。

死的准备。其中就有警察们都痛恨的CCRB，鲁索坚持认为它是淫妇（Cunts）、混蛋（Cocksuckers）、叛徒（Rats）、欲女（Ballbusters）的首字母缩写，但实际上，它真正的名字是"市民投诉调查委员会"。这个机构是市长选拔出来对抗警察的，尤其当他需要把民众的注意力从他自身的丑闻上转移开来的时候。

马龙想，不仅市民投诉调查委员会调查你，就连该死的内务部也会调查你，甚至你的上级也会伸着鼻子到处乱嗅，期望能抓到你的把柄。

马龙振作了一下精神，开始打电话给妻子塞拉。他不想跟她吵架，也不想听她总是问"你在哪儿？"这个问题，但是呢，每次通话，这个渐行渐远的妻子的第一句话总是一成不变。

"你在哪儿？"

马龙回答："市区。"

对每一个斯塔滕岛的人来说，曼哈顿现在是，将来也一直会是"市区"。他感觉自己说得不可能再精确了，可是她却理解不了。她岔开话题说："最好这个电话不是打过来告诉我，你明天又来不了了。孩子们会……"

"我去。"

"来收礼物？"

"我会早点到，"马龙说，"什么时间比较合适？"

"七点半、八点。"

"好。"

"你在值班？"她猜疑地问道。

"是。"马龙说。他的团队在"墓地"，这是一个专业术语——他们在工作需要的时候必须工作，只要有案子。毒品交易者会定期轮值，那样他们的顾客就会知道在什么时间、什么地点能够找到他们。但是，毒品走私者的工作时间却比较随意。"不是你想的那样。"

"我想的哪样了？"塞拉知道，一个警察，只要稍微有点智商，只要不是刚参加工作，那么，如果他愿意的话，平安夜都可以享受假期。所谓的值班，不过是和朋友一起买醉或者嫖娼，或者两者兼而有之的借口。

"不要胡乱猜测。我们正在执行任务，"马龙说，"今晚可能有进展。"

"当然。"

讽刺的语气！难道她满脑子想的都是生日礼物、水疗日、妇女之夜吗？这些都需要在外打拼的男人加班加点来买单，甚至有些还需要透支消费。别人的妻子，即使离婚了，也会理解自己的男人，因为男人们在外工作的时候，总是全力以赴，竭尽所能。

"你要跟她一起过平安夜吗？"塞拉问道。

马龙想，这样说下去又该挂电话了。塞拉又问了一遍，语气中满是轻蔑："你跟她一起过圣诞夜，哈？"

"她在上班。"马龙开始闪烁其词，"我也是。"

"你总是在工作，丹尼。"

马龙想：难道这不是明摆着的事实吗？他把塞拉的这句话当作结束语并挂掉了电话。也许，我死了之后，我的墓志铭会是："丹尼·马龙，一个总是在工作的人。"该死——夹在工作和死亡两者之间的，就是生活。

但是大部分时间，我们都是在工作。

很多人，从二十几岁开始就从事这项工作，现在有的离职，有的领了养老金，而马龙却一直坚守着，因为他爱这份工作。

说实话，每天走出公寓的时候，他告诉自己：如果必须重新选择的话,你根本找不到比纽约警察局的警探更好的工作了。

这是这个星球上最完美的工作。

马龙戴上了一个黑色毛线帽,外面太冷了。他锁上门,走下楼梯,来到了136街上。克劳德特选择租在这里,是因为她上班只需走一小段路,而且,这里距离汉斯伯乐休闲中心很近,那里有一个她非常喜欢的室内游泳池。

"你怎么能在一个公共泳池里游泳?"马龙曾经问过她,"我的意思是说,你是个护士,那里可是漂着一池子细菌啊。"

她嘲笑他说:"那你有一个我不知道的私人泳池喽?"

往西走出136街,他踏上了第七大道,也就是亚当·克莱顿·鲍威尔大道。隐匿在基督教科学会和联合炸鸡店后面的,是22号咖啡店。克劳德特不喜欢在这里吃饭,因为她担心自己会长胖。马龙也不喜欢在这儿吃东西,而他担心的是,服务员会往他的食物里吐口水。穿道而过,映入眼帘的是朱迪酒吧——他和克劳德特偶尔会在这里安静地喝一杯,如果他们下班时间碰巧一样的话。然后他穿过135街,路过美国精神病学协会和瑟古德·马歇尔学院,还经过一家国际饼干屋,著名的斯摩尔酒吧[①]以前就在它的地下室里。

克劳德特熟知这些历史,她告诉马龙:比利·哈乐黛在这里有了她的第一名听众;二战期间,马尔科姆·艾克斯在这里做服务生。而马龙更感兴趣的是,篮球巨星威尔特·张伯伦曾短暂拥有过这里。

城市的街道,就是城市的记忆。

[①]哈莱姆文艺复兴期间,斯摩尔酒吧曾是哈莱姆商圈唯一一个非裔美国人和移民投资的酒吧,其他酒吧只允许白人或者知名黑人进入。

它们体验鲜活的生命，记载逝去的历史。

曾有一天，当一个混蛋在这里强奸一个海地小女孩的时候，马龙在开着车巡逻。这个女孩是第四个受害者，上夜班的警察在全城搜捕这畜生。

然而，海地人在警察之前找到了这个强奸犯。他们在屋顶上发现了这个可恶的畜生，就顺势把他推了下去。这混蛋摔进了一条漆黑的小巷里。

马龙和他当时的搭档接到报警电话后，走进那条小巷，这个无法再上天入地的"洛奇"躺在自己的血泊里，浑身大部分骨头都摔碎了——对于跳楼来说，九楼确实挺高的。

"他就是那个人，"一个站在巷口的女人告诉马龙，"那个强奸女孩的混蛋。"

前来急救的医生非常明智，其中一个问道："他已经死了吗？"

看到马龙摇了摇头，这些医生们点上烟，倚着救护车抽了整整十分钟后，抬着担架进去，出来后直接喊道："验尸官！"

验尸官将死亡原因归结为"大量钝器伤导致的失血过量"。而真正的杀人凶手也出面证实马龙的陈述——死者对于自己的所作所为深感内疚，故而跳楼自杀。

警察最终将这次事故定义为自杀。马龙收到了来自海地社区的各种褒奖，而最重要的是，这些小女孩不必出庭作证，不用承受来自强奸者恶毒的目光，也不用担心那些混蛋律师试图使她们看起来像说谎者似的。

这是个完美的结局。但是，马龙想：如果这件事情放在现在，我们肯定被抓进去坐牢了。

他继续往前走，经过了别名叫作"尼克尔"的圣·尼克建筑群。

圣·尼克建筑群是十三座十四层的建筑，横跨从127街到131街的亚当·克莱顿·鲍威尔大道和弗里德里克·道格拉斯大道，这一片，是马龙工作和生活的主要地区。

哈莱姆已经变了，整个环境得到很大改善，但是建筑们却保持着原样。它们就像伫立于繁荣发展的城市之中的孤岛，与生俱来的特征从未消退过——贫穷、失业、毒品和黑帮。马龙相信，居住在这一片的好人们一直在努力生活，在艰难险阻之中把孩子养大，每天努力工作，但是，冥顽不灵的暴徒和黑帮一直阴魂不散。

在这一带活跃的帮派主要有两个——"赚钱男孩"和"黑蜘蛛"。前者主要的活动地区是北面的建筑群，后者则是掌控着南面的建筑群。在德文·卡特的强权之下，这两个帮派守护着一份不太安定的和平，因为卡特掌控着西哈莱姆的大部分毒品交易。

两个帮派地盘的分界线是129街。此时，马龙正从街南头的篮球场上走过。这些帮派成员今天都没露面，天气太冷了！

他走出弗里德里克·道格拉斯大道，路过哈莱姆烧烤店和大锡安山浸信会。也就是在这里，那首给他刻着"英雄警察"和"种族主义者"两个标签的说唱音乐被创作了出来。马龙心想，这两个标签，没一个是准确的。

事情发生在大约六年前。马龙从凌晨三点一直值班到下午三点。下班后，他在曼娜餐厅吃午饭的时候，听到外面有尖叫声。他立刻放下餐具冲了出去，看到有人指向街对面的一个熟食店。

马龙打了一个请求支援的电话，然后拔出枪闯进了熟食店。

劫匪抓了一个小女孩，用枪顶着她的头。女孩的妈妈在旁边声嘶力竭地哭喊着。

"扔掉枪！"劫匪对马龙大喊道，"不然我打爆她的头。"

劫匪是个黑人，有毒瘾，现在已经完全丧失了理智。

马龙继续用枪指着他，说道："你以为我会在乎她的性命？对我来说，她只是一个小黑鬼而已。"

在劫匪愣神的一瞬间，马龙射出的一发子弹击穿了他的脑袋。小女孩的妈妈迅速跑过去，一把抓过自己的孩子，紧紧抱在了怀里。

这是马龙第一次杀人。

这次射击干净利落。机械装置也没问题。尽管马龙需要推着一张桌子向前，直到进入射击范围。而且，之后马龙还去看了心理医生，以确认自己是否有创伤后应激障碍，结果证明，他是安全的。

唯一的麻烦是，熟食店的店员用手机录下了整个过程，《每日新闻》就用"一个小*鬼"作为头条进行了报道，报道用了马龙的一张照片，上面写着"英雄警察，种族主义者"。

警监、一个内务部官员以及一名警察总局的公共关系专家，三人开始对马龙进行问责。

专家问道："你为什么用'小黑鬼'这个词？"

"为了让抢劫犯放松警惕。"

"那你为什么不选择其他词呢？"专家问道。

"我当时身边没有语言专家。"马龙回答。

"我们本想为你颁发'勇气勋章'"，警监说，"但是……"

"我们要赏罚分明。"

值得欣慰的是，内务部的官员说："我有一个善意提醒，马龙警探拯救了一个非裔美国人的性命。"

"如果他失手了呢？"公共关系专家问道。

"我没失手。"马龙说。

但事实是，他自己也考虑过这种情况。他没有告诉心理医生，他做过噩梦，梦到自己失手将子弹射到了小女孩身上。这个噩梦至今持续着。

甚至，就连射杀那个劫匪，他都经常做噩梦。

这段视频登上了门户网站，一个当地的说唱乐队还为这段视频创作了配乐，名字就叫"一个小黑鬼"，获得了几十万的点击量。但是令人欣慰的是，小女孩的妈妈带着一盘自己做的胡椒玉米面面包和一张感恩卡片，来警局找到了马龙。

他至今还保留着这张卡片。

现在，他穿过圣·尼古拉斯建筑群和修道院，沿着127街向下，来到与126街西北角相交的地方，穿过阿姆斯特丹，走过他熟悉的酒类市场和他不太熟悉的安提阿浸信会，走过圣玛丽中心和六二宾馆，进入了一栋老建筑。在这栋老建筑里办公的机构就是"北曼哈顿特别行动组"，或者，其声名在外的称号——行动组。

第二章

　　成立北曼哈顿特别行动组,多半是马龙的主意。

　　关于行动组的工作性质,有很多官方的说辞,但是,马龙和行动组的每一个警察对自己的"特殊使命"心知肚明——维稳。

　　蒙蒂用另一种说法又作了解释:"我们是园林设计师,我们的工作是阻止丛林的再生。"

　　鲁索被他搞得满头雾水:"你说的是什么乱七八糟的?"

　　"曾经的都市丛林,也就是北曼哈顿,大部分已经被清理了,"蒙蒂说,"为一个文明的、商业化的伊甸园让路。但是呢,现在还有零星的丛林存在,也就是这些建筑物。我们的工作,就是为了阻止丛林重新在伊甸园蔓延。"

　　马龙知道,只要地产增值,犯罪率就会下降。但是,他并不关心这个,他关心的是暴力。

　　他刚参加工作的时候,"朱利亚尼奇迹"[①]已经改变了整个城

[①] 朱利亚尼是纽约市前市长,任职期间改变了纽约在人们心目中"不可治理"的形象,提升了纽约人的生活品质。"9·11"事件中,朱利亚尼的领导能力赢得广泛赞誉,面对前所未有的挑战,他带领纽约人从废墟中重新站立起来。

市。警察专员雷·凯利和比尔·布拉顿运用"破窗理论"①和大数据技术②,使得纽约街头的犯罪率大幅度下降。

虽然"9·11"恐怖袭击将整个系统的注意力从预防犯罪转移到了反恐上,但街头暴力持续减少,谋杀率直线下降,曼哈顿上城的"贫民区"——哈莱姆、华盛顿高地和因伍德——开始有了复苏的迹象。

这些地区以前那种貌似泛滥失控的局面,现在大部分已经走向终结。但是,贫困、失业以及吸毒、酗酒、家暴和黑帮等问题,一直存在。

对马龙来说,这里好像两个街区、两种文化并存,它们坚守着各自的城堡——灯光闪闪的公寓塔楼和旧渍斑斑的高楼大厦。不同的是,现在那些有权有势的人开始实打实到这里投资。

曾经的哈莱姆,除非前来探访贫民窟或者寻找廉价艳遇,否则富有的白人阶层"绝不会出现在这里"。这里谋杀率高,行凶抢劫、武装盗窃以及与毒品有关的暴力案件频发。但是,只要强奸、抢劫、谋杀发生在黑人之间,又有谁会在乎呢?

马龙在乎。其他警察也在乎。

这其实是对警察工作苦涩而又残忍的讽刺。

这也是社区与警察之间的恩怨情仇的根源。

每一个昼夜,警察们都目睹着各种伤亡。

人们没有意识到,警察们最先关注的是受害者。从被吸毒

---

①假如有人打坏了一栋建筑物的窗户玻璃,而这扇窗户又未能得到及时修理,别人就可能受到暗示性的纵容去打烂更多的窗户玻璃。引申为一个城市,如果对小的违法行为姑息纵容,不良现象就会被放任、模仿、逐渐放大,蔓延为成片的犯罪行为。

②以地图为基础的犯罪情报的计算机统计分析系统,能够帮助警方发现犯罪的规律,从而合理调配警力。

的妓女抛弃在浴缸里的小婴儿,到被母亲第十八任同居男友打晕的小男孩;从被抢包贼推倒在路边而摔断了髋部的老太太,到在街角被枪杀的自称毒贩的十五岁少年。然后,他们才会想起行凶者。

警察们不仅会为这些受害者难过,也会痛恨行凶者。但是,他们在工作中不能感情用事。而且,他们也不能任由自己的情绪肆虐,因为如此一来,他们也有可能变成罪犯。所以,警察们逐渐给自己披上了一层防护罩,一副"我们恨所有人"的态度,在自身周围塑造了一个让人在十步开外就能感觉得到的气场。

马龙明白,这是迫不得已的选择。否则,工作就会将警察们摧毁,要么精神上,要么身体上,要么两者兼而有之。你会为那个受伤的老太太感到惋惜,但是憎恨那个抢包的杂种;你会可怜那个刚刚被抢的店主,但是憎恨那个抢他的混蛋;你会为那个被枪杀的黑人小男孩感到悲哀,但是憎恨那个杀害他的黑人。

问题在于,慢慢地,你会开始憎恨受害者。当这种情况真正出现的时候,你会几近崩溃。他们把痛苦转嫁给了你,这种痛苦变成了你肩上的重担——你会觉得,这一切的发生,是因为你没有保护好他们,是因为你出现在了错误的地点,或者,是因为你没能趁早将罪犯绳之以法。然后,你开始自责,或者开始责怪受害者——为什么他们这么脆弱、这么无能,为什么他们住在那样的环境里,为什么他们会加入黑帮、贩毒,为什么他们无端就会互相射击……为什么他们竟会做那些猪狗不如的事情?

马龙,也被这些问题纠缠着。

他不想这样,却又情不自禁。

特妮丽不太高兴。

马龙刚进门,她就抱怨起来:"为什么这个混蛋平安夜也不让人消停?"

马龙说:"我觉得,你提问的时候就已经给出了答案。"

警监塞克斯确实是个混蛋。

大家还有一个共识,在整个行动组里,说到混蛋,珍妮丝·特妮丽是其中最混蛋的一个。马龙曾看到过,她持续不间断地踢向一个重沙袋,位置就对应男人的裆部,这使得马龙裤裆一紧。

当然,特妮丽也让人血脉偾张。她拥有一头浓密的黑发、桀骜不驯的气质和一张意大利电影明星般的漂亮脸蛋。行动组里的每个人都想跟她上床,但是她早就声明过:兔子不吃窝边草。

尽管没什么真凭实据,但鲁索还是坚持认为,这个带着两个孩子的已婚母亲是一个同性恋。

特妮丽问他:"为什么?就因为我不跟你上床?"

"因为我有一个终极幻想,"鲁索说道,"你和弗林是一对儿。"

"弗林还真是个同性恋。"

"这我当然知道。"

"打死你!"特妮丽说道,猛地抖了一下手腕。

"我连礼物都没包装好呢,"特妮丽又跟马龙抱怨,"明天亲戚们就都来了。难道我必须坐在这儿听这个混蛋长篇大论?你得加把劲儿,丹尼,赶紧把他挤走。"

众所周知——马龙总是比塞克斯来得早,走得晚。但是讽刺的是,马龙还必须接受这位警监的考核,否则他就得降薪。

"坐着听他长篇大论,"马龙说,"然后回家做……你今年准备做什么大餐?"

"我不知道。在我们家,杰克是主厨。"她说,"我想,应该是顶级肋排。你还要办一年一度的火鸡游行吗？"

"有这么规律吗？"

"当然。"

指挥室里，大家鱼贯而入，马龙用眼角的余光瞥见了凯文·卡拉汉。这个卧底——高个子、瘦骨嶙峋、一头红色长发——看起来有点精神恍惚。

警察、卧底或者线人，是不允许吸毒的。但是如果不沾染毒品，他们怎么可能打入毒贩内部呢？所以，吸毒大都在所难免。很多人在完成任务之后，都会直接进入康复中心戒毒，他们的职业生涯也会就此终结。

这是一项高危工作，如同高空走钢丝，把脑袋别在裤腰上。

马龙走过去，一把抓住卡拉汉的胳膊肘，把他拽出了门外。"塞克斯看到你，会直接让你去尿检的。"

"可我没理由不来啊。"

"我给你签退，你去曼哈顿维尔执行一项监视任务，"马龙说，"如果有人问起来，你就说是替我去的。"

北曼哈顿特别行动组的工作地点位于曼哈顿维尔和格兰特大楼两栋建筑之间。马龙经常想，一旦有暴动，他们瞬间就会被包围，毫无脱身之法。

"谢谢你，丹尼。"

"那你还站在这儿干什么？"马龙问道，"赶紧去维尔！卡拉汉，如果你再搞砸，我就亲自带你去尿检。"

马龙回到指挥室，在鲁索旁边的一把金属折叠椅上坐了下来。

蒙蒂从椅子上转过身来，盯着他们。他拿着一杯热气腾腾的茶。即使那根没点着的雪茄还待在嘴角，他总是能想方设法啜两口。"我对今天下午的安排提出抗议。"

"知道了。"马龙说道。

蒙蒂把身子转了过去。

鲁索咧了咧嘴："他生气了。"

他真的生气了。马龙有点儿幸灾乐祸。能够偶尔让一贯以沉着冷静著称的大块头情绪出现波动，不一定是件坏事。这能让他保持活力。

拉夫·托雷斯和他的团队走了进来——加利纳、欧迪斯和特妮丽。马龙不愿意看到特妮丽跟托雷斯一组，因为他很喜欢特妮丽，却特别讨厌托雷斯。托雷斯是个混账无赖，但是对马龙来说，他看起来更像一个身材魁梧、满脸痘疤、棕色皮肤的癞蛤蟆。

托雷斯朝马龙点了下头。在打招呼的同时，这个动作又夹杂着些许尊敬和挑衅的意味。

塞克斯走了进来，像个教授似的站在了演讲台后面。年纪轻轻就担任警监一职，他其实不太胜任。但是，他在庞大繁杂的官僚机构中眼线众多，这些眼线会想方设法为他争取利益的最大化。而且，他还有一个与生俱来的优势——黑皮肤。

马龙知道，塞克斯是一颗被寄予厚望的政界明星，未来很可能成为某个大人物，而行动组只是他晋升路上一个备受瞩目的台阶而已。他看起来就像一个早熟的共和党议员候选人——奶油气十足，收拾得干净利落，外加一头干练的短发。他肯定没有任何文身，除非有个箭头指向他的肛门，写着"这里通向我的大脑"的字样。

马龙看了看自己，心想：真不公平。这家伙的履历那么光鲜。起初，他在皇后区的重案组做了一些真正的警察工作，然后被任命为皇后区的区域长官，彻底清理了第十区和七六区这两个垃圾堆积区,现在,他又被派到了这里。

这里应该只是他名单上的又一个台阶吧?马龙寻思。或者,他来是为了清理掉我们?也可能两者都有,反正塞克斯把他在皇后区的那套做派带到了这里。照本宣科,他复制了又一个皇后区警局。

上任第一天,塞克斯把行动组的所有人员——五十四个警探、卧底、预防犯罪警察和制服警察——召集在一起,让他们坐着听他演讲。

"我知道坐在我面前的都是警察中的精英,"塞克斯说,"精英中的精英。但是我也知道,你们之中有一些肮脏的警察。很快,你们就会知道他们是谁,我也会知道你们是谁。听着——如果被我发现你们中的任何人,免费喝了一杯咖啡或者免费吃了一块三明治,我就会没收你的警徽和配枪,取消你的退休金。现在,出去工作!"

他没有朋友。他强调说,他不是来这里交朋友的。塞克斯与部下如此疏远,还有一个原因:他对自己抵制"警察腐败"的立场直言不讳,警告部下们,他不会容忍恐吓、毒打、犯罪或者拦道搜身等行为。

他凭什么认为,我们现在对社区的掌控只是一种表面现象?马龙边想边看着这个男人。

警监先生手里拿着一份《纽约时报》。

"白色圣诞节,"塞克斯读道,"'海洛因瘟疫在节日期间肆虐',来自《纽约时报》记者马克·鲁宾斯坦的手笔。不是只有这一篇文章,他正在写一个系列报道。先生们,这可是《纽约时报》啊!"

他停顿了一下,以期大家都能理解他的话。然而,效果并不明显。

大部分警察不看《纽约时报》,他们看的是《每日新闻》和《邮报》,有少数人会读《华尔街时报》,因为这与他们的证券投资息息相关。严格来说,只有警察总局那些西装革履的家伙和市长办公室的官员们才会读《纽约时报》。

但是,《纽约时报》会说,一场"海洛因瘟疫"正在肆虐。马龙暗想。

一场瘟疫,当然,因为白人也遭受了感染。

最开始,白人从自己的医生那里获取麻醉止痛药——羟考酮、维柯丁之类的药品。但是,这些药很贵,医生也不愿意只为了治疗毒瘾就给他们多开这些处方药,所以白人就开始求助于自由市场。渐渐地,这些药就演变成了街头毒品。起初,这一切都非常有序,购销方式也很文明。直到墨西哥的锡纳罗亚贩毒集团[①]注意到了这个利润点,该集团经过权衡作出了一个决策,他们只需加大海洛因的供应量,就能以低于美国各大制药公司的价格抛售此类药品,从而抢占市场。

当然,作为附加的刺激措施,他们加大了药效。

被毒瘾折磨着的美国白人们发现,墨西哥的"黑马"牌肉桂海洛因比那些麻醉药价格更便宜,效果更好,于是他们开始争先恐后往静脉里注射这种海洛因,但是很容易就会过量。

毫不夸张地说,马龙目睹了惨况的发生。

马龙和他的团队逮捕的穿梭于曼哈顿的瘾君子、郊区主妇、上东区的贵妇,已经数不胜数。他们发现,在小巷里暴毙的死尸,白人的数量与日俱增。

[①]总部位于墨西哥锡纳罗亚州,美国情报体系将该集团认定为"全世界势力最为庞大的贩毒集团"。

按照媒体的说法,这是一场悲剧,即使国会议员和参议员们也把注意力从其捐赠人的屁股缝里转移开来,伸长鼻子到处乱嗅,闻到了这场瘟疫的味道,并开始要求"必须采取相应的措施"来拯救整个社会。

"我希望,你们在抓捕海洛因罪犯上下功夫,"塞克斯说,"我们抓捕的可卡因罪犯数量已经够多了,但是海洛因罪犯的数量却在平均水平以下。"

马龙想,这些西装革履的家伙就喜欢数字。现在这类新的"管理层"警察就像棒球比赛里的数据统计员[①]一样——完全以数据说话,没有数据,他们将寸步难行。如果数据不能告诉他们想要的结果,他们就会像第八大道的那些韩国人一样随意篡改数据,直到结果让人满意为止。

想要看到社会安定?那就降低暴力犯罪的数量。

需要更多的经费?那就加大资金投入。

需要抓捕更多的人?那就把你的人派出去,胡乱起诉一堆不可能被定罪的人,而你也不需要关心结果——定罪这件事是地区检察官的职责——警察所需要的只是抓捕的数字。

想要证明毒品数量在辖区内下降?那就把你的人派到那些没有毒品的地方,执行"搜查和逃避"任务。

这些只是设计骗局的一种方式。另一种积累数据的方式就是让警察们将罪责降级,把罪行从重罪降成轻罪。可以将一个真实的抢劫说成是"轻窃罪",将盗窃说成是"财产损失",将强奸说成是"性骚扰"。

嘣——犯罪率瞬间下降,这真是神来之笔啊!

[①]在美国,棒球之所以被视为一项伟大的运动,主要是因为其百余年的传承,而这种传承很大程度上是因为其数据统计的完整性。

"对抗这场海洛因瘟疫，"塞克斯说，"我们就在最前线。"

马龙想，高级警监麦克吉文一定是在大数据分析的会议上被狠狠打了脸，然后他将这份疼痛传递给了塞克斯。现在，塞克斯又来折磨我们。而我们呢，又会去抓捕毒贩和瘾君子。届时中央拘留所将人满为患，到处是瘾君子的呕吐物，他们将浑身颤抖着请求宽恕。这种情况下，法庭的诉讼记事根本无法顺利进行。然后，他们就会直接被送往监狱，在那里，他们弄到毒品的机会更多，所以即使出狱之后，他们还是无法摆脱毒瘾，然后就会再陷入这个循环往复的圈子。

但是，我们会搞平衡。

警察总局的西装革履们会说，他们想要的这种数据，上不封顶。但是每个在一线工作的警察都知道，这个顶峰是存在的。回到"破窗理论"时期，警察们甚至为了街头流浪、乱丢垃圾、跳下地铁台阶、双排停车等小事而不停地开罚单。这个理论的核心就是，勿以错小而为之。小错不纠，长此以往，极易铸成大错。当时，所有的警察都被派出去，给了很多无辜的人法庭传票，使很多穷人不得不请假前往法庭，请假所扣的工资以及法庭上需要缴纳的罚款，都是他们无法承受的。所以，有些人直接就不出庭，那样他们就会收到"不按期出庭"的警告，他们的行为不当就会升级成重罪，他们很可能因为将口香糖包装纸丢在人行道上而坐牢。

警察们的行为激起了众怒。

之后，拦道搜身等政策现身。这意味着，如果你在街上看到一个黑人小孩，你可以拦下他，然后把他按倒在地。这也无端滋生了很多嫌隙，一些媒体对此进行了负面报道，所以，这种方式也逐渐被取消了。

除非，现在我们想重启这个程序。

现在，抓捕海洛因犯罪开始上不封顶了。

"通力合作，"塞克斯说，"整个行动组要协同作战，大家要互相捏合成一个整体，而不是各自为战。我们大家一起努力，把这项工作做好。"

好啊好啊，马龙想。

塞克斯没有意识到，他刚才给部下们下达了互相矛盾的指令——与线人合作和抓捕海洛因罪犯——他根本不知道，与线人合作的前提就是给他们提供毒品，然而并不拘捕他们。

他们给你提供信息，你放他们一条生路。

塞克斯以为，瘾君子会跟警察掏心掏肺，其实，他们早就已经没心没肺了。让他们做好市民？毒贩跟你谈的只有毒品和金钱、"溜冰"或者打压竞争者。或者，有可能，只是有可能，被打压的人还是他们的女人。这就是现实。

行动组的所有人看起来都不像警察。事实上，马龙边想边环顾四周，他们看起来更像罪犯。

卧底们看起来像毒贩或者毒品交易者——他们穿着连帽衫、吊裆裤或者肮脏的牛仔裤、运动鞋。马龙最喜欢的是一个黑人小孩，名字叫作"娃娃脸"。此时，他正把头藏在一块厚厚的头巾之下，嘴里叼着一个安抚奶嘴，抬头望着塞克斯。他知道，上司不会对他的这身装扮评头论足，因为他就是以"娃娃脸"这个样子来谋生的。

便衣警察们看起来则像郊区的强盗。他们的皮夹克、海军大衣和羽绒背心下面，还有老式的锡铜防弹衣。他们的牛仔裤很干净，没有折旧的痕迹，而且相较于网球鞋，他们更喜欢切尔西短靴。"牛仔"鲍勃·巴特利特是个例外。他穿着破烂的乡巴佬靴子。

巴特利特从未踏出过泽西城区半步,但是,他却操着乡下人的口音,在更衣室里哼唱所谓的西部乡村"音乐",这让马龙很崩溃。

制服警察看起来也不像普通警察。不是因为他们的穿着,而是因为他们脸上的表情。他们到处惹是生非,脸上的假笑就像胸前的警徽一样死板。这些小伙子们随时会下班,随时要去跳舞,满脑子都是这些想法。

女人们也很有个性。行动组里的女性并不多,仅有的几个也不会参与抓捕罪犯的行动。与特妮丽不同,艾玛·弗雷恩是一个酗酒的交际花,性欲像罗马女皇一样旺盛。这些女人不太在意保养,打心眼里对健康嗤之以鼻。

马龙、鲁索、蒙蒂、托雷斯、加利纳、欧迪斯和特妮丽这些警探,组成了另外一个小团体,他们是"优中选优"且富有经验的老手,曾破获过不少大案要案。

行动组的警探们,不是制服警察,也不是便衣,更不是卧底。

他们是国王。

他们的王国不是领土和城堡,而是城市街道和建筑塔楼,是时尚的曼哈顿上西城和哈莱姆建筑群。他们掌管着百老汇与曼哈顿西区、阿姆斯特丹、雷诺克斯大道、圣尼古拉斯大道以及亚当·克雷顿·鲍威尔大街。牙买加保姆推着婴儿车散步的中央公园、青年企业家跑步的河滨公园以及黑帮成员打球和交易毒品的垃圾满天飞的广场,都在他们的管辖范围内。

马龙想,我们的最佳统治方式就是强权。因为我们的目标是黑人和白人——波多黎各裔、多米尼加裔、海地裔、牙买加裔、意大利裔、爱尔兰裔、犹太裔、越南裔、韩国裔,他们互相憎恨,如果国王不在的话,互相残杀的程度与现在不可同日而语。

我们掌管黑帮——跛帮、血帮、纯内提瑞斯和拉丁国王等,具体包括多米尼加不游戏、白日射手、轻拍枪支的信天翁、甲板上的傻瓜（好像歌名）、动物园、金钱大堆砌、马克球边缘、民谣国度、疯狂的跛流氓、为钱痴狂、热量男孩、要钱男孩等。

我们掌管意大利黑手党——吉诺维斯家族、拉切西斯家族、甘比诺家族以及西米诺家族——如果没有掌握生杀大权的国王的存在，他们全部将失去控制。

我们还掌管行动组。塞克斯认为他是领导者，或者假装他自己是，但是，发号施令的是警察之王。卧底是我们的间谍，制服警察是我们的步兵，便衣是我们的骑士。

我们没有变成父辈那样的国王——我们经过惨烈的斗争才戴上了皇冠。就像旧时的勇士，用有豁口的宝剑、破损的铠甲以及累累伤痕披荆斩棘，走向王权之路。从这些街头开始，我们手握枪支和警棍，有时赤手空拳，精神高度紧张，有时头脑敏捷，胆识过人。渐渐地，我们掌握了这些来之不易的街头本领，获得了应有的尊重，品尝过胜利的滋味，也吞下过失败的苦果。我们获得了坚韧、强力、无情、公正的统治者的称号，恩威并施地统治着这里。

这正是国王的统治方式，这是一种正义的传承。

马龙清楚，作为"国王"，形象很重要。臣民们希望他们的国王看起来严厉、犀利，后背或者靴子里有一点现金，非常有型。以蒙蒂为例，他的穿着打扮就像一个常青藤教授——花呢夹克、背心、针织领带——帽檐上还用丝带系着一撮红色羽毛。这不太符合常规，且容易让这些罪犯提心吊胆，因为他们不知道他到底是干什么的。所以当他提审他们的时候，罪犯们还以为审讯人是一个教育天才。话说回来，蒙蒂真是一个天才。

马龙曾经亲眼看着他走进晨熙公园，跟上了年纪的黑人们下国际象棋，一次性迎战五个人，并且把他们都赢了。

然后他又把刚赢来的钱悉数还给了他们。这更是天才才有的表现。

鲁索比较传统。他身上穿着的一件红棕色的长外套和1980年代的复古球服，看起来非常合身。重申一次，鲁索穿什么都好看，他是一个衣着考究的人——复古外套、定做的意大利上衣、有针织字母的衬衣、马利鞋。他每周理一次发，每天刮两次胡子。

鲁索父亲对他的讽刺性评价是：匪徒式的时髦。鲁索真后悔自己跟着他长大。他与父亲形成了鲜明的对比：作为一个警察，他喜欢开玩笑，他是整个行动组的异类。

马龙喜欢黑色，且常年不变。这是他的标签。

行动组的所有成员都是国王。但是，马龙——并不是对上帝和救世主不敬——是王中之王。整个北曼哈顿就是马龙的王国。

像所有的国王一样，他的臣民们热爱他，害怕他，尊敬他，厌恶他，歌颂他，辱骂他。他有信徒，也有反对者；有奉承者，也有批判者；有弄臣，也有导师。但是，他没有真正的朋友。

除了他的搭档们。

鲁索和蒙蒂。

他的兄弟国王们。

他愿意为他们付出生命。

"马龙？可以耽误你几分钟吗？"

说话的是塞克斯。

第三章

"我敢肯定,你一定觉得我刚才在里面说的都是废话。"

"是的,长官。"马龙说,"本来,我还以为您自己不知道呢!"话音刚落,塞克斯本来就很勉强的微笑变得更加勉强了。而马龙则一直以为,他根本就不会笑。

警监先生觉得,马龙这个人太自大。而马龙呢,也从没有为自己作过多辩解。

在这一片当警察,你最好自大一些。很多人在盯着你,如果你自己不把自己当回事儿,他们很可能就会杀了你。他们会抓住一切机会往你的伤口上撒盐。真应该让塞克斯上街去执行任务,让他拘捕几个人,让他破门而入试试。

塞克斯不喜欢这些,但他更不喜欢警探丹尼·马龙——不喜欢他表现幽默的方式,不喜欢他有刺青的胳膊,也不喜欢他关于嘻哈的渊博知识。然而,他最不喜欢的是,马龙把自己当作北曼哈顿的国王,却只是把他——塞克斯——当作一个过客,这种态度让他忍无可忍。

我才懒得管他怎么想呢。马龙寻思。

塞克斯对马龙束手无措。七月份,马龙和他的团队刚刚破获了纽约市史上最大的一宗海洛因贩毒案。他们打掉了迭戈·皮纳这个多米尼加犯罪之王，缴获了五十公斤海洛因，数量多到足以给全城的男人、女人甚至孩子定期提供毒品。他们还缴获了近两百万美元的现金。但是，警察总局的那些西装革履的家伙们对这个惊天大案的破获表现得并不是很兴奋。因为，马龙他们完全是自己做的疑犯跟踪与调查，根本就没让任何外人插手。麻醉毒品科很窝火，美国缉毒局也被激怒了。

马龙懒得理会他们。

媒体喜欢这种大新闻。

《每日新闻》和《邮报》都刊登了色彩鲜亮、引人注目的头条标题。每个电视台都在报道这件事，甚至《纽约时报》都在城市版刊登了这条新闻。

西装革履们别无选择，只能勉强微笑并默默忍受着一切，在一堆堆海洛因前装模作样拍照。

九月，媒体的一次报道更让他们无地自容。行动组突袭了格兰特和曼哈顿维尔的建筑，逮捕了百余个青少年罪犯，他们来自三人堆、金钱大街团伙、梦想成真男孩三个帮派。后者的一个同伴被无端射杀，作为报复，他们绑架了一个十八岁的女子篮球明星。这个女孩跪在电梯井里，请求他们放她一马，让她有机会前往已经拿到全额奖学金的大学里深造。然而，现实总是事与愿违。

他们把她扔到了楼梯平台上，血液顺着楼梯流下，就像一条深红色的小型瀑布。

马龙和他的团队以及他们从大楼里拘捕罪犯的照片，像一阵狂风刮过了所有报纸的头版头条。这些罪犯被押解到号称"恐怖穹顶"的阿提卡监狱①,且不准保释。

马龙想:按照"你的指示",我的团队完成了四分之三真实有效的抓捕——关键时期的关键抓捕,一些分量足以定罪的抓捕。虽然这些都不会体现在你的数字里,但是,你应该很清楚,每一次和毒品有关、涉及定罪的杀人案,都是我的团队在帮你,更不用提与那些瘾君子和毒贩有关的行凶抢劫、盗窃、家庭暴力和强奸案件了。

我在外面抓的实际罪犯的数量远远大于罹患癌症并被夺走生命者的数量。而且,我的团队在掌控着这个鬼地方的治安,这样它才不会发生暴乱。这些,你都很清楚。

所以,即使你觉得我威胁到了你的地位,即使你知道我才是行动组的真正头领,但是,你还是无法辞退我。因为你知道,只有我,才能从业绩上为你挽回一些颜面。这一点,毋庸置疑。

你可能不喜欢你最好的球员,但是你又不能交易他,因为你需要他在场上得分。

这跟塞克斯不敢得罪马龙如出一辙。

这时,警监先生说:"那是作秀给西装革履们看的。海洛因现在占据了各大报纸的头版头条,我们必须有所回应。"

马龙很清楚,黑人社区的海洛因用量是下降的,黑帮零售的海洛因量也在下降。实际上,年轻一代的罪犯们已经开始实施手机盗窃和网络犯罪——盗用身份信息和信用卡诈骗。

布鲁克林、布诺克斯和北曼哈顿的每一个警察都知道,暴力

---

①美国著名监狱。1971年阿提卡监狱发生暴动,政府不当射杀四十二人引发了美国社会一次巨大的风波,这是美国历史上流血最多的一次监狱暴动。

与大麻息息相关,而不是海洛因。现在这些街头少年,都在为争夺大麻的销售权和销售点而打得头破血流。

"如果我们有机会拿下海洛因工厂,"塞克斯说,"那我们就要不惜一切代价。但是,我最关心的还是枪支问题。我们要想方设法让这些小子不要在辖区内互相残杀、滥杀无辜了。"

枪支和毒品是美国犯罪的汤和三明治。虽然警察工作的确被海洛因所困扰,但更多的是被枪支所困扰。这种情况有一个很好的借口——警察必须处理谋杀案件,必须告诉受害者的家人,并与他们并肩作战,为其伸张正义。

当然,杀害警察的,也是这些街上的枪支。美国步枪协会(NRA)会狡辩说:"枪不会自动杀人,只有人才能杀人。"当然,马龙想,持枪的人才能杀人。

不可否认,有些人是遇刺身亡,有些人是被殴打致死,但是,如果没有枪支的话,谋杀的数字几乎可以忽略。那些参加步枪协会会议的议员们,看起来衣冠楚楚、笑靥如花。他们根本就没经历过枪支谋杀案,更没见过任何人被枪支击中过。

这些,警察都亲身经历过,目睹过。

这种事并不怎么美好。你所看到的,听到的,甚至闻到的,都不像电影里演的那样。这些混蛋为了让每个人都武装起来,甚至会毫无征兆地在一个黑暗的电影院里胡乱射击。

他们会把责任推给《美国宪法第二修正案》[①]以及人权,然而,实际的责任者却是金钱。美国步枪协会的大部分资金都来自枪支制造商,而这些制造商们,挣钱的唯一方式就是销售枪支。

这还有什么好说的呢?

纽约拥有整个美国最严格的枪支法律,然而却收效甚微。所

[①]保障人民有备有及佩带武器之权利。

有的枪支都是经由号称"钢铁管道"的95号高速公路运来的。军火交易商通过中间商在枪支法律比较宽松的得克萨斯、亚利桑那、亚拉巴马、南北卡罗来纳等州购买枪支，然后通过95号高速送往东北部的城市和新英格兰。

那些傻子们总爱对大城市频发的犯罪事件说三道四，他们从不知道，或根本不关注，这些枪支竟然都是来自他们那里。

截至目前，至少有四名纽约警察是被来自95号高速的枪支给射杀的，更不用提死去的少年罪犯和无辜者的数量了。

市长办公室和各个部门，所有人都在竭尽全力减少街上的枪支。警局甚至都开始回购——不提问，提供现金和礼品卡——你带着枪来，我们会微笑服务，手枪和冲锋枪价值两百美金，来复枪、猎枪和气枪价值二十五美金。

最近一次回购，是在地处129街和亚当·克雷顿·鲍威尔大道的一个教堂。警局共收到了四十八支左轮手枪、十七把半自动手枪、三支来复枪、一把猎枪和一支自动步枪。

马龙认可这种方式。让枪支远离街头很有意义，这样警察就可以完成第一项工作——回家并结束一天的工作。这是他刚参加工作的时候，一个老警察告诉他的。

塞克斯问道："德文·卡特那边有什么进展吗？"

德文·卡特是北曼哈顿的毒品之王，也被称为"灵魂幸存者"，是继埃尔斯沃斯·约翰逊[1]、弗兰克·卢卡斯[2]和尼基·巴恩斯之后的哈莱姆核心人物。

他主要的挣钱方式就是将海洛因工厂当成分销中心，将毒品

---

[1] 20世纪60年代哈莱姆的黑帮老大，人称"黑教父"。
[2] 电影《美国黑帮》的原型。

运往新英格兰和哈得孙河上游的小城镇，或者下游的费城、巴尔的摩、华盛顿。

用亚马孙的分销方式，来分销自己的毒品。

他很聪明，也很有策略。他将自己与每天的交易隔离开来，从不接近毒品或者相关的交易。他只跟几个信任的下属面对面沟通交流信息，从不使用手机、短信或者电邮。

对于卡特的业务，行动组没有任何的内部情报。因为这个"灵魂幸存者"只允许老朋友和亲近的家人进入他的圈子。而且，如果被捕，他们就会选择坐牢，因为坐牢起码意味着他们还能活下去。

让人沮丧的是，行动组可以任意抓捕街边的毒贩，卧底们也可以趁其交易的时候进行无数次的抓捕行动，但是，这种情况就像一个旋转门，少数毒贩被送往了雷克岛监狱①，更多的毒贩在排队等着取代他们的位置。

目前来说，没人动得了卡特。

马龙说："我们在街上能搜集到很多他的信息，有时候多达几十条。但是有什么用呢？没有窃听装置，一直都是徒劳。"

卡特拥有一大批俱乐部、酒窖、公寓、轮船，老天爷都不知道他将会在哪里开会。如果能够在这些地方安装窃听器，他们也许有可能接近他一点儿。

这是一个残酷的现实——没有合理的根据，你拿不到监听许可；而没有监听许可，你根本找不到合理的根据。

马龙不用费心费力去解释，这一点塞克斯也心知肚明。

"有情报说，卡特在商讨一宗大的军火交易，包含重武

---

① 美国著名监狱之一，经常出现在影视作品之中，位于纽约一个水中央的小岛上。

器——突击步枪、自动手枪,甚至火箭炮。"塞克斯说道。

"你从哪里得来的情报?"

"不管你信不信,"塞克斯说,"这个建筑之外,干警察这行的不止你一个。如果卡特在寻找这种类型的武器的话,这说明,他要跟纯内提瑞斯开战了。"

"这点我同意。"

"很好,"塞克斯说,"我不想他们在我的地盘上打仗,也不想看到流血事件的发生。我们要阻止这次交易。"

当然,马龙暗想,你想阻止它,但是你只想以你的方式来阻止它——"不准胡扯,不准非法监听,不准大肆声张,不准用自己的电话。"他以前听过这种演讲的全文。

"我出生在布鲁克林,"塞克斯说,"在贫民区长大。"

这个故事充斥各大报端,占据了警局的网站首页:"从贫民区到选区——黑人警官在黑帮的包围中披荆斩棘,奋斗不息,最终进入纽约警察局的高层。"故事讲述了塞克斯如何使自己的生活发生彻底反转,拿到了布朗大学的奖学金并"衣锦还乡",准备成就一番大事业。

马龙不会为这个"感人的故事"流一滴眼泪。

作为一个身居高位的黑人警监,你必须拥有坚韧不拔、英勇无畏的气质。因为每个人看你的眼神都不一样——选区的人们会认为你的皮肤不够黑,而警局的警察们又会觉得你的眼睛不够蓝。马龙想知道,塞克斯心里的那个自己属于哪一派呢?或者他根本就不知道,尤其是在种族歧视已不像以前那么严重的当下。

"我知道你怎么看我,"塞克斯说,"金玉其外,败絮其中。觉得我是一个黑人野心家,会'不停地往上爬'。"

"相当准确。我们彼此很坦诚,长官。"

"总局的西装革履们希望北曼哈顿是白钱（通过正当途径得来的钱）的安全岛，"塞克斯说，"而我想让它成为黑人们的庇护所，这对你来说，足够坦诚吗？"

"当然。"

"我知道，你觉得自己抓了皮纳，谁也不敢把你怎么样。麦吉文和总局的爱尔兰—意大利小团体还在到处颂扬你的其他英雄事迹。"塞克斯说，"但是，我要告诉你，马龙，你在暗处有很多敌人，他们都在等着看你踩上香蕉皮，狠狠摔一跤，然后从你身上迈过去。"

"您肯定不在其列。"

"现在这个关键时刻，我需要你。"塞克斯说道，"我需要你和你的团队来阻止德文·卡特把辖区变成屠宰场。你要是能够妥善处理这件事情，我保证会继续'往上爬'，让你独自待在你这个王国之内。如果处理不好，那么，你就会成为我的黑色屁股上的一块白色伤疤，我会把你调离北曼哈顿，让你以后每天戴着宽边帽工作。"

马龙暗暗思忖：你个混蛋，有种就试试，我会让你知道这么做的后果有多严重。

在这一团乱麻之中，他们还有一点共识：不想让辖区枪支泛滥。

马龙又想：这些街区是我的，不是你的。

他说："我可以阻止这次军火交易。但是，如果要照章办事的话，难度会很大。"

所以，塞克斯警监，你想通过什么方式阻止他们呢？

考虑了一下，塞克斯说："我需要报告，警探。你跟我汇报的每一件事，都必须照章办事。我需要知道你在哪里，在做什么。

我们都了解彼此的需求了吧？"

完美。马龙想道。我们都是腐败的警察，只是方式不同而已。

我会提供一个和平礼物给你——如果这次行动演变成一次大规模拘捕，我会把你拉进来。你在视频里露脸，在《邮报》上刊登自己的照片，职业生涯又有了一个闪光点。这样你会尽快升职，以后就再也不会有人用数据来管辖北曼哈顿了。

"圣诞快乐，警监先生。"马龙说。

"圣诞快乐。"

第四章

大约五年前，行动组刚刚成立的时候，马龙策划了"火鸡游行"这项活动，目的很单纯：在社区内营造一点儿积极的公共关系。

且不谈效果如何，但每个人都由此认识了行动组的警探们。而向人们奉献一点爱心和善意，好像无伤大雅。你永远不会知道，这些因为在圣诞节能吃上火鸡而避免挨饿的孩子们，接受了你的滴水之恩，将会如何回报你。

马龙很自豪，火鸡都是他自费买的。欢乐大道的卢·萨维诺和一些自作聪明的人都很愿意捐献一些在运输过程中从卡车上掉下来的火鸡。但是，没有不透风的墙，整个社区很快就会知道整个事情的原委。所以，马龙想方设法从一个食品批发商那里拿到了折扣，而且征用他的双排卡车还不会被开罚单。只不过，马龙多付了一些运费。

没关系，一次抓捕就能填上这个窟窿。

马龙并不会天真到以为，这些吃了火鸡的人第二天就不会再从高楼上给他"寄"来瓶子、易拉罐、脏尿不湿等类似的"航空邮件"了。有一次，十九楼直接飞下来一台空调，与马龙的头仅有一英尺的偏差。

马龙知道,"火鸡游行"只是一个暂时的停战协议。

现在,他走进了更衣室,发现蒙蒂已经换好了圣诞老人的服装。他忍不住笑了出来:"看起来很棒!"

其实是看起来很搞笑。一个高大魁梧的黑人,一个通常惜字如金、不苟言笑的黑人,现在竟然戴着一个红色的圣诞帽,还有一副大胡子。

"圣诞老人有黑皮肤的吗?"

"多元化。"马龙说,"我在警察总局的官方网站学到了这个词。"

"不管怎么打扮,"鲁索对蒙蒂说,"你都不像圣诞老人,更像是个搞笑老人。圣诞老人不可能是黑人,更别说你还有个大肚子。"

蒙蒂反驳说:"就像每次我和你老婆上床后她都会给我做一个三明治一样,这根本就不是我的错。"

鲁索大笑:"她给你做的比给我做的多啊。"

以前,圣诞老人的扮演者是比利。尽管他比铁轨还瘦,但是他非常喜欢这个角色,还会在衣服下面塞一个枕头,与孩子们开着玩笑就把火鸡送出去了。现在,这个重任落到了蒙蒂的肩上,即便他是个黑人。

蒙蒂调整了一下胡子,看着马龙说:"你明明知道他们会把火鸡卖掉。为什么我们不省去这个麻烦,直接给他们提供毒品呢?"

马龙自然清楚,并不是每一个火鸡都能成功登上餐桌,有些会被直接放到烟斗里,或者被注射进胳膊里,或者被吸到鼻子里。然后火鸡落到了毒贩子的手里,他们倒卖给小杂货店,小杂货店店主们再把火鸡放在架子上售卖获利。但是,大部分火鸡还是会出现在家庭餐桌上。生活就是一个数字游戏,有些家庭会因为他的火鸡而吃上丰盛的圣诞晚餐,有些则不能。

这已经很不错了。

但是,德文·卡特觉得,这远远不够。他对马龙的"火鸡游行"活动嗤之以鼻。

事情发生在大约一个月以前。

马龙、鲁索和蒙蒂在希尔维亚餐厅吃饭。他们三人正埋头享受着煨火鸡翅。蒙蒂抬起头,一怔,说道:"猜猜谁来了?"

马龙扫了一眼吧台,德文·卡特出现在了他的视线里。

鲁索说:"伙计们,结账走人吧?"

"没必要这么不友好,"马龙说,"我过去打个招呼。"

马龙起身时,卡特的两个手下挡住了他的去路,但是卡特摆了摆手,让他们让开。马龙把凳子搬到卡特旁边说:"德文·卡特,你好。我是丹尼·马龙。"

"我认识你,"卡特说,"有什么问题吗?"

"我没问题,除非你有。"马龙回答,"我只是在想,嘿,既然我们在同一个地方出现了,那为什么不当面打个招呼呢?"

卡特的穿着打扮看起来一如既往地得体——上身一件浅灰色的羊绒布里奥尼高领毛衣,下身一条深灰色的拉夫·劳伦长裤,脸上架着一副超大的古驰眼镜框。

此时,周围的空气很安静,气氛稍有点尴尬。哈莱姆最大的毒枭和最想将他绳之以法的警察面对面坐着。卡特说:"说实话,刚才我们还在嘲笑你。"

"噢?我哪里这么搞笑呢?"

"你的'火鸡游行',"卡特说,"你给他们提供鸡腿,我给他们提供钱和毒品。你觉得咱俩谁会赢呢？"

"真正的问题是，"马龙说，"你和纯内提瑞斯，到底谁会赢呢？"

皮纳被捕，纯内提瑞斯放缓了扩张的脚步，但这只是一个小小的挫折。卡特的几个帮派已经开始有了向纯内提瑞斯投怀送抱的念头。他们担心，纯内提瑞斯人数众多，枪支充足，很快就会垄断大麻市场。

卡特的经营方式不拘一格——他也是身不由己。除了大部分运往其他城市的，或者至少去往白人客户群的海洛因之外，他还经营可卡因和大麻。为了维持赚钱的海洛因生意，他必须多品种经营。他需要安全，他需要马仔，他需要面对面交流的人，所以，他需要黑帮的支持。

而黑帮需要赚钱，维持生计。

尽管卡特很不情愿，但除了允许"他"的黑帮交易大麻，他别无选择，纯内提瑞斯正在暗中虎视眈眈。时机一到，他们要么直接花钱买通卡特的黑帮，要么就让他们彻底消失。没有交易大麻得来的钱，卡特的黑帮没钱买枪，只能坐以待毙。

这样一来，卡特处心积虑累积起来的金字塔就会从底部慢慢坍塌。

本来，马龙对大麻交易并不是太关心。但是，如果北曼哈顿七成的谋杀案都和毒品相关，他就不得不插手了。

拉丁美洲黑帮互相残杀，黑人黑帮互相残杀，渐渐地，拉丁美洲黑帮和黑人黑帮开始交火，两个帮派关于大额海洛因的冲突开始升级。

"你帮我把皮纳弄出局了。"卡特说。

"那你连一篮纸杯蛋糕都不舍得送我。"

"因为我听说，你从中获益匪浅。"

马龙后背一凉，但没有表现出任何迟疑和犹豫："每次大规避的拘捕之后，传言都会说，警察顺手牵羊，'顺'走不少东西。"

"那是因为你们每次都是这么做的。"

"这就是你不明白的地方。"马龙说，"过去呢，年轻的黑人小伙子们下田摘棉花，现在呢，你就是那朵棉花！像你这种为机器运转提供原料的粗产物，多得数不胜数。"

"狱工复合体①的成果，"卡特说，"你的薪水也有我的贡献。"

"不要觉得我不感恩，"马龙说，"如果不是你的话，还会有别人来干这个。你觉得他们为什么会叫你'灵魂幸存者'？不仅因为你是黑人，也不仅因为你被孤立，还因为，你是你这类人中唯一的幸存者。过去，白人政客们会来向你献媚，争取你的选票。你没有发觉吗？现在他们已经很少露面，因为他们根本就不需要你了。他们现在转向拉丁裔、亚裔、多米尼加裔。很快，他们就会把你弄出局。"

卡特笑道："每次听到这种话，我都希望手头有一个五分硬币能打发掉造谣的这个人……"

"最近去过欢乐大道吗？"马龙问道，"那里已经成为中国人的地盘。因伍德和华盛顿高地呢？每天在那里聚首的拉丁人也越来越多。而你在曼哈顿维尔和格兰特的人，已经开始向纯内提瑞斯买东西了。很快，你连五分硬币的买卖也没了。多米尼加人、墨西哥人、波多黎各人组成了一个小圈子——他们说着同一种语言，有着相同的饮食习惯，听着同一类型的音乐。可能为了利益，他们会和你交易，但是，如果你想和他们成为合作伙伴，那

---

① 来自词汇"军工复合体"，指美国移民的快速增长使为监狱提供产品和餐饮服务的企业利润大涨。

简直是痴心妄想。墨西哥人给西班牙人的批发价远远低于给你的价格,这样你还拿什么与人竞争呢?除了自己的胳膊,一个瘾君子谈何忠诚?"

"看来,你把赌注下在纯内提瑞斯身上。"卡特说。

"我下注我自己。"马龙说,"知道为什么吗?因为机器会一直运转下去。"

当天晚些时候,行动组收到了一篮子纸杯蛋糕,里面一张给马龙的纸条写道:这件礼物价值49.95美金,恰好比警察受贿的上限便宜五美分。

对此,警监塞克斯很不高兴。

马龙一行出现在了雷诺克斯。马龙坐在卡车的后面,车门大开。蒙蒂大喊着"嘀、嘀、嘀!"马龙一边往外扔火鸡,一边说着祝词:"愿行动组与你同在。"

这是行动组不成文的座右铭。

塞克斯也不喜欢这句话,因为他觉得这太"轻佻"。警监先生不明白,在这里当警察,有时候就得会作秀。这与卧底不同——他们与卧底协同作战,但是卧底不实施抓捕行动。

马龙想:实施抓捕行动的是我们。有些报纸还会刊登我们的笑脸,然而这其中没有塞克斯。因为你必须出现在现场才能有登报机会,如果还想在登报的时候加上照片,那你跟行动组必须是一条心,而不是从中作梗。

如果你吸毒贩毒,侵犯人身安全,强奸妇女,用车绑架,那么,行动组就会将你绳之以法。我们会想方设法,不惜一切代价。

这是一个非黑即白的社会,没有中间地带。

至少，住在这里的人都了解我们。

他们会喊"行动组去死！""给我那该死的火鸡，你们这些混蛋！""你们这些猪头，为什么不给我们猪肉？"马龙听了这些话，只会一笑置之，因为他知道，这都是善意的玩笑。当然，大部分人不会说话，或者只是安静地说一声"谢谢"。毕竟，他们都是守法的公民，在这里挣扎着生活，养儿育女。

蒙蒂也是其中一员。

马龙觉得，大个子肩上的责任太重了。他和妻子以及三个孩子住在莎威公寓里，最大的孩子已经到了不加管束就会上街头鬼混的年纪。蒙蒂对于在孩子身边待的时间越来越少感到焦虑。比如今晚，他想回家和自己的家人一起过平安夜，却又不得不出来工作，为孩子们上大学积攒学费，履行一个父亲的责任和义务。

一个父亲为自己的孩子做的最好的事情就是履行责任和义务。

当然，蒙蒂的三个儿子都是好孩子，聪明伶俐，知书达礼。

马龙是他们的"丹尼叔叔"，也是他们的法定监护人。

如果发生了什么意外，他和塞拉会是蒙蒂和鲁索孩子的法定监护人。鲁索和蒙蒂两家人有时晚上会一起出去吃饭，马龙经常开玩笑说，他们应该合开一辆大车，那样他就不用每次都拉着六个孩子了。

菲尔·鲁索和堂娜·鲁索是马龙的孩子的法定监护人。如果马龙和塞拉死于空难或者其他事故——包括其他不可能出现的场景——约翰和凯特琳就会跟着鲁索一家继续生活。

马龙并不是不信任蒙蒂——蒙蒂是他见过的最称职的父亲，孩子们也都很爱他——但是菲尔是他的兄弟。他也来自斯塔滕岛，不仅仅是马龙的搭档，还是他最好的朋友。两人从小一起长大,一起考进警校。他们并肩作战,出生入死,数不清有多少次把对方从鬼门关拉回来。

紧要关头,他愿意为鲁索和蒙蒂挡子弹,不会有一丝犹豫。

这时,一个大约八岁的小孩开始为难蒙蒂。

"圣诞老人不抽该死的雪茄!"

"我这个圣诞老人就抽。注意你说话的方式。"

"你怎么来的?"

"你要不要火鸡?"蒙蒂问道,"不准说那些该死的玩笑话。"

"圣诞老人不说脏话!"

"别理他。拿着你的火鸡回家。"康奈利·汉普敦教士朝卡车走了过来。拥挤的人群就像他布道时说"容我的百姓去"①的红海一样,分了开来。

马龙看着这张远近闻名的脸庞,一头抹了发胶的银发,脸上的表情平静如水。汉普敦是个社区活动家、民权领袖,美国有线电视新闻网和微软全国广播公司的脱口秀嘉宾。

汉普敦教士从不掩饰对于镜头的喜爱。马龙觉得,他的档期多得甚至超过了大热美剧《法官朱迪》。

蒙蒂递给他一只火鸡,说:"为了教会!"

"别给教士那只,"马龙边说边在后面找到一只大点的,说,"这只更肥一些。"

当然,也更沉一些,里面有填充物。

---

① 《出埃及记》中,摩西蒙上帝选召,和其兄亚伦一起,到法老面前传达神的旨意:"容我的百姓去!"之后,他们带领以色列人民出埃及,过红海,经旷野,前往迦南之地。过红海的时候,上帝将红海分为两半,让以色列人从干地上走过。

二十张现金大钞塞得火鸡的屁股翘了起来。这是来自西米诺家族和其在欢乐大道的头目卢·萨维诺的节日礼物。

"谢谢你,马龙警探。"汉普敦说,"这些将使穷人和无家可归者饱腹。"

当然,部分而已。

汉普敦又说:"圣诞快乐。"

"圣诞快乐。"

马龙在人群中发现了"脏屁股"。

这个"爵士迷"站在人群的边缘,长长的脖子缩在乐斯菲斯夹克的领子里。这件衣服是马龙买的,这样他就不会冻死在街头。

"脏屁股"是马龙的"罪犯线人"之一,是他独有的密探,尽管马龙从来没把他登记在册。作为一个瘾君子和一个三流的毒贩,他的信息却往往很准确。"脏屁股"这个名字的由来,是因为他闻起来总是像毒气室。如果可能的话,每个人会尽量选择在室外开阔地跟他交谈。

这时,他来到了卡车的后面,小身板颤抖着,要么是冷,要么是毒瘾发作了。马龙递给他一只火鸡,尽管"脏屁股"在哪里做饭还是个谜,因为他经常在毒品注射处过夜。

"脏屁股"说:"218街和184街交界处,大约十一点。"

马龙问:"他去那里干什么?"

"找女人。"

"你确定?"

"当然,他亲口告诉我的。"

"如果事情成了,给你发奖金。"马龙说,"看在上帝的分儿上,找一个厕所擦擦屁股,好吗?"

"脏屁股"说:"圣诞快乐。"然后拿着火鸡走开了。或许,他会卖掉它,这样他又能换来一针。

人行道上有个人喊道:"我不要警察的火鸡!迈克尔·贝内特根本就吃不到你们的火鸡,是不是?"

马龙想,这确实是事实。现实就是这么残酷。

他一转头,看到了马库斯·塞耶。

这个孩子在张着手要火鸡,马龙注意到,他的脸浮肿着,青紫相间,下嘴唇也被切开了。

马库斯的母亲——一个肥胖的懒女人——把门打开一条小缝,看到了金色的警徽。

"让我进去,拉韦,"马龙说,"我给你带了一只火鸡。"

确实,他的腋下夹了一只火鸡,手里领着八岁的马库斯。

她把链锁滑下来,打开门:"他是不是惹了什么麻烦?马库斯,你做了什么错事?"

马龙把马库斯放在身前,轻轻把他推进门,把火鸡放在厨房的台子上。或者说,这是在满屋空瓶子、烟灰和污垢之外,唯一能放东西的地方。

"但丁呢?"马龙问道。

"睡觉呢。"

马龙扯起马库斯的夹克和格子衬衣,指着他背上的伤痕,问:"这都是但丁干的?"

"马库斯跟你说什么了?"

"他什么都没说!"

但丁从卧室里出来了。拉韦的新男友是个好勇斗狠的人,身高约六英尺七英寸(2.01米),是个典型的肌肉棒子。他喝醉了,黄眼球里充满了血丝,居高临下地瞪着马龙问:"你想干什么?"

"我说过，如果你再对这个孩子动武，我会怎么惩罚你？"

"你说要掰断我的手腕。"

马龙拔出警棍，像拿着指挥棒一样旋转着，把它放在但丁的右手腕上，要把他的右手腕掰断。但丁大声咆哮着，左手在空中向马龙挥舞过来。马龙躲开，俯下身用警棍缠住但丁的胫骨，这个男人像一棵被伐倒的大树一样轰然倒地。

"应该已经断了。"马龙说。

"你这是暴力执法！"

马龙用脚踩着但丁的脖子，用另一只脚使劲踹了他的屁股几下，说："你看到阿尔·夏普敦[①]了？看到电视摄制组了？还是看到拉韦在打电话了？如果摄像头关了，根本就没有什么暴力执法。"

"这个小子不尊重我，"但丁吼道，"我在管教他！"

马库斯瞪大双眼站在了一边。他从没想到，魁梧雄壮的但丁会如此狼狈，他竟产生了一种莫名的快感。而拉韦却担心，警察走了之后，她又会被暴打一顿。马龙又用脚使劲踩了踩，说："下次，如果我再看见他身上有淤青和伤痕，我就来管教你。我会把这根警棍戳进你的屁股，再把它从你嘴里拔出来。然后，我和蒙蒂会捆起你的双脚，把你扔到牙买加湾[②]。现在，你可以滚了，不准再踏进这个家门半步！"

"你无权决定我住在哪儿！"

"我刚才决定了。"马龙把脚从但丁的脖子上拿开，"你怎么

[①]美国著名民权领袖、政治活动家。
[②]位于美国纽约州长岛西南部、大西洋边的一个浅水湾，面积约五十平方千米，为纽约港的一部分。其西半部属布鲁克林区，东半部属皇后区。

还赖在这里啊，混球？"

但丁爬起来，抬着被掰断了的手腕，一脸痛苦。

马龙瞅见了他的外套，顺手扔给了他。

"我的鞋怎么办？"但丁哀求道，"在卧室里。"

"你光着脚滚吧。"马龙说，"你在雪地里光着脚走到医院，告诉大家，一个殴打小男孩的成年人得到了什么报应。"

但丁跌跌撞撞出了门。

马龙知道，这件事今晚就会被传得沸沸扬扬——或许你可以在布鲁克林、在皇后区殴打小孩子，但是在北曼哈顿，在马龙的地盘，这是绝对行不通的。

他转过身对拉韦说："你吃错药了？"

"难道，我和你一样不需要有人爱吗？"

"好好爱你的孩子吧。"马龙说，"如果我再看到这种情况，你就要坐牢，他也会进入犯罪系统，这是你期望看到的结果吗？"

"当然不是。"

"那就及时改正。"他从口袋里拿出二十美金，"这不是为了让你买小黛比（Little Debbies）的点心、蛋糕。你还有点时间去购物，去买点东西放在圣诞树下。"

"没有圣诞树。"

"这是爱的表达。"

上帝啊。

他弯腰把脸凑到马库斯面前："任何人伤害你，或者威胁要伤害你——你来找我，找蒙蒂，找鲁索，找行动组的任何人都可以，好吗？"

马库斯点了点头。

或许，马龙想道，或许能感化这个孩子，他的成长之路不会建立在憎恨警察的基础上。

马龙也不傻——他明白，自己根本不可能阻止每一个北曼哈顿的孩子遭受毒打，甚至大部分他都阻止不了，更不要说其他罪行了。这让他很苦恼——这是他的地盘，阻止这些是他的责任。北曼哈顿发生的任何坏事都是他的责任。虽然他知道，这种想法很不现实，但是，这就是他的真实想法。

没错，一个王国里发生任何不好的事情，国王都要负责任。

马龙在位于116街的阿莫酒吧（D'Amore）看到了卢·萨维诺，这里曾经被称为西班牙人的哈莱姆。再之前，它被称为意大利人的哈莱姆，现在呢，它在逐渐成为亚洲人的哈莱姆。

马龙慢慢踱进酒吧。

萨维诺是西米诺家族的一个小头目，统领着该家族在欢乐大道的一个分支。他们分布在各个高楼大厦和建筑单元里，放贷，赌博，还从事其他黑手党所从事的活动——但是，马龙很清楚，卢也在贩毒。

但是，他不能在北曼哈顿干。

马龙跟他强调过，如果他有任何一项违法行为出现在贫民区，他们之间的所有协议都会立即失效——这肯定会影响他的生意。一直以来，都是警察跟黑手党打交道——黑手党想要控制妓女，控制赌博——在州政府接手之前，纸牌游戏和地下赌场的数量飙升。收"保护费"被当作一种抽奖活动，并且逐渐变成了一种公民美德——因为黑手党每个月都给警察一个信封。

通常，每个分区都有一个警察作为"中间人"——他会收取报酬并"上缴"给他的长官们。巡警交给警员，警员交给警探，警探交给警督，警督交给警监，警监交给高级警监，高级警监交给警察专员——每人一份。

而且，大多人都把这种收入看作"干净钱"。

过去那些警察（马龙想，现在的警察根本就不算警察）在"干净钱"和"脏钱"之间做了一个区分。"干净钱"大部分来自赌博——而"脏钱"来自毒品和暴力犯罪——不是谋杀犯、抢劫犯、强奸犯或者暴力罪犯不想用钱收买警察，而是大部分警察只会接受"干净钱"，极少有人会碰沾有毒品和鲜血的钱。

甚至黑手党们都知道这种区别，也接受了这个现实：在周二收了赌博的份子钱的这个警察，可能在周四就会因为贩毒或谋杀而抓捕同一个人。

这个规则，每个人都心知肚明。

卢·萨维诺这种黑手党总以为自己在婚礼现场，而实际上他却在守灵。

他在死去的假神的祭坛前祈祷。

他总是装模作样，尝试保持一种形象，但实际上，这种形象在现实中完全不存在。他有点近乎痴狂地想成为一个并不真实的人物，即使那个人的光环早已消退于无形。

萨维诺这代人喜欢看电影，做梦都想成为电影里的那些人物。所以，他并不是想成为真正的左撇子鲁吉罗（电影《忠奸人》中的反派角色），而是想成为阿尔·帕西诺扮演的鲁吉罗；他也不是想成为真正的托尼·德西蒙（道上有名的混混），而是想成为乔·佩西扮演的德西蒙；他也想成为詹姆斯·甘多菲尼扮演的杰克·阿玛瑞（意大利黑道家族的二把手），而不是真正的杰克·阿玛瑞。

这些都是经典影片里的人物。马龙想：但是上帝啊，这些只是虚构的影片而已。人们能够清楚指出离这里几个街区远的桑尼·科里昂（《教父》中科里昂家族的长子）用垃圾桶盖暴打卡洛·瑞兹（桑尼的姐夫）的地方，就好像这件事真的发生过一样，却不知道这里正是弗朗西斯·福特·科波拉（好莱坞顶级导演，《教父》导演）导演的电影里，詹姆斯·凯恩（桑尼·科里昂的扮演者）假装暴打吉亚尼·鲁索（卡洛·瑞兹的扮演者）的地方。

真讽刺，马龙想，每个机构都有自己的生存之道，纽约警察局也不例外。

萨维诺穿着一件珍珠灰的阿玛尼外套，里面是一件黑色丝绸衬衣，坐在那里喝着七七鸡尾酒。为什么人们会往极品威士忌里加苏打水呢？马龙百思不得其解。

"嗨，警察之王来了！"萨维诺起身给了他一个大大的拥抱。这样信封就毫不费力地从萨维诺的口袋转移到了马龙的口袋里。

"圣诞快乐，丹尼。"

圣诞节是警察圈内的重要时刻——每个人在这天都能拿到年度奖金，通常都有数万美元。而信封的厚度呢，正是职位高低的"晴雨表"——信封越厚，职位越高。

但是马龙的信封和这个无关。他得到报酬，是因为其"中间人"的身份。

所谓"容易钱"，就是与人约见在不同地点——酒吧、餐厅、河滨公园的运动场——偷偷塞给他们一个信封。他们对这些钱的目的早已心知肚明，也早就研究过了。马龙只是个传递员，因为这些所谓的好市民们绝对不愿意被人发现与黑手党会面。

他们是城市官员——那种能够决定合同标的额的官员。

而这也是西米诺家族的核心利益所在。

西米诺家族能从每件事中分一杯羹——任何能帮他们中标的人都有回扣。然后他们垄断了混凝土、钢筋、电业、管道系统的业务。如果西米诺家族没有中标，他的同盟就会随意找一个借口，关掉这个项目。

大家都以为，在《反诈骗腐败组织集团犯罪法》[①]、朱利亚尼奇迹、佣金事件、破窗理论之后，罪犯们都销声匿迹了。曾经有那么一段时间，他们确实消停了。

然后，世贸大楼坍塌。

整个晚上，联邦调查局四分之三的人力都在轮岗进行反恐工作，趁此机会，黑手党们又回来了。更可恶的是，他们因为从大厦遗址往外运送建筑垃圾而大发横财。卢曾吹牛，他们从中捞了大约六千三百万美元。

"9·11"事件拯救了黑手党。

现在，谁在掌管西米诺家族还是个秘密。但是聪明钱都是斯蒂维·布鲁诺赚的。他曾因违反《反诈骗腐败组织集团犯罪法》坐过十年牢，现已出狱三年，整个组织在他的带领下蓬勃发展。他基本与外界绝缘，生活在泽西，很少到城里来，甚至拒绝进城吃饭。

他们就这么低调地回来了，尽管辉煌早已不在。

萨维诺对酒保招了招手，酒保直接给马龙拿了一杯尊美醇过来。

他们又重新坐下，开始寒暄——"家人怎么样？""很好。你的呢？""都不错。""生意怎么样？""勉强糊口吧。"

"你联系教士了？"萨维诺问道。

[①] 1970年生效的用以打击有组织犯罪——黑社会犯罪——的美国联邦法规。

"他拿到了火鸡。"马龙说,"前几天夜里,你的几个手下在雷诺克斯殴打了一个酒吧店主,他的名字叫奥斯本。"

"怎么?你现在连这种小事也要插手了?"

"是的。"马龙回答。

"他挨打是因为拖欠贷款利息,"萨维诺说,"已经连续两个周了。"

"不要让我难堪,也不要在街上打他,这样每个人都能看见。"马龙说,"现在局势很紧张。"

"嘿,就因为一个警察误杀了一个孩子,就意味着很多事情我都得获取许可?"萨维诺问道,"这个笨蛋竟然押尼克斯队赢,马龙,该死的尼克斯队。然后呢,他就没法子还钱了。我还能怎么办?"

"不管你怎么办,不要在我的地盘上办。"

"可恶。圣诞快乐。很高兴你今晚能够过来。"萨维诺说,"还有什么让你不舒服的事情吗?"

"没了,就这一件。"

"谢谢你,伟大的圣·安东尼。"

"今年的收入还不错?"

萨维诺耸了耸肩:"我可以提供一些信息,但这仅限于你我之间。我过去的那些大佬都是笨蛋。但是这个人在泽西有一套河景房,一个网球场……他现在极少进城,因为他在里面待了十年,这我理解。但是,他思考的时候总是用两只手吃东西,没人在意这个,只有我注意到了这个细节。"

"卢,低调点,小心隔墙有耳。"

"管他们呢。"萨维诺说完又点了一杯酒,"有个消息可能你会更感兴趣。知道我听说什么了吗?我听说,让你名声大噪的皮纳案，你们缴获的毒品并没有全部上缴。"

老天爷，怎么每个人都在讨论这个。"瞎扯。"马龙说。

"嗯，很有可能，"萨维诺说，"因为如果是真的，这个消息早就传遍街头巷尾了。但实际上并没有。有人说毒品走的是法国路线①，我猜很快就会水落石出了。"

"嗯，不要乱猜。"

"你今晚很敏感啊，"萨维诺说，"我刚才的意思是……"

马龙放下杯子，说："我得走了。"

"你还有很多地方要去，还有很多人要见。"萨维诺用意大利语说，"圣诞快乐，马龙。"

"同乐。"

马龙走出酒吧，来到了大街上。萨维诺听到皮纳事件的什么风声了？他是在钓鱼，还是真的知道点什么？如果情况不妙，要及早处置，免留后患。

不管怎么样，马龙想，意大利人再也不敢明目张胆地在雷诺克斯殴打欠债不还的人了。

这也算一点成就。

去下一个地方。

比利牺牲的时候，黛比·菲利普斯刚刚怀孕三个月。

因为他们并没有结婚（还没结——蒙蒂和鲁索生活中都是以孩子为中心，这给他树立了很好的榜样，他也在朝着这个方向努力），警局不会承认她的存在，不会在比利的葬礼上慰问她——该死的天主教部门也不会给这个未婚妈妈折叠的国旗和安慰的话语，当然也不会给她抚恤金和医疗补助。她打算去做一个亲子鉴

---

① 1960年代，毒贩子从土耳其取道法国马赛把毒品贩到纽约城。

定,然后把警局告上法庭。但是马龙说服她放弃了这个念头。

不能把警局交给律师。

"这不是我们做事的方式,"马龙告诉她,"我们会照顾你和孩子。"

"怎么照顾?"黛比问道。

"我来操心这些,"马龙说,"你需要任何东西,就给我打电话。如果是女人之间的事儿——塞拉、堂娜·鲁索、尤兰达·蒙蒂都可以帮忙。"

但是,黛比从未向她们求助。

从某种意义上说,她是一个独立女性。她不太黏比利,从没介意过他繁杂的家族关系。他们之间只是发生了一夜情,没想到她就怀孕了。比利没有听取马龙的建议,做这种事儿的时候,要戴两个安全套。

"可是我拔出来了。"比利接完黛比的电话后,如此告诉马龙。

"你现在还是个高中生吗?"马龙问道。

蒙蒂一巴掌打在比利头上:"笨蛋!"

"你要娶她吗?"鲁索问。

"她不想结婚。"

"你俩想要干什么并不重要,"蒙蒂说,"孩子的需求最重要——父母双全。"

但是,黛比是一个独立的现代女性,她不需要一个男人来共同抚养一个孩子。她告诉比利,他们应该等一等,看看他们的"关系"发展如何再做决定。

然而,他们根本连试一试的机会都没有。

现在,她为马龙打开了门。

怀孕八个月了,黛比在西宾夕法尼亚的家人都没过来帮忙,而她在纽约又举目无亲。尤兰达·蒙蒂住得最近,所以她经常过来看看,带着黛比去杂货店购物,有时获得黛比的许可后,还可以陪着她去看医生,但尤兰达从不谈钱的事情。

妻子们从不谈钱。

"圣诞快乐,黛比。"马龙说。

"嗯,挺好。"

她把他让进门。

黛比很漂亮,胃口也好,所以她的肚子看起来很大。棕色的头发由于好久没洗,一缕缕显得很脏。整个公寓里也乱七八糟的,她坐在一个老旧的沙发上,电视里播放着晚间新闻。

公寓里很热,而且不太通风。这些老旧的公寓条件向来乏善可陈。一台空调不时发出"嘶嘶"声,好像是在告诉马龙:如果不喜欢这里就赶紧滚。

他把一个信封放在了咖啡桌上——五千美金。

决定很简单——比利继续和他们共享一切。在他们结束了皮纳那场毒品战之后,比利也得到了自己应得的那一份。马龙是分配者,当他感觉黛比需要这笔钱、能够掌控这笔钱的时候,他就会拿出来给她。剩下的呢,就会作为比利即将出生的孩子的大学基金存起来。

马龙自己的儿子什么也得不到,因为他的妈妈可以待在家里,照顾他。

黛比开始在这点上刁难他:"你可以支付日托的费用,我需要出去工作。"

"不,你不需要。"

"不是钱的事儿,"她说,"如果整天和一个小孩子待在一起,我很快就疯了。"

"在他出生后，你会有完全不同的感觉。"

"每个人都这么说。"

这时她看了看信封，然后抬起头看着他："白色福利？"

"不是慈善基金，"马龙说，"这是比利的钱。"

"那就把它全部交给我，"她说，"不要像公益部门似的。"

"我们都做好自己分内的事儿。"马龙说完，抬头巡视了一下整个小公寓，"做好生孩子的准备了吗？有没有准备好摇篮、尿不湿、婴儿车之类的东西？"

"你听听你都说了些什么。"

"尤兰达可以带你去购物，"马龙说，"或者如果你愿意的话，我们也可以直接买了给你送过来。"

"如果尤兰达带着我去购物，"黛比说，"我会看起来像一个带着保姆的上西区富太太。如果为了更真实，我可以让她装出一副牙买加口音。哦不对，现在做保姆的是不是已经都是海地人了？"

尖酸刻薄的女人。马龙并不责怪她。

她和一个警察约会，结果不小心被搞大了肚子。现在，这个警察牺牲了，留下她独自一人——她的整个人生都被颠覆了。警察朋友和他们的妻子们告诉她应该做什么，给她提供零花钱，让她感觉自己就像个孩子。她就是个孩子，马龙认为，如果她拿到了比利的钱，用不了多久就会挥霍一空，那比利的孩子怎么办呢？

"明天怎么安排？"马龙问。

"生活真是美好啊，"她说，"蒙蒂一家邀请我了，鲁索一家也邀请我了，但是我不想打扰他们。"

"他们是真心实意的。"

"我知道。"她把脚搭到了桌子上,"马龙,我想他了。你说我是不是疯了?"

"不,"马龙说,"你没疯。"

我也想他。

我也爱他。

都柏林之家酒吧位于79街和百老汇大道的交界处。

平安夜的爱尔兰酒吧,顾客只有爱尔兰酒鬼和爱尔兰警察,或者两者兼而有之。

马龙看到站在拥挤酒吧里的比尔·麦克吉文,拿着一杯酒一饮而尽。

"警监先生。"

"马龙,"麦克吉文说,"正在想今晚能不能碰到你呢?喝点什么?"

"和您一样吧。"

"再来一杯尊美醇。"麦克吉文对酒保说。警监先生因为酒精的刺激而红光满面,这让他满头白发看起来格外显眼。麦克吉文是典型的爱尔兰人,红色的脸颊,圆润的脸盘,不事声张且笑容满面。他是警察圈子和天主教的监护人中举足轻重的人物。如果不做警察的话,他会去做一个病房医生,而且还能干得不错。

"坐下聊聊?"马龙在酒来了之后问道。他们身后恰巧有位置,两人便顺势坐了下来。

"圣诞快乐,马龙。"

"圣诞快乐,警监先生。"

两人碰了碰杯。

麦克吉文是马龙的"靠山"——他的良师益友、保护伞和职业教父。每一个警察身后都有一个这种类型的人——为你打掩护，为你争取好差事，守护着你。

麦克吉文是一个强有力的"靠山"，一个纽约警察局的高级警监，警衔比普通警监高两级，只比警察专员的警衔低。一个实权派的高级警监——像麦克吉文这种——可以直接摧毁一个普通警监的职业生涯，塞克斯很清楚这一点。

马龙从小就认识麦克吉文。警监先生和马龙的父亲过去曾在第六分局共事。马龙的父亲去世几年后，麦克吉文找马龙聊了聊，告诉他一些隐情。

"约翰·马龙是一个伟大的警察。"麦克吉文说。

"他酗酒。"马龙说。那时候他十六岁，已经懂事了。

"我不否认这一点，"麦克吉文说，"但你父亲和我在第六分局的时候，两周之内破获了一起谋杀小孩子的大案，所有的死者都在四岁以下。"

其中一个小孩浑身都是烧伤的小印子。麦克吉文和老马龙都不知道作案的凶器是什么，但他们耐心追查，终于发现这些伤口和一根破水管的缺口完全吻合。

这个孩子被折磨得死去活来，最终咬舌自尽。

"所以，"麦克吉文说，"还觉得你父亲是个酒鬼吗？"

这时，马龙从口袋里拿出一个信封，从桌子上推给了麦克吉文。麦克吉文举起厚厚的信封，说："圣诞快乐，真心的。今年收入还不错。"他将信封塞进了羊毛外套，"生活待你又如何呢？"

马龙呷了一口威士忌，说："我被塞克斯弄得精疲力尽。"

"我不能把他调走，"麦克吉文说，"他是警察总局的宠儿。"

他说的是纽约警察局广场，纽约市警察局的总部。

马上就会自身难保了。马龙想。

联邦调查局已经对高级官员收贿、行贿情况展开调查。

有些愚蠢的形式,比如旅行、"超级碗"季票、时尚餐厅的美味佳肴,都是为了交换取消罚单、传票,甚至为从海外走私钻石者提供庇护。其中有个有钱的混蛋,让一个海军指挥官用军舰拉着一堆朋友去长岛,让一架警用直升机载着他的客人去汉普斯顿参加聚会。

还有枪支执照的问题。

在纽约,拿到枪支执照的难度很大,更别提被允许随身携带了。这需要深度的社会背景调查和面试。除非你很有钱,直接给"中间人"两万美元,"中间人"替你去买通高级别的警察,精简程序。

联邦调查局已经控制了一个"中间人",他正在慢慢吐露致命的信息,爆出一个又一个名字。

一连串的起诉行将发生。

事实上,已经有五个警局的高级官员被革职。

还有一个自杀了。

他开车来到长岛家里附近的高尔夫球场,在旁边的一条大路上饮弹自尽——没留任何遗言。

极度悲伤的冲击波席卷整个纽约警察局的高层,包括麦克吉文。他们不知道,接下来会是谁——被捕,吃枪子。

媒体对待这件事的态度,就像一只被绑在沙发腿上的盲犬,因为市长和警察专员已经挑起了一场战争。

也可能没有那么严重,马龙想,就好像在一艘即将沉没的船上,两个人为了救生艇上最后一个座位而大打出手。双方都面临着很多丑闻,逃避的一个办法就是,把对方扔给如饥似渴的媒体鲨鱼，期望能够满足它们的疯狂胃口，并趁这段时间抓紧脱身。

没有什么比市长陷入麻烦更让马龙高兴了。他的大部分兄弟姐妹也都赞同这个观点，因为只要有机会，这个混蛋就会把他们当作替罪羊。他知道自己的选票来自哪里，所以他为了恣惠弱势团体而不择手段，却并不怎么在意"黑人的命也是命"这条标语。

但是，现在他有一屁股麻烦。

根据供词，他的政府为主要的几个政治捐助者提供了很多便利。这令人震惊，马龙想。现在，各种满天飞的指控声称，市长和他的官员们做事有点过头——威胁要给那些没有做出贡献的潜在捐赠者一点颜色看看。而纽约州的调查人员在介入这个案件的时候，给了这种行为一个丑陋的词——勒索。

"勒索"是法律用语，也是纽约的老传统。

暴徒们已经把这个传统延续了好几代——或许现在还在他们自己的"辖区"内做着这种事——逼迫店主和酒吧老板每个周交一定数额的"保护费"，这样盗窃和打、砸、抢等行为就不会发生。

警察也一样。过去，每一个店主都清楚，周五必须给巡警准备一个信封，如果没有的话，免费的三明治、咖啡和酒也可以。妓女则要提供免费的性服务。作为交换条件，警察会保护整个街区的安全——晚上帮忙检查门锁，把街头上游手好闲的人赶走。

这是一个运行得有条不紊的系统。

现在，市长先生在为自己"勒索"竞选基金的方式与方法进行辩护，为此他提出了一份近乎可笑的辩词：可以列出一个他没有为之提供便利的大捐助者的名单。

关于这次起诉的流言四起，在职的三万八千名警察中，顶多有一个人会不愿自告奋勇出庭作证。

警察们也并非毫无漏洞可言,只要有合适的借口,市长先生就会与这些"铁面无私"的人开战。所以,只要获许能够往警察身上扔垃圾,他会用双手拿着铁锹加入这个行列。

而警察专员呢,只有赢得这场与市长的战争,才不会卷铺盖走人。警局也不会因为这个丑闻而分崩离析。所以,他需要更有力的消息,需要制造头条新闻的大案。

比如,抓捕海洛因犯罪者和降低犯罪率。

"北曼哈顿特别行动组的使命没有改变。"麦克吉文说,"我不管塞克斯跟你说了什么,你还是行动组的实际领导,你用你自己的方式管理。当然,我不想被人说三道四。"

当马龙带着成立特别行动组以打击枪支和暴力犯罪的方案第一次去找麦克吉文的时候,他并没有遇到想象中的那些阻力。

"谋杀和毒品隶属于不同的小组。毒品组是单独的,直接由警察总局管辖,很少会出现联合办公的情况。"马龙争辩道,"大约四分之三的谋杀与毒品有关,这和反黑是一个道理,因为大部分由毒品引起的暴力事件都与黑帮有关。"

"成立一个单独的小组,"他说,"同时打击这些犯罪。"

毒贩、谋杀犯以及黑帮成员发出了杀猪似的惨叫声。而一个不可否认的事实是,纽约警察局的精英小组已经盯上了他们。主要原因是,他们与腐败频发和过分暴力有着不可分割的关系。

二十世纪六七十年代,老派的便衣部门促生了纳普委员会,这个委员会差点儿将警局摧毁。弗兰克·谢皮科是一个天真的混蛋,马龙想——每个人都知道,他也从便衣部门拿回扣。但令人啼笑皆非的是,他竟然加入了这个委员会,而且很清楚自己加入的是什么组织。

这家伙有上帝情结（Jesus Complex）。

毫无疑问，如果他中枪，整个警察局里没有一个人会给他捐血。他也差点儿将整个城市摧毁。"纳普"成立后的二十年里，警局的主要工作成了反腐，而不是打击犯罪。

"纳普"之后的特侦组（SIU）获得了在全市范围内自行处理和协调的权力。特侦组破获了不少大案，但也从毒贩子手里发了横财。他们最终被捕，而警察总局为给他们擦屁股浪费了不少时间。

之后成立的是街头犯罪小组（SCU）——首要任务是让枪支远离街头，这也是纳普委员会认为的头等大事。这个小组共有组员一百三十八名，全是白人，因为业绩突出，警局迅速将其规模扩大了四倍。

快速扩张的严重后果就是，1999年2月4日晚上，四个街头犯罪小组的警察在南布朗克斯巡逻。四人中职级最高的一个加入小组仅仅两年，其他人仅仅三个月。他们没有主管，也互相不熟悉，对街区也比较陌生。所以当阿马杜·迪阿罗看起来像要拔枪的时候，一个警察开始朝他射击，其他人随即加入。专家将这次事件称为"发散性射击"——恶名昭著的四十一枪。街头犯罪小组也由此解散。

四个警察也被起诉，最终却无罪释放。迈克尔·贝内特被误杀之后，这件事也再次回到了公众视野。

但是这件事很矛盾——街头犯罪小组在使枪支远离街头方面效率极高，所以更多的黑人在这个小组解散后被枪杀，而不是被警察们射杀。

十年前，行动组的前身——北曼哈顿协会（NMI）——成立。

四十一名警探的主要工作是在哈莱姆和华盛顿高地打击毒品犯罪。他们中的一个人从毒贩身上搜刮了八十万美金，排名榜首，他的搭档以七十四万美金排名第二。联邦调查局设了一个洗钱的圈套，从而一举将他们抓获，并将附带伤害降到了最低。两人分别被判了七年和六年有期徒刑。小组的指挥官也获刑一年，但他通过降薪避免了牢狱之灾。

看到警察们被铐起来带走，人人都有所收敛。

但是腐败却没能够完全终止。

好像这是一个规律，每隔二十年就会出现一次腐败丑闻，然后就会诞生一个新的小组。

所以，行动组在创建的时候阻力重重。

马龙花费了一些时间去制造影响，四处游说。最终，北曼哈顿特别行动组成功创建。

任务很简单——让街头秩序重回正轨。

马龙知道那些心照不宣的工作计划——我们不在乎你做什么，怎么做（只要不做书面陈述），只管把动物关在笼子里就行。

"我可以帮你什么，丹尼？"麦克吉文问。

"我们有一个卧底叫卡拉汉，"马龙说，"他已经打入敌人内部。我想在他伤害自己之前把他救出来。"

"你跟塞克斯汇报了吗？"

"我不想伤害那个孩子，"马龙说，"他是个好警察，只是做卧底的时间太长了。"

麦克吉文从夹克口袋里拿出一支笔，在一张纸巾上画了一个圈，然后在圈里画了两个点。

"这两个点，马龙，代表着你和我，我们在一个圈内。你请我帮忙,这是分内的事儿。这个卡拉汉……"他在圈外画了一个点,"这是他。知道我想要表达什么意思了吧?"

"我不应该为了一个圈外人请你帮忙。"

"仅此一次,丹尼,"麦克吉文说,"但是你得明白,如果这事找到我身上,我会推给你。"

"明白。"

"六七分局的预防犯罪科有一个空缺职位,"麦克吉文说,"我会给那里的强尼打个电话。他欠我一个人情,能照顾好你的那个卧底。"

"谢谢。"

"我们需要更多的海洛因抓捕行动。"麦克吉文说完,站起身,"缉毒科的头头们都指望着我。下一场暴雪吧,马龙,让我们过一个白色的圣诞节。"

说完,他从拥挤的酒吧里穿过,和熟人们热情地打着招呼,拍打着他们的肩膀,一路走了出去。

忽然间,马龙感觉有点悲伤。

也许是因为肾上腺素下降。

也许是因为圣诞节忧郁症。

他起身走到唱片机前,往里塞了一些硬币,然后找到了自己想要的那首歌——棒客乐团[1]的《纽约童话》。

听这首歌是马龙的平安夜传统。

> 平安夜到了,宝贝,在沉醉的水箱里,
> 一位老者对我说:"再也看不到其他人了。"

---

[1] 由八人组成的爱尔兰传统曲调风格乐队。

马龙清楚,塞克斯是纽约警察局的明眼人。他很想准确地知道,塞克斯与谁一派,他们关系又有多深。毫无疑问,塞克斯在试图调查他。亏我还是个英雄的警察。马龙自我解嘲地想。

现在,酒吧里超过半数的警察开始跟着唱片哼了起来。他们本应该与家人待在一起,当然如果还有家人的话。但是恰恰相反,他们待在这里,与酒精、回忆和同事们在一起。

> 纽约警察局合唱团的男孩们在唱《高威海湾》,
> 圣诞的钟声就在此时响起。

这是一个寒气袭人的哈莱姆之夜——风刀霜剑。

这种冷最直观的体现,就是脚下嘎吱作响的脏雪和口中不断哈出的白气。此时已是夜里十点多,街上几乎见不到人影。大部分酒店也已经歇业。布满涂鸦的沉铁门已经拉了下来,窗边的酒吧也都打烊了。几辆出租车在街上游荡着拉活儿,几个酒鬼像孤魂野鬼一样步履蹒跚。

没有标志的维多利亚皇冠向北朝阿姆斯特丹开去。这时候,他们已经不再分发火鸡,而是要分发痛苦。痛苦对很多人来说根本就不陌生,痛苦是他们生活的一部分。

平安夜,冰冷,干净,安谧。

人人都期待过一个平安的夜晚。

马龙关注的,是肥胖的、沾沾自喜的"胖泰迪"贝利。马龙和"脏屁股"花了几个周的时间才跟踪到他,而贝利丝毫没有察觉。

鲁索唱着歌:

你最好别叫,你最好别哭。
你最好别噘嘴,我会告诉你为什么。
吸毒的圣诞老人已经来到了城里。

他右转拐进184街,这里是"脏屁股"说"胖泰迪"要来"找女人"的地方。

"这天对监视哨来说太冷了。"马龙说,因为他根本没看到平时放哨的人,也没有人因为他们的到来而吹响口哨,以引起相关人的注意。

"黑人不抗冻。"蒙蒂说,"还记得上一次你看到黑人兄弟在滑雪坡道上是什么时候吗?"

"胖泰迪"在218街的外围停下了车。
"'脏屁股'啊,真是我的好兄弟。"马龙说。

他知道你什么时候入睡,
他知道你什么时候醒来,
他知道你什么时候昏迷……

"现在动手吗?"蒙蒂问。
"等他跟人上完床。"马龙说,"今天可是圣诞节。"
"哈,平安夜。"鲁索边说边坐进了车里,"圣诞节的蛋酒里已经加上了朗姆,礼物也都挂在了圣诞树下,烂醉的妻子已经放弃了意大利美食,而我们呢,却坐在这丛林里,冻得屁股冰凉。"

马龙从夹克口袋里拿出一个随身携带的小酒壶递给了他。
"我在执行任务。"鲁索调侃道。他猛地灌了一口,然后把酒瓶递给了后座上的蒙蒂。蒙蒂喝了一口后又把它还给了马龙。

等待。

"那个胖子干一次得多久？"鲁索问道，"他是不是吃伟哥了？希望他没有心脏病。"

马龙钻出了车子。

马龙在鲁索的掩护下来到"胖泰迪"的凯迪拉克旁边，蹲下身子把车子的左后轮放了气。然后，他们回到维多利亚皇冠上，又继续在寒夜中等了五十分钟。

"胖泰迪"大约六英尺三英寸（1.90米），两百八十磅（254斤）。终于出来了，他身穿长款乐斯菲斯外套，看起来像一个米其林轮胎人（米其林轮胎的品牌标志，一个由白色轮胎堆成的小人），脚上穿着一双价值两千六百美金的勒布朗气垫一代篮球鞋。他心满意足，大摇大摆地朝车子走去。

然后，他看到了那个瘪了的轮胎："该死。"

"胖泰迪"打开工具箱，拿出千斤顶，弯腰开始往下卸轮胎的螺母——根本没注意有人靠近。

马龙轻轻用手枪顶在"胖泰迪"的耳后，说："圣诞快乐，泰迪。"

鲁索用霰弹枪指着这个毒贩，蒙蒂开始搜查凯迪拉克。

"你们这些贪杯的混蛋，""胖泰迪"说，"难道你们不休息吗？"

"你觉得癌症会休息吗？"马龙把"胖泰迪"揪起来摁在车上，在他外套的衬里摸索着，搜出了他的点二五口径的自动手枪。毒贩子们就喜欢这种奇怪口径的武器。

"啊哦，"马龙说，"被定罪的重罪犯持有重型武器。这可是一条重量级的证据。"

至少五年的有期徒刑。

"这不是我的。""胖泰迪"说,"你们为什么抓我?就因为我是个独自行走的黑人?"

"因为你是独自行走的泰迪,"马龙说,"我看到你衣服里有个明显的凸起,结果是一把手枪。"

"你注意我身上的凸起了?""胖泰迪"问,"混蛋,你在跟我搞同性恋吗?"

作为回应,马龙搜到"胖泰迪"的手机,把它扔到了人行道上,使劲踩了两脚。

"天哪,这已经是第六个了。你吸毒吸多了吧?"

"你至少有二十个,"马龙说,"把手放到背后。"

"不要抓我。""胖泰迪"好像虚脱了一样,顺从地说道,"你们不能在这该死的平安夜还坐在那儿填表。你们还要去酒吧啊,爱尔兰人。你们还得喝糗(酒)去呢。"

马龙问蒙蒂:"为什么你的小伙伴不知道'酒'的正确读音呢?"

"不要门(问)我。"蒙蒂把手伸到副驾座位底下,竟然搜出来一大包海洛因——百余个玻璃纸信封分十包装成了几捆,"哇,瞧瞧我们找到了什么?圣诞节要在赖克斯岛的监狱过咯。你最好带了圣诞幸运枝,泰迪,希望他们可以允许你与他们接吻。"

"你干脆把我切成片算了。"

"我会把你的肥屁股切成片。"马龙说,"这是德文·卡特的海洛因,如果知道你把毒品弄丢了,他会很不高兴的。"

"你最好跟你们的人谈一谈。""胖泰迪"说。

"哪个人?"马龙朝他脸上扇了一耳光,"谁?"

"胖泰迪"缄口不语。

马龙说:"我会在中央拘留所给你挂一个告密者的标签,那样你就不可能活着走出赖克斯岛。"

"有必要对我这么狠吗,伙计?""胖泰迪"问道。

"我们要么是朋友,要么是敌人。"

"据我所知,""胖泰迪"说,"卡特说,他在北曼哈顿有保护伞。我还以为是你们呢。"

"肯定不是我们。"

马龙被激怒了。不管"胖泰迪"是在放烟幕弹还是卡特在行动组真的有保护伞。"你还有什么没交代的?"

"没了。"

马龙把手伸进他的外套,拿出几卷用橡皮筋捆着的现金:"这叫'没了'?三万美元可不是闹着玩的。这笔钱是不是拿的返点?"

"废话,我吃了五个人的。"

"哈哈,你今晚吃的是大香肠。"

"来吃我的啊,马龙。""胖泰迪"号叫着。

"知道吗?"马龙说,"我们会查抄这批违禁品,然后把你放了。这算是你送我们的圣诞礼物。"

这不是提议,而是威胁。

泰迪说:"你如果要拿走我的东西,那么你必须逮捕我,判我五年有期徒刑!"

"胖泰迪"需要被捕报告,这样他可以把它拿给卡特看看,证明是警察拿走了毒品,而不是他自己私吞了。这是一个标准程序——如果你说自己被捕,最好能拿出一份审讯表作为证明,不然,卡特就会切掉你的手指头。

他不是没干过。

据说，他有一些办公室裁纸刀。如果谁丢掉了自己的毒品或者金钱，卡特就会将他们的手摊在那里，然后，"砰"的一声——手指头没了。

有一天晚上，马龙发现一个人在街上步履蹒跚，整个人行道上滴满了鲜血。卡特切断了他的手指，因为除了他自己，没人可以帮他承担责任。

他们把泰迪扔在车旁，回到了维多利亚皇冠上。马龙将现金分成五份，他们三人每人一份，一份用作他们的日常开支，还有一份给比利。每个人都把钱放到了随身携带的自动封口的信封里。

然后，他们又回去要带走泰迪。

"我的车怎么办？"当他们把他拉起来时，"胖泰迪"问道，"你们不会要这辆车，是吧？"

"你里面装毒品了，笨蛋。"鲁索说，"现在，它是纽约警察局的资产了。"

"你的意思是，鲁索的资产。""胖泰迪"说，"你不能用我的凯迪拉克装着臭烘烘的几内亚鱼在泽西海岸狂飙。"

"我可不想被发现死在你这辆破车里，"鲁索说，"我会把它丢进池塘。"

"今天是圣诞节啊，别这么残忍。""胖泰迪"带着哭腔哀求道。

马龙朝着大楼扬了扬下巴："她的电话号码？"

"胖泰迪"赶紧告诉了马龙。马龙拨号以后把电话塞到了"胖泰迪"的嘴边。

"宝贝，下来一趟，把我的车开回去。""胖泰迪"说，"最好我出来后它还能完好无损地待在这里。"

鲁索把钥匙放在了引擎盖上,然后他们把"胖泰迪"拖到了自己的车上。

"谁出卖我的行踪了?""胖泰迪"问,"是不是'脏屁股'那个小杂种?"

"你是不是想加入圣诞节自杀的行列?"马龙问,"如果你想从乔治·华盛顿大桥上跳下去的话,我们愿意效劳。"

"胖泰迪"又把话锋转向了蒙蒂:"兄弟,你为这个人工作吗?你是他们养的黑狗吗?"

蒙蒂在他整张脸上扇来扇去。"胖泰迪"很魁梧,但是此刻,他的头被扇得来回晃动。蒙蒂说:"我是黑人。而你们呢?只是一些喝葡萄苏打水、殴打女人、吸毒贩毒的畜生。"

"狗娘养的,要不是我被铐着——"

"要不在这儿试试?"蒙蒂说着,把嘴边的雪茄扔在街上,用脚后跟碾了碾,说,"来啊,就咱两个人。"

"胖泰迪"没敢接招。

"我就知道你不敢,外强中干的胆小鬼。"蒙蒂说。

在去三二分局的路上,他们在一个邮箱前停下车,把信封放了进去,然后用枪顶着"胖泰迪",拿着海洛因走进了警局。接待警员被吓了一跳:"今天是平安夜,你们这些行动组的混蛋。"

"愿行动组与你同在。"马龙说。

> 我在梦中过了一个白色的圣诞节,
> 　跟我之前所熟知的完全一样……

鲁索驾车沿着百老汇向上西区开去。

"'胖泰迪'说的那个人是谁?"鲁索问道,"是他在信口开河呢，还是卡特确实贿赂了一个人？"

"很可能是托雷斯。"

不太可能是托雷斯。

托雷斯欺诈，卖情报，管理着妓女、廉价的毒贩以及大部分离家出走者。他管理起来很用心，管理的工具是一根汽车广播天线——马龙曾看到过他们身上的鞭痕。

托雷斯是一个真正的暴力狂。甚至以北曼哈顿的标准来说，他的残忍也声名在外。但是，马龙会竭尽所能地不跟他起冲突，因为他俩都属于行动组，他们还要和平相处。

但是，马龙没法掌握像"胖泰迪"所说的"保护伞"的卑鄙小人的信息，所以他只能跟托雷斯一起找出这个人是谁。

即使这个人真的存在。

即使这个人很可能是托雷斯。

鲁索把车停在87街路边，看到街对面的349街有一个停车位。

马龙从一个受他们保护的房产经纪人手中租下了这个公寓，租金免费。

这是一个小小的临时寓所，却正好能够满足他们的需求——一个能够休息或者带女人回来的卧室，一个起居室，一个小厨房，一个能洗澡的地方，或者说，一个藏毒品的地方。因为在淋浴室里有一个小平台，平台下面有一块活动的瓷砖，里面藏着他们从已故的、无人悼念的迭戈·皮纳手里抢来的五十公斤毒品。

他们在等机会出手。五十公斤毒品足以轰动街头，引起慌乱和低价竞争。所以，他们必须等风头过了之后才能考虑出手。这些海洛因价值五百万美金，但是他们必须打折卖给可以信任的毒贩子。即便他们将其分成四等份，每份的数量还是太大。

这宗他们破获的史上最大的贩毒案件,成为他们的安全保障,他们的退休计划,他们的未来,是他们孩子上大学的学费,是保障他们抵御灾难性疾病的壁垒。这是从图森停车场或者西棕榈滩的大楼里退休难以企及的。他们先瓜分了三百万美金的现金。马龙警告他们,任何人不准出去大采购——不准买新车,给妻子买珠宝,买游艇或者去巴哈马旅游。

这些都是内务部监控的重点所在——生活方式、工作习惯与态度的转变。马龙告诉他的兄弟们,把钱存起来。藏五万美金在一小时内能拿到的地方,用于内务部的官员前来抓捕时应急跑路。再准备五万美金作为保释金,以防没有跑路成功。另外,花一点点,把其他的存起来,为二十年后作准备:放弃工作,享受生活。

甚至,他们讨论过现在就退休。坚持几个月,赚钱之后就宣布退休。这时,马龙想:也许我们真应该这么做。但是这和皮纳事件的时间间隔太短,肯定会引起别人的怀疑。

他甚至可以预想到时候的头条:破获大案,英雄警察急流勇退。

毫无疑问,内务部会循声而来。

马龙和鲁索把那块瓷砖放回原处,回到起居室。马龙从背后的小吧台上抓起一瓶尊美醇,把两指深的酒倒在了矮胖的威士忌酒杯里。

红头发、瘦高个、结实、拥有意大利血统的鲁索,看起来像抹了蛋黄酱的火腿三明治。而马龙看起来更像意大利人。小时候他们就经常开玩笑,说他俩肯定在出生的医院互换了。

事实是,马龙甚至比了解自己还了解鲁索,可能是因为他自己什么事都藏在心里,而鲁索恰恰相反。鲁索是脑子里有什么,嘴上就说什么——当然不是跟任何人都这样,只是跟他的警察兄弟们。

他第一次跟堂娜发生关系,是经典的毕业舞会的晚上。第二天,鲁索甚至都不用说话,他那傻乎乎的脸上就写满了幸福的模样,就好像他的所有心情都挂在脸上一样。

"我爱她,丹尼,"他说,"我要娶她。"

"你疯了吗,爱尔兰人?"马龙问,"你们没有必要上了次床就结婚。"

"不,我想和她结婚。"鲁索说。

鲁索一直对自己有着清醒的认识。很多人都想离开斯塔滕岛,做点不一样的事儿。但鲁索不是。他知道,他要娶堂娜为妻,生儿育女,住在老旧的街区里。他为自己将成为东海岸的老旧一派而沾沾自喜——警察、妻子、儿女、三居室的房子、一个浴室、假期外出野餐。

他们一起考试,一起加入警队,一起上学。马龙不得不帮助鲁索增重五磅以达到体重的底线——强喂他奶昔、啤酒和大号的三明治。

即使这样,没有马龙,鲁索还是无法通过考试。鲁索能够射中射击场上的任何东西,但他却不能近身格斗。他就是这么个人。他们在玩冰球的时候,鲁索虽然手感柔和,可以轻易把球弄进网袋,但他经常就脱下手套不干了。他胳膊很长,这很容易演变成一个悲剧。这时候,马龙就会进场帮鲁索避开对方球员的投球。所以在学院的自由搏击课上,他们会想方设法成为对手,这样马龙就可以让鲁索轻轻把他摔倒,扣住手腕并锁喉。

毕业的那一天——马龙对这一天刻骨铭心——鲁索脸上挂着挥之不去的吃了屎一样的微笑,他们互相看着对方,开始确定自己未来的发展方向在哪里。

当塞拉用验孕棒检测出怀孕时,马龙先去找了鲁索。鲁索告诉他,毫无疑问,这种事只有一个结果,他要承担起父亲的责任。

"这是老派的思想,"马龙说,"那是我们父母、祖父母会做的事情,现在这些已经行不通了。"

"胡扯,"鲁索说,"我们就是老派的人,丹尼,我们来自东海岸的斯塔滕岛。你可能觉得你已经很现代或者什么的,但是你并没有。塞拉也没有。难道你不爱她吗?"

"我不知道。"

"你只有足够爱她,才会跟她上床,"鲁索说,"我知道你这个人,丹尼。你不是那种捐献精子而又缺席父爱的人,那不是你。"

鲁索才是最棒的人。

马龙学会了去爱塞拉。

其实这并不难——她很漂亮,有趣又聪明,这种美好持续了很长一段时间。

世贸大厦坍塌的时候,马龙和鲁索还穿着制服睡在睡袋里。鲁索朝着建筑物跑去,而不是逃离,因为他知道自己是谁。当马龙得知利亚姆被埋在了第二大厦底下再也不能爬上来时,鲁索陪着他坐了一整夜。如同堂娜早产的时候,马龙陪着鲁索坐在医院里熬了个通宵。

那一夜,鲁索哭了。

鲁索的女儿索菲亚出生的时候只有两磅重,医生说她生命有危险。马龙陪着鲁索在医院坐了一晚上,直到索菲亚脱离了危险。

那个笨手笨脚被枪射中的夜晚,马龙长途奔袭,去抓一个盗窃犯。如果不是鲁索,警局很可能就要给马龙举行葬礼,赠送给塞拉一面折叠的国旗。他们会演奏风笛,而塞拉也会成为一个寡妇,而不是现在这个婚姻破裂的女人。如果不是鲁索射中那个罪犯并像偷车贼一样把车开进了医院,马龙早就因失血过多而一命归西了。

鲁索有两枪打在罪犯的胸口,第三枪直接爆头,因为通常的规律是,枪击警察者要么现场死亡,要么在去医院的车上死亡——绕路太远或颠簸过多。

医护人员们发过希波克拉底氏誓言①,但是急诊医疗人员并没有。他们明白,如果用非常手段把一个枪击警察者救活,下一次他们寻求帮助的时候,警察就会拖延出警。

但是,那天晚上,鲁索并没有等那些急诊医疗人员。他直接飙车把马龙送到了医院,像带着一个孩子似的把他抱了进去。

马龙捡回一条命。

这就是鲁索。

老派的孤胆英雄,戴着围裙的烧烤大师,喜欢涅槃乐队、果酱乐队和九寸钉乐队,智商一般,信守承诺,赤胆忠心,在你需要的时候,随时随地都能出现在身边。

这就是菲尔·鲁索,警察中的精英,出生入死的兄弟。

"有没有想过要退出?"马龙问他。

"工作?"

马龙摇了摇头:"不是。我的意思是,我们还要赚多少才算够呢?"

"我有三个孩子。"鲁索说,"你有两个,蒙蒂有三个。他们

---

① 立誓拯救人命及遵守医业准绳。

都很聪明。你知道现在大学收费有多贵吗？它们比甘比诺家族还邪恶。我不知道你怎么想，反正我还得继续挣钱。"

你何尝不是呢？马龙告诉自己。

你需要金钱，需要现金流，但是你更喜欢的是这个游戏的方式。喜欢这个游戏令人毛骨悚然的震颤、将坏人绳之以法的兴奋，甚至喜欢无处不在的危险，享受自己可能随时被抓的担忧。你是个彻彻底底的变态。

"也许，是时候出手皮纳这批毒品了。"鲁索说。

"为什么？你急用钱？"

"不，不是，"鲁索说，"只是因为，这件事已经渐渐淡出人们的视线了。如果只是把它们放在那里，又不会生钱。这些是退休金，丹尼。这是我们可以理直气壮辞职的钱，是发生任何事我们都能继续活下去的钱。"

"菲尔，你是不是有不好的预感？"马龙问，"你知道一些我不知道的事儿？"

"没有。"

"这是一个大的跨越，"马龙说，"之前我们从别人手里拿钱，但我们从不参与交易。"

"如果不交易，我们当初拿这些毒品干吗呢？"

"如果那样的话，我们和毒贩又有什么区别？"马龙说，"我们整个职业生涯都在拼尽全力打击他们，但是现在，我们却要与他们同流合污。"

"如果我们悉数上缴，"鲁索说，"肯定会被其他人贪掉。"

"我知道。"

"为什么我们不直接拿了呢？"鲁索嘟囔道，"为什么那些黑帮、毒贩、政客都能衣食无忧呢？什么时候才能轮到我们？为什么我们的生活就不能有所改善呢？"

"你嘟囔的这些我都听见了。"

他们又陷入沉默，坐在那里喝着酒。

"还有什么事情困扰着你？"鲁索问他。

"我不知道，"马龙说，"也可能是因为圣诞节，明白吗？"

"你要到那边去了？"

"早上过去，打开礼物。"

"不错。"

"是，不错。"马龙说。

"去我家待一会儿，"鲁索说，"你有机会体验已经完全几内亚化了的堂娜——淋了肉汁的意大利面、腌制的鱼干，然后才是火鸡。"

"谢谢，我会努力尝试一下。"

马龙开车来到北曼哈顿，问接待警员："'胖泰迪'被接走了吗？"

"今天是平安夜，马龙，"接待警员说，"所有的事情都被推迟了。"

马龙下楼来到拘留室，泰迪坐在里面的一张长凳上。在平安夜这天，马龙想不到还有什么地方比拘留室更让人沮丧了。

"胖泰迪"看到马龙后，抬起头说："兄弟，帮帮我。"

"你得为我做点什么。"

"比如？"

"告诉我卡特收买的那个人是谁。"

泰迪笑道："装得好像你不知道似的。"

"托雷斯？"

"我什么都不知道。"

真的是他。马龙想。"胖泰迪"害怕告发警察。

"好吧,"马龙说,"泰迪,你不是白痴。你只有一项罪名。知道吗?如果你身背两项罪名,又携枪,你会被判处五年有期徒刑。我们还可以追究你的一些走私买卖,法官肯定会被你激怒,然后对你双倍判刑。十年啊,时间可不短。不过不用担心,到时我会带着你的黑人情妇做的肋排去探视你。"

"马龙,不要跟我开玩笑了。"

"我很严肃。"马龙说,"要不要考虑做我的线人?"

"你要不要去做个变性手术?"

"泰迪,是你说想要严肃的。"马龙说,"如果你……"

"你想知道什么?"

马龙说:"我听说,卡特正在跟人洽谈买卖一些重武器。我想知道的是,他在跟谁交易。"

"你是不是以为我傻?"

"一点儿也不。"

"不,马龙,你肯定觉得我傻,"泰迪说,"因为如果我成为你的线人,你破获了他们军火交易的案子,卡特把这些事情串起来,我肯定死得很惨。"

"泰迪,我看是你以为我傻。我会把整个过程设计得像正常的买卖一样。"

"胖泰迪"犹豫了。

"去你的,"马龙说,"还有个漂亮妞在等我呢。为什么要跟一个死胖子坐在这浪费时间?"

"曼特尔。"

"谁是曼特尔?"

"为东海岸混球(ECMF)销售枪支的黑客。"

马龙知道,东海岸混球是一个摩托车俱乐部,主要精力都在毒品和枪支交易上,创始人在佐治亚和卡罗来纳州等地。但是,他们都是种族主义者、白人至上主义者。"东海岸混球会跟黑人交易?"

"我猜,黑人的钱花起来的感觉一样吧。""胖泰迪"耸了耸肩说道,"而且,他们不介意帮助黑人们互相残杀。"

更让马龙吃惊的是,卡特竟然跟白人交易。这更表明了他现在已经走投无路了。"这些摩托车手能给他提供什么?"

"自动步枪、突击步枪以及你们所说的冲锋枪。"泰迪说,"这就是我知道的所有情况。"

"卡特没给你找一个律师?"

"联系不上,"泰迪说,"他在巴哈马。"

"给这个人打电话,"卡特说着给了泰迪一张名片,"马克·皮科尼,他会帮你摆平一切。"

泰迪伸手接过名片。

马龙站起来:"我们有点拎不清啊,泰迪,你说呢?我俩在这儿把屁股都冻僵了,而卡特却在沙滩上悠闲地喝着菠萝鸡尾酒。"

"真是。"

确实是。

明摆着的事实。

马龙开着他那没有标志的工作车在巡逻。

与线人碰头的地点选择数不胜数。但是"脏屁股"最喜欢125街下面与哥伦比亚大道北头相交的地方。马龙看到他的时候,他正偷偷摸摸躲在百老汇的东头，随着爵士乐轻轻地打着拍子。

马龙停下车，摇下副驾驶的窗玻璃，说了句："上车。"

"脏屁股"紧张地看了看周围，确认没人后上了车。他有点受宠若惊，因为平时，马龙绝不会让他上车。马龙总是嫌弃他有味道，可他自己根本就闻不到。

他的毒瘾发作了。

他鼻涕横流，双手颤抖地抱着自己，前后晃动。"脏屁股"跟马龙说："我好难受。找不到任何人。朋友，你得帮帮我啊。"

他面色苍白，皮肤蜡黄，两个上门牙凸在外面，像极了劣质动画里的松鼠。如果不是因为他身上难闻的味道，甚至可以叫他"脏嘴巴"。

接着，他开始哀求起来："马龙，求求你了。"

马龙在仪表盘下找到了一个带着磁铁的小铁盒，打开盒盖，拿出一个信封递给了他。剂量足够让他恢复正常。

"脏屁股"打开车门要下车。

"不用了，待在车里吧。"马龙说。

"我可以在车上注射？"

"是，今天是该死的圣诞节。"

马龙发动车，左转，沿着百老汇向南开去。"脏屁股"双手颤抖着把海洛因倒进一个小勺子里，然后用打火机加热了一会儿，又把海洛因吸进了一个注射器里。

"这些设备都干净吗？"马龙问。

"跟新生的婴儿一样干净。"

"脏屁股"把针头插进血管，慢慢推动着注射器。他的头猛然往后一靠，然后叹了口气。

他又恢复了常态："现在我们去哪儿？"

"港务局。"马龙说,"你得离开一阵子。"

他有点害怕,警觉地问道:"为什么?"

"这是为了你好。"以防"胖泰迪"真的被激怒,跟踪他,然后结果了他。

"我不能离开城里。""脏屁股"说,"我在城外没有门路啊。"

"你现在已经在路上了。"

"不要这么玩我。""脏屁股"说。实际上,他已经开始哭了,"我不能在城外毒瘾发作,那样我会死掉的。"

"那你希望在赖克斯岛上的监狱里毒瘾发作?"马龙问,"那里是你的第二个选择。"

"你为什么变成了这样,马龙?"

"这才是我本来的面目。"

"以前你不是这样的。""脏屁股"说。

"是,过去确实不是这样。"

"我该去哪里?"

"我不知道。费城或者巴尔的摩。"

"我在巴尔的摩有个表兄。"

"那就去那里。"马龙说,伸手拿出五百美元现钞递给"脏屁股","不要把钱都花在毒品上。赶紧离开纽约,在那里待一阵子。"

"我得待多久?"他看起来很绝望,因为他真的害怕了。这让马龙怀疑:"脏屁股"这么介意离开纽约,他究竟有没有真正去过东部的贫民区呢?

"大约一周后给我电话,我再告诉你要待多久。"马龙说。他在港务局前面停下车,放下"脏屁股","如果再让我在纽约看到你,我会发疯的。"

"马龙,我以为我们是朋友。"

"不,我们不是朋友,"马龙说,"我们也不会成为朋友。你是我的线人,一个告密者,仅此而已。"

回城路上,马龙一直没摇上车窗。

克劳德特打开了门。

"圣诞快乐,宝贝。"她说。

马龙喜欢她的声音。

这声音如同呢喃细语,温柔可人,比她的容貌更让马龙沉迷。

一个令人充满希望和消除疑惧的声音。

一个男人,可以在这种声音里找到慰藉和欢乐。

在我的臂弯里,在我的嘴唇里,在我的任何地方。

他走进屋,在她的小沙发上坐下——克劳德特给这个沙发起了一个别致的名字,但是他从来都记不住——说道:"抱歉,我来晚了。"

"我也刚刚回家。"她说。

尽管她还穿着一件白色和服,但她的香水味令马龙心醉神迷。

她刚回家,就已经为我把自己准备好了。

克劳德特在他身边坐下,打开咖啡桌上的一个雕刻木盒,取出一只大麻烟卷,点燃之后深吸了一口,然后递给了马龙。

马龙往下吸了一口,说道:"我以为你是四点到十二点的班。"

"我也以为是。"

"这次换班是不是很煎熬?"他问道。

"打架的,自杀未遂的,吸毒过量的,"克劳德特说,从他手里拿回大麻,"还有个光着脚断了手腕的男人闯了进来,他说认识你。"

护士通常需要值夜班或者通宵,所以也见多识广。她和马龙第一次见面也是在医院。那时候,一个吸毒的线人不小心用枪打到了自己的脚,马龙直接开车把他送到了医院。

"你为什么不叫一辆救护车?"她那时候问他。

"在哈莱姆?"马龙问,"当急救人员还在星巴克的时候,他就已经失血过多死了。我开车送他来,既能防止他的血液四处乱溅,还能搞清楚事情的原委。"

"你是警察。"

"惭愧。"

这时,她向后倚靠着,将腿搭在了他的腿上。和服滑开,大腿露了出来。在她的隐秘丛林之下,有一方神秘"天堂",马龙觉得那是世界上最柔软的地方。

"今晚,"她说,"我们收到了一个被抛弃的毒瘾婴儿,就丢在医院前门的台阶上。"

"襁褓之中的婴儿?"

"感觉很讽刺。马龙,"她说,"你今天过得怎么样?"

"嗯,很好。"

马龙喜欢她不逼迫自己的态度。他告诉她什么,她都会很满足。大部分女人不这样,她们会希望你能够"分享",她们需要知道事情的细枝末节。殊不知,他更希望忘掉那些事情,而不是重温。克劳德特明白这一点——她有她自己的恐惧。

他轻抚着那片"天堂"说:"你累了,想睡觉了吧?"

"不,宝贝,我想跟你做爱。"

他们喝完酒,第一时间进了卧室。

结束之后,就像每次跟她做爱一样,这感觉从脚趾尖一直贯穿到头顶，或许这是大麻的刺激效果，但是他一直认为是她，是她温柔诱人的声音和她温暖的棕色皮肤。现在这光滑的皮肤已经被两个人的汗水浸透。大约过了一分钟，抑或是一个小时，他听到她说："噢，宝贝，我虚脱了。"

"嗯，我也是。"

他把她翻过来。

她带着困意捏了捏他的手，然后就睡过去了。

他仰面躺着。街对面的酒店主人肯定忘了关灯，那些反射的闪烁着的红光映衬着克劳德特家的天花板。

丛林里的圣诞节。至少在这短暂时刻，马龙很享受这份安静与祥和。

第五章

马龙只睡了一个小时。

他想赶在孩子们睡醒之前回到岛上,欣赏他们在圣诞树下拆礼物时开心的样子。

马龙小心翼翼地起床,生怕吵醒克劳德特。

他穿好衣服,来到促狭的厨房,给自己泡了一杯速溶咖啡,然后摸索着找到夹克,拿出为克劳德特准备的礼物——一对蒂芙尼的钻石耳钉——女神奥黛丽·赫本电影中的同款。

马龙把礼物盒子放在咖啡桌上便出了门。他知道,她会一觉睡到中午,然后起床去姐姐家参加圣诞晚餐聚会。

"晚饭之后,说不定我还能赶上在圣玛丽教堂的集会。"她说。

"你们圣诞节也组织集会?"马龙问。

"圣诞节更要组织。"

戒毒六个月,截至目前,她感觉还不错。其实,对一个在医院工作、天天跟瘾君子打交道的人来说,这个过程并不容易。

马龙驱车来到百老汇和西区交汇的 104 街,这里是他自己的住处。

大约一年多以前，与塞拉分开之后，马龙决定跟少数巡警一样自己过活。他没有直接去哈莱姆找房子，而是在上西区的外围安顿了下来。这样的话，他既可以坐地铁上班，也可以在空闲的时候步行上班，而且，他很喜欢哥伦比亚周围的社区氛围。

大学里的天之骄子们正处于目中无人、心比天高的年纪，马龙甚至还有点羡慕他们的年少轻狂。他喜欢去咖啡屋、酒吧，倾听年轻人高谈阔论；也喜欢去住宅区闲逛，让毒贩子和瘾君子都知道，他就在周围，从未走远。

他住在一栋无电梯公寓的三楼——促狭的客厅、转不开身的厨房、与洗手间相连的弹丸卧室。客厅里吊着一个拳击练习袋。但这些已足以满足他的需求，而且他也不怎么在这儿住。这只是一个睡觉、洗澡以及早上煮咖啡的地方。

他上楼，洗澡，换衣服——不想穿着同一件衣服回家，以免塞拉又对他嗤之以鼻，并趁机反问他，不是跟"那个人"住一起吗？

马龙不明白，塞拉为何会如此放不下——他们分开快三个月之后，他才认识了克劳德特——但是，他实在不应该在塞拉问他"你有没有跟别人约会"的时候实话实说，这个错误很严重。

"作为警察，你应该很明白。"鲁索在听到马龙抱怨塞拉情绪反常之后说道，"永远不要给她一个诚实的答案。"

或者，根本就不该给她答案。但这也与"我要见我的律师，我要见我的委托人"这类托词有着本质不同。

但是，塞拉已经情绪反常了："'克劳德特'？法国人？"

"我不想骗你，她是黑人，非裔美国人。"

塞拉当即轻蔑地笑了，但这也让她几近崩溃。"该死，丹尼，感恩节的时候，你说你喜欢熏肉，我还以为你说的是鸡腿呢。"

"这你都能联系到一起。"

"不要跟我玩什么圈圈绕。"塞拉说,"和你一起,估计她的语音语调都不标准吧?告诉我,你是不是叫她'黑鬼'?"

"不是。"

塞拉情不自禁地大笑起来:"你有没有告诉她,你把多少个她的同胞绳之以法了?"

"没考虑过这一点。"

她又笑了。马龙知道,该来的迟早会来。她的笑容很快就会演变成一种歇斯底里和自怨自艾,容不得他有片刻喘息。"告诉我,丹尼,她床上功夫比我好吗?"

"塞拉,别这样。"

"不。我就想知道。她床上功夫比我好吗?我们都知道那句话:'一旦与黑人上了床,你就永不会回头。'"

"咱们别讨论这个了。"

她说:"你还经常骗我,说找的是白人妓女。"

这也是真的。马龙想。"我没有骗你。我们已经分开啦。"

但是,塞拉不是个拘泥于法律条文的人。"即使在我们还是夫妻的时候,这件事也没有对你产生丝毫的困扰,是吧?你和你的警察兄弟们用妓女就能解决所有的事。对了,他们知道吗,鲁索和蒙蒂?他们知不知道你现在开始热衷于'搅拌沥青'了呢?"

他不想发火,可是他确实控制不住自己了:"闭嘴,塞拉。"

"怎么?你难道还想打我不成?"

"我从没碰过你一根汗毛。"马龙说。他做过很多坏事,但是"打女人"三个字从没在他的字典里出现过。

"确实,"她说,"你完全没再碰过我。"

问题是,他俩说的不是一回事儿。

这时,马龙小心翼翼地刮着胡子,极不情愿地忽上忽下移动着剃须刀。他想让自己看起来很干净,而且活力满满。

祝自己好运。

打开药箱,拿出两粒五毫克的苯丙胺,他需要让自己兴奋起来。

然后,马龙换上一条干净的牛仔裤、一件白衬衣、一件黑色羊绒运动外套,看起来已经跟城里人没什么区别。即使炎炎夏日,马龙也会穿着长袖回家,因为塞拉讨厌文身。她觉得,这是他离开斯塔滕岛的一个标志,他已经变成了一个"时髦的城里人"。

"难道斯塔滕岛的人们不文身?"他问她。见鬼,现在每个街角都有文身室,大半走在街上的人身上都有文身。细想一下,甚至半数的女人都有文身。

他喜欢自己有文身的胳膊。首先,他真的喜欢它们。其次,它们还可以对坏人起到震慑的作用,因为他们从没见过一个警察身上会有文身。当他撸起袖子认真工作的时候,他们就会有大事不妙的预感。

但塞拉讨厌文身是个伪命题,因为她自己右脚踝上也有一小棵绿色的三叶草。确实,要价高昂的精神科医生也会告诉我,克劳德特跟这个即将成为我前妻的女人完全不同。马龙边想边把下班后的枪支别在了腰带上。

他和塞拉来自同一个世界。两人生活中没有任何惊喜可言,一切都在预料之中。而克劳德特却带给他一个完全不同的世界,两人在一起时经常会有意想不到的感受。虽然种族因素在这里面占了很大的成分，但并不全然如此。

塞拉是斯塔滕岛，而克劳德特是曼哈顿。

对他来说，克劳德特就是他的城市——街道，声音，味道，人情世故，情欲，异域风情。

两人第一次约会，她一身复古的1940年代的穿着，头发里夹着一支白色的比利·哈乐黛栀子花，烈焰红唇和诱人的香水味让马龙当场就想入非非。

他带着她去了一家名字叫比韦特（Buvette）的酒吧，位于布里克街外的小镇。他觉得她的姓是法国的，就先入为主地以为她也会喜欢这里。而且，他也不想在北曼哈顿的任何地方跟她约会。

她瞬间就领悟了他的意思。

"你不想在自己的地盘上跟一个非裔女孩约会。"他们刚落座的时候她说。

"不是这样的。"他说，有一半是实话，"只是因为每天去那里，都是为了公务。怎么，你不喜欢这个小镇？"

"我喜欢小镇。"克劳德特说，"如果不是离上班的地方太远，我宁肯在这里住下来。"

第一次约会，她没有跟他上床。第二次、第三次都没有。但是，这件事发生之后，这种美好让他仿佛进入了一个新世界，而且他认为自己永不会再恋爱的观念完全被颠覆了。实际上，从一开始她问他那个问题的时候，他便已坠入爱河。而塞拉呢，要么对他的所作所为充满了厌恶，要么就是跟他爆发声嘶力竭的爱尔兰式争吵。克劳德特让他对生活充满了遐想，用一个全新的视角来审视这个世界。马龙以前从不读书，但是克劳德特培养了他阅读的习惯，他甚至开始读诗，喜欢上了兰斯顿·休斯的一些作品。有些周六早上,他们会睡过头,起床后去喝杯咖啡,逛逛书店。这是他之前从没想象过的生活。她还给他介绍了一些艺术书籍,跟他讲述独自一人前往巴黎自助游的经历。

唉,换作塞拉,即使单独前往市区都困难重重。

但是,让马龙如此痴迷于克劳德特的不仅仅是她与塞拉之间的鲜明对比,还有她的天分、幽默感与脉脉温情。她是他见过的脾气最好的人。

这也是一个问题。

对于工作来说,她的性格过于温和了——她为病人伤心,看到一些难过的场面,她的内心也会流血——这些击垮了她,使她开始求助于毒品。

现在,她经常参加戒毒者的集会,这对她戒掉毒瘾有好处。

穿好衣服,马龙抓起给孩子们包好的礼物。实际上,孩子们所有的礼物都是他准备的,只不过圣诞树下的是他以圣诞老人的名义买的。马龙给约翰准备了一台索尼四代游戏机,给凯特琳买了一套芭比娃娃拼图。

这些都比较简单,困难的是给塞拉挑一份礼物。

他想给她买点上档次的礼物,但必须是那种不浪漫或者丝毫不性感的。别无他法,他向特妮丽求助,她推荐买一条好看的围巾。"不要便宜货,就是你们往常在最后时刻从街头小贩手里买的那种。花点时间,去梅西百货或者布鲁明戴尔百货看看。她是什么肤色?"

"什么?"

"她长得怎么样?你傻了?"特妮丽问道,"她是黑人还是白人?头发什么颜色?"

"白人，红色。"

"那就去买条灰色的，这个百搭，比较安全。"

他去了梅西百货，在熙熙攘攘的购物人群中，花一百美元买到了一条好看的灰色羊绒围巾。他希望这个礼物能够传达一条正确的信息——我不再爱你了，但我会永远照顾你。

她应该早就知道了吧。

他从没拖欠过孩子们的抚养费。他出钱给他们添置衣物，负担着约翰参加冰球队和凯特琳上舞蹈课的费用。整个家庭还一直在用他的医疗保险，这个保险很不错，甚至还包括牙医。

而且，每次马龙还会给塞拉一个信封。他不想让她工作，他也不想让她，怎么说，应该是"降低生活品质"吧。所以他会做得恰到好处，每次都留下一个鼓鼓囊囊的信封。她很高兴，并且会装作非常熟知内情的样子，从不问钱的出处。

她父亲也是警察。

"很好，你做得不错。"有一次他们讨论这个的时候鲁索说道。

"那我还应该再做点什么？"马龙问。

你在那个街区长大，做着正确的事情。

斯塔滕岛流行的观点是，男人可以抛弃妻子，但是只有黑人会抛弃孩子。马龙觉得，这并不公平——比尔·蒙蒂可能是他所认识的最佳父亲的代言人——但是人们对他的成见是，这个黑皮肤的男人会竭尽所能把其他女人的肚子搞大，然后用福利法案来制衡白人。

其实，只有来自东海岸的白人才会去做这些坏事，他的神父、父母、兄妹、表兄妹、朋友都说，他是个十恶不赦的混蛋，他们只能跟在他屁股后面收拾烂摊子。

"你干的这些破事。"母亲会说，"让我去做弥撒的时候还怎么抬得起头？我该怎么跟神父交代呢？"

这种独特的辩论方式，对马龙来说无关痛痒。

他恨神父。

他觉得他们都是寄生虫。除了必须要参加的婚礼和葬礼，他根本不会靠近教堂半步，更不会给教会捐钱。马龙甚至愿意给救世军的摇旗呐喊者五美元，也不会给抚养他长大的天主教堂一分钱。他认为这是一个恋童癖患者的组织，依据《反诈骗腐败组织集团犯罪法》，这个组织应该被起诉。

当教皇来到纽约的时候，马龙甚至想要逮捕他。

"这可不容易。"鲁索说。

"嗯，是不太容易。"所有警监以上职位的警察们都会在熙攘的人群中用胳膊肘挤出一点空间，只是为了亲一下教皇的戒指或者屁股。

马龙对修女也不太感冒。

"那特蕾莎修女①呢？"他和塞拉争论这个问题的时候，塞拉问他，"她可是为饥饿的人送去了食物啊。"

"如果她懂得分发避孕套的话，"马龙说，"那么就不会有那么多人等着她去送食物了。"

马龙甚至还憎恨《音乐之声》②。这是他看过的唯一一部电影。

---

①意大利修女，长期在加尔各答贫民窟从事救济工作，获1997年诺贝尔和平奖。
②电影讲述了1938年，年轻的见习修女玛利亚到退役的海军上校特拉普家中做家庭教师，以童心对童心，让孩子们在大自然的美景中充分陶冶性情，上校也被她感染。这时，德国纳粹吞并了奥地利，上校拒绝为纳粹服役，并且在一次民歌大赛中带领全家越过阿尔卑斯山，逃脱纳粹的魔掌。

"怎么可能会有人恨《音乐之声》？"蒙蒂问他,"那么美妙的一部电影。"

"你这黑人得烂到什么程度了？"马龙回复他,"竟然听那讨厌的《音乐之声》？"

"对。"蒙蒂说,"就像你听那该死的说唱一样。"

"你为什么对说唱这么反感？"

"因为它代表种族歧视。"

在马龙的印象中,年纪在四十岁以上的黑人最恨说唱。他们不能容忍这类音乐的态度、吊裆裤、反戴的棒球帽以及刺眼的珠宝首饰。这个年纪的黑人也不能容忍他们的女人被叫作"马子",连被调侃都不行。

马龙曾目睹过一次。他的感情破裂之前,在一个温煦的夜晚,他和塞拉、蒙蒂、尤兰达四人出去约会,开着车窗在去往百老汇的路上缓行。一个说唱歌手在街角看到尤兰达之后喊道:"兄弟,你的马子超正点啊！"蒙蒂听到之后,直接在百老汇的路中间跳下车,跑过去暴揍了那个孩子一顿,然后又回到了车上,一个字没说。

车上其他人也没说话。

克劳德特不讨厌说唱,但是她主要听爵士。如果她喜欢的某个歌手在酒吧里驻场,她还会带着马龙去现场。马龙觉得还可以,但他真正喜欢的还是老派说唱歌手——大个小子（Biggie）、糖山帮（Sugarhill Gang）、异见人士（N.W.A.）和图派克（Tupec）。内利（Nelly）、埃米纳姆（Eminem）和德瑞博士（Dr.Dre）也勉强可以。

马龙站在客厅里,意识到自己已经走神了,苯丙胺还没有发挥药效。

他锁上门,走向停着自己车的车库。

马龙的车是一辆非常漂亮的、经过改装的1967版雪佛兰大黄蜂,黑色条纹,1.8升的发动机,四速手动换挡器,加装了新的博世音响。他从没把车开到自己的辖区,甚至很少开着它去曼哈顿。它是他的骄傲与放纵——他会开着它回斯塔滕岛,或者开着它去兜风,躲避城市的喧嚣。

马龙驱车沿着西侧公路经过市区,穿过位于曼哈顿的"9·11"遗址。尽管惨剧已经过去了十四年,但是每次路过这里,他还是会气不打一处来。双子塔变成了地平线上的一个大坑,更成了他心中永远的大坑。

那天,三百四十三名消防员献出了生命。

三十七名港务局和新泽西警官牺牲。

二十三名警察冲进了建筑物,再也没有出来。

马龙真希望自己能够忘掉那一天,然而那天却总是恍如昨日。当天他本来是休息,却被一个紧急电话调回岗位。他和鲁索以及两千名警察赶赴前线,目睹了第二座大楼的坍塌。然而他根本不知道,自己的弟弟也在里面。

无休止的搜寻和等待,最终被一个确认消息的电话终结。他其实早就知道——利亚姆回不来了。马龙必须去告诉母亲这个残忍的消息,他永远忘不了从她嘴里发出的悲痛欲绝的尖叫声,至今,在他无法入眠的夜晚,这个声音还会在耳畔回响。

这件事还给他留下了一个"礼物":味道。利亚姆曾告诉马龙,他的鼻子这辈子都摆脱不了肌肤燃烧的味道,马龙从未相信这点,直到这场惨剧发生之后,整个城市弥漫着死亡、灰烬、肌肤燃烧及腐烂的味道,所有人怒不可遏,悲痛不已。

利亚姆是对的——这回，马龙再也无法摆脱肌肤燃烧的味道了。

他打开音响，开始播放肯德里克·拉马尔①的音乐，通过炮台隧道②的时候把声音开到了最大。

驶上韦拉扎诺海峡大桥③时，电话响了。

来电的是马克·皮可尼："今天有没有时间？"

"今天可是圣诞节啊。"

"五分钟。"皮可尼说，"我的新客户想被照顾一下。"

"'胖泰迪'？"马龙问道，"他的案子离宣判至少还有几个月的时间啊。"

"他很焦虑。"

"我在去斯塔滕岛的路上。"马龙说。

"我已经到了。"皮可尼说，"一大家子的事儿。我本来还想下午晚些时候赶紧脱身呢。"

"到时给你电话。"

马龙在靠近沃斯堡（Fort Wadsworth）的地方下桥，这里是纽约马拉松的起点。下桥后他转入海兰大道（Hylan），直行穿过东安山（Dongan Hills），路过最后机会池塘（Last Chance Pond），然后左拐上了哈姆登（Hamden）大道。

老旧的街区开始映入眼帘。

这里没有什么特殊的印记，只是一个普通的东海岸单亲家庭

---

① 美国著名说唱歌手、词曲创作者。
② 一座位于美国纽约的收费隧道，穿越东河底下，连接曼哈顿与布鲁克林。
③ 横跨韦拉扎诺海峡来连接斯塔滕岛与布鲁克林。以意大利探险家乔凡尼·达·韦拉扎诺的名字命名。

的聚集区,居民大部分是爱尔兰人或意大利人,要么是警察,要么是消防员——一个养儿育女的天堂。

然而事实的真相是,他对这里令人生厌、反复无常的无聊早已忍无可忍。

他受不了在实施抓捕之后还要回到这里;受不了在屋顶、小巷的盯梢;受不了在游乐场里的追捕。他的回家之旅往往与超速相伴,充斥着紧张、胆怯、生气、悲伤、激动的情绪,然后去到千篇一律的房子中玩墨西哥火车、大富翁或者扑克牌。这里的人都很好,喝着他们的清凉酒,而他会坐立不安,甚至连说话都心不在焉。其实,他真正想要的还是回到炎热的、难闻的、吵闹的、危险的、有趣的、刺激的、令人愤怒的哈莱姆,体验真实的人们和家庭,跟骗子、毒贩、妓女们打交道,也尝试跟诗人、艺术家以及梦想家去交流。

他只是单纯喜欢纽约这个城市。

他喜欢看着人们在洛克公园打球,或者在湖滨公园的平台上看着古巴人在下面打棒球。有时候,他会去华盛顿高地和因伍德感受一下多米尼加人的文化——人行道上的多米诺骨牌游戏、汽车音响里的雷鬼冻音乐[①]、拿着砍刀兜售椰子的街头小贩。他愿意到肯尼咖啡馆喝一杯牛奶咖啡,或者在街头大排档品尝一碗甜豆汤。

这都是他喜欢纽约的地方——不管你是否需要它,它就在那里。

在他离开那个满是爱尔兰和意大利蓝领、警察和消防员的斯塔滕岛之前,他从未体验过这个甜蜜却又充满铜臭的城市。在这里,你走在大街上,可能听到五种不同的语言,嗅到六种不同文

---

① Reggaetón,来自加勒比地区,主要流行在波多黎各。

化的味道，欣赏七种不同的音乐，见到形形色色的人种，听到成百上千个故事，全是关于纽约的种种。

纽约就是全世界。

或者说，纽约就是马龙的全世界。

他永远不会离开它。

找不到任何理由。

他曾尝试着向塞拉解释这种情怀。但是，你不想让她参与这些，也不想带着她体验这些，如此你又怎样跟她解释呢？如果你在一个租户的房子里发现父母两个人吸毒，孩子已经死了一个多星期，老鼠还在啃着她的脚的时候，你又怎能再带着自己的孩子去查克芝士餐厅（Chuck E. Cheese's）呢？难道你想跟他"分享"这些吗？绝不可能。你所能做的最正确的事，就是脸上挂着微笑，跟一个轮胎推销员去讨论地铁的便捷，或者随便其他什么话题，因为没人愿意听那些"分享"，而你也不愿意说。你想要的，是尽快忘掉这些，仅此而已。

有一次，他和菲尔、蒙蒂收到一张匿名的纸条，根据提示找到了位于华盛顿高地的地址，发现一个人被卸掉两条胳膊，绑在椅子上。只因为在运毒过程中，他从表层撇去了一点毒品。他们找到他的时候，他还活着，因为惩罚他的人用喷枪完美封住了伤口。他的眼睛已经鼓出了头盖骨，下巴因为被人重击而脱落。处理完后事之后，他们去参加一个推不掉的野外烧烤聚会，主人招呼大家站在烤架周围。他和菲尔越过烤架看着对方，非常清楚对方脑子里都在想什么。他们没跟其他警察透露半分，因为这根本就没必要。既然他们已然知晓，那就把它控制在两人的范围之内。

还有一次，一个孩子的生日聚会。

马龙甚至不记得是哪个孩子的生日了——可能是凯特琳的一些朋友。他们在后院玩一个游戏，用晾衣绳吊着彩饰陶罐①，马龙坐在那儿看着他们击打它。那时，马龙与一个叫鲍比·琼斯的海洛因毒贩在法庭里纠缠了一个周。评审团判毒贩无罪，因为他们不相信他在街上吸毒被马龙抓了现行。所以马龙百无聊赖地坐在这里，看着孩子们朝着陶罐挥舞着棍子，一遍，一遍，一遍，始终不能击碎它。最后，忍无可忍的马龙站起来，从一个孩子手里拿过棍子，将陶罐打得粉碎，里面的糖果四散飞出。

时间瞬间停滞了。

聚会上所有人都盯着他。

"吃糖。"马龙自嘲地说道。

他感到很窘迫，只好回到卧室。塞拉跟着他进来，说："天哪，丹尼，你干了些什么？"

"我不知道。"

"你不知道？"她问，"你让我们在所有的朋友面前这么尴尬，你竟然说你不知道？"

是，你不知道。马龙想。

而我也不知道该怎么跟你说。

我再也受不了了。

从一种生活走向另一种生活，而且，这种生活，感觉如此……愚蠢……虚假。

这不是我的初心。

抱歉，塞拉，这确实不是我的初心。

---

① piñata，墨西哥人过圣诞节或生日将玩具、糖果等礼物盛在此种罐内，悬于天花板上，由蒙住眼的儿童用棒击破。

圣诞节的早晨，睡眼惺忪的塞拉穿着蓝色的法兰绒长袍，给马龙开了门。她头发蓬松，还没有化妆，手里端着一杯咖啡。

直到现在他依然认为她很漂亮，这一点他从未否认过。

"孩子们起床了吗？"马龙问。

"没有。昨晚我给他们吃了一些安眠药。"看到他脸上诧异的表情，她赶紧说，"丹尼，开个玩笑而已。"

马龙跟着她进了厨房，她给他倒了一杯咖啡，然后就在早餐吧的长凳上坐了下来。

他问道："平安夜过得怎么样？"

"超棒。"她说，"孩子们争论看哪部电影，我们最终确定先看《小鬼当家》，然后看《冰雪奇缘》。你呢？"

他说："工作。"

塞拉看着他，一副不可置信的表情，那表情好像是在说，你肯定跟"她"在一起。

"今天也工作吗？"她问。

"不用。"

"我们要去玛丽那里吃晚饭，"她说，"本应该邀请你的，但是，你也知道，他们不喜欢你。"

还是那个印象中的塞拉——向来粗枝大叶，却又体贴入微。实际上，这也是他一直欣赏她的一点。她像一张黑白照片般单纯，跟她相处极其简单。她是对的——自从两人分开之后，她的妹妹玛丽以及其他家人都恨他。

"没关系，"他说，"我可能会去菲尔家一会儿。孩子们怎么样？"

"很快，你就必须得和约翰进行成人之间的'谈话'了。"

"他都十一岁了。"

"就要上中学了。"塞拉说,"你肯定不敢相信这个时代,女孩子们七年级就开始有性生活了。"

马龙的辖区在哈莱姆、因伍德、华盛顿高地。他很清楚,七年级已经算很晚了。

"我会跟他聊聊。"

"今天不行。"

"嗯,今天不聊。"

楼上传来了起床的声音。

"游戏时间到了。"马龙说。

他站在楼梯的最下端,孩子们如龙卷风般冲了下来,眼里只看到圣诞树下的礼物。

"看起来,好像圣诞老人来过了。"马龙说。看到孩子们从他身边挤过,直接去抢自己的战利品,他并没有感到一丝沮丧。毕竟他们只是孩子,而且不会掩饰自己。

"第四代索尼游戏机!"约翰兴奋得大声尖叫。

很好,看来我挑对礼物了。马龙却不知道,任何孩子都不会拒绝拥有两个相同的索尼游戏机。

才两个星期,他们怎么就长大了这么多?塞拉整天和他们待在一起,肯定感受不到。但是约翰身高猛增,已经开始变得身材瘦长。凯特琳则遗传了母亲的一头红发,有点儿自来卷,还有一双碧绿色的大眼睛。看来,我必须在房子附近建一座警戒塔,把想入非非的男孩子们拒之门外。

他的心开始隐隐作痛。

该死,我错过了孩子们成长的好时光。

他坐在以前每个圣诞节都会坐的安乐椅上,塞拉也一如既往地坐在沙发的同一个坐垫上。

仪式感很重要,他认为,习惯也很重要。他们想方设法给孩子们提供一定程度的稳定生活。他和塞拉坐下来,尝试建立一些秩序,让孩子们轮流拆礼物,这样圣诞节就不至于在三十秒内结束。两人拆礼物的过程被塞拉强制性地用肉桂卷和热巧克力打断。

约翰打开马龙的礼物,佯装高兴地喊道:"哇,老爸!"

他是个好孩子,非常敏感。不能让他再步自己的后尘,那样的话,他会被生吞活剥的。

"我不知道圣诞老人也批发这个。"马龙说道,同时表达了对塞拉小小的鄙视。

"不,这很好。"约翰说,临时起意,"可以楼上放一个,楼下放一个。"

"我收回这个礼物。"马龙说,"给你重新买一个完全不同的。"

约翰兴奋地跳起来,用双臂环绕着马龙,使劲抱了抱。

这对马龙来说,意味着一切。

一定要让自己的儿子摆脱警察这个工作,他想。

凯特琳非常喜欢她的芭比拼图,过来给了父亲一个大大的拥抱,然后又在他的脸颊上亲了一下:"谢谢你,爸爸。"

"不客气,宝贝儿。"

她身上还保留着孩提时代的味道——甜蜜的天真。

塞拉真是个伟大的母亲。

接着,凯特琳的话就让他扎心了:"爸爸,你会留下来吗?"

他听到了自己心碎的声音。

约翰抬起头看着他,本来他就没敢奢求如此,然而现在又重新燃起了希望。

"今天不行,"马龙说,"我必须工作。"

"抓坏人。"约翰说。

"抓坏人。"

我不会让你重蹈我的覆辙。马龙想：你不会成为我这样的人。

凯特琳还不放弃："当你把坏人都抓完了，会回家吗？"

"再说吧，宝贝儿。"

"再说，意思就是不会。"凯特琳说完，给了母亲一个哀怨的眼神。

"你们没有给我们准备礼物吗？"塞拉问道。

他们又开始兴奋起来，急忙跑到圣诞树下找到自己准备的礼物。约翰给了马龙一顶纽约巡游者队的针织帽，凯特琳准备了一个她在艺术课上装饰的咖啡杯。

"我会把这个放在办公桌上，"马龙说，"把这个戴在头上。我非常喜欢这些礼物，孩子们，谢谢。哦对，这是给你的礼物。"

他递给塞拉一个盒子。

"我可没有给你准备礼物。"她说。

"没关系。"

"梅西百货。"她把围巾拿起来，给孩子们看了看，"这么漂亮。冬天再也不用担心脖子冷了。谢谢。"

"不客气。"

然后气氛就开始尴尬了。他知道，她要给孩子们穿衣服去她的娘家人那边了，孩子们对此也心知肚明。但是他们也知道，一旦自己有所行动，爸爸就会立即离开，那这个温馨的家庭就会再次支离破碎，所以，他们像雕塑一样稳稳坐着。

马龙看了看手表，说："呀，我不能让坏人们再等我了。"

"真好笑，爸爸。"凯特琳说。但是，她的眼眶已经开始湿润了。

马龙站起身:"你们两个乖乖地跟着妈妈,好吗?"

"我们会的。"约翰说,明显已经适应了家里男子汉的角色。

马龙把他们两个揽进怀里,说:"我爱你们。"

"我们也爱你。"两人异口同声,却也包含着少许的哀愁与悲伤。

他和塞拉不会拥抱告别,因为他不想给孩子们不切实际的希望。

马龙走出家门。他想,圣诞节的初衷,就是来折磨离婚的夫妻以及他们的孩子。

该死的圣诞节。

现在去鲁索家为时尚早,马龙便驱车来到了海边。他想规划好时间,正好在晚饭后到达,这样就能躲过堂娜筹备已久的"意大利暗黑料理"的折磨。他只是想去吃点油煎酥卷、南瓜派,喝几杯加了酒的咖啡。

马龙把车停在沙滩对面的马路上,没有熄火,这样车里还能保持温度。他本想下去走走,可是外面实在太冷了。

他从储物箱里拿出一个酒瓶子,喝了起来。马龙酒量很大,但绝不酗酒,平时也不会这么早就开喝,除非冻到不得不用威士忌来取暖。

马龙想:如果不是自制力高人一等,也许我真的能成为一个酒鬼,很可能成为岛上男人的典型代表——一个酗酒的、离异的爱尔兰警察。

而拥有如此身份的杰瑞·麦克纳布在一个圣诞节的下午驾车离开这里,用配枪射穿了自己的下颌。

这才是典型。

总局的人确认，事故发生的原因是擦枪走火，这样麦克纳布的保险和退休金都不会受到影响。而评估的人知道，与其跟他们纠缠不清，还不如假装相信：圣诞节当天，这个人去海边擦拭自己的配枪。

然而麦克纳布的真实想法是，他担心自己进监狱，浪费时间。实际上，他从布鲁克林的一个毒贩子手里拿钱时被拍下视频，被抓了现行。总部决定摘掉他的警徽，卸下他的配枪，取消他的退休金，再把他送进监狱。他根本没法子面对这些打击，接受不了他的家人将要遭受的煎熬，看不得妻儿见到他戴着镣铐的样子，所以走投无路的他只能饮弹自尽。

鲁索对此事的见解与众不同。一天晚上巡逻的时候，他们躲在车里讨论这件事，消磨时间。鲁索说："你们都搞错了。他这么做，是为了给家人留下他的退休金。"

"难道他没什么存款吗？"马龙问。

"他所在的部门，"鲁索说，"不可能有多少收入，尽管那是七五分局。如果他死于非命，他的家人就能够继续申领他的退休金和福利。麦克纳布只是做了正确的选择。"

除了没有存款，其他的都正确。马龙想。

马龙有存款。

马龙有隐匿的现金、投资、银行账号，所有的这些，联邦调查局根本就查不到。

而且他还有一个账户，存放在东哈莱姆的欢乐大道、老西米诺家族掌控的几内亚人手里。这些人比银行靠谱。他们不会抢劫你，不会偷偷挪用你的资金去做信誉极差的抵押贷款。

马龙常想：我宁愿相信一个诚实的暴徒，也不愿意相信华尔街的那些混蛋。而普通民众却不懂这一点——他们觉得黑手党都是混蛋。而几内亚人多希望自己也能像那些玩基金的家伙、政客、法官、律师一样冠冕堂皇地骗财骗色啊。

至于议会,还是算了吧。

假如一个警察白拿了一个火腿三明治被发现的话,他会即刻丢掉饭碗。但是,只要一个该死的议员是个爱国主义者,那么他就能轻松从《防务合约》中获利几百万美元。如果某个政客为了退休金而饮弹自尽的话,那将是史无前例的第一次。

我会开一瓶香槟庆祝一下。

但是我不会步杰瑞·麦克纳布的后尘。

马龙有自知之明,他不会自杀。

他想:我会让他们枪毙我。他的视线穿过沙尘草,落在了倾斜的安全栅栏上。飓风桑迪①肆虐整个斯塔滕岛的当天晚上,马龙回到家,跟塞拉和孩子们坐在地下室里玩捕鱼游戏(Go Fish)。第二天出来后,他便竭尽所能去帮助他人。

如果他们揭发我,我会选择坐牢,我才懒得理会他们,懒得理会那点儿退休金。

我能照顾好自己的家人。

塞拉甚至都不用去欢乐大道,他们会自己找上门来,每个月塞给她一个厚厚的信封。

他们会做最正确的事情。

因为他们不是议员。

他拿出手机,开始给克劳德特打电话。

"起床了吗?"电话接通的时候他问。

"刚起,"她说,"宝贝,谢谢你送的耳钉。太漂亮了。我也

---

① 2012年大西洋飓风季的一级飓风。2012年10月28日开始影响美国本土,并在30日登陆美国东海岸。造成113人死亡,联合国总部受损。

给你准备了礼物。"

"昨晚你已经送我礼物了。"

"那是给我们的礼物。"她说,"我从下午四点上班到午夜,你想来接我吗?"

"当然。你今天要去你姐姐家,是吗?"

"我想不到不去的理由。"克劳德特说,"不过,见到孩子们还是很开心的。"

他很高兴她会去那里,因为,她独处的时候更让人担心。

上一次,他给了她两个选择:"跟着我的车,我把你送到戒毒中心;或者,我拷着你,把你带到里克岛监狱戒毒。"她对他大发雷霆,但还是乖乖上了车。他开车把她带到了康涅狄格的波克夏(Berkshires),这个地方是他在曼哈顿西区的那个医生帮忙找的。

戒毒的费用是六万美金,但物有所值。

从那以后,她成功戒毒。

"我会找时间见见你的家人。"他说道。

她温柔地笑了:"我不确定我们已经准备好了,宝贝。"

她在意的,不是是否已经准备好要带一个白人警察回到她哈莱姆的小窝,而是怎样让位于密西西比的黑人家庭像欢迎三K党一样接纳他。

"不久的将来。"马龙说。

"再说吧。我得赶紧进浴室啦。"

"去吧。"他说,"晚点去接你。"

他戴上巡游者球帽,拉上夹克的拉链,把车熄了火。车还能维持一会儿温度,他便往后一靠,闭上了眼睛。他知道,苯丙胺不会让他入睡,但是他的眼睛有点酸了。

到菲尔家的时间非常完美。

他们正好在收拾晚餐的餐具。整个房子全是意大利裔美国人，大约五十七个兄弟姊妹济济一堂。男人们在电视机旁高谈阔论，女人们在厨房里唠唠叨叨。而在这吵吵闹闹之中，菲尔的父亲竟然在小房间的大安乐椅里睡着了。

"你去哪儿了？"菲尔问，"晚饭都结束了。"

"出门晚了。"

"胡扯。"菲尔说，把他让进门，"肯定又去瞎琢磨什么了，你这头爱尔兰蠢驴。来吧，让堂娜再给你准备一份饭菜。"

"我饿着肚子来，就是为了吃油煎酥卷。"

"哈，你回家的时候，她会给你一塑料罐，问都不用问。"

菲尔的双胞胎儿子——保罗和马克——过来跟他们的丹尼叔叔打招呼。他们是典型的南斯塔滕岛意大利少年，头发上抹着发胶，穿着圆领健身衫，举手投足间全是意大利范儿。

"他们都是被宠坏了的小混蛋。"有一次鲁索对马龙说，"一半时间在逛商场，另一半时间在打游戏。"马龙知道鲁索说的不是事实。堂娜是两个孩子的全职司机，带着他们去参加冰球、足球和篮球训练营。他们很有运动天赋，而且学习也不可能差，但是鲁索从来不吹嘘自己的儿子有多好。

也许是因为他错过了他们太多的比赛。

但是对女儿索菲亚，他的态度截然相反。鲁索甚至在考虑是否要搬到河对岸住，因为他觉得，他的女儿虽然赢得纽约小姐的机会渺茫，但是她很可能会问鼎新泽西小姐。

今年十七岁的她，看起来简直就是一个年轻版的堂娜——修长的身材，一头乌黑亮丽的长发，一双蓝色的大眼睛让人赞叹不已。

美得令人沉醉。

她对自己的美貌自然十分清楚。马龙觉得,她是个不错的小姑娘,没有漂亮女孩那种天生的自傲,而且,她很崇拜自己的爸爸。

鲁索对这些却轻描淡写。他的底线是,"不能让她跳钢管舞"。

"是,但我觉得不需要担心这个。"马龙说。

"也不能被搞大肚子。"鲁索说,"跟一个男孩在一起很容易,要防止他们乱搞。"

索菲亚走过来在马龙脸颊上亲了一下,用一种成熟且友善的表情问道:"塞拉和孩子们还好吧?"

"他们很好,谢谢挂念。"

她同情地握了一下他的手,表明自己作为一个女人理解他的苦楚,然后就去厨房给妈妈打下手了。

"上午顺利吗?"鲁索问道。

"嗯。"

"我们应该私下聊一会儿。"鲁索大喊道,"嘿,堂娜,我带丹尼到地下室去,看看你送我的工具箱!"

"别太久!甜点马上出炉啦!"

地下室跟客厅一样干净。这里物品繁杂,却井井有条。马龙想不出来,鲁索是如何挤出时间来收拾这儿的。

"托雷斯,"鲁索说,"卡特买通的那个人。"

"你怎么知道的?"

"今天上午他打了个电话给我。"

"祝你圣诞快乐?"马龙问。

"发'胖泰迪'案件的牢骚。"鲁索说,"我打赌,那头胖猪肯定跑到卡特面前哭诉了,然后卡特便给托雷斯施压。托雷斯在电话里说,我们不能断了他的口粮。"

"我们又没断他口粮。"马龙说。

如果一个人在辖区外挣钱,收入全部归自己所有。但是如果他或者他的团队在北曼哈顿以内挣钱,那十分之一的收入必须拿出来作为基金,让大家分享。

这跟全国橄榄球联盟一样。

每个团队不限定范围。但是作为既定事实,华盛顿高地和因伍德是托雷斯团队的利润中心。

但是现在看起来,他被卡特收买了。

马龙绝不会被收买。他会对毒贩子破口大骂,与他们做交易,但是他不会被收买,更不会成为他们的附属品。

而且,他还不能跟托雷斯正面开战。当下的生活还不错,当你对生活比较满意的时候,杂乱的烦心事往往会被抛诸脑后。

马龙说:"皮可尼会为'胖泰迪'进行辩护。一会儿我去见他。"

突然,一个念头从马龙脑海里闪过:会不会是托雷斯设了一个局来引诱他们?但是很快这个想法就被他排除了。即使被打断骨头,托雷斯也不可能出卖一个警察兄弟。他是个恶名昭彰、穷凶极恶、贪得无厌的混蛋,但他不是叛徒。

叛徒会为全世界所不齿。

他们沉默了一会儿,鲁索突然说:"没了比利的圣诞节,感觉好奇怪,是不是?"

"是啊。"

以前,圣诞节最大的看点就是,比利会装扮成什么样的"女人"出场。

模特,女演员……永远是性感女郎。

"我们最好现在回到楼上去,否则大家会以为你在给我口交呢。"鲁索说。

"为什么他们不会认为是你在给我口交?"

"因为没人相信啊。"鲁索说,"走。"

堂娜做的油煎酥卷名不虚传。

马龙拿了两个,坐在了一圈高谈阔论者的外围。他们在讨论巡游者队、岛人队、恶魔队三支队伍的优缺点。因为斯塔滕岛正好处于三支队伍形成的三角地带的中间位置,所以支持这三支队伍中的哪一支都合情合理。

而他呢,是巡游者队一辈子的死忠。

堂娜·鲁索在厨房抓住他,清理了他的盘子,并趁机拿出酝酿已久的话语来伏击他:"那么,为了老婆和孩子,你准备要回归家庭了吗?"

"我觉得不太可能,堂娜。"

"好好收拾一下。"堂娜说,"他们需要你。不管你承不承认,你也需要他们。跟塞拉在一起,你会成为一个更出色的男人。"

"她可不这么认为。"

马龙无法辨别这个说法的真伪。他们已经分开一年多了。塞拉一边说离婚对她无所谓,一边拖拉着不在离婚协议上签字。而他又太忙了,无暇去推动这个事儿。

无论如何,要兑现自己的承诺。马龙暗想。

"把碟子给我。"堂娜说着,接过碟子塞进了洗碗机里,"菲尔说,你在曼哈顿的郊区有人了。"

"不是郊区,"马龙说,"在市中心。我现在单身了。"

"但是在教会的眼中——"

"不要跟我说那该死的教会。"

马龙爱堂娜,对她了如指掌,愿意为她献出生命,但是对她这种家庭主妇的伪善丝毫不感兴趣。堂娜·鲁索知道——她肯定知道——她的丈夫在哥伦比亚大道养着一个情妇,而且菲尔每次情绪反常都跟那个女人有莫大的关系。她很清楚,但还是选择了忽略,因为她需要优质的住所和华美的服饰,孩子们也需要上大学。

马龙不怪她,但还是现实一点吧。

"我给你拿一些吃的回家。"堂娜说,"你看起来瘦了,难道你不吃东西吗?"

"意大利女人哪。"

"你应该感到幸运。"堂娜说,开始用火鸡、土豆泥、蔬菜、通心粉填满大的塑料罐,"我和塞拉现在在学习钢管舞,她跟你说了吗?"

"提都没提这茬儿。"

"很好的有氧运动,"堂娜边说边把那个罐子塞到他手里,"而且非常性感。你知道吗,哥们儿?塞拉可是掌握了一些你不知道的新技巧啊。"

"我俩分开不是性的原因。"马龙说。

"从来都是关于性。"堂娜说,"回到你的妻子身边,丹尼,现在还不算太晚。"

"你是不是知道一些我不知道的事儿?"

"我知道所有你不知道的事儿。"她说。

出门的时候,他跟鲁索打了个招呼。

"她又唠叨你和塞拉的事儿了?"鲁索问。

"当然。"

"哥们儿,她整天和我叨叨你俩的事儿。"鲁索说。

"那我要谢谢你,到现在还能把我当朋友。"

"滚吧,还跟我说谢谢。"

马龙把食物放到后座上,拿起手机拨通了马克·皮可尼的电话:"现在有时间吗?"

"对你永远有时间。去哪儿?"

马龙弄了弄满头乱发:"河滨栈道怎么样?"

"太冷了吧?"

"这样更好。"人不会太多。

很好,栈道上空无一人。天空开始变得灰暗,一阵狂风从海上肆虐而来。皮可尼的黑色奔驰早就停在了那里。街上零零星星停着几辆车,应该是从家宴逃出来的人,还有一辆像是被遗弃的老旧的旅行车。

他逆向在皮可尼的驾驶舱一侧停下,摇下车窗。马龙一直不理解,为什么律师们都爱开奔驰,但这确实是事实。

皮可尼递给他一个信封:"'胖泰迪'的报酬。"

"谢了。"

这就是运作的方式——你拘捕了一个人,给他一张律师的名片,如果他雇用了这个律师,那这个律师就会给你提成。现在,这个流程已经越来越规范了。

"你能直接解决吗?"皮可尼问道。

"谁主审?"

"贾斯汀·迈克尔斯。"

大部分地方检察官都比较死板,但迈克尔斯不在其列。如果是关系不错的警察,他就会有所通融。而马龙就在关系不错的警察之列,他可以律师和检察官两面通吃。"是,可能性比较大。"

偷偷给迈克尔斯一个信封，他就会发现一些为罪犯辩护的线索。

"什么价位？"皮可尼问。

"想减刑还是不起诉？"

"不起诉。"

"一到两万。"

"包括你的那部分，是吧？"

为什么皮可尼会这么问？马龙想：他应该跟我一样清楚，我的那部分是迈克尔斯出。这么做是双重保险，该死的律师和检察官不会因为出售自己的价码而感到窘迫。而且，这样也比较安全。因为警察跟检察官在走廊聊天是日常行为，没人会对此产生怀疑。

"就这么说定了。"

纽约啊，纽约。马龙想：这个城市如此美好，一件工作能够获得两份报酬。

不过，他还欠泰迪一笔有关军火交易信息的奖金。

马龙从停车场退了出来。

开出三个街区之后，他注意到有车在尾随自己，而且不是皮可尼。

该死，难道是内务部？

等车靠近后，马龙发现原来是拉夫·托雷斯。马龙停下车，钻出车门。托雷斯在他后面停下车，两人在人行道上碰了头。

"托雷斯，你是不是疯了？"马龙问，"今天是圣诞节，你不该和家人待在一起吗？要不就去陪陪你的情人，或者其他什么人。"

"你让皮可尼搞定这件事儿？"他问道。

"你的人会没事儿的。"马龙回答。

"这个案子在他提到我名字的那一刻就该结束了。"托雷斯说。

"瞎扯,他根本没提到你的名字。"马龙说,"而且,是什么驱使你为卡特的人求情?"

"每个月三万。"托雷斯说,"卡特已经不高兴了,想把钱收回去。"

"他高不高兴关我什么事儿?"马龙说。

"你不能砸了我的饭碗啊。"

"随你便,"马龙说,"在哈莱姆以外你爱怎么搞就怎么搞。"

"你是个超级大变态,马龙,你知道吗?"

"问题是,你知不知道呢?"

托雷斯大笑:"皮可尼是不是又把球踢给你了?"

马龙未置可否。

"那我也应该尝尝提成的滋味儿。"托雷斯说。

马龙把手伸向自己的裆部:"你可以尝尝这个。"

"很好。"托雷斯说,"今天的谈话很愉快。"

"你想拿卡特的钱,这与我无关。"马龙说,"你想怎么干就怎么干。但是,他要知道,他收买的是你不是我。如果他胆敢在我的地盘上撒野,我让他吃不了兜着走。"

"兄弟,如果你这么想,我也无能为力。"

"你站错队了。即使我不能把卡特打倒,多米尼加人也会。"

"即使在他们损失了一百公斤毒品之后?"托雷斯问。

"五十。"马龙说。

托雷斯轻蔑地笑了:"这事儿你说了算。"

该死的大气,把人都冻透了。

马龙回到自己车上,发动车离开。

托雷斯没有再跟踪他。

回曼哈顿的路上,马龙打开纳斯①的音乐,放大声音跟着唱了起来——

> 我努力赚钱来表现自己(说什么?),
> 我努力赚钱来表现自己(说什么?),
> 我努力赚钱来表现自己。
> 这是谁的世界?
> 这是你们的世界。

是我的,是我的,是我的。

如果我能坚持下去的话。马龙想。

如果德文·卡特挖开95号高速路,那么他杀害的多米尼加人的尸体能够布满整个北曼哈顿。多米尼加人一定会进行报复,而在我们意识到之前,这里将会变成疯狂的芝加哥。

这还不是全部。

先是卡特说起了皮纳的案件,然后是卢·萨维诺,现在托雷斯也开始对此振振有词了。

如此说来,如果现在处理皮纳的那些赃物的话,风险不小。这些东西很可能将他们置于杰瑞·麦克纳布的境地。

可能,你会因为心脏病突发、中风或者长了一个动脉瘤而逢凶化吉。但是如果没有的话,到时候你很可能泥菩萨过江……

---

① Nas,人们说他是纽约黑人兄弟的使者,他传播着理想和永恒的说唱音乐。

那将是一部恐怖片。
该死。
你还有喜欢的工作，金钱，朋友，一套市中心的公寓，一个美丽、性感并且爱你的女人。
你掌管着整个北曼哈顿。
所以，他们根本就动不了你。
没人动得了你。

住在腐烂的"大苹果"之中，
你被魔鬼的绳索缠住并抓走……

第二部分 复活节兔子

> 四十年的辩护律师生涯里,我打交道的基本都是那些满嘴胡话、四处招摇撞骗的人。他们为了出人头地,甚至不惜背弃原则。而这些人,大多是政府工作人员。
>
> ——奥斯卡·古德曼[①] 《成为奥斯卡》

[①] 美国政治家,拉斯维加斯市市长。律师出身,从政前因为给赌城黑帮头目担任辩护律师而扬名。

第六章

哈莱姆,纽约
三月

一个年少的枪手临死前,拉一个老太太做了垫背。

这个老太太已是九十一岁高龄,身形瘦小,死后身体又进一步萎缩。

她的入口伤很平滑,在眼睛下方、左脸颊的正中央;出口伤却很惊人——血迹、脑浆和白头发喷射在塑料包裹的椅背上。

"听到情况不妙,就不应该往窗外看。"罗恩·米内利说道,"但话说回来,欣赏窗外的风景已是她生活的全部。她很可能会一整天都盯着窗外。"

住在圣·尼克六号楼的四楼,这个年逾耄耋的老太太只能借助于轮椅到处移动。马龙走到窗边,向院子里俯瞰。枪手当时应该是站在院子里,手指扣在扳机上,子弹业已上膛。他中枪往后倒下的同时,胡乱开了一枪。当时,他大概已经死亡,射击的行为只是一种下意识的肌肉反应。

"谢谢你给我们打电话。"马龙说。

"我感觉这件事和毒品有关。"米内利说道。

毫无疑问。躺在院子里的死者是穆奇·吉列,一个效力于德文·卡特的毒贩。

蒙蒂在小公寓里四处察看——全是成年的子女、孙子孙女以及重孙子重孙女的照片。屋子里的瓷器茶具以及来自萨拉托加[①]、殖民地威廉斯堡[②]、弗兰科尼亚山峡州立公园[③]这些景点的纪念品小汤勺应该都是家人送的礼物。

"利奥诺拉·威廉姆斯,"蒙蒂说,"安息吧。"

他点上雪茄,即使尸体还没有开始散发臭味,但人已经完全失去意识了。

一辆警车冲进院子,塞克斯从车上跳了下来。这位警监先生走过去晃了晃死者的脑袋,然后抬头向窗户这边看来。

马龙朝塞克斯点了点头。

鲁索说:"找到子弹了,在墙的这边。"

"等犯罪现场的勘察人员来。"马龙说,"我下楼看看。"

说完,他坐电梯来到院子里。

圣·尼克大约半数的居民都在这里围观,被来自三二分局的制服警察和封锁现场的黄色胶带隔离开来。有一个孩子问道:"马龙,威廉姆斯夫人真的死了吗?"

"是。"

"这太不幸了。"

"是啊。"

他来到塞克斯身边。

---

①位于纽约州的一个小镇,以温泉而闻名。
②位于美国弗吉尼亚州东部,是美国的一座著名历史名城和旅游胜地。
③位于美国新罕布什尔州西北部,坐落在白山国家森林的中心。

塞克斯看着他说:"这真是个糟糕的世界啊。"

"再糟糕,它也是我们的。"

"六周内的第四起枪杀案件。"塞克斯说。

是,你的数据又毁了,警监先生。马龙暗暗思忖:周二的大数据分析会议上,它们会在你的胸口来一场弗拉明戈式的重击。随即他又开始为自己会有这样的想法而懊悔,虽然这位上司不讨人喜欢,但他却是真心实意为死者的离去感到悲伤。

这件事让塞克斯极为困扰。

马龙又何尝不是呢?

他应该保护好利奥诺拉·威廉姆斯这类人。毒贩们互相射击中枪倒地是一回事儿;而在交火中,一个毫不相干的老太太被射中就是另一回事儿了。

这条新闻会在各大媒体滚动播放。

这时,托雷斯走了过来。

双方已经僵持了三个月。托雷斯选择继续站在卡特一边,马龙和他的团队也始终坚持自己的立场。但是现在,卡特和多米尼加人之间的这种剑拔弩张的对峙,使得本就不太稳定的停战协议很容易就被撕毁。地盘争夺战一触即发。

但是现在,一个无辜的平民因为他们而死于非命。

"这是个意外。"托雷斯说,"没有任何目击者。"

"凶手肯定是纯内提瑞斯的成员。"塞克斯说,"他们这是在为德金斯报仇。"

拉乌尔·德金斯(Raoul DeJesus)上周在华盛顿高地被枪杀。他生前是在135街枪杀"赚钱男孩"成员的主要嫌疑人。

"吉列是'赚钱男孩'的成员,是吧?"塞克斯问道。

"毫无疑问。"

"赚钱男孩"为卡特贩毒。

"围捕纯内提瑞斯,"塞克斯对托雷斯说,"把他们抓起来进行审讯,突击他们的大麻交易,颁发通缉令。不管用什么办法,看看是不是有人不愿意去里克岛监狱坐牢,愿意说点实话。"

"遵命,长官。"

"马龙,排查你的消息源,看看是否有人愿意发声。"塞克斯说,"我需要嫌疑人,需要抓捕行动,不想再看到任何无辜的人死于非命。"

"马戏团"——记者们和电视新闻车——来了,一同前来的,还有令人尊敬的汉普敦教士。

毫无疑问,灯光、相机、汉普敦,三者永不分离。

实际上,汉普敦并非一无是处。他起码把一些媒体的注意力从警察身上转移到了他自己身上,马龙能断断续续听到他说的几个单词:"社区""悲剧""暴力循环""经济发展不均衡""警察采取的措施"……

令人欣慰的是,塞克斯接受了其余记者的采访。"是的,我们可以确认有两名死者……不,现在还没有嫌疑人……北曼哈顿特别行动组将会继续进行调查……"

一个记者穿过叽叽喳喳的人群,来到马龙旁边。

"马龙警探?"

"什么事?"

"我叫马克·鲁本斯坦,来自《纽约时报》。"说话的人是个高个子,身材瘦削,胡须整齐好看,运动外套搭配着连帽衫,眼镜后的眼睛闪烁着睿智的光芒。

"塞克斯警监负责回答所有问题。"马龙说。

"这个我知道。"鲁本斯坦说,"我只是想问一下,您有没有时间单独和我聊聊。我正在写一个关于海洛因犯罪的系列报道——"

"请多理解，我现在有点儿忙。"

"当然。"鲁本斯坦递给他一张名片，"如果感兴趣的话，我很乐意跟您聊聊。"

我根本不可能感兴趣。马龙暗忖，但还是伸手接住了名片。

鲁本斯坦又回到了临时的新闻发布会当中。

马龙走到托雷斯身旁，说："我想跟卡特坐下来聊聊。"

"想得美，哈？"托雷斯说，"他最喜欢的警察可不是你。"

"我能帮他保全贝利。"

"胖泰迪"的判决很快就下来了。牢狱之灾几乎不可避免。

"该死的多米尼加人。"托雷斯说，"我是西班牙人，我恨这些油腻的混蛋。"

特妮丽走了过来："'赚钱男孩'已经在叫嚣着要血债血偿了。"

"嘿，特妮丽，让我俩单独待一会儿，好吗？"马龙问道。她耸了耸肩走开了。"帮我联系卡特？"马龙又转向托雷斯。

"你能确保他的安全吗？"

"你觉得纯内提瑞斯会趁机来——"

"我说的威胁不是来自他们，"托雷斯说，"而是你。"

"那你杞人忧天了。"马龙说完，走向刚刚应付完媒体采访的塞克斯。

他身边还站着一个便衣警察。

"马龙，这是戴夫·莱文。"塞克斯说，"他刚调入行动组，我把他分到你队上了。"

莱文可能三十出头，瘦高个，满头黑发，鼻子尖挺。他跟马龙握了握手:"很荣幸认识您。"

马龙对塞克斯说:"警监先生,能否借一步说话?"

塞克斯朝莱文点了点头,他立马走开了。

"如果需要宠物的话,我自己会去买。"马龙说。

塞克斯说:"莱文很聪明,来自七六分局的扫黑组。他破获了好几宗要案,也做了很多卓有成效的工作,而且在让枪支远离街头方面成绩显著。"

很好。马龙想。塞克斯从七六分局带来了自己的嫡系。莱文肯定会把塞克斯放在团队之上。

"这不是重点。我的团队目前来说运转平稳。我们合作非常愉快——突然加一个新人,这种平衡很容易就会打破。"

"你团队的编制是四个人,"塞克斯说,"你得找个人补上奥尼尔的空缺。"

没人能替代比利。"那就给我一个西班牙人——加利纳。"

"我不能那么对待托雷斯。"

你在托雷斯眼里就是一个监狱里的小白脸。马龙想。"好吧,那就给我特妮丽。"

塞克斯开心地笑了:"你想要个女人?"

那也比一个该死的间谍强。

"在刚刚结束的警员考试中,特妮丽名列前茅。"塞克斯说,"她很快就要离开这里了。所以她也不合适,而莱文更加适合你。你现在人手短缺,而且,正如我提到过的,我想让这一切尽快结束。卡特的军火交易调查有什么进展?"

"走进死胡同了。"

"复活节快到了。"塞克斯说,"重新振作起来,没有军火,就不会有战争。"

马龙走到莱文身旁说:"跟我走吧。"

他带着他来到了利奥诺拉公寓所在的那栋大楼。

曾经的所在。

莱文说:"真不敢相信,我竟然加入了北曼哈顿特别行动组,并且跟丹尼·马龙共事。"

"不用拍我的马屁。"马龙说,"你需要做的就是,多听少说,同时又要装作什么都没听到,懂吗?"

"当然。"

"不,你根本就不懂。"马龙说,"而且短时间内你都不可能搞懂。但是,如果你像塞克斯说得那么聪明的话,你很快就会搞懂的。"

关键是,你是谁派来的间谍?塞克斯?内务部?是他们的自己人呢,还是"场外队员"——一个被利用的警察而已?

你身上有没有装窃听器呢?

你来是不是与皮纳的案件有关?

"为什么要调到行动组?"马龙问道。

"行动组是行动的代表啊。"莱文回答。

"七六分局的行动并不少。"这个城市里最繁忙的分局,辖区内枪击案和抢劫案的数量遥遥领先于其他各分局。而且,这里还黑帮泛滥——二十四瘸子(Eight Trey Crips)、民谣国度、恶棍帮。这小子还想要什么样的行动?

"要慎重许愿。有时候,枯燥并不是件坏事。"马龙说。然后他问道:"结婚了吗,小伙子?"

"我有个女朋友。我们深爱着彼此。"

很好,看看你引以为傲的爱情能持续多久。行动组的人可都不是很好的守诺者。"那女孩叫什么名字?"

"艾米。"

"挺好听的名字。"

祝你好运,艾米。

除非莱文是内务部的人,不然的话,他不可能出淤泥而不染。如果一个人不跟你一起买醉,不跟你一起吸毒,不跟你一起嫖娼,那你就要当心,不能轻易相信他,因为这种人不想去跟自己的上司们过多解释这些乱七八糟的事情。

"塞克斯是你的'靠山'吗?"马龙问道。

"即使真有'靠山'这个说法,我也不知道自己的'靠山'是谁。"

"北曼哈顿是一个关系网。"马龙说,"行动组更是个肥差。你的'靠山'是谁?有个叔叔在警察总局任职?"

"我觉得是因为塞克斯警监非常欣赏我在七六分局的工作,"莱文说,"但是如果你问我是不是他的马仔,我的答案很简单:不是。"

"那你们俩的想法一致吗?"

莱文有点儿生气了。马龙想,这个宠物还有点儿血性。

"应该是,我觉得他也是这么想的。"莱文说,"怎么了?你们之间有什么分歧吗?"

"我们俩看问题的方式不同。"

"他是个照本宣科的人。"莱文说。

"这倒是。"

莱文说:"听着,我知道来个新人你不高兴,而且我也知道,自己根本无法替代比利·奥尼尔。我只是想让你知道,我很珍惜这个机会,也不会碍手碍脚。"

你已经碍手碍脚了。马龙想:或者,已经让我难受了。

电梯里尿骚味冲天。

莱文下意识地捂住了鼻子。

"他们把这里当厕所了。"马龙说。

"那他们为什么不去厕所解决呢?"

"大部分厕所都坏了,水管被拔出来偷偷卖掉。我们应该感到幸运,他们还只是在电梯里撒尿。"

他们来到四楼利奥诺拉的公寓。犯罪现场的勘察人员已经来到了现场,尽管案情已经十分明了,他们还是在现场忙前忙后。

"这是戴夫·莱文,"马龙向大家介绍,"我们的新成员。"

鲁索仔细打量着莱文,就像在菜市场挑选农产品一样严格。

"菲尔·鲁索。"

"很高兴认识你。"

蒙蒂坐在一旁整理着他的菱形图案的袜子,抬起头来说:"比尔·蒙蒂。"

"戴夫·莱文。"

"他是从七六分局调过来的。"马龙说。

他们脑子里瞬间闪过同一个念头——即使莱文不是塞克斯的眼线,他们也不想要一个新人,一个不知道能否信任并生死与共的人。

"走,巡逻去。"马龙说。

街上的氛围总是让人惬意。

马龙感觉像在自己家里一样舒适。在这里,他管控着自己和周围的一切。

无论什么问题,他总能在街上找到答案。

鲁索左转经过 129 街的弗雷德里克·道格拉斯故居,从建筑物中间穿过,然后在一个巨大的三层建筑旁停下了车。

"这是哈莱姆儿童区,"马龙告诉莱文,"一个特许学校①。这周围从事毒品交易的人不多,他们可不想因为在学校周围非法交易毒品而被加倍判刑。"

毒品交易现在大多已经变成了室内交易,不仅因为打电话或者发短信给交易者会更容易一些,还因为警察突击检查建筑物的可能性极小。因为,毒贩们会雇小孩放风,在警察到门口之前,他们早已作鸟兽散。

他们向东开,一直开到位于街道尽头的塞勒姆卫理公会教堂,然后在第七大道转道向北,朝圣·尼克游乐场开去。

"这里有两个游乐场,"马龙说,"北面一个,南面一个。我们要去的这个在北面。这里篮球赛的赌注很大。据说,输的人要被当作射击的靶子,而不是付钱。你在干什么呢?"

"记笔记啊。"莱文回答。

"你以为自己还在上大学?"马龙问,"你眼里看到的难道都是男女学生、飞盘、男式发髻?不要记笔记,不要写任何东西。你唯一可以写的就是你的五常法②。上班时间记的笔记很容易留下把柄,一些该死的辩护律师会故意曲解它们,在证人席上用它们堵住你的肛门。"

"明白了。"

"把每件事都记在脑子里,大学生。"鲁索说。

几个在练习投篮的黑桃帮成员看到车后开始喊:"马龙!嘿,

---

①由公共教育经费支持,由教育团体或个人开办并负责管理,在一定程度上独立于学区的学校。
②即常整理、常整顿、常清扫、常清洁、常自律。

马龙来了!"

通知毒贩们的口哨声划破长空。建筑物内的黑帮成员瞬间消失于无形。马龙朝球场上的孩子们挥了挥手:"我们还会回来的。"

"马龙,回来的时候,给你老婆带一些干净的内裤啊!她现在穿的那些太脏了!"

马龙笑了:"把你的借一条给她,安德烈!我喜欢那些红色丝绸的。"

这句话引起了更多的嘲笑声和辱骂声。

"哦不亨利"正在过人行道,那副好似犯了罪却又狂喜的表情仿佛在说:"我进球啦!"

大约三年前,他们第一次发现他的时候,就给他贴上了"哦不"的标签。当时,他们把他推到一堵墙上,问他是不是带着海洛因。

"哦,不。"亨利虽然很震惊,却尽量表现得天真无邪。

"那你注射大麻?"马龙又问。

"哦,不。"

但紧接着,蒙蒂就在他的内裤口袋里发现了一个信封,里面装的正是大麻和注射装置。亨利还在说着"哦,不"。

当天夜里,蒙蒂在更衣室给大家讲了这个故事,然后亨利的外号就这么坐实了。

这会儿,马龙耐心等待着,等"哦不亨利"偷偷溜进了一条小巷准备注射毒品。他、鲁索和莱文跟踪亨利进了小巷。亨利转身看到他们时,不出所料地喊道:"哦,不!"

"亨利,不要跟我胡说八道。"马龙说。

"也不要跑,亨利。"鲁索说。

他们把他抓起来,不费吹灰之力就在他身上搜到了毒品。

"不要说那句话,亨利,"马龙说,"我求求你了,千万不要说。"

亨利并不知道马龙什么意思。他是个瘦高个的白人,马上进入而立之年,但是,他很有可能活不过五十岁。他穿着一件曾有毛绒衬里的牛仔夹克,牛仔裤,运动鞋,头发又脏又长。

"亨利,亨利,亨利。"鲁索摇晃着手里的毒品说。

"那不是我的。"

"哦,那不是我的。"马龙说,"我觉得它肯定也不是菲尔的。但是我得问问他。菲尔,这是你的海洛因吗?"

"哦,不是。"

"哦,不是。"马龙说,"所以,如果它不是我的,也不是菲尔的,肯定就是你的了。亨利,除非你觉得我们是骗子。我们应该不是骗子吧,你说呢?"

"让我休息一下,马龙。"亨利说。

"你想休息一下,"马龙说,"先让我休息一下。在圣·尼克发生的枪击案,有没有听到什么消息?"

"你想从我这里得到什么消息?"

"哦,不,这么说可不行,亨利。"马龙说,"如果你听到了什么风声,那就把你听到的都告诉我。"

亨利紧张地看了看四周,然后说:"我听说是黑桃帮干的。"

"胡扯。"马龙说,"黑桃帮是卡特的部下。"

"你问我听到了什么,"亨利说,"这就是我听到的。"

如果这个消息是真的,那形势真的不容乐观。

在卡特的协调下,黑桃帮和"赚钱男孩"之间有一条不稳定却切实可行的停战协议,至今已经维持了一年。如果这条协议被撕毁，圣·尼克就会变得四分五裂。一场大规模的枪战将不可避免，129街将会变成一条无人街，那将是一场可怕的灾难。"

"如果听到更多的消息，"马龙说，"给我打电话。"

"这个人是谁？"亨利指着莱文问道。

"我们的人。"马龙说。

亨利用一种奇怪的眼光打量着莱文。

甚至连他都不信任莱文。

他们跟"娃娃脸"在汉密尔顿高地后面的大兄弟理发店碰了头。

马龙告诉他亨利说的关于黑桃帮的传闻的时候，这个卧底正咂摸着自己的安抚奶嘴。

"这很有可能，""娃娃脸"说，"枪手很可能是个白人兄弟。"

"不是黑皮肤的多米尼加人？"蒙蒂问。

"一个白人兄弟，""娃娃脸"说，"很可能是黑桃帮的。他们确实持有枪支。"

说完他看了看莱文。

"戴夫·莱文，"马龙说，"来自布鲁克林。"

"娃娃脸"朝他点点头以示欢迎，而莱文也对这个善意的招呼作了回应。

"娃娃脸"说："真为那个老太太的死感到难过。"

"军火交易有什么最新消息吗？"

"没消息。""娃娃脸"说。

"有没有人提起一个白人？"马龙问，"一个叫曼特尔的家伙。"

"摩托帮的人？""娃娃脸"问道，"我以前在附近见过他，但是没人说过他什么。你是不是觉得我们在找的枪支像95号高速路那么明显？"

"也不是没这种可能。"

"我会随时留意消息。"

"注意安全。"马龙说。

"放心。"

"有人饿了吗？"鲁索问。

"我早就想吃东西了。"蒙蒂说，"去曼娜餐厅？"

鲁索开车来到126街的道格拉斯大厦，在街对面的统一葬礼教堂（Unity Funeral Chapel）前停下车，恰好看到一个十四岁左右的男孩站在人行道上。

"你怎么不去上学？"马龙问他。

"停学了。"

"为什么？"

"打架。"

"小混蛋！"蒙蒂扔给他十美元，"替我们看着车！"

然后他们就走进了曼娜餐厅。

这里又窄又长——最前面有个收银台靠在窗边，双层自助餐柜里满是碟装的食物。马龙拿起一个大的塑料泡沫饭盒，拿了一些烤鸡、炸鸡、通心粉和奶酪，还拿了一些绿色蔬菜和香蕉布丁。

"想吃什么拿什么，"他跟莱文说，"这里按照重量收费。"

其他顾客基本是黑人。他们要么看向远方，要么用空洞的、充满敌意的眼神盯着马龙他们。与传言不同，其实大部分警察不会在自己的辖区内吃饭，尤其是黑人警察和西班牙裔警察，因为他们害怕工作人员会往饭菜里吐口水,甚至做出其他更出格的行为。

马龙喜欢这里,不仅因为这些饭菜是提前做好的,他可以无所顾忌,想吃什么吃什么,还因为这里饭菜的味道确实让人垂涎。

他过去排队缴费。

收银员问他:"四个人?"

马龙拿出两张二十的钞票,但是收银员却视而不见。不仅如此,他还递给马龙一张收据。马龙端着饭盒走到后面的一张桌子。其他三个人拿到吃的以后也过来和他一起坐下了。

好多双眼睛从背后紧盯着他们,直到他们落座。

贝内特枪击案之后,形势变得糟糕。加纳案之后,形势更加严峻,但是现在,双方已经剑拔弩张。

"我们不需要付钱吗?"莱文问。

"我们给小费。"马龙说,"而且,我们给的小费金额很大。在这里工作的都是任劳任怨的好人。我们每个月顶多来一次——因为我们不想在这里打死人。"

"怎么?你不喜欢这里的饭菜吗?"鲁索问。

"开玩笑!这里的伙食好吃得无法形容。"

"好吃得无法形容,"蒙蒂说,"你是在夸大其词吗,莱文?"

"不,我只是——"

"吃吧。"鲁索说,"如果想要碳酸饮料或者其他的,自己付钱,因为这些他们得记账。"

他们三个都明白这是一次测试。如果莱文是塞克斯的眼线,或者是内务部的官员,他们吃这顿霸王餐就会被揭发。但是,马龙已经有收据在手,所以他可以说,莱文打小报告纯属造谣。

马龙暗想,也许莱文有更重要的任务在身。他稍微试探莱文说:"我们轮流巡逻——白天、晚上、墓地——但这只是一个技术性细则。案件决定时间。我们是机动灵活的,如果你要浪费时间,给我打电话,不要在家虚度光阴。我们经常加班,还有一些不错的兼职,你会非常感兴趣。但是,不经我的允许,下班后不准接任何私活。"

"好的。"

马龙又开始进入教育模式:"这些建筑高楼,你不能单独闯进去。屋顶以及最上面的两层是战斗区——通常都被黑帮掌控着。楼梯呢,是那些糟糕事件的发生地——毒品交易、袭击、强奸。"

"但是我们的主要工作是打击毒品交易,是吗?"莱文问道。

"你还不是'我们'的一员,大学生。"马龙说,"当然,我们的主要任务是毒品和枪支,但是行动组的工作不仅仅局限于此,因为所有的罪行都是有关联的。大部分抢劫犯是瘾君子,而强奸犯和袭击犯大多是吸毒的黑帮成员。"

"我们会反复跟他们打交道。"鲁索说,"你抓获的一个毒贩子,很可能因为给你提供一个谋杀犯的线索而被减刑甚至无罪释放;如果你为一个杀人犯的同谋辩护,那么他很可能会咬出一个重要的毒贩。"

"行动组都可以在北曼哈顿范围内办案。"马龙说,"但我们队主要的活动区域是上西区和西哈莱姆;托雷斯和他的团队主要在因伍德和华盛顿高地活动;欧迪斯和他的伙伴们主要活跃在东哈莱姆。

"我们掌管着所有的街道和建筑——圣·尼克、格兰特高地、曼哈顿维尔、瓦格纳。你要熟悉我们自己的地盘,要熟悉这些地盘上的帮派:金钱大道(Money Avenue Crew)、干脆匪徒(Very

Crispy Gangsters)、现金巴马地痞（Cash Bama Bullies），更要熟悉这些帮派的地盘。我们现在最大的麻烦是在高地的多米尼加人团伙——纯内提瑞斯。他们的野心开始逐渐膨胀，已经不再满足于从事毒品批发的现状，并且开始介入这里的黑人毒品交易了。"

"纵向整合。"蒙蒂说。

"莱文，你的家乡是哪儿？"鲁索问。

"布朗克斯①。"

"布朗克斯？"蒙蒂惊讶地问道。

"河谷镇。"莱文点头道。

这个地点在几个人当中炸了锅。

"河谷镇和布朗克斯不同，"鲁索说，"那是郊区，原来你是个有钱的犹太人。"

"不要告诉我，你上的是霍瑞斯·曼（Horace Mann）高中。"蒙蒂说出了一个学费昂贵的私立学校的名字。

莱文没有否认。

"我估计就是。"蒙蒂说，"然后去哪儿了？"

"纽约大学，刑事司法专业。"

"你可能还选择了大脚怪②专业。"蒙蒂说。

"为什么？"莱文问。

"因为它根本就不存在。帮我们一个忙，忘记你学到的一切东西，"马龙说完站起身，"我出去打个电话。"

马龙走出饭店，拨通了一个电话号码："看到他了？"

接电话的是拉瑞·亨德森，内务部的一个警督。他现在正坐

---

①纽约五个区中最北面的一个，该区居民主要以非洲和拉丁美洲后裔居民为主。犯罪率在全国数一数二。
②传说中生存于北美洲西北部太平洋沿岸森林中的野人。

在葬礼教堂前的一辆车里。"莱文是高个子，黑头发？"

"废话，亨德森，"马龙说，"不是我们的那个人。"

"他也不是我们的人。"

"你确定？"

"有什么风声我会通知你的，"亨德森说，"内务部并没有调查你。"

"这点你也确定？"

"马龙，你还想从我这里得到什么？"

"你说每个月一千美金？"马龙问道，"一些可靠消息而已。"

"放轻松。"亨德森说，"成功破获皮纳案件之后，你已经在自己周围塑造了一个力场。"

"尽管如此，还是要仔细查查这个莱文。"

"明白。"

亨德森发动车子离开了。

马龙回到室内就座。

鲁索说："莱文竟然对复活节兔子知之甚少。"

"我知道复活节兔子，"莱文说，"我不明白的是，你们的救世主被钉到一个十字架上，然后突然又复活了，这两件事之间到底有什么联系？这从一开始就是个伪命题。然后呢，在这个节日里，一只兔子会来埋好糖果彩蛋，而众所周知，兔子只是一种胎生的哺乳动物。"

"大学生在学校里所接受的竟然是这样的教育。"鲁索说，"你想让我们埋什么？糖果十字架？"

"那样会更有意义一些。"莱文说道。

蒙蒂打断他俩说："复活节兔子来自德国异教传统。路德教会将其作为一个法官，来评判孩子表现的好坏。"

"跟圣诞老人有点类似。"鲁索说。

"还是说不通。"莱文说。

"你这是心怀怨念。"鲁索说,"因为犹太孩子根本不过圣诞节。"

"这点倒有可能是真的。"莱文说。

"一个彩蛋,"蒙蒂说,"是一个生命、一个新生命的象征。当你把它埋起来然后再挖出来的时候,表明新的生命被复活了。一只兔子会埋彩蛋的可能性,就和一个人死而复生的可能性一样微小。这两样都需要奇迹。因此,复活节兔子只是代表着希望,希望那个奇迹——复活、新生、救赎——是有可能实现的。"

"嘿!看看这个。"鲁索指着挂在墙上的电视说。

市长正站在圣·尼克楼前,对媒体发表讲话。

"政府不会对此事忍气吞声,"他说,"整个城市也不会忍气吞声,任由暴力在平民家中横行。"

一个坐在电视机旁的老头大声笑了起来。

市长说:"我已告诉警察部门,要不遗余力查出有罪的那个人甚至那些帮派,而且,我承诺大家,我们一定会竭尽所能,不惜一切代价。哈莱姆甚至纽约市的公民们都会明白,并且相信,这届政府真的认为黑人的生命很重要。"

"胡说八道!"那个老头喊道。

有几个顾客都点头表示认同。

更多的人则在死死盯着马龙和他的伙伴们。

"听到市长的指示了吧?"马龙说,"开始工作。"

回到车上,马龙看到了莱文肩膀皮套里的西格绍尔手枪。

"你还带了什么武器?"马龙问。

"就这个。"

"这是件好武器,"马龙说,"你还需要一件。"

"我不能违反规定。"莱文说。

"把这话留着去跟那些把它从你手里夺下来、准备拿着它朝你射击的亡命徒说吧。"马龙说。

"你需要一件备用武器。"鲁索说,"不是枪,一件别的武器。"

"比如说呢?"莱文问道。

鲁索从一个口袋里拿出一根皮革短棍,从另一个口袋里掏出一个指节铜环并戴在了手上。蒙蒂的备用武器是一根截短了的棒球棍,从中间往下灌了铅。

"天哪!"莱文很惊讶。

"这里是北曼哈顿。"马龙说,"行动组的工作只有一个目的——维稳。其他的,都是一些无关紧要的小细节。"

他的电话响了。

来电的是托雷斯。

德文·卡特同意,今天跟马龙坐下来聊聊。

第七章

雷诺克斯——一家五金店的二楼。

马龙坐在桌子的一端,另一端是托雷斯和德文·卡特。这只是卡特众多办公地点中的一处,但是今天之后的几个月内,他应该不会再现身于此,甚至很可能会直接将这里废弃。

这也暗示马龙,卡特肯定是对这次会面有所期冀的,否则他不会暴露自己的一个藏身之所。

"听说你想要跟我当面聊聊。"卡特说,"那就聊吧。"

"你们刚刚杀害了一个无辜的老妇人。"马龙说,"下一次呢?一个孩子?一个有孕在身的女孩?一个婴儿?如果你们想为穆奇的死报仇雪恨,那么这些惨剧的发生只会是时间问题。"

"如果我对穆奇的死不闻不问,"卡特说,"我没法子跟我的兄弟们交代。"

"我不想自己的地盘内发生战争。"马龙说。

"那就把你的想法告诉多米尼加人,"卡特说,"你知道他们派谁来了吗?卡洛斯·卡斯蒂略,那家伙可是个职业杀手。"

"杀害穆奇的不是多米尼加人,"马龙说,"是个白人兄弟,很可能是黑桃帮的人。"

"纯属胡说八道!"

"你的黑桃帮背叛了你,想要投诚多米尼加人。"马龙说,"也许,杀死穆奇就是他们加盟的敲门砖。"

卡特是个善于掩饰自己情绪的人,但是这一刻,他闪烁的眼神并没有逃过马龙的眼睛。看来传言是真的。

"你想让我怎么做?"卡特问。

"取消与摩托帮的交易。"马龙说,"告诉他们,你不需要他们的军火。"

卡特突然抬高了嗓门:"这件事和你没有任何关系!"

同时,他看向托雷斯。

这间接表明,托雷斯早已知晓这宗军火交易。马龙说:"这件事非但和我有关系,而且,我准备不惜一切代价调查清楚。"

"跟多米尼加人斗,我不可能没有武器在手。"卡特说,"你想让我怎么办,坐以待毙吗?"

"把多米尼加人交给我们来处理。"

"就像你们处理皮纳那样?"

"如果有必要的话。"

卡特笑了:"你为我提供这些服务的代价是什么?每个月三千或者五千美金的固定收益?还是但凡你所能染指的都要给你提成?"

"我想让你金盆洗手,"马龙说,"你去毛伊岛①或者巴哈马群岛②,我不管。但是如果你选择退休,我敢保证没人会对你的所作所为有所追究。"

"你让我就这么放弃现有的事业,远走高飞?"

"钱挣多少才算是多呢?"马龙问道,"你一个人能开几辆

---

① Maui,在太平洋中北部,是夏威夷群岛中的第二大岛。
② 简称巴哈马,是一个位于大西洋西岸的岛国。

车？能住几套房子？又能睡几个女人？我是在帮你寻找出路。"

卡特说："你应该很清楚，马龙。所有人都应该知道，国王是不会退休的。"

"那你就来做历史的先行者。"

"然后让你做国王？"

"迭戈·皮纳杀了你的马仔克利夫兰和他的全家，"马龙说，"然而你对这个惨案却无动于衷。这可不是传说中的那个德文·卡特的做派。我觉得，你已经过气儿了。"

"你知道我听说什么了吗？"卡特问道，"我听说，你现在把钢笔伸进了墨水池。而且我还听说，她睡过的白人可不止你一个，你的克劳德特小姐。"他轻轻拍打着放在前臂上的那只手的手背。

马龙说："如果你或者你的'黑猩猩'们敢动她一根汗毛，你们就死定了。"

"我只是说，"——卡特笑了——"如果她有什么不舒服，或许我可以给她提供解药。"

马龙站了起来："我刚才的提议长期有效。"

托雷斯尾随着马龙下了楼："丹尼，你在搞什么？！"

"回去问你的老板。"

"不要插手军火的事儿，"托雷斯说，"我很严肃地跟你说。"

马龙转过身："你是在警告我还是在威胁我？"

"我是在告诉你，"托雷斯说，"不要插手这宗该死的军火交易。"

"怎么，这件事你也拿好处费了？"

他很了解摩托帮——他们不愿意跟黑人交易，但是他们可以跟与黑人交易的棕色人种进行交易。

167

托雷斯说:"我再说最后一次,不要多管闲事。"
马龙转身下了楼。

北曼哈顿就是一个动物园。

这个动物园里有常见的普通动物,也有一群警察总局道貌岸然的家伙以及市长办公室的公职人员。

麦克吉文现身了。

他跟马龙在门口碰了面。

"丹尼,"他说,"我们必须让局势稳定下来。"

"我正在努力,警监先生。"

"再加把劲儿,"麦克吉文说,"《邮报》《每日新闻》……'社区'都把我们给包围了。"

事情要分两面看。马龙想,一方面,他们想要建筑物中的暴力活动不再出现;另一方面,从今天早上吉列和威廉姆斯被杀后,警察们开展了清除黑帮的行动,而他们又对此横加阻挠。

他们到底想要什么呢?鱼肉和熊掌可不能兼得啊。

马龙想方设法穿过拥挤的人群,来到了指挥室。塞克斯召集整个行动组在这里开吹风会。

"有什么最新消息?"塞克斯问道。

特妮丽说:"多米尼加人矢口否认他们和吉列枪击案有任何关系。"

"应该是他们干的,"塞克斯说,"只是他们没想到会误伤威廉姆斯夫人,而且还造成这么恶劣的影响。"

"我知道,"特妮丽说,"但这和他们平时'我和这件事毫无关系'的态度截然相反。他们主动派人来告诉我们,不是他们干的。"

"确实不是他们，"马龙说，"黑桃帮替他们出手的。"

"黑桃帮为什么愿意背这个黑锅呢？"

"投诚多米尼加人的代价。"马龙说，"在搞清楚卡特无法提供高品质的毒品、人员和枪支之后，他们开始反水，否则，他们担心被困在这艘沉船之上。"

"娃娃脸"从嘴里拿下安抚奶嘴："完全同意。"

"问题的关键是，为什么他们会选择现在这个时候？"艾玛·弗林问道，"皮纳案之后，多米尼加人一直低调行事。为什么现在他们又想要发动枪战呢？"

塞克斯在屏幕上投影了一张监控照片。

"我联系了禁毒署和缉毒局，"塞克斯说，"他们收到的信息是，这个人，卡洛斯·卡斯蒂略，已被从多米尼加派过来收拾残局。卡斯蒂略是个血统纯正的毒枭，他跟他的许多'同僚'一样，出生在洛杉矶，所以，他拥有多米尼加和美国双重国籍。"

马龙端详着卡斯蒂略那张充满颗粒的照片。这是一个身材瘦削、温文尔雅的男人，淡棕色的皮肤，又黑又密的头发，鹰钩鼻，薄嘴唇，胡子剃得很干净。

塞克斯说："缉毒局已经监控他很多年了，却始终找不到足够的证据起诉他。但是有一点讲得通——卡斯蒂略过来整合纽约市的海洛因市场。也就是蒙蒂所说的纵向整合，从多米尼加到哈莱姆，从工厂直接到顾客。现在，他们想要全面掌控这些渠道。卡斯蒂略此次前来，是要指挥与卡特的最终决战。"

弗林抬头看着马龙，说："你真的觉得多米尼加人拉拢了黑桃帮？"

马龙耸了耸肩："理论上很有可能。"

"也可能黑桃帮和'赚钱男孩'之间的停战协议已经失效

了。"弗林说道。

"但是,坊间可没传出这个消息。""娃娃脸"说。

塞克斯问道:"我们还有什么信息能够证明黑桃帮和这起枪击案有关联?"

太多了。

三二分局、三四分局的拘留室里,充斥着"赚钱男孩"、纯内提瑞斯以及多米尼加不游戏等黑帮的成员们。他们被关押的理由五花八门——乱丢废物,缓刑假释,携带毒品……那些消息灵通的人说出来的故事情节跟"哦不亨利"一样:那个枪手——也有人说不止一个——是白人。

"我不期望有人会说出枪手的名字。"塞克斯说。

他也清楚,"赚钱男孩"是不可能把黑桃帮的枪手交给警察的,因为他们想要自行处理这件事情。

"好吧,"塞克斯说,"从明天开始,我们要在北面的建筑里进行'垂直巡逻',让黑桃帮无处藏身,把他们抓起来,看看还能找到什么线索。"

"垂直巡逻"是指对建筑物的楼梯间进行随机巡逻。这一般是制服警察们冬天的保留项目,目的是躲避外面的刺骨严寒。

马龙没法去责备他们——他们根本不知道这有多么危险。在光线这么暗的前提下,自己很可能被射中,而他们也很有可能射中某个孩子,就像那个慌乱中射杀一个手无寸铁的黑人的梁警官。甚至在审判会上,他还是反复强调,当时"枪只是走火了"。

然而,陪审团并不相信他的借口,判处他过失杀人罪。

不过,值得庆幸的是,他避免了牢狱之灾。

毫无疑问,"垂直巡逻"危机重重。而且,他们现在要去抓捕的又是黑桃帮。这时,一个来自市长办公室的代表说:"社区不会喜欢这种巡逻方式的。其实在上一轮的抓捕行动中,他们已经开始抗议了。"

"这个人是谁?"鲁索仔细打量着刚才说话的这个人,问马龙。

"我们以前应该见过他,"马龙说道,搜索着脑海中的名字,"好像是叫钱德勒还是姓钱德勒来着。"

"社区的一些人不会喜欢这个,"塞克斯回复道,"还有一些人会假装不喜欢这个。但是,大部分人都希望黑帮能够消停一些。他们想要一个安宁的家园,这也是他们应得的。难道市长办公室真的要反对这次行动吗?"

好样的。马龙想。

但是很明显,市长办公室还是对行动持怀疑态度。钱德勒说:"难道我们不应该做点更有针对性的事情吗?"

"如果我们知道嫌疑人的名字的话,会有针对性的行动。"塞克斯说,"但是,我们现在没有嫌疑人,'垂直巡逻'是目前来说最好的选择。"

"但是整个社区会误认为,我们如此大规模拘捕年轻黑人,其实是种族歧视。"钱德勒说道。

"娃娃脸"大声笑了出来。

塞克斯瞥了他一眼,又转向市长的跟班:"这里只有你会有种族歧视。"

"怎么讲?"

"因为你觉得,所有的黑人都会反对这次行动。"塞克斯说。

对于市长办公室玩两面派的原因,他和他的手下都心知肚明——少数族裔是市长的主要选票来源,他承担不了背叛他们的后果。他现在陷入了一个困境——一方面,他要让大家看到他在惩治社区暴力方面所做的努力;另一方面,他又不能联合警察使用高压策略来打击社区。

所以他奋力促成了这次逮捕行动,而在记录的时候,他又强调自己对这次逮捕行动的策略持不同意见。同时,他还会利用这次事件将公众的注意力从他自身的丑闻转移到警察部门身上。

钱德勒说:"贝内特枪击案之后,任何的失信事件都会让我们——"

站在屋子最后面的麦克吉文说:"难道我们真的想在整个行动组范围内讨论这个问题吗?这是管理层的问题,而这些警官们都很忙。"

"如果你们愿意,"钱德勒说,"我们可以把讨论的地点移到——"

"我们只在这里讨论这个问题。"塞克斯说,"出于礼貌,我们邀请你来参加这次吹风会,也让你了解内情。但这并不代表你可以参与我们警局内部工作,参与决策。"

"警局所有的决策都跟政治息息相关。"钱德勒说。

如此一来,他已经圆满完成了任务。

如果这次行动抓住了威廉姆斯谋杀案的凶手,市长办公室会宣布对此次行动负责。如果是竹篮打水的话,市长办公室会把责任推到警察专员身上,对其种族歧视倾向进行负面宣传,以此期望媒体去铺天盖地报道警局的问题,从而让市长能够抽身而退。

"休息一下。"塞克斯对他的部下们说,"明天早上行动。"

会议就此结束。

市长办公室的代表来到马龙身边,递给他一张名片:"马龙警探,我是内德·钱德勒,市长的特别助理。"

"我知道。"

"能和你单独聊会儿吗?"钱德勒问,"再找个地方?"

"聊什么？"跟一个刚刚与自己上司剑拔弩张的人私下会面，这可不明智。

"麦克吉文警监告诉我，你是个可靠的人。"

原来如此。"好。去哪儿？"

"你知道尼洛酒店（Hotel NYLO）吗？"

"在78街和百老汇的交界处。"

"我去那儿找你，"钱德勒说，"你这里结束后就过去吧？"

麦克吉文站在塞克斯身边，招手让马龙过去。

钱德勒便走开了。

"你刚把自己的脖子伸进了绞索里。"麦克吉文告诉塞克斯，"如果他们有机会拉紧绳索，你以为这些来自瑰西园的家伙会有任何迟疑吗？"

"我没想这么多。"塞克斯说。

他根本什么都没想。如果有绞刑，麦克吉文也不会站在人群中抗议，只会暗自庆幸，受刑的不是自己。这也是他安排塞克斯替自己主持会议的原因。如果进展顺利，麦克吉文会因为属下的天赋异禀而分一份功劳；如果形势被动，他就会在那儿小声跟别人说："唉，我跟他说过……"

现在呢，麦克吉文说："马龙警官，我们就靠你了。"

"是，长官。"

麦克吉文点点头，走了出去。

"莱文表现如何？"塞克斯问马龙。

"他在我手下才工作了七个小时，"马龙说，"目前看来还不错。"

"他是一个好警察，前途一片光明。"

不要把他带坏。这是塞克斯的潜台词。

"军火交易的调查有什么进展吗?"塞克斯问。

马龙将卡特、曼特尔以及摩托帮之间的交易都告诉了塞克斯。目前还没有交易,但是他们已经在谈判了。卡特安排"胖泰迪"主要负责这次交易,交易地点在158街和百老汇交界的美甲店的二楼。但是那里没有监听装置……

"我们没有足够的证据获得监听许可。"马龙说。

塞克斯看着他:"做你需要做的事情。但是记住,我们需要合理的依据。"

"不用担心,"马龙说,"如果他们判处你绞刑,我会去扶着你的腿的。"

"谢谢你,警探。"

"这是我的荣幸,长官。"

大家在等着马龙去巡逻。

"莱文,"马龙说,"你为什么不回家休息一下?我们成年人之间有事情要商量。"

"好。"他有点恼火,但还是走了。

"你们觉得他怎么样?"马龙问。

鲁索说:"看起来像个好孩子。"

"我们能信任他吗?"

"哪方面?"蒙蒂问道,"如果是工作的话,问题不大。其他方面就不好说了。"

"说到这,"马龙说,"我得去监听卡特。"

"有许可吗?"蒙蒂问。

"嗯,口头许可。"马龙说,"明天行动之后就要安装好。我得去见一见市长办公室那个家伙了。"

"见他干什么？"鲁索问。

马龙耸了耸肩。

尼洛酒店是曼哈顿区的一个时髦精品酒店。马龙坐在酒店的大堂吧喝着苏打水。如果不是他要见一个来自市长办公室的素昧平生的人的话，他真想在这里小酌一杯。

不一会儿，内德·钱德勒便闯了进来。他四处张望，找到马龙之后来到桌子边坐了下来："抱歉，我迟到了。"

"没关系。"话虽这么说，马龙其实很生气。钱德勒主动提出来见面，如果不能早到，最起码也应该准时。你有求于人，却又让这个能帮忙的人等你。

但是马龙转念一想，这个钱德勒是市长办公室的人，这规则可能对他来说根本就不适用。钱德勒朝女服务员扬了扬下巴，就好像她马上能回应似的。果不其然，她真的走了过来。

"有什么能跟单一麦芽搭配？"钱德勒问道。

"四分之一桶的拉弗格①。"

"烟熏味太浓，还有没有其他的？"

"十二年的卡尔里拉（Caol Ila），"女服务员说，"口味很淡，很新鲜。"

"就这个吧。"

马龙和钱德勒单独相处也就是四十多秒，可他已经迫不及待想要扇这个道貌岸然的家伙耳光了。此人三十出头，身着方格衬衫，一件灰色开襟羊毛衫搭配着一条针织领带以及棕褐色的灯芯绒外套。

马龙看不惯他的穿着打扮。

---

① Laphroaig，著名威士忌品牌。

"知道你的时间很宝贵,"钱德勒说,"那我就有话直说了。"

不论什么时候,无论什么人,但凡他说你时间很宝贵的时候,其实,他们是在说自己。

"比尔·麦克吉文向我推荐了你,"钱德勒说,"当然,我也久仰你的大名。比尔还说,你做事专业、能力出众且极其谨慎。"

"如果你是找人在塞克斯的指挥小组里当间谍的话,我不是合适的人选。"

"我不是在找间谍,警官。"钱德勒说,"你认识布赖斯·安德森吗?"

马龙本想说:不认识,我根本就不认识这个城市发展委员会的亿万富翁,一个房地产开发商。真无语。我能不知道他是谁吗?在瑰西园成为市长官邸之前,他甚至想搬到那里去住。

"我知道这个名字,但我不认识这个人。"马龙说。

"布赖斯现在有麻烦,"钱德勒说,"急需摆平。"

他停顿了一下,因为女服务员拿着他的清淡而新鲜的单一麦芽过来了。

"抱歉。"钱德勒对马龙说,"我本该先问问你。你喝——"

"我不喝,谢谢。"

"工作时间。"

"确实。"

"布赖斯有个女儿,"钱德勒说,"林赛,二十三岁,聪慧大方,美艳不可方物,是她父亲的掌上明珠。能用来描述她的全是些令人愉悦的形容词。她以优异的成绩从史密斯学院[①]毕业,现

[①]美国排名第二的一所私立女子学院,是著名的"七姐妹学院"成员,也是全美颇负盛名的顶尖文理学院之一。

在决定通过成为一个优酷视频网站的明星来建立她自己的'生活方式品牌'。"

"她的生活方式品牌是什么?"

"我能知道才怪,"钱德勒说,"她自己可能也不知道。不管怎么样,小林赛有一个男朋友,一个真正的蠢货。理所当然,她为了自己的男朋友,开始像一个无底洞般向她的父亲索要钱财。"

马龙讨厌别人试着学习警察说话的口吻:"为什么说他是一个蠢货?"

"他是一个失败者。"钱德勒说。

"黑人?"

"不,她倒没让我们操那份心。"钱德勒说,"凯尔是一个白人土包子①,一直幻想着自己能够成为下一个斯科西斯②。但是,他并没有拍摄《穷街陋巷》③这样的电影,而是拍了一段与布赖斯·安德森女儿的性爱视频。"

"而现在他威胁要将这段视频公之于众。"马龙补充道,"他想要多少钱?"

"十万美金。"钱德勒说,"如果这段视频传出去,林赛这辈子就毁了。"

马龙想,不仅如此,她父亲的政治生涯也将就此终结。一个

---

① bridge-and-tunnel,原指来自纽约城郊区的人,他们来曼哈顿需要"过大桥、穿隧道",后来引申指土包子、无知的人、思想狭隘的人,具有不懂世故或不入潮流的特点。
② 马丁·斯科西斯,1942年11月出生于美国纽约,导演、编剧,美国艺术文学院荣誉成员,毕业于纽约大学电影系。
③ 由马丁·斯科西斯执导,罗伯特·德尼罗、哈威·凯特尔、理查德·罗农斯主演的犯罪电影,讲述了意大利移民的后代查理在纽约曼哈顿下东区艰难生活,想方设法摆脱困顿和焦虑的故事。

宣扬法治的候选人,一方面想要减少街头黑帮的数量,另一方面却管教不了自己的孩子。"这个凯尔姓什么?"

"哈瓦切克。"

"有地址吗?"

钱德勒把一张纸条从桌子的另一边推过来。哈瓦切克住在华盛顿高地。

"他们住一起吗?"马龙问。

"曾经,"钱德勒说,"林赛搬回家跟父母一起住了。然后,敲诈勒索的邮件就来了。"

"他失去了赖以生存的方式,所以需要一个全新的。"马龙说。

"英雄所见略同。"

马龙把纸条装进口袋:"我会处理这件事情。"

这时,钱德勒看起来有点儿紧张,就好像他想说点什么,却又不知道怎么表达才更得体。马龙知道他的意思,却又不愿意点破。最终,钱德勒说:"比尔暗示我,你可以在合法的范围内妥善处理这件事情。"

马龙想让他有话直说,就像那些自作聪明的家伙一样求他:我想让那个家伙被暴揍一顿,或者我不想他被暴揍;我想让他接受惩罚,受点教训……

如果为了防止录像带传播出去,需要杀了这个失败者的话,他们会直接告诉我杀了他的。马龙暗想。如果不是,他们也不会想要额外的麻烦,更不会在意他们的良心。

我讨厌这些人。不过,他还是会帮助钱德勒摆脱这个麻烦。"我会妥善处理此事。"

他们喜欢妥善这个词。

"那我们就达成共识了?"

马龙点了点头。

"至于你的时间成本——"

马龙挥挥手走了。

这根本就不合规矩。

鲁索在 79 街接上了马龙。

"这个市长办公室的人想要干什么?"鲁索问。

"让我们帮忙。"马龙说,"有时间吗?"

"只对你有时间,宝贝……"

他们驱车来到华盛顿高地,按照纸条上的地址找到了 176 街位于圣·尼古拉斯和奥杜邦(Audubon)之间的这栋老建筑。鲁索在街上停下车。马龙看到街角有一个小男孩,便走过去塞给他二十美金:"这辆车所有的零部件,当我们回来的时候,都要完好无损,行不行?"

"你们是警察?"

"如果这辆车有丝毫破损,我就要了你的小命。"

哈瓦切克住在四楼。

"为什么?"上楼梯的时候鲁索问道,"为什么这些蠢货从不住在一楼?或者他们为什么不住在有电梯的房子里?这么大的年纪还得爬楼,我的膝盖啊!"

"膝盖累,总比送命强。"马龙说。

"那我们还得感谢上帝,哈?"

马龙敲了敲哈瓦切克的门,里面有人问:"谁?"

"十万美金还想不想要了?"马龙问。

门刚开了一条小缝,马龙就一脚踹了进去。

哈瓦切克是个高个子,骨瘦如柴,留着一个男式发髻,额头被门砸出一块很大的伤痕。他穿着一件很脏的针织毛衣,黑色的紧身牛仔裤,脚蹬一双切尔西短靴。

他后退了几步,把手放在前额上,摸着流出来的鲜血。

"把衣服脱下来。"马龙说。

"你是谁?"

"我是叫你脱下衣服的人。"马龙说,然后拔出枪,"不要让我再重复,凯尔,因为你别无选择。"

"你不是个色情明星吗?"鲁索问,"这对你来说很正常,赶紧把该死的衣服脱下来!"

凯尔脱得只剩下内裤。

"都脱掉。"鲁索说,并绕圈摸索着他的腰带。

"你们要干什么?"凯尔问道。他的腿在颤抖。

"想要做一个色情明星,"马龙说,"你就得适应这种情况。"

"把这当作家常便饭。"鲁索说。

凯尔脱掉内裤,用手捂着自己的裆部。

"这就是一个色情明星的表演方式?"鲁索问,"来,男子汉,让我们看看。"

他用枪示意。凯尔举起了手。

"感觉如何?"马龙问,"在陌生人面前全裸的感觉如何?你觉得林赛·安德森又是什么感觉?她是个好女孩,不是你那些色情电影里的角色。"

"她指使我那么做的,"凯尔说,"她说那样就能从家人手里讹一笔钱。"

"不可能,凯尔。"马龙说,"视频上传了没有?"

"还没有。"

"那就告诉我实情。"

"我说的就是实情。"

"很好。"马龙说,"你的回答很完美。"

他抓起电脑,注意到下面是一条小巷,便打开了窗户。

"电脑值一千两百块哪!"凯尔大叫起来。

"肯定有东西要从这个窗户掉下去,"马龙说,"要么是你,要么是你的电脑,做个选择吧。"

哈瓦切克选择了电脑。马龙把它从窗口扔下,目睹它在水泥地上摔了个稀巴烂。"林赛也参与这件事了?"

"是。"

"抽他,告诉他他在'胡扯'。"

鲁索挥舞腰带朝凯尔大腿后面抽去:"胡扯!"

"真的。她确实参与了。"凯尔说,"而且,这是她的主意。"

"再抽。"

鲁索又抽向他的大腿。

"我说的都是实话!"

"我相信。"马龙说,"但你被抽是罪有应得。其实,你应该受到更多的惩罚,但是,我不想太过分。"

"点到为止。"鲁索说。

"我告诉你,凯尔,"马龙说,"如果这个视频出现在任何地方,或者我听说你不思悔改,又和别的女孩拍了视频,我们还会回来找你,到时候你会发现,今天抽你这两下是多么值得怀念。"

"就像旧时的美好时光。"鲁索说。

"从现在开始,林赛发短信问你出了什么状况,"马龙说,"你不要回复她,不要接她的电话,也不要回复她的脸书私信。你不能给她打电话,也不能联系她。你所要做的,就是销声匿迹。如果你不听我的话……"

马龙用枪指着他的前额。

"那你就会真的消失掉。"马龙说,"回泽西去吧。你没有在这个城市里游戏人生的资本。"

"这是一场完全不同的游戏。"鲁索说。

马龙把手放在凯尔的肩膀上,用慈父和师长般的口吻说:"现在呢,我想让你光着身子在这儿坐一个小时,仔细想想自己是一个多么卑鄙的人渣。"然后,马龙提起膝盖狠狠顶向凯尔的档部。凯尔倒了下来,像个婴儿似的蜷曲着,发出了痛苦的呻吟,张大嘴巴急促地呼吸着,"我们不应该那样对待女人,即使她们要求我们那么做。"

他们下楼梯的时候,马龙问:"我的做法有什么不妥吗?"

"我觉得还可以。"鲁索说。

他们走下来的时候,车子已经在等着了——毫发无损。

马龙给钱德勒打了个电话:"麻烦已经解决了。"

"我们欠你一个大人情。"钱德勒说。

当然,这是你们欠我的。马龙想。

今夜,克劳德特说话冷嘲热讽,除此之外,再无其他。

只要一个女人——马龙觉得,无论她的肤色是黑色的、白色的、褐色的还是紫红色的,或者其他肤色的——想嘲讽,那就没有男人能够躲开。

也许是因为电视上的新闻——警察围捕黑人小孩、抗议者以及其他人的连续镜头,也许是因为电视台巧妙地将建筑物突袭和迈克尔·贝内特案联系在一起,也许是因为汉普敦教士出现在熟悉的地点和摄像镜头前发声:"对于年轻的非裔美国人来说,这个社会毫无公平可言。我敢保证,如果吉列是个白人,光天化日之下，在白人的社区中被枪撂倒，那么警察现在很可能已经将坏人绳之以法了。同样,我敢保证，如果迈克尔·贝内特是个白人，大陪审团早就对他的谋杀案宣判了。"

地区检察官以最快的时间把迈克尔·贝内特的枪击案交给了大陪审团。但是他们需要几个周甚至几个月的时间才会做出判决，而发生在圣·尼克的枪击案可能需要花费两倍的时间。整个社区怒不可遏。

"他说的对吗？"克劳德特问。

他们正坐在电视机前，吃着他买回来的印度菜外卖——她的印度烤鸡肉，他的咖喱羊肉。

"哪方面？"马龙问。

"每一个方面。"

"你以为我们今天没有竭尽所能去调查杀人凶手吗？"马龙问，"你以为我们会仅仅因为他们是黑人就故意拖延时间？"

"我在问你问题。"

"是，很好，该死。"

他完全没心情讨论这些乱七八糟的事情。

但是克劳德特却步步紧逼："诚实点，你告诉我，至少在潜意识里，你不会因为吉列是一个'贾马尔'①就对其区别对待。你们是这么称呼他们的，是吧？"

"不错，我们称呼他们'贾马尔'，"马龙说，"也叫他们'白痴''混子''骷髅''黑帮成员''街角男孩'……"

"'黑鬼'呢？"克劳德特问，"我曾在抢救室里听一些警察谈笑风生，说'砰砰'重击一些'黑鬼'的脑袋，拿类似的事情开着玩笑。丹尼，当我不在场的时候，你是不是也这样说话？"

---

① Jamaal，比较常见的非洲名字。

"不想和你吵架。"他说,"我今天很累。"

"你真可悲。"

此时此刻,手里的咖喱羊肉已变得难以下咽,他也好似被恶魔附身。"我今天毒打了一个年轻的白人,这是不是让你感觉好点了?"

"很好,你就是一个瞎搞平衡的恶棍。"

"今天有两个人被杀了,"马龙说,他已经无法控制自己,"一个孩子和一个老妇人。你知道为什么吗?因为一个'黑鬼'要贩毒。"

"现在,该死的是你!"

"我整天忙得不可开交,都是拜这些案件所赐!"

"你说的对!"克劳德特说,"他们对你来说,只是'案件',不是人。"

"天哪!克劳德特,"他说,"难道你是在告诉我,每一个躺在轮床上被推进来的病人,对你来说都只是个人,而不是工作?不是一具肉体?你在实施抢救的同时,他们乱糟糟、醉醺醺、臭烘烘的血液喷你一身,难道你一点儿也不生气吗?"

"你说的是你自己,不是我。"

"当然,这些还不是痛苦的全部,对吧?"马龙说,"是其他人所承受的苦难,使得你求助于毒品,对不对?"

"你去死吧,丹尼。"她站起身,"我明天上早班。"

"那你就去睡觉!"

"我会的!"

她熬夜等待着,直到他已经睡了,她才悄无声息地钻入被窝。这种感觉,像极了那些他回到斯塔滕岛的夜晚。

马龙噩梦连连。

比利在地板上抽搐着,活像一根掉在地上的高压线。

皮纳大张着嘴,已经死去的眼睛空洞地盯着前方,好像想要控诉什么。鹅毛大雪从天花板上空飘落,一些白色的砖头在墙壁上格外惹眼。一条戴着锁链的大狗冲了过来,狗崽们因为恐惧而呜咽着。

比利大口呼吸,像一条小鱼在拍打着渔船的船底。

马龙泪流满面,使劲捶打着比利的胸口。然而,更多的雪花从比利的嘴里喷涌而出,喷到了马龙的脸上。

他的皮肤开始结冰。

脑袋里仿佛有一把机关枪在疯狂扫射。

他从噩梦中睁开了眼睛,看向窗外。

原来是手提转头的声音。

头戴黄色安全帽、穿着橘色背心的市政工人们在修路。一个监工坐在卡车门外,边抽着烟边看着《邮报》。

该死的纽约。马龙想。千刀万剐的纽约。

这个甜蜜的、多汁的、腐烂的大苹果①。

不只是因为比利出现在噩梦里。

这只是昨夜的梦而已。

三天前的晚上,一个孩子的家人打电话报警,说自己的孩子失去了生命体征。正在第十分局的马龙接到电话后,马不停蹄地赶到了切尔西—艾利奥特(Chelsea-Elliott)大楼的六楼。这个家庭的成员们还坐在餐桌前吃晚饭。当他问他们那个孩子在哪儿的时候,孩子的父亲用大拇指指了指卧室的门。

---

①纽约常被昵称为"大苹果",取自"好看、好吃,人人都想咬一口"之意。

马龙冲进去,发现一个小孩面部朝下趴在床上——一个七岁的小男孩。

但是,马龙没看到任何伤口,没有任何钝挫伤。他把这个男孩的身体翻转过来,发现他的胳膊上竟然插着个针头。

一个年仅七岁的孩子,已经在注射毒品了。

强压着满腔怒火,马龙回到餐厅,开始质问这家人,到底发生了什么事情。

孩子的父亲只是简单地说,这个孩子"有问题",然后就回去吃饭了。

这就是他的噩梦。

类似的噩梦不胜枚举。

工作八年之后,你看到了很多自己不愿意看到的事情。但他能怎么办呢?跟心理医生、克劳德特或者塞拉"分享"?即使他这么做了,他们也不可能理解他。

马龙走进浴室,用冷水洗了把脸。出来的时候,克劳德特已经在厨房煮咖啡了。"难熬的夜晚?"

"还好。"

"当然,"她说,"你没有不好的时候。"

"嗯。"天哪,她到底怎么了?他在桌子旁坐下。

"也许你应该找个人聊聊。"克劳德特说。

"这不啻职业自杀。"马龙说。她根本不知道,一个警察主动去看心理医生这件事意味着什么。这意味着他会失去工作——余下的职业生涯将被自己亲手葬送——因为没有人愿意跟一个潜在的疯子上街执勤。"无论如何,我不能去看心理医生,跟他发牢骚,分享我的噩梦。"

"这是因为你比别人坚强。"

"一派胡言。"马龙说,"与其让别人对我指手画脚,还不如——"

"回到你老婆的身边?"她问,"那你为什么还赖在这儿?"

"因为我想跟你在一起。"

她站在橱柜旁,将做午饭的沙拉搅在一起,小心翼翼地将佐料放进一个塑料盒内。"我是想让你知道,只有其他警察才能理解你的处境。因为弗雷迪·格雷或者迈克尔·贝内特的案件,你们都会感到委屈,但是你们没有从弗雷迪·格雷或者迈克尔·贝内特的角度思考。可能你们会觉得,人们恨你们是因为你们的所作所为,但是,人们不会憎恨警察这个身份。你们还可以脱下这身蓝色的夹克。而我呢?每周七天,每天二十四小时,都得穿着这身皮肤。

"丹尼,也许你不能理解我的苦衷——因为你是白人,所以你不能理解,在这个国家,作为一个黑人要承受多少不公平。这些所要承受的、令人精疲力竭的东西,很容易把人压垮,让人头晕眼花,甚至有时连走路都容易受伤。"

她把塑料盒的盖子压紧:"昨晚你说的是对的——有时候我的确恨那些病人,我有点儿精疲力竭,丹尼。对他们的所作所为,对我们的所作所为,我都感到很疲惫。而且有时候,我恨他们,仅仅因为他们有着像我一样的黑皮肤,让我对自己充满了质疑。"

说完,她把塑料盒装进了自己的包里。

"所以,这都是我们日复一日所要经历的苦难。"克劳德特说,"走的时候别忘了锁门。"

她在他的脸颊上轻吻了一下,然后出门了。

上天眷顾,春天早早进驻城市。

积雪已经变成了满地稀泥,排水沟的水流像潺潺的小河。阳光穿过云层,带来了丝丝暖意。

纽约熬过了冬天,这座城市从未冬眠。她竖起衣领,低头抵御掠过大峡谷的凛冽寒风,结霜的脸庞和麻木的嘴唇都已失去了知觉。纽约人过冬,不啻战场上的士兵冲过枪林弹雨。

整个城市开始复苏。

行动组已做好准备,时刻准备突击"尼克尔"。

"首先,放轻松。"马龙告诉莱文,"不要想着去证明自己。跟在别人后面,仔细观察,摸清整个事情的套路。别担心,我们帮你登上报纸的头条。"

给你一个抓人的机会,让你在各大报端看起来英姿飒爽。

他们要进入圣·尼克大楼北面的第六栋建筑进行"垂直巡逻"。

黑帮成员们提前知晓警察们的行动目的地是这里和另外四栋建筑。年仅十岁的小喽啰们用喊叫声和口哨声为他们报警。人们从大厅里四散逃窜,仿佛马龙和他的团队都是传染病毒的携带者。而那些留下来的人,眼睛里喷射着愤怒的火焰。听到其中一个人咕哝着"迈克尔·贝内特"的时候,马龙只能选择性失聪。

莱文走向楼梯间的大门。

"你去哪儿?"鲁索问他。

"我们不是去搜查楼梯吗?"

"你要沿着楼梯往上爬?"

"是……"

"真是个超级大笨蛋。"鲁索说,"我们坐电梯到楼顶,然后从楼顶往下搜索。这样不仅节省体力,而且在遇到危险的时候,我们站在上方有利位置,而不是站在下面。"

"噢。"

"你确定自己毕业于纽约大学?"

一个老妇人坐在一张金属折叠椅上,朝莱文摇了摇头。

他们来到十四楼,走出电梯。

墙上胡乱分布着形形色色的涂鸦和黑帮标志。

全体人员下行,来到一个通往楼梯的铁门前,打开门的刹那引起了一阵骚乱。原来,四个黑桃帮的人像一窝受惊的鹌鹑似的四散逃窜,其中一人还拿着枪。

他们顺着楼梯向下逃去。

出于直觉,马龙毫不犹豫地追了过去。但是,莱文直接从栏杆处跳下,落在了他前面。

"菜鸟,别追!"

但是,莱文已经消失了,泰山压顶般直接跳到了十三楼,然后马龙就听到了一声枪响。响声在楼梯间回荡,冲击着他的耳膜,让他瞬间失聪。他沿着楼梯飞速跑下去,却没有看到莱文躺在那里浑身流血。相反,他看到莱文沿着楼梯追着一个家伙不放,然后像一个橄榄球中后卫一样跳起来,从背后拦截持枪人。当马龙赶到的时候,他已经将枪手放倒在地了。

这个黑帮成员想要把枪扔下楼,鲁索眼疾手快,及时赶上并一把抓住了枪。

莱文很亢奋:"小心那把枪!这混蛋刚才朝我开枪了!"

他有点紧张,肾上腺素飙升,但他还是用手铐把枪手铐了起来。蒙蒂把枪手摁在地板上,用膝盖顶着他的脖子。莱文坐在地上,背靠着墙,大口大口喘着气,等待着肾上腺素慢慢回落。

"没事吧?"马龙问。

莱文点了点头。他极度紧张,已经说不出话了。

马龙经验丰富,所以他很理解这种"我刚才差点儿就被杀了"的感觉。"深呼吸,然后你亲自把这个人押到三二分局去领功。"

马龙到达分局的时候,莱文迫不及待地迎上他。"这家伙叫奥德尔·杰克逊,因为盗窃十到十五次正被通缉。为什么这家伙还有胆朝警察开枪呢?"

"人在哪儿?"

"囚禁室。"

马龙起身来到侦查队,看到了囚禁室里的杰克逊。

莱文则在休息室里坐了下来。

"搞什么鬼,莱文?"马龙问,"杰克逊看起来就像刚从教堂出来一样干净。"

"那他看起来应该是什么样子?"莱文问。

"被暴揍了一顿。"

"那不是我的做派。"莱文说。

"他差点要了你的命。"蒙蒂说。

莱文说:"他会为此付出代价的。"

"听着,"马龙说,"我知道你关心所谓的'社会正义',你也希望少数族裔能够喜欢你。但是,如果杰克逊被送到中央拘留所,看起来就像没被捕过的话,那所有纽约的坏人都会觉得,向一个纽约警察局的警官开枪,其实也没什么大不了的。"

"如果你不能挣脱禁锢自己的枷锁,"蒙蒂说,"那你就会把我们所有人都置于险境。"

莱文看起来很纠结。

"我们又不是在讨论往他的屁股里塞一根棍子,"鲁索说,"但是如果你不揍他的话，这个屋子里没有人会看得起你。"

"去做该做的事情，"马龙说，"不然就收拾行装滚。"

二十分钟后，他们押着杰克逊下楼前往中央拘留所。他的头肿得像一个南瓜，眼角撕裂，走起来一瘸一拐的，还用手扶着肋骨。

莱文对他做了"应该"做的事情。

"我们去抓你的时候，你不小心滚下了楼梯，是吧？"马龙问杰克逊，"需要看医生吗？"

"我没事儿。"

是，你只是暂时没事儿了。中央拘留所的看守们不喜欢警察，所以他们不会把你怎么样。但是，联合监狱就另当别论了。那里的狱警总是觉得生命受到了威胁，职业又被警察严重鄙视。可能你去了会成为英雄。但是在这之前，他们还是会让你再滚一段楼梯。

莱文看起来好像病了。

马龙理解这一点——当年老警察要求他惩治自己抓捕的罪犯的时候，他的感觉也一样。

如果没有记错的话，那是很久以前的事情了。

蒙蒂从外面进来，交给马龙一张纸："这位杰克逊先生今天可不太走运啊。"

马龙看了看那张纸。杰克逊朝莱文射击的子弹，正好跟穆奇·吉列胸口的子弹相吻合。

同一把枪。

"警官，"马龙说，"松开这个家伙，哈哈。我们去第一审讯室。抓紧给凶杀科的米内利打电话，他会对这个案件非常感兴趣的。"

杰克逊被锁在桌子旁。

马龙和米内利与他隔桌相对。

马龙说:"今天也许是你有生以来最倒霉的一天。你朝警察射击,却没有打中。现在,我们又查出来,你涉嫌参与一宗双人谋杀案。"

"双人?我没向威廉姆斯夫人射击。"

"好,这是个有趣的理论。"米内利说,"根据法律,你对穆奇的那一枪直接导致他开枪射向威廉姆斯夫人。所以,你要为这两次射击负责。"

"我没有朝穆奇开枪。"杰克逊说,"我是在案发现场,但我没有朝他开枪。我只是路过。"

凶手把凶器交给了一个路过的帮内晚辈。

"截至目前,凶器还在你手里,"米内利说,"而且,你又用了一次。"

"这是别人给我的,"杰克逊说,"他们让我丢了它。"

"但是你并没有听话。"马龙说,"混账孩子。"

"是谁给你的武器?"米内利问,"凶手是谁?"

杰克逊低头看着桌子。

"听着,你知道规矩。"米内利说,"凶手可以是你,也可以是别人。不管谁是凶手,反正现在我可以结案了。"

"我理解,"马龙说,"杀死穆奇这件事让你威震街头。但是,你确定要为威廉姆斯夫人的死承担责任吗?"

"我还朝一个警察开枪了。"

"根据纽约州的法律,"马龙说,"朝警察开枪会被判刑四十年,甚至无期徒刑。加上前两项指控,你这辈子都要在牢里度过了。"

"所以,无论如何我都玩完了。"

"告诉我们谁是凶手,"马龙说,"没准我们可以在袭警这件事儿上帮帮你。我们不敢保证让你无罪释放,但我们可以让地区检察官告诉法官,你积极配合,帮助警方破获一宗双人谋杀案。四十年可以减刑到十五年,那样你出狱之后还能正常生活。否则的话,你的余生便只能在监狱里度过。"

"如果我把凶手供出来,"杰克逊说,"他们在监狱里就会要了我的命。"

马龙从他的眼神里捕捉到了绝望——这孩子知道自己死定了。

一失人身,万劫不复。

"听说你还有个奶奶?"马龙问。

"废话。"杰克逊说。停顿了十几秒之后,他说出了一个名字——贾麦考·莱昂纳德(Jamichael Leonard)。

"在哪儿能找到他?"米内利问。

"在他表弟家。"杰克逊告诉他们地址。

马龙又押着他回到了去往中央拘留所的汽车上。"我们会跟你的治安警察保持联络。"

"随你们的便。"

他们给他戴上枷锁,然后把他押上了车。

"一起办案?"米内利问他。

"不。"马龙说,"风头太盛容易让我们成为众矢之的,就算帮我个忙吧。给莱文记上一份功劳,另外,在你把塞克斯绳之以法之前,让他参与进来。"

"你确定?"

"确定,为什么不呢?"

任何一个优秀的警察都知道,如果想要吃得好,那就不能吃独食,更不能捡了芝麻,丢了西瓜。

他下楼来到更衣室内。鲁索、蒙蒂和莱文在这里等他。

"如果能让你感觉好一点的话,菜鸟,"马龙说,"杰克逊供出了杀害威廉姆斯夫人的凶手。你立了大功。"

这多少有点儿效果,但却不能彻底治愈莱文心灵的创伤。马龙在莱文的眼睛里看到了这一点——第一次为街头的事情背弃了自己一贯的原则,这很痛苦。而且,这种伤疤不会结痂,苦痛会时刻缠绕着你。

"我觉得,"马龙说,"我们赢得了一次保龄之夜的机会。"

第八章

保龄之夜是行动组的传统保留项目。

当男人们告诉妻子或者女伴晚上要跟兄弟们去打保龄球的时候，这表明，他们任何人都不得缺席，天大的借口也会被无视。

只有队长有权限——也可以说这是他的义务——召集保龄之夜，将其作为一种释放压力的方式。而一个警察被枪击，自然是压力山大。

如果一个警察兄弟因此而不幸遇难，没有人会在这件事上多费口舌。但是如果他大难不死的话，那么大家必须说道说道——尽情宣泄、一笑而过，因为明天，或者后天，"垂直搜索"的任务还要继续。

他们经常玩"10~13s"游戏——这个名字来源于美国警察的无线电密码，意思是"警官请求支援"——是他们宅在某处或者聚会时的必玩项目。但是，保龄之夜有些与众不同：衣着考究，妻子、女友甚至情妇不得到场，通常的警察酒吧也被排除在外。

严格来说，保龄之夜自始至终都是头等大事。

作为一个睿智的斯塔滕岛警察的妻子，塞拉曾说："你们根本不是去打保龄球。那只是你们胡吃海塞、一醉方休，然后去跟廉价妓女上床的借口。"

那天晚上出门的时候，马龙想：你根本就不了解内情。保龄之夜，我们确实会胡吃海塞、一醉方休，但是有一点你错了：我们跟价格昂贵的妓女上床。

莱文对这种集体活动兴味索然。

"我很累。"他说，"我想回家冷静一下。"

"这不是邀请，"马龙说，"是命令。"

"你必须得来。"鲁索说。

"你是团队的一分子，"蒙蒂说，"是你促成了这次保龄之夜。"

"我不知道该怎么跟艾米说。"

"跟她说，你要跟全队一起出去活动，不用等你回家。"马龙说，"现在回家，洗个澡，换身干净的衣服。我们七点在加拉格尔（Gallaghers）见。"

加拉格尔的五十二号角桌。

今晚鲁索的穿着特别帅——青灰色西装，定做的白衬衣，法式双叠袖①上镶嵌着珍珠袖扣。

"你听见枪响了吗？"鲁索问。

"一开始没听见。"莱文说，"是不是很搞笑？可能我的反射弧比较长。"

"朋友，你用一招擒抱②抓住了那个混蛋，"鲁索说，"纽约喷气机队③都可以跟你签约了。"

---

①法式衬衫是公认最为优雅高贵的衬衫，主要是以标致的叠袖以及袖扣著称，用于配搭正装。
② Tackle，又名拓克路，是某些双方选手会有身体接触的运动项目中特有的动作，常见于橄榄球类、角力等运动。
③ Jets，美国橄榄球联盟著名球队。

"去喷气机队当截锋?"马龙问。

他们闲聊着,让莱文开口说话,让他明白,勇气和求生欲是值得称道的。

"可以肯定的是,"马龙说,"这件事情可能会对你的生活大有裨益。"

"此话怎讲?"莱文问。

蒙蒂解释说:"大部分警察整个职业生涯都不会遭遇枪击。但是你却赶上了,而且毫发无损。我可以保证的是,今后再没人敢朝你开枪了,你会安然无恙地度过剩下的二十年,安享退休金。"

马龙把他们的杯子都倒满,说:"这就是我要说的。"

鲁索问道:"还记得哈瑞·莱姆林(Harry Lemlin)吗?"

马龙和蒙蒂抚掌大笑。

"哈瑞·莱姆林是谁?"莱文问。他喜欢这些老派的故事,而他们因为他穿了一件普通衬衫罚他一百美金,他都没怎么在意。

"法式双叠袖。"马龙告诉他,"整个团队外出活动的时候,每个人都得打扮得很有型,让人眼前一亮——双叠袖,袖扣。"

"我没有袖扣。"

"那就买一些。"马龙说完,直接从莱文的钱包里抽出一百美金。

莱文又问道:"谁是哈瑞·莱姆林?跟我说说他的故事。"

"哈瑞·莱姆林——"

"永不言败的哈瑞。"蒙蒂说。

"永不言败的哈瑞,"鲁索说,"是市长办公室的一个审计官,他的工作是负责把政府预算弄得看起来合理合法。他的那玩意儿很大,大到足以让用来配种的种马都自惭形秽。每次开会的时候,哈瑞的那玩意儿比他身体的其他部分提前两分钟到场。所以呢，哈瑞是玛德琳那里的常客，那时候，她还把大部分买卖放在自己家里。"

马龙微微一笑。鲁索又开启了"讲故事"的模式。

"不管怎么样，当时玛德琳的住处在帕克洛和64街的交界处。也是从这时候开始，哈瑞迷恋上了伟哥，这是最适合他的一种壮阳药。什么盘尼西林、脊灰疫苗之类的，都被他放弃了——哈瑞爱上了那种蓝色小药片。"

"他多大年纪？"莱文问。

"你还想不想让我继续讲故事了？"鲁索问，"为什么总是打断我？如今的年轻人哪！"

"子不教，父之过。"蒙蒂说。

"再罚他一百。"马龙说。

"哈瑞当时六十岁左右，我不太确定。"鲁索说，"但是嫖娼的时候，他像个十九岁的小伙子，每次要点两个甚至三个女孩一起，他就像一台蒸汽机。女孩儿们就像职业摔跤手，他能让她们精疲力竭。为了挣钱，玛德琳根本不顾他的死活。那些女孩儿呢，却爱上了他。因为他出手阔绰。"

"小费的厚度都用英寸衡量。"蒙蒂说。

"为什么蒙蒂插嘴不会受罚？"莱文问道。

"再罚你一百。"

"有一天晚上，"鲁索继续讲故事，"我们三个在一个毒贩的地盘上盯梢。玛德琳拨通了马龙的私人电话。她情绪低落，早已泣不成声：'哈瑞死了。'我们第一时间赶到事发地点，确认了哈瑞的死讯。哈瑞的尸体躺在袋子里，妓女们围着尸体在那里哭泣，俨然他是上帝之类的神灵。玛德琳说：'你们必须把他从这里弄出去。'

"不是吧？我们暗想。因为这会极其尴尬：审计员在凌晨一点被一帮妓女发现赤身裸体死在袋子里。如果我们想移动尸体，给哈瑞穿上衣服就是个大问题，因为他体重高达两百八十磅（254斤），而且，还有一个障碍物很碍事。"

"障碍物？"莱文问。

"哈瑞的'士兵'还在立正敬礼。"鲁索说，"我们想方设法给他穿上了短裤，但是他的长裤却因为急需满足的'士兵'而变紧了。更要命的是，他的那玩意儿根本没有消停的迹象。是因为他服用了伟哥，还是尸僵①呢？这点我们不得而知，但是……"

鲁索笑了起来。

马龙和蒙蒂也跟着笑了。莱文状态不错。"那你们到底怎么弄的？"

"我们能怎么弄？"鲁索反问，"我们继续跟死去的哈瑞摔跤，重新给他穿上衣服——内裤、衬衣、夹克和领带，所有的东西，除了他那破土而出的比木头还硬的玩意儿。我敢发誓，它一直在变大，就像匹诺曹说了谎的鼻子。

"我下楼，给了看门人二十美金，让他去抽根烟，我替他守着大厅。蒙蒂和马龙把哈瑞抬进电梯。我们三个又齐心协力从侧门把他拖到了车上，整个过程让我们精疲力竭。

"哈瑞斜倚在副驾驶座上，好像醉酒一般。我们一路直行开往他的办公室。给了保安一百美金后，偷偷把哈瑞抬上电梯，然后把他放在办公桌后面的椅子上，伪装成一个假象：这位鞠躬尽瘁的员工在半夜因辛劳工作而油尽灯枯。"

鲁索呷了一口马天尼，又招手要了一杯。"现在怎么办？我

---

① Rigor mortis，死亡经过一段时间，肌肉逐渐变得强硬僵直，轻度收缩，而使各关节固定的现象，如口不能开、颈不能弯、四肢不能屈等。

们只能想方设法离开他的办公室,然后让人在第二天早晨发现他。但是我们都非常喜欢哈瑞,不忍心放任他的尸体在那里变臭,所以……

"马龙给第五分局的接待警员打了电话,说自己路过市政大楼时,看到哈瑞办公室的灯亮着,就想上楼看看自己的老朋友,结果发现了惨剧。瞎说一通之后,对方派了一个小队过来。

"制服警察们先到,然后是执勤的法医。他们只是看了一眼哈瑞的尸体,就说:'这家伙心脏病发作了。'我们点了点头,意思是,他因为工作而过劳死,这太让人伤心了。但是法医却说'这里不是事发地点'。然后我们都露出了'你到底什么意思'的表情,然后他开始滔滔不绝给我们解释青紫的肤色和心脏病发病率的关系,还说哈瑞并没有大小便失禁,尤其不可思议的是,死者的那玩意儿跟一个棒槌似的。他疑惑不解地看着我们,意思是'到底什么情况?'迫不得已,我们把他拉到一边,将实情和盘托出。

"'听着,'我说,'哈瑞在职的时候已经破产了。我们不想让他的遗孀和孩子们生活窘迫,你能帮我们一个忙吗?'

"'你们移动尸体了。'他说。

"我们供认不讳。

"他说:'这是犯罪。'

"我们没有反驳。马龙说,我们欠他一个大人情,现在他需要做出最合适的选择。这个法医说了声'好',然后在验尸报告里写道,哈瑞为了这个城市鞠躬尽瘁,最后倒在了办公桌前。"

蒙蒂说:"事实如此。"

"绝对的,"鲁索说,"但是我们还要去通知罗兹玛丽,把哈瑞的死讯告诉她。我们驱车来到他们位于东41街的住所,摁响门铃。罗兹玛丽身穿长袍、头戴卷发夹子开了门。得知消息后,罗兹玛丽哭了一阵儿,给我们煮了茶,然后……"

鲁索点的马天尼来了。

"她说想见见自己的丈夫。我们建议她等到第二天上午,哈瑞的身份已经被确认,现在没有必要再去见他了。但是她态度很坚决,坚持要去看看自己的丈夫。"

马龙摇了摇头。

"所以,好吧,"鲁索说,"我们带她去了太平间,亮出警徽,那里的管理人员拉出了装有哈瑞尸体的抽屉。我不得不说,他们已经做得很好了,用被单、毛毯盖住了他的身体。但是,他们并没有盖住……那个撑起小帐篷的柱子,感觉好像可以在那儿召开布道会似的,又像一个包含大象、小丑、杂技演员以及其他必要元素的马戏团。罗兹玛丽看了看,然后说……"

他们又开始捧腹大笑。

"罗兹玛丽说:'看看小哈瑞——永不言败。'

"她对此很自豪。自豪她的丈夫死在自己喜爱的事情上,却被认定为因公殉职。我们费尽九牛二虎之力为这个淫荡的家伙打掩护,却依然没能逃脱他妻子的眼睛。

"你也知道,抬棺人有时得给逝者密封好棺材。但是这次,在罗兹玛丽跟丈夫告别之后,过了很长一段时间,他们才封上了哈瑞腰部以下的棺材盖。"

蒙蒂举起酒杯:"敬哈瑞。"

"永不言败。"马龙说。

他们互相碰了碰杯。

然后鲁索的视线越过莱文的肩膀:"噢,该死。"

"怎么了?"

"不要转头。"鲁索说,"卢·萨维诺在吧台。"

马龙看起来如临大敌:"你确定?"

"萨维诺和他的三个部下。"鲁索说。

"卢·萨维诺是谁?"莱文问。

"卢·萨维诺是谁?"鲁索说,"这个节骨眼儿,你在跟我开玩笑吧?他是西米诺家族的一个头目。"

"他掌管欢乐大道分支。"马龙说,"他身背公开的通缉令,我们得抓住他。"

"在这儿?"莱文问道。

"废话,"鲁索说,"我们和一个被公开通缉的罪犯共处一室,却让他溜之大吉,你觉得内务部会轻易放过我们吗?"

"天哪!"莱文说。

"这件事,只能你上,"马龙说,"趁他还没发现我们。但是,只要我们三个任何一个人站起来,他就会像一只兔子似的逃掉。"

"我们会支援你,年轻人。"鲁索说。

蒙蒂说:"要做到彬彬有礼。"

"但是要很果断。"鲁索补充道。

莱文站起身,看上去紧张极了。但他还是向萨维诺和他的三个部下以及情妇们喝酒的吧台走去。在任何餐馆,如果他们坐在显眼位置,通常都会有美女相伴左右。如果只有男人的话,他们会找个相对私密的地方。

保龄之夜的晚餐是否应该让女人参加,一直是马龙和兄弟们争论的焦点。一方面,晚饭的时候,身边坐着一个美女,是一件非常美好的事情。另一方面,这有点太招摇了。本来一群抛头露面的警察出来吃一顿昂贵的晚餐已处于越线的边缘,如果旁边再有应召女郎的话,这个问题就更值得深究了。

所以马龙一直在压制团队的这个需求。他不想与内务部正面对抗，而且，这是男人之间聊天的好机会。餐馆很嘈杂，如果被监听，或者即使内务部已经监听到这里了，录音带的声音也会低沉且没有辨识度，你可以矢口否认自己的声音。这样的录音带也不会成为呈堂证供。

现在，马龙和他的团队的目光都聚焦在了莱文如何跟萨维诺交流之上。

"你好，先生？"

"嗯，怎么了？"萨维诺无端被打扰，看起来颇为不爽，尤其打扰他的还是个陌生人。

莱文拿出警徽："你正被通缉。我可能要逮捕你，先生。"

萨维诺环顾四周，又看了看自己的部下，然后耸了耸肩，好像在说：搞什么鬼？他转身背对着莱文说："我没被通缉。"

"恐怕你被通缉了，先生。"

"不要恐怕，年轻人，"萨维诺说，"我有没有被通缉这件事只有两个答案，而答案是否定的。所以，你不必恐怕任何事情。"

他转过身，跟酒保示意再来一杯。

"这是一件美好的事情，"蒙蒂说，"一份美差。"

莱文把手放到背后，摸到了手铐："先生，我们可以很绅士地解决问题，或者——"

萨维诺转过身，面对着莱文说："如果可以很绅士地解决问题，你就不应该在我的手下和女人们面前破坏我的雅兴，你……你是意大利人？犹太人？"

"我是犹太人，但是我看不出——"

"你这个天杀的混账犹太佬，你——"正要发火的萨维诺看见了他身后的马龙，瞬间转怒为乐："骚娘们儿！你们这几个该死的骚娘们儿！"

循着萨维诺的视线,莱文转过身看到以下一幕:马龙和鲁索已经乐得从凳子上掉了下来,而蒙蒂则笑得肩膀高低起伏。

萨维诺拍了拍莱文的肩膀:"年轻人,他们在玩你。今晚是该死的保龄之夜吧?但是,你胆识过人,就这么直接过来跟我搭话……"

莱文回到自己的桌前:"好尴尬。"

马龙注意到,莱文对这个玩笑并不在意,尽管他在自嘲。在三个黑帮成员的女人们面前,这个小伙子毫无忌惮地前去执行抓捕任务,这足以说明一些问题。

鲁索举起杯:"莱文,敬你。"

"那是货真价实的卢·萨维诺?"莱文问。

"你不会以为我们专门找了个演员吧?"鲁索说,"如假包换。"

"你认识他?"

"我们都认识他。"马龙说,"他也认识我们。我们在做同一单生意,只不过是在谈判桌的两边罢了。"

牛排上桌了。

保龄之夜的另一条规则——必吃牛排。

一大块血色多汁的纽约客牛排[①]、一块肉眼牛排[②]、一块夏布多里昂牛排[③],因色香味俱佳,这是他们的必点菜。而且,如果跟黑帮成员在同一个地方用餐,让他们看见你在吃肉就更有必要了。

[①] 用一定厚度的牛里脊肉做出的牛排,俗称西冷牛排或莎朗牛排。
[②] Delmonico,一般指取自牛身中间的无骨部分,"眼"是指肌肉的圆形横切面,由于这个部分的肌肉不会经常活动,所以肉质十分柔软、多汁,并且均匀地布满雪花纹脂肪。
[③] Chateaubriand,牛腰肉,一头牛全身总共只有五六磅。

警察分为两种——素食者和肉食者。素食者扮演着一些普通角色——他们从拖车公司拿回扣，享受免费咖啡和三明治。他们收受贿赂，却也从不会主动索贿。肉食者则扮演着掠夺者的角色，他们会想方设法得到自己想要的东西——毒品回扣、混混的贿赂以及现金。他们会主动出击，做事干脆利落。所以团队活动的时候，他们通常衣着考究，有经济实力品尝顶级牛排。

这实际上传递了一个信号。

这不是开玩笑——毫不夸张地说，别人会留意你盘子里的食物是什么。如果是奶酪汉堡，他们就会在第二天窃窃私语："我昨晚在加拉格尔看到丹尼·马龙了，他在那儿吃饭，你知道吃什么吗？汉堡！"

他们会觉得，你要么过度节约，要么已经破产，或者两者兼而有之。这会向那些卑鄙的家伙传递一个信息：你失势了。然后接下来的事情就很明显：他们会利用这一点。他们也是猎食者，他们会把弱者和群体分离开来，然后各个击破。

马龙的牛排很美味，一块漂亮的纽约客牛排，稍微煎了一下，中心微冷，有残存血色。配菜他选择的是炸马铃薯和一堆青豆，而不是常规的烤土豆。

把牛排切成小块，放到嘴里慢慢咀嚼的感觉真好！

分量足！

品质佳！

物有所值！

组织保龄之夜这个决定再正确不过了。

大块头蒙蒂正大口咀嚼着一块十六盎司的肉眼牛排，心无旁骛。一次聊天时，他告诉马龙，小时候，吃肉对他们家来说简直就是奢侈。那时，他的早餐是谷物就水，而不是喝牛奶。因为他体型大,所以经常容易饿。蒙蒂本可以成为一个街头恶棍,他的体型使他轻易就能成为中高级毒贩子的保镖或者打手。但是呢,马龙想,蒙蒂太聪明了。他总是有能力应对新的威胁,能够未卜先知。甚至还是个小孩子的时候,蒙蒂就能预见到,贩毒最终会把人送往两个地方:监狱或者墓地。只有在金字塔尖的那部分人才能真正发财。

但是他发现,警察吃穿不愁。

他从没看见一个警察挨过饿。

所以,他毅然决然地选了一条截然相反的路。

那时候,警局像吃咸花生一样接纳了很多黑皮肤的员工。即使你是瘾君子,只要你双腿健全,看得距离比拇指的长度远,就能合格。他们从没指望一个黑人的智商能够达到126,尽管蒙蒂测试的智商就是这个数值。身材魁梧、头脑聪明、皮肤黝黑,从第一天开始,他周身就贴满了"警探"的标签。

甚至那些讨厌黑人的警察也都对他非常认可。

他是警局里备受尊重的警察之一。

此刻,他穿着一身剪裁得体的午夜蓝艾堡德西装(Joseph Abboud),搭配着淡蓝色的衬衣,红色领结则被塞在脖子上的亚麻餐巾给遮住了。为了不轻易弄脏那件价值一百美金的衬衣,蒙蒂早已顾不得自己的扮相是否雅观。

"你在看什么?"他问马龙。

"看你。"

"我怎么了?"

"爱你,兄弟。"

蒙蒂明白。他和马龙都不喜欢"结义兄弟""黑白配"这些肉麻的话,他们就是实实在在的兄弟。蒙蒂有两个亲生兄弟,一个在奥尔巴尼做会计,另一个在埃尔迈拉,但是,他和马龙更亲近。

这么说是有原因的——他们每天至少十二个小时、每周至少五到六天待在一起,而且他们互相依靠,生死与共。这并不是陈词滥调——未来那扇门的另一侧是什么,你无从知晓,但是,穿过这扇门的时候,你希望能够有兄弟相伴左右。

一个黑人警察,毫无疑问会招来人们异样的眼光,然而习惯之后其实也就那么回事。除了坐在这里的兄弟们,蒙蒂与其他警察也只是肤色不同而已。而"社区"——社会活动家、大嘴巴的部长们以及当地政客们对贫民区滑稽可笑的称呼——要么把他当作能够解决当前窘境的潜在同盟,要么把他当作叛徒——白皮肤美国佬的走狗。

蒙蒂对这些毫不关心。

他对自己的定位相当清晰:一个辛劳养家且要帮孩子脱离这个"社区"的男人。在这里,人们会为了一个零钱包而互相抢劫,互相欺瞒,互相残杀。

而现在跟他坐在一起的兄弟却愿意为彼此付出生命的代价。

吃完牛排他们点了甜品——泥饼、含着切达干酪[①]的苹果派以及用樱桃装饰的奶酪蛋糕。

甜品之后是搀着白兰地或萨姆布卡酒(Sambuca)的咖啡。马龙觉得,应该再讲一个故事,让莱文能够心理平衡一下。于是他说:"'永不言败的哈瑞'的故事很有趣,既然说到死尸,那么……"

"不准讲这件事!"鲁索说,自己却绷不住笑了。

"什么情况?"莱文问。

蒙蒂也笑了,如此说来,他对接下来这个故事也不陌生。

[①] Cheddar,一种原产于英格兰西南部切达村的黄色干酪。

"我偏要说。"马龙说。

"拜托!"

马龙看到鲁索微微颔首后,便说道:"这要追溯到我和鲁索还在第六分局的时候,我们当时的警佐叫……"

"布雷迪。"

"布雷迪,那家伙很喜欢我。"马龙说,"但不知为何,他非常看不上鲁索。布雷迪这家伙嗜酒,常常让我开车把他放在白马酒吧①,等他喝爽了之后再去接他回去睡觉,便于醒酒。

"所以,有一天晚上,我们接到一个 DOA(即时死亡)电话,那时候,一个制服警察必须看护着尸体,直到法医前来确认信息。那一夜极其寒冷,气温已是零下。布雷迪问我:'鲁索去哪儿了?'我说:'在站岗。'他说:'让他过来看着尸体。'这听起来是个好主意吧?让鲁索远离零下的严寒,回到室内。但是,布雷迪再明白不过,眼前这位衣冠楚楚的菲尔先生……"

马龙忍不住大笑起来:"那时候的鲁索非常害怕死尸。"

"可以说,能被吓破胆儿。"蒙蒂说。

"你们两个混蛋。"

"所以,我尝试说服布雷迪撤回命令,"马龙说,"因为我知道,鲁索完全应付不了这件事,甚至可能会晕倒或者什么的。但是布雷迪根本就不接茬,坚持让鲁索回来:'告诉那个混蛋,赶紧过去守着那具尸体。'

"在华盛顿广场的褐色建筑里,尸体躺在二楼的一张床上,很明显是自然死亡。"

"这个寡居的老同性恋,"鲁索说,"独占着那栋建筑,在床

---

① 纽约文人的最爱,世界十大传奇酒吧之一,能够提供的威士忌多达十八种。

上的时候心脏病犯了。"

马龙说："我把鲁索扔在那儿，然后回到白马酒吧外面坐着等布雷迪。他半醉半醒着出来，让我开车带他去事发地点。他从酒吧里出来了大概五秒钟之后，就在车上打开了长笛——"

"什么长笛？"莱文问。

"一个可乐瓶子，里面装满了酒。"蒙蒂说。

"开车经过时，"马龙说，"我们发现鲁索站在岗哨处，冻得瑟瑟发抖。布雷迪勃然大怒，朝着菲尔吼道：'我告诉你跟尸体待在一起！混蛋！赶紧把你的肥屁股挪进屋，老老实实待在二楼，否则，我就把你写进报告里。'鲁索吓得赶紧跑回了屋内，我们又回到了酒吧。

"我正在酒吧外闲坐，无线电里传来了电话——密码10-10（正在进行中）——有人开枪射击，我听到的事发地点，正是鲁索的位置。"

"情况不妙！"莱文有点儿兴奋地说道。

"我也是这么想的，"马龙说，"我冲进酒吧，找到布雷迪说，'出事了'。我们快速开往现场，冲上该死的楼梯，第一时间看到了持枪的鲁索和直挺挺坐在床上的死者，我们的菲尔先生将两颗子弹射进了死尸的胸膛。"

马龙笑得太狠，以至于话语开始变得断断续续："事情的起因是……尸体内的气体开始活动……促成了一件非常离谱的事儿……死者突然坐了起来……鲁索被吓得……灵魂出窍……他就朝着那家伙的胸口开了两枪……"

"看着一具令人毛骨悚然的僵尸！"鲁索说，"我能怎么办？"

"事已至此，我们可能会麻烦缠身。"马龙说，"因为如果那家伙没死，鲁索还要接受谋杀的指控。"

"我被吓得大小便失禁了。"鲁索说。

蒙蒂已经笑得不能自已,肩膀不停地颤动着,眼泪顺着脸颊往下淌。

马龙说:"布雷迪问我:'你确定这家伙死了?'我说:'相当确定。'他说:'相当确定?那这是怎么回事儿?'我说:'我不知道,他已经没心跳了。'鲁索朝他胸口开了两枪之后,他还怎么可能再有心跳呢?"

"那怎么办?"莱文问。

马龙说:"轮值的法医是布伦南,有史以来最悠闲的家伙。我是说,自从他接手这项工作以后,他再也没有跟活人打过交道。他过来后,看了看情况,看着鲁索说:'你竟然朝死人射击?'

"菲尔摇摇头,问:'他死了吗?''你在跟我开玩笑吧?'布伦南说,'在你开枪前的三小时,他就死了。但是我怎么解释他胸口上那该死的两颗子弹?'"

蒙蒂已经受不了了,用餐巾纸轻轻遮住了面部。

"这时,我不得不说,布雷迪终于有了领导的样子。"马龙说,"他对布伦南说:'如果那样,你的工作会很复杂。你得写报告、作调查,还得检查……'"

"布伦南说:'不如我们就各让一步吧!'车来了之后,我们把尸体包起来,认定其为自然死亡。鲁索先生也去换一条新的内裤。"

"太搞笑了。"莱文说。

卢·萨维诺和他的随从们要走,他朝马龙点了点头,马龙同样示意了一下。

管他内务部会怎么想呢。

如果这些混蛋不知道我们是谁,不尊敬我们,我们还怎么开展工作?

账单超过了五百美金,如果不结账,他们肯定会被投诉。

女服务员递过账单,虽然上面的数额是零,但她还是递了过来,以防他们被监视了。马龙放下一张信用卡,等她拿回来的时候,马龙假装在单据上签了字。

离开的时候,他们在桌子上放了两百美金的小费。

从不,绝不,亏待服务员。

一方面,亏待服务员这种做法本身就不合适。另一方面,这会显得你很没有层次。你想要的是,当你走进一个地方的时候,服务员看到你,会说:"欢迎来我们这里聚会。"

如此一来,他们就会永远给你留着位置。

如果你不是跟自己的妻子一起,没人再会在意或者记住你。

绝不亏待服务员,也绝不在酒吧或者酒店拿二十美金的保护费。

那些是素食者的所作所为,行动组的肉食者对此嗤之以鼻。

这些是管理的代价。

如果你接受不了,那就滚回街头去巡逻。

马龙留下小费,打电话叫了车。

保龄之夜,电召车和司机不可或缺。

因为知道自己会喝得烂醉如泥,所以没有人想因为醉酒驾车而被新手警察起诉,也不想在别人知道他们的秘密之前被迫中止计划。

纽约的一般警察都享有汽车服务,因为通过他们洗钱很容易,所以免费乘车也在情理之中。当然,司机肯定会告诉他的老板乘客去的每一个地方以及他们干了些什么,但是老板们根本就不在乎这些,甚至没有司机会去内务部举报他们,更不会承认他们坐过自己的车。没有警察会在意有人知道他们酩酊大醉之后去嫖娼——因为这些已经是公开的秘密了。

电召车更了解他们的需求,不会把他们拉到俄罗斯人、乌克兰人或者埃塞俄比亚人的地方——只有靠谱的人才能知道真相,知道应该只听不说的道理。

今晚的司机是多米尼克,五十岁左右,以前为他们提供过服务,所以知道今晚的小费数额不菲。他喜欢这些穿着阿玛尼、老板和艾堡德牌子的家伙。他会停到紧靠路边的地方,这样他的客户们的古驰、菲拉格慕、布鲁玛妮就不会沾水。这些绅士们很爱惜他的车,不会在车里呕吐,不会在车里吃有异味的快餐,也不会吸烟,更不会跟自己的女人在车里吵架。

他把他们送到了玛德琳位于98街和湖畔的住所。

"我们在这儿可能得待几个小时,"马龙告诉他,然后塞给他五十美金,"不如去吃个晚饭吧。"

"给我打电话就行。"多米尼克说。

"这是哪儿?"莱文问。

"你应该听我们讨论过玛德琳,"马龙说,"这儿就是我们讨论的那个玛德琳的地方。"

"妓院?"

"可以这么说。"马龙说。

"我不知道要来这里。"莱文说,"我和艾米对彼此都很专一。"

"你已经把戒指戴在她手上了?"鲁索问。

"还没有。"

"那你还迟疑什么?"鲁索说。

"我还是回家比较好。"

"今晚是保龄之夜,"蒙蒂说,"不是保龄晚餐。你必须参加所有活动。"

"上楼,"马龙说,"上去消磨时间。如果你不想跟人上床,没问题,我们也不强迫你,但是,你得跟我们一起。"

整栋褐色建筑都是玛德琳的。但是因为她对这里的事情一向小心谨慎,所以邻居们也没有发现什么异常。现如今,大部分生意都是出台服务,只有小部分团体和特殊客人才会来到这栋房子里。她也不再接受传统的"排队"方式,而是让客人在线预约。

在门厅,她跟马龙私下打了个招呼,亲了亲他的脸颊。

他们是一起成长起来的。当他是制服警察的时候,她还在跟人约会。一天晚上,她穿过斯特劳斯公园回家,有个混蛋想趁机骚扰她。我们的制服警察"从中作梗",用警棍狠狠招呼了那家伙的脑袋,又朝他肾上补了几下,让他长长记性。

"你想要控告他吗?"马龙问她。

"我觉得刚才你已经做了。"玛德琳回答道。

从那以后,他们变成了朋友和生意伙伴。他成了她的保护伞,给她介绍生意。作为回报,她会招待他和他的兄弟们,也会让他看自己的通讯录,看看自己的客户是否有对马龙有用的人。玛德琳·豪的住所从来没有被搜查过,她的姑娘们从没被威胁和骚扰过——如果有,也不会持续很长时间,也不会有第二次——更未上当受骗过。

极少情况下,有的女孩可能耍无赖,想要敲诈某个或某几个客户,马龙也会亲自处理这种事情。他会找到这个女孩,跟她促膝长谈,聊一聊她要做的事情的法律后果,然后给她描述一下女子监狱里是如何对待她这样一个魅力四射、娇生惯养的女孩的,并跟她解释清楚,一旦他给她戴上手铐,这可能就是她这辈子所能收到的男人送给她的最后一个手镯了。在这种情况下，她通常会选择带着马龙提供的机票离开。

玛德琳的通讯录里的一些人——富翁、政客、法官——不管是否察觉，他们绝对是行动组的重点保护对象。他们既没有看到自己的名字出现在《每日新闻》的头版头条上，也没发现自己在"爱情"中变笨的事例。不止一次，马龙和鲁索不得不去找那些对冲基金经理或者冉冉升起的政治明星，告诉他们不能跟玛德琳的社交女郎们相爱，那只是她们的工作方式而已。

"但是我爱她。"一个准州长候选人告诉他们，"她也爱我。"

他要离开自己的妻子、孩子，甚至要放弃自己的职业生涯，想要跟一个他以为名字叫"布鲁克"的女人在哥斯达黎加开拓咖啡烘焙事业。

"你花钱，她为你提供有偿服务。"鲁索告诉这个家伙，"那只是她的工作。"

"不，这不一样。"这家伙还固执己见，"这不是一回事。"

"不要再丢人现眼了。"马龙说，"你还有妻子和孩子，你有家庭。"

不要逼我给她打电话，告诉你，你的那玩意儿像铅笔一样细，还有口臭，甚至上次她都打电话给玛德琳，要求安排别人为他服务。

玛德琳把他们迎进楼，他们坐着小电梯来到了一个装修得很有品位的公寓。

这里的女人们棒极了。

市场价至少两千美金。

莱文瞪大了眼睛，好像眼珠子马上就要从眼眶里掉下来。

"放轻松，我的兄弟。"鲁索说。

"我已经给你们选好了女伴，"玛德琳说，"根据你们之前的喜好。但是这个新来的，我只好猜猜了。希望塔拉的服务能够让你满意。如果不行的话，我们再看看花名册。"

"她很漂亮，"莱文说，"但是我不想……"

"我们可以只喝几杯酒，好好聊聊天。"塔拉对莱文说。

"听起来很棒！"

她把他带到了吧台。

马龙的女伴自称妮基，身材高挑，大长腿，留着复古的维罗妮卡湖发型，一双冰蓝色的大眼睛充满了极致诱惑。他坐在她身边，拿着一杯苏格兰威士忌陪她喝着浑浊的马天尼。他们聊了一会儿，她就把他带进了一个卧室。

妮基穿着黑色紧身的露肩装，她把衣服慢慢褪下，直至完全脱掉，黑色的内衣一览无余。玛德琳根本问都不用问，就知道马龙喜欢这个。

"想要点特别的服务吗？"她问。

"你已经很特别了。"

"玛迪说你很有魅力。"

她开始脱自己的细高跟，但是马龙阻止了她："穿着吧。"

"你想让我给你脱衣服，还是——"

"我自己来。"他脱下衣服，把它们放在玛德琳为已婚客人准备的衣架上，这样他们就不会穿着有褶皱的西装回家。他拿起手枪，放在了枕头下方。

妮基看了他一眼。

"你永远不知道会有什么人闯进来，"马龙说，"这不是怪癖。如果你觉得不舒服的话，我可以接受换人。"

"不，我喜欢。"

她给他提供的服务，确实价值两千美金。

欲仙欲死的八十分钟。

事后，马龙穿好衣服，把枪放回皮套中，在边桌上放了五张一百美元的现金。妮基穿上衣服，拿起钱，然后说："给你买杯喝的吧？"

"好啊。"

他们又回到了客厅里。蒙蒂已经和他的女伴坐在那儿了，一个令人难以置信的又黑又高的女人。鲁索还没结束，他们已经习以为常了。

"我吃饭细嚼慢咽，喝酒浅斟低唱，做爱慢条斯理，"他说，"尽情享受生活。"

但是他们也没看到莱文的身影。

"菜鸟放我们鸽子了？"马龙问。

"他和塔拉到另一个屋里去了。"蒙蒂说，"奥斯卡·王尔德曾说，'我什么都可以抵挡，就是抵挡不了诱惑'。"

鲁索终于出来了。他的女伴是一个深色皮肤、名叫陶妮的女人。马龙的第一感觉是，这个女人和堂娜太像了。经典啊，马龙想，这伙计跟一个像极了自己老婆的妓女上床了。

几分钟后，莱文带着点醉意进来了，有点羞涩，不过一看就是很尽兴的样子。

"不要告诉艾米，好吗？"他说。

哄堂大笑。

"不要告诉艾米！"鲁索说着，胳膊绕在莱文的肩膀上，"这个小伙子，可爱的小伙子，他像蝙蝠侠似的垂直跳下楼梯抓捕坏人，还躲过了对方的子弹。他冲破了禁锢自己的条条框框。然后呢，他想在加拉格尔的正中央，当着其部下和女人们的面逮捕卢·萨维诺。最后,他跟一个价格昂贵的妓女上了床,事后却说,'不要告诉艾米!'"

又一次哄堂大笑。

鲁索亲了亲莱文的脸颊:"这个可爱的小伙子!我太喜欢这个小伙子了!"

"欢迎入伙。"马龙说。

他们又一起喝了一杯,便一起离开了。

他们带着各自的女人来到127街和雷诺克斯的交叉口。

这里有个名字叫作"海湾酒吧"的俱乐部。

"为什么你要听这种傻瓜音乐?"路上的时候,鲁索问马龙。

"因为我跟你们这些傻瓜一起工作。"马龙说,"不过,我是发自内心地喜欢。"

"蒙蒂,"鲁索问,"你喜欢这种嘻哈音乐吗?"

"不喜欢!"蒙蒂说,"我喜欢巴迪·盖伊[1]、碧碧·雷克萨[2]和伊芙琳·金[3]。"

"你们这些人,究竟得有多老了?"莱文问道。

"哦,那你听谁的歌?"马龙问,"马太·保罗·米勒[4]?"

他们在"海湾"门口停下车。酒吧外的人看到豪华轿车,都想看看下车的人是不是一个嘻哈明星。然而令他们失望的是,下车的是两个白人。

---

[1] Buddy Guy,美国吉他手和歌手,他的曲风以布鲁斯和摇滚为主,是芝加哥布鲁斯的代表人物。
[2] Bebe Rexha,出生于美国纽约市布鲁克林区,美国歌手、词曲作者。
[3] Evelyn "Champagne" King,美国歌手、词作者和唱片制作人。
[4] Matthew Paul Miller,希伯来的名字是 Matisyahu。

有人认出了马龙。

"是警察!"他喊道,"嘿,马龙!你这个混蛋!"

门童把他们迎进门。酒吧里蓝色和粉色的灯光伴随着音乐在跳动。

其他的颜色都是黑的。

算上马龙、鲁索、莱文和他们的女伴,整个俱乐部里,只有八个人不是黑皮肤。

到处都是恶狠狠的目光。

但是他们却得到了一张桌子。

女服务员是一个漂亮的黑人,带着他们来到贵宾区坐了下来。

一分钟后,四瓶水晶香槟出现在了他们的桌子上。

"特雷的一点儿心意,"女服务员说,"他说,你们在这儿的消费免单。"

"替我谢谢他。"马龙说。

特雷并非这个酒吧的官方老板。这个入狱两次的歌手兼唱片制作人不可能一手拿着火箭炮,另一只手还去申请酒类销售的营业执照。此时此刻,他正站在另一个贵宾区的平台上,举着酒杯跟马龙致意。

马龙也朝他举了举杯。

这一幕,酒吧里的所有人都尽收眼底。

这也让令人窒息的气氛稍有缓和。

如果白人警察能跟特雷友好相处,那他们就是毋庸置疑的好警察。

"你认识特雷?"妮基问话的语气里满是钦佩之情。

"嗯,认识。"

上一次,警局传唤特雷,马龙亲自把他带了过去——没用手铐,没让他当众出丑,也没给媒体拍照的机会。

对于马龙的这种尊重,特雷很感激。

然后,他开始给马龙介绍一些安保工作的机会。如果涉及重要人物,马龙要么自行前往,要么跟蒙蒂一起。一些常规任务,他都交给了北曼哈顿的其他警察,这些警察都对于从天而降的赚钱机会感激不尽。

特雷因为"雇佣"种族主义的警察而免于受罚。他安排他们买咖啡、奶酪蛋糕甚至干一些杂事,马龙听到风声之后制止了他。"他们毕竟是纽约市警察局的警官,是你的保护伞。你想要吃零食,让你的跟班去买。"

特雷过来,在马龙身边坐了下来。

"欢迎来到丛林。"他说。

"我住这儿,"马龙说,"而你呢,却住在该死的汉普敦。"

"你得抽空多出来转转。"

"我会的,争取。"

"多跟我们聚会,"特雷说,"女人们都喜欢你。"

他的黑色皮夹克价值数千美金,更别提手上的伯爵表了。

他的钱,一部分来自音乐,一部分来自俱乐部。

"管他白钱还是黑钱,"特雷曾说,"所有的钱花起来的时候都是绿色的。"

他问马龙:"谁能保护我免受警察的骚扰啊?现如今,年轻黑人都不敢步行上街了,除非他们想被警察从背后射杀。"

"迈克尔·贝内特遭射击的地方是胸口。"

特雷说:"我听到的版本可不是这样。"

"你想成为杰西·杰克逊[①]吗?"马龙说,"不如玩得开心点

[①] Jesse Jackson,美国黑人民权领袖和演说家。

儿。如果有什么证据，就直接拿出来。"

"拿出来给纽约警察局？"特雷问，"这种行为被我们称为洗白。"

"特雷，那你想让我怎么做？"

"没什么。"特雷说，"只是给你提个醒，仅此而已。"

"你知道怎么联系我。"

"我知道。"特雷把手伸进口袋里，掏出一支雪茄大小的香烟，"让这玩意儿帮你放松一下。"

放下香烟，特雷离开了。

马龙鼻子里哼了一声："混球。"

"点上吧。"妮基说。

马龙点上烟，深深吸了一口，把它递给了妮基。真恶心，马龙想，这次来送警告的是特雷，不知道以后还会发生什么。香烟的味道香甜、醇厚，比紫薇花还浓。烟卷在这个桌子四处传递，最后来到了莱文手里。

他看了看马龙。

"怎么？"马龙说，"你从来不抽大麻？"

"来到警局之后再没抽过。"

"好，我们会替你保密。"

"如果我被抽检怎么办？"

他们又开始嘲笑他了。

"没有人跟你讨论过'指定的小便人'？"鲁索问。

"那是什么东西？"

"不是什么东西，"蒙蒂说，"而是人。布莱恩·马尔霍兰（Brian Mulholland）警官。"

"打扫更衣室的那个人？"莱文问，"'家鼠'？"

大多分支局都有一个不适合执行街头任务的警察，但警局又不好意思勒令其退休。他被藏在警局内部,打扫卫生,做内勤。马尔霍兰本来是一个好警察,但是有一天,他接到一个电话,目睹一个婴儿被"蘸"进了一个盛满热水的浴缸。

受了刺激之后,他开始酗酒,最终毁了自己的职业生涯。马龙跟三二分局的警监求情,把他留在警局,像一只家鼠一样藏起来。

"他不仅仅是家鼠,"鲁索说,"他也是指定的小便人。你被盯上之后,马尔霍兰会替你参加尿检,也许尿液很不合格,但测试结果却和毒品无关。"

莱文下定决心吸了一口,又把香烟递给了别人。

"再给你讲一个故事。"马龙说,看着蒙蒂。

"你们都给我去死!"蒙蒂说。

"这位蒙蒂先生,"马龙说,"当时即将进行体能测试,但是他,可能用词不是那么准确,有点儿'营养不良'。"

"你们的老母亲也是。"蒙蒂说。

"我的意思是,蒙蒂走都走不了一英里,"马龙说,"更不用说在规定的时间内跑完了。所以他的做法是——"

蒙蒂举起一只手:"有个菜鸟,一个帅气且气度不凡的年轻的非裔美国绅士,本应该籍籍无名——"

"格兰特·戴维斯(Grant Davis)。"鲁索说。

"——此人曾是雪城大学①的田径明星。"蒙蒂说。

"他跟一群海豚参加了预赛。"马龙说。

"这是一个双赢的机会。"蒙蒂说,"首先,我可以通过体能测试;其次,这可以证明,警局根本无法把两个黑人警察区分开来,或者说,警局根本不关注这个。"

---

① Syracuse University,美国著名的综合性、研究型大学,该校成立于1870年,坐落于美国纽约州雪城(Syracuse)市内。

马龙说:"所以蒙蒂花重金让这个菜鸟代替自己去参加测试。这个孩子很害怕,以至于超常发挥,从而打破了总局一英里跑的记录。"

"我不认为自己有必要告诉他,收着点跑。"蒙蒂说。

"因为没人能追上他。"马龙说。

"如我所料。"蒙蒂说。

"直到有一天,"马龙说,"警察总局的某个天才觉得要加深与消防部门的关系,便趁势举办了一次小型的……运动会。"

莱文看着蒙蒂咧嘴笑了。

蒙蒂点了点头作为回应。

"这位长官拿出花名册,看到威廉姆·蒙蒂警官一英里跑的速度足以和奥运会运动员相媲美,就钦点他作为自己的战将。"马龙说,"总局的高层们跟他们消防部门的同僚们甚至开始为此下注。"

"这些家伙开始下注,"鲁索说,"因为他们中有些人对威廉姆·蒙蒂的真正实力胸有成竹,都以为自己胜券在握。"

"他们自以为是而已。"马龙说,"在警察和消防员的众目睽睽之下,蒙蒂不敢再以假乱真了,所以他开始进行训练——这意味着,他每天得少抽一支雪茄,还要戒掉烧烤酱。比赛的日子一天天临近了,地点选在中央公园。消防部门的选手是个来自爱荷华的菜鸟,十大联盟①的一英里跑冠军。我的意思是,这孩子——"

"是个白人男孩。"蒙蒂说。

---

① Big Ten Conference,创立于1896年,是以体育为中心的美国大学联盟。目前该联盟由一所私立大学和十三所公立大学组成,其成员不论是在体育方面还是在教育方面都是美国的一流院校。

"看起来很奇怪,"马龙说,"像希腊雕塑一样专业。而蒙蒂呢,却穿着普通的过膝短裤、挂在身上的T恤,嘴里叼着一支雪茄。警监看了蒙蒂一眼,瞬间就崩溃了。他的眼神就像在问:'你到底干了什么?一个月之内到底吃了多少东西?'警局的高层们在这次比赛上押了几千美金,全都打了水漂。

"来到起跑线处,发令枪响了,我觉得蒙蒂再不出发,警监就会忍不住想亲自朝蒙蒂开枪了。蒙蒂慢吞吞起跑——"

"如果那可以叫起跑的话。"鲁索说。

"跑了五大步之后,"马龙说,"轰然倒地。"

"我腿抽筋了。"蒙蒂说。

"消防队的猩猩们兴奋地上蹿下跳。"马龙说,"警察们开始骂骂咧咧的,把钱交了出去。蒙蒂在跑道上擎着腿,我们都笑翻了。"

"难道你们没输钱吗?"莱文问。

"搞笑吗?"鲁索问,"我让第五分局的拉尔夫(Ralphie)表弟把我们的钱都押这位狼吞虎咽的尤塞恩·博尔特(Usian Bolt)输,所以我们赚得盆满钵满。警监离开的时候非常气愤,我听到他说:'这个哈莱姆慢吞吞的黑鬼,总有一天我要收拾他。'"

莱文看了看蒙蒂,看他是否对"黑鬼"这个词敏感。

"怎么了?"蒙蒂问道。

"你懂得,那个黑字开头的词。"莱文说。

"不,我不知道什么黑字开头的词,"蒙蒂说,"我知道'黑鬼'这个词。"

"你对此作何感想?"

"鲁索说这个词,没关系。"蒙蒂说,"马龙说,也没关系。或许有一天,你说,也没关系。"

"作为一个黑人警察,感觉怎么样?"莱文问蒙蒂。

马龙皱了皱眉。这件事要从两面看。蒙蒂可以吹牛,不当警察,他就会成为一个大学教授。

"'感觉'怎么样?"蒙蒂反问,"我不知道。作为一个犹太警察,你感觉怎么样?"

"很不同。"莱文说,"但是当我露面的时候,犹太人都不恨我。"

"那你觉得黑人们恨我吗?"蒙蒂说,"有一些人恨我。有人叫我美国佬,有人叫我黑人顺民①。但事实是,不管他们说不说出来,大部分黑人都认为,我在想方设法保护他们。"

"警局内部呢?"莱文问,有点儿打破砂锅问到底的味道。

"警局内有恨我的人,"蒙蒂说,"哪里都有恨我的人。夜幕降临的时候,大部分警察分不清黑和白,他们看到的是穿蓝色制服的人和其他人。"

"但是我们嘴里的'其他人',"莱文说,"大多被理解成'黑人'。"

酒吧内突然变得很安静,然后所有人脸上都出现了吸食强力大麻后的诡异笑容。那支香烟让他们变得狂躁。所有人都起身开始跳舞。这本可能让马龙感到不自在,因为他根本不会跳舞。但是现在,他跟妮基在酒吧的人潮中随着音乐的节拍律动。音乐顺着他胳膊上的血管,在他的脑袋里流淌、回荡。蒙蒂身边围着一些黑人,显得很酷。甚至连鲁索都站了起来,开始跳舞——乱糟糟的一片。

在这丛林里,或者跟其他动物,或者跟天使,或者跟那些与

---

①奉行白人社会准则的黑人,尤指庄园主的黑家奴。

他们有明显区别的人,一起跳舞。

他们开车送莱文回家,一路向西,来到了87街的西头。艾米看到他们把自己半醉半醒的男朋友带回来的时候,并没有预想中的过激行为。
"他有点儿兴奋过头了。"马龙说。
"我猜也是。"艾米说。
一个漂亮女孩——黑皮肤,卷发,黑眼珠,看起来很聪明。
"我们在庆祝他第一次出任务。"鲁索说。
"真希望他能叫着我。"艾米说,"我也想给他庆祝一下。"
祝你好运,聪明的艾米。马龙想,警察只跟警察一起庆祝。没有人能够理解他们在庆祝什么。
活着。
将坏人绳之以法。
从事着世界上最棒的工作。
他们把莱文拖到沙发上。
他已经完全没有意识了。
"很高兴见到你,艾米。"马龙说,"听他讲了很多你们的趣事。"
"彼此彼此。"艾米说。
他们打发多米尼克把女人们送回去,自己则开着鲁索的车奔向雷诺克斯大街。他们让立体音响的声音爆炸着,开着窗,用最大声跟着"异见人士"唱:

搜我的车,找我的货,
你们以为每个黑鬼都在贩毒。

老街巷,寒冷的街口,他们经过一座座房屋,穿过一栋栋建筑物,马龙从前窗伸出头,吼道:

> 我不知道他们累了还是怎样,
> 把我兄弟的身上都搜遍了,抓着要害了。

鲁索发出一声鬼笑,他们全都喊道——

> 去他妈的警察!
> 去他妈的警察!
> 去他妈的警察!
> 去他妈的警察!

歌声在丛林里回荡。
他们极度兴奋、烂醉如泥。
歌声穿过黎明的一丝灰光。
一些站在人行道上的人被他们吓了一跳,但他们仍继续大喊:

> 去他妈的警察!
> 去他妈的警察!
> 去他妈的警察!
> 去他妈的警察!

我需要正义!
　　我需要正义!

然后一起和声——

　　去死吧,你们这些黑皮肤的混蛋!!!!

第九章

回公寓的路上,马龙被人拦了下来。

一辆黑色轿车停在路边,三个穿西装的男人从车里钻了出来。

脑子里乱哄哄的,起初马龙以为是大麻的作用,并没怎么在意这些人。这听起来就像一个冷笑话。"三个西装男从车里钻出来,并且——"

然后他猛然警醒——他们并不简单。

是皮纳的人,还是萨维诺的人?

他下意识去摸枪。结果带头的那个人拿出了证件,证实自己的身份是"奥德尔特工——来自联邦调查局"。

马龙暗想,此人外表确实像来自联邦调查局的:棕色短发,蓝眼睛,蓝色外套,黑皮鞋,白衬衣,红领带,像一个来自教堂街的盖世太保[①]。

"马龙警探,请上车。"奥德尔说。

马龙亮了亮自己的警徽,含混不清地说道:"我是警察。你们这些教堂街的混蛋。纽约警察局,如假包换的警察,来自北曼哈顿——"

[①] Gestapo,德国纳粹秘密警察。

"难道你想让我们在大街上把你铐起来吗,马龙警探?"奥德尔问道,"在你的社区里?"

"凭什么拷我?"马龙问,"公共场合醉酒?这都算是联邦犯罪了吗?你已经看到我的警徽了,拜托,能不能有点职业礼貌,啊?"

"同样的问题,我不会再重复第二遍。"

迫于无奈,马龙只好钻进了车内。

虽然还不是很清醒,但是他已经开始心生担忧。

担忧?

不,恐怖。

如果他们直击要害——要调查皮纳一案。

他很可能要被判刑三十年,甚至终身监禁。

约翰以后的成长之路上将不再有父亲的陪伴。凯特琳也只能独自步入婚姻的殿堂,因为她的父亲将在联邦监狱中度过余生。

这个恐怖的念头把马龙体内的酒精和大麻瞬间清走,像一把电击枪直击心脏。他感觉自己要吐了。

他深吸一口气,然后说:"如果是关于巡警和警长拿现金回扣或者其他物品的话,这已经超出了我的权限,我什么都不知道。"

这跟当时"胖泰迪"回答他的问题时如出一辙。

"请保持缄默。"奥德尔说,"在我们到达目的地之前。"

"去哪儿?教堂街?"

纽约联邦调查局的总部。

目的地是华尔道夫酒店①。他们从侧门进入,乘员工电梯来到六楼,然后进入大厅尽头的一个套房。

"华尔道夫?"马龙问,"怎么?难道还会给我提供红色天鹅

---

① 全名 Waldorf Astoria,纽约最豪华的一家酒店。

绒蛋糕吗?"

"想吃吗?"奥德尔问,"我可以叫客房服务。老天爷,你醉得一塌糊涂。你到底干什么了?如果我们现在给你做尿检,你知道会有什么后果吗?大麻?海洛因?苯丙胺?我把你的警徽和枪放那边。"

咖啡桌上放着一台打开的笔记本电脑。奥德尔指了指电脑前面的沙发说:"坐下吧,喝一杯?"

"不喝了。"

奥德尔说:"你需要。相信我,你肯定需要喝一杯。尊美醇是吧?像你这样的爱尔兰佬,肯定不会喝新教威士忌。名字叫马龙的人,肯定不会喝布什米尔斯①。"

"不要戏弄我了,有话就直说。"马龙说。他不想扮酷,却又控制不住自己。他已经没有耐心等他们说出那个恐怖的名字——皮纳。

奥德尔倒了一杯威士忌递给他:"丹尼斯·马龙警探,供职于北曼哈顿特别行动组,英雄警察。你的父亲是警察,弟弟是消防员,'9·11'的时候壮烈牺牲——"

"别用你的臭嘴谈论我的家人!"

"他们以你为豪。"奥德尔说。

"我没时间跟你瞎扯皮。"马龙朝房门走去。与其说是走,更确切的词语应该是蹒跚——他的双脚感觉像灌了铅,双腿感觉像果冻。

"马龙,坐下。不要这么沉重,来看一个小视频吧。"声音是从一个矮胖的中年男人的嘴里发出来的,他蜷缩在角落的安乐椅里。

---

① Bushmills,一种爱尔兰顶级威士忌。

"你他妈的又是谁?"

岔开话题,拖延时间。赶紧清醒起来。这不是在做梦,是现实。一着不慎,你这一辈子就惨了。赶紧让你该死的警察脑袋清醒起来。

"斯坦·温特劳布(Stan Weintraub),"那个人说,"我供职于纽约南区的美国检察官办公室。"

联邦调查局和纽约南区。马龙想。

都属于联邦政府。

不是州政府,也不是内务部。

"你让我这么早起床工作,"奥德尔说,"最起码,你应该坐下来,陪我看一个小视频。"

他打开了电脑屏幕上的一个视频。

马龙坐下来,看着屏幕。

他看到自己的脸庞出现在了视频上,马克·皮可尼递给他一个信封,说:

"'胖泰迪'的报酬。"
"谢了。"
"你能直接解决吗?"
"谁主审?"
"贾斯汀·迈克尔斯。"
"是,可能性比较大。"

马龙瞬间石化了。

他听到视频里皮可尼问道:

"什么价位？"

"想减刑还是不起诉？"

"不起诉。"

"一到两万。"

"包括你的那部分，是吧？"

"就这么说定了。"

铁证如山。

你怎么能这么蠢？因为圣诞节就放松了警惕？你有病吧？他们先抓了皮可尼，让皮科尼给你下套？还是他们先来找你呢？

该死！你被盯了多久？他们都知道什么？只是皮可尼的交易，还是掌握了更多内幕？如果他们知道皮可尼的话，是不是也知道"胖泰迪"的事情？如果是那样的话，鲁索和蒙蒂两人也会受到牵连。

但是，不幸中的万幸，这件事情和皮纳案件无关。

不要慌。

强硬一点。

"你们拍到的，"马龙说，"是我从一个辩护律师手里拿的好处费。要判我绞刑？这属于滥用刑罚。"

"我们会酌情考虑。"温特劳布说。

"我是在救这个比利出来，"马龙说，"他是我们的线人。"

"如此说来，他的线人文件在你手上。"奥德尔说，"我们能调出来看看吗？"

"听着，他活着，对我的作用巨大。"

"也许他活着，对你的收入作用更大。"温特劳布说。

"这里由不得你发号施令，"奥德尔说，"你现在麻烦缠身。

这个视频已经足够让我们拿走你的警徽和配枪，吊销你的工作和退休金。"

"你会在联邦监狱坐牢，"温特劳布说，"五到十年。"

"这是官方时间，"奥德尔说，"你的服刑时间至少要满足百分之八十五。"

"不是吧？这我头一次听说。"

"除非，你想跟那些被你抓起来的人一起坐牢，"温特劳布说，"到时候你该怎么办呢？"

马龙站起来，冲着温特劳布的脸吼道："想跟我玩警察与坏蛋的游戏吗？你想都别想！这个游戏你玩不了！如果你胆敢再威胁我一次，我就把你砸进那堵墙里。"

"那不是我们解决问题的方式，马龙。"奥德尔说。

这就是解决问题的方式。马龙想。强硬一点，无赖一点。这些人，跟街头的毒贩子没什么分别——一旦你示弱，他们立马会将你生吞活剥。

"除了迈克尔斯，还有别的检察官兜售案子吗？"温特劳布问。

看起来奥德尔不太喜欢这个家伙。这是他们的第一个失误。温特劳布暴露了他们的目的——他们感兴趣的是律师，而不是警察。

所以，被他们盯上的人是皮可尼，不是我。

十五年来，我小心翼翼防备着内务部，结果却被牵连进了别人的案子。当务之急，我得搞清楚皮可尼是否清楚整件事情的始末。"这个你得问皮可尼。"

"我们在问你。"温特莱布说。

"你们希望我怎么做？供出自己吗？"

"我们希望你能回答问题。"奥德尔说。

"如果皮可尼跟你们合作的话,"马龙说,"你们早就知道答案了。"

温特劳布有点儿恼羞成怒:"到底南区内的检察官卖不卖案子?!"

"那你觉得呢?"

"我他妈的在问你!"他已经恼羞成怒。

这么说,皮可尼根本就没跟他们合作,甚至很可能什么都不知道,便无缘无故成为一个录音艺术家了。

"我以为你们知道。"马龙说,"我还以为,你们是假装不想知道。你们肯定会说,你们想要知道全部,想要整顿整个队伍。每天傍晚,你们去追捕那些辩护律师,却让检察官和法官们逍遥法外。下一次,如果你们能把他们之中的任何一个绳之以法,这将会是史无前例的创举。"

"你刚才提到了法官?"温特劳布问。

"成熟点吧。"

温特劳布并没有搭话。

"其实我们没必要如此针锋相对。"奥德尔说。

该来的终于来了。马龙暗想:交易。

我跟多少罪犯做过交易了?

"你是直接跟检察官收钱?"奥德尔问,"还是通过辩护律师索贿?"

"有什么区别?"

"如果你直接参与的话,戴着监听器。"奥德尔说,"把他们的谈话录下来,然后把钱交给我们,那就可以当作证据了。"

"我不当叛徒。"

"这听起来好像你的临终遗言。"

"我可以坐牢。"

"你当然可以。"奥德尔说,"但是你的家人能吗?"

"我跟你说过了,不要牵连我的家人。"

"不,只有你才可以让自己的家人不受牵连。"奥德尔说,"让他们置身其中的,是你,不是我们。如果孩子们知道自己的父亲是一个罪犯,他们会怎么想?你的妻子又会怎么想?你打算怎么跟他们解释无法上大学的事情——因为家里的积蓄都给了辩护律师,父亲失去退休金,大学食堂不接受食物券①了?"

马龙没吱声。

作为一个联邦警察,这个奥德尔表现不错,知道切中要害。一个来自斯塔滕岛的爱尔兰天主教徒使用食物券?这会让几代人都因这件事而蒙受耻辱。

"没必要现在就给我答复。"奥德尔说,"给你二十四个小时,好好考虑一下,我们等着你。"

他递给马龙一张纸条。

"这是一个内线电话,"奥德尔说,"百分百安全。在未来的二十四个小时内,如果你打来的话,我们会跟上级开会讨论能给你争取什么优待。"

"如果你不打电话,"温特劳布说,"我们会去行动组抓你,在你的兄弟警察面前把你铐起来。"

马龙没接那张纸条。

奥德尔把纸条塞进他的衬衫口袋里,说:"好好考虑一下。"

"我不当叛徒。"马龙又说了一遍。

---

① Food stamp,美国政府发放给低收入者以兑换食物的票券。

马龙向郊外走去,期望新鲜的空气能够让他的脑袋清醒一点,这样他便能认真思考。他感觉自己病了,压力、恐惧、毒品和酒精让他有一种强烈的呕吐感。他意识到,这些混蛋一直伺机而动。他们挑选目标,等到你脑袋不清醒的时候,趁机抓住你的致命弱点。

这一招很给力,你自己也屡试不爽。

你抓捕罪犯的时候,通常都会在拂晓时分。在罪犯熟睡的时候行动,将他的美梦变成噩梦,在他意识到闹钟不会再响之前,抓紧时间逼他招供。

但这些混蛋根本就不需要你招供。他们用摄像头记录下你的犯罪证据,然后给你提供一条出路,这种办法你曾在百余个罪犯的身上用过——"做我的线人,我的卧底。把其他人拉下水,这样你就能全身而退。该死,你以为他们不会这么对你?形势完全不同了。"

类似的话语,他说了不下百次,而且绝大部分都很奏效。

马龙来到南部中央公园,向西去往百老汇,经过广场饭店①旧址。在这里,他曾从事过最美好的演奏会兼职安保工作——在演职人员到场之前,看管电影器材。他身着西装革履,待在饭店里享受客房服务,看着电视,透过窗户欣赏美女。

现在已经半上午了,春天里,游客已经初具规模,他的耳畔充满了亚洲人、欧洲人、纽约人等混杂在一起的声音——对他来说,这曾经也是城市的一种声音。然后,这声音此刻让他不自

---

① Plaza Hotel,位于美国纽约第 59 街,它和中央公园隔街对望,东临大将军广场,广场饭店因此而得名。纽约广场饭店开业以来一直是名流要人的下榻之地,被认为是名流的代名词。广场饭店见证了纽约的发展,承载了纽约历史的变迁,已经成为纽约的一个标志。

在、不舒服——过去的两个小时,他的整个人生被彻底颠覆,但是城市仍在一成不变地运转。人们向该去的地方前进,他们相互交谈,坐在街边的咖啡馆,乘坐马车,俨然丹尼·马龙的世界并没有崩塌。

他让自己狠狠吸了一口春天的空气。

他开始意识到,联邦警察犯了一个错误。

他们放任他离开,让他远离审讯地点,让他回到自己的世界并从不同的视角来考虑问题。在一个犯人招供之前,我绝不可能让他离开审讯地。马龙想:即使他招供了,我也会把他留在审讯地,除了我的脸,他看不到任何其他东西;除了我提供的出路,他看不到任何其他可能。

但是他们把他放出来了,那就好好利用这一点。

思考。

好吧,你会有四到五年的牢狱之灾。但是,他告诉自己:你不知道什么时候会去服刑,你有应急的钱对付这种突发状况。

他学到的第一件事情,包括他告诉团队的第一件事情,就是在安全的地方藏五万美金——随手可取——以防被捕。如此一来,你就不会因为保释金和律师费而变得被动。

挺过这次起诉的概率很大。你可以找最合适的检察官和法官,证明这是一次莫须有的起诉。系统内半数以上的法官都希望低调处理这件事,重要性他们很明了。万一无法胜诉,你也可以恳请他们将刑期缩减为两年。

假使要服满四年刑,马龙想,这四年对约翰来说可非常关键,他可能步入正轨,也可能误入歧途。凯特琳呢?马龙听说了没有父亲的女孩各种版本的故事,她们在碰到的第一个男人身上就想寻找父爱。

不会的。塞拉是个好母亲。菲尔叔叔、蒙蒂叔叔和堂娜阿姨也会常伴她的左右。

他们会让孩子们健康成长。

孩子们会很受挫，但是他们会安然无恙。他们是我马龙的孩子，他们会很坚强。他们来自一个父亲有时会"缺席"而其他孩子不会因此找碴儿的社区。

大学呢，我已经安排好了。

一个男人有自己处理事情的方式。

孩子的学费就像是淋浴间的地漏。

兄弟们会照顾塞拉，她会定期收到信封。所以，去他妈的食物券。

他们发过誓。如果发生什么不幸，鲁索会每个月到家里送一个信封，带着马龙的儿子参加球类比赛，如果有必要，可以教训他，确定他能在正确的轨迹上成长。

罪犯们也会发同样的誓。但是几个月之后，很少有人还会履行承诺。如果他们之中有人坐牢或者身陷囹圄，那么他的妻子就不得不工作，他的孩子们看起来会衣衫褴褛。这跟以前的情况大相径庭——现在，很多罪犯由此成为叛徒。

但是，这些对他的团队来说不是问题——蒙蒂和鲁索知道去找谁拿到他存的钱，这笔钱会让塞拉过得很惬意。

他也会继续从团队的收入中拿到自己的那一部分。

根本就没必要担心家人。

克劳德特呢，在她需要的时候，钱总能送到她手上。而且，只要远离毒品，她就不会有太大的开销。她戒毒将近一年，重新工作，回归家庭，甚至结交了几个朋友。她也许会等你，也许不会，但是，她会安然无恙。

他来到公园的西南角,绕着哥伦比亚圆环①来到了百老汇。

马龙一直喜欢在百老汇散步。

林肯中心永远是那么漂亮。现在,他回到了自己的辖区,自己的王国,自己的地盘,他的街道,北曼哈顿。

该死的,他爱这些街道,从他进入二四分局的那一天开始——老旧的阿斯托利亚大厦(Astoria),被他们称为"面条公园"的舍曼广场(Sherman Square)以及格雷的木瓜②。

然后是老旧的灯塔剧院(Beacon Theater)、贝利克拉里酒店③以及尼克汉堡店(Nick's Burger Joint)的旧址、扎巴超市(Zabar's)、位于上城区长缓坡上的老旧的塔利亚剧院(Thalia)。

他不害怕坐牢。

毫无疑问,那里肯定有人想要找我算账,他们是硬汉,但是我比他们更强硬。我绝不会毫无准备就进去——不管我去哪个监狱,西米诺家族都会保证组织一个欢迎仪式,没有人愿意与黑手党发生冲突。

如果时间充裕的话。

无论如何,你都会丢掉工作。如果刑事指控没有让你出局,当局纪律听证会也不会放过你。法庭是有幕后黑手在操纵的——警察专员从不会输掉官司。如果他想让你出局,你将毫无还手之力。

---

① 哥伦布圆环(Columbus Circle)是纽约曼哈顿的一个地标,以克里斯托弗·哥伦布命名,于1905年建成,坐落在百老汇大街、中央公园西大道、59街和第八大道的交叉口。
② Gray's Papaya,上西区甚至是整个纽约最有名的热狗店之一,曾经在《欲望都市》《电子情书》等影视作品中出现。
③ Hotel Belleclaire,位于纽约的一家四星级酒店,是纽约最热门的酒店之一。

没有枪，没有警徽，没有退休金，失去了工作，国内的其他部门也不会再接收你。

我还能干什么呢？

他没有任何其他技能。警察是他此生唯一的工作，也只是他唯一想做的工作。

但是现在，一切都结束了。

好像脸上挨了一记重拳：我的警察生涯即将就此终结。

因为一个愚蠢的、粗心的、混账的圣诞节下午，我的警察生涯即将就此终结。

或许，我可以到安保公司或者调查公司工作。但是转而他又推翻了自己的想法。他不想成为一个假警察，一个曾经的警察，这种工作总是让他跟真正的警察打交道，这些警察会为他感到可惜，甚至会轻视他，提醒他已经流逝却再也不能复返的时光。

最好能够和以前一刀两断，从事一个完全不同的职业。

他银行里有存款，破获皮纳案件的时候，他们捞了一大笔钱。

我可以经商，他想，不开酒吧——每个退休的警察都干这个——做点不同的事情。

做点什么呢，马龙？他扪心自问。

你能做点什么呢？

你什么也做不了。

你知道的全部就是如何做一个警察。

所以，他上班去了。

第十章

"你去哪儿了?"鲁索问。

马龙看了看自己的手表:"午间巡逻,我按时到了。"

他确实按时到了,但是他的脑袋却晕乎乎的——宿醉、吸毒、嫖娼、恐惧,这一切的残留。

他被人抓住了要害,不知所措。

"我说的不是这个,"鲁索说,"你根本就没有换衣服,闻起来夹杂着酒精、大麻和妓女的味道,虽然是昂贵的妓女,但是……"

"我去女朋友那里了。"马龙说,"可以吗?"

这是他第一次撒谎,跟这个自己的拍档、挚友、兄弟。

如实告诉他。马龙想。把他和蒙蒂叫到走廊上,告诉他们,因为和皮克尼的交易,他被抓住了把柄,他会想方设法摆脱纠缠,让他们不必为他忧心。

但是他没有。

"你去了女朋友那里?"鲁索笑了,"看起来像吗?感觉如何?"

"感觉跟看起来一样,"马龙说,"你满意了吧?老妈子,我得洗个澡,换换衣服。"

如果说他看起来很糟糕的话，那莱文看起来已经无法用言语来形容了。他弓着腰坐在长凳上，正在努力系鞋带，但是本来挺简单的事情，于他已是不可能完成的任务了。他抬起头来，目光与马龙相对，脸色煞白，眼神里充满了罪恶感。就像一个即将奔赴刑场的罪犯。

莱文是一个好警察，马龙想。但是他永远不可能成为一个卧底，因为他无法掩饰自己脸上的罪恶感。

"保龄之夜不是为了嫖娼而设立的。"马龙说。

"就是嫖娼。"鲁索说，"而且你已经尝到了甜头，是吧？"

"我不想讨论这个。"

"可怜的艾米丽。"鲁索说。

"她叫艾米！"

"'别告诉艾米'中的艾米。"蒙蒂说。

"这有什么区别呢？"鲁索说，"别担心，莱文——北曼哈顿发生的任何事，都会留在北曼哈顿。不对，等等，那是拉斯维加斯[①]。应该是北曼哈顿发生的任何事，我们都会四处宣扬，逢人便说。"

马龙进屋洗了个澡，然后吃了两片药，换上了蓝色粗棉衬衣和黑色牛仔裤。

他出来之后，鲁索说："塞克斯想见你。"

马龙上楼来到了警监的办公室。

"你气色很差，"塞克斯说，"出去庆祝了？"

"你也该去的。"马龙说，"吉列—威廉姆斯案结案，绞索从你的脖子上拿掉了。《邮报》和《纽约时报》上全是关于你的报

[①] What happens in Las Vegas stays in Las Vegas. 意思是，在拉斯维加斯输得再惨，也要把痛苦的记忆留在拉斯维加斯，离开了就别再挂念了。

道。"

"《阿姆斯特丹新闻报》称我为奥利奥夹心饼干。"

"你在乎吗?"

"不太在乎。"塞克斯说。

但是马龙知道,他非常在乎。

"吉列—威廉姆斯案能够结案,我很欣慰。"塞克斯说,"但是我们还有更大的麻烦。实际上,形势变得更加严峻——如果卡特得到了军火,他肯定会奋力反击。"

"我跟他谈过了。"马龙说。

"什么情况?"

"我碰巧遇见了他,"马龙说,"所以我就抓住机会去说服他,让他退休。"

"结果呢?"

"如你所料,他不愿意。"

他还说了更多不作为的谎言。他没有告诉塞克斯,行动组有卡特的卧底,干预他们调查军火交易。绝不能告诉他,因为塞克斯会立即把托雷斯绳之以法。所以,他只能说:"我们在努力处理。"

"能告诉我更多的细节吗?"

"我们在百老汇3803号安置了视频监控,我们坚信,泰迪·贝利会在这里进行交易。"

"能抓到卡特吗?"

"可能性不大。"马龙说,"你到底是想要军火还是卡特?"

"两个都想要。"

"只要我们拿到军火,"马龙说,"卡特肯定会一蹶不振。"

"我想逮捕他,"塞克斯说,"而不是让他倒在卡洛斯·卡斯蒂略的枪下。"

"这有什么区别呢?"马龙问。

"我不能让行动组背负放任毒品组织开战的骂名,"塞克斯说,"这里是纽约,不是墨西哥。"

"我的天哪,警监先生,"马龙说,"你到底想不想要这些军火?我们都知道,德文·卡特根本不会靠近它们分毫。就像我们都知道,破获一些杀人案件会给你争取时间,但是不久之后,总局又会用别的事情来逼迫你。"

"拿到那些军火。"塞克斯说,"只是要注意,你的团队是行动组的一部分,切忌我行我素。"

"不用担心,"马龙说,"我们行动的时候,肯定也让你参与其中。"

到时候,你来执行达阵①的最后一击。但是你不想知道,我是怎么把你弄到端线那里的。

他下楼,陷入了一个令人不快的伏击圈。

克劳德特。

两个制服警察抓着她的胳膊肘,试图得体地把她移出大厅,但她并没有屈服。

"他在哪儿?"她说,"丹尼到底在哪儿?!我要见丹尼!"

马龙从门里出来,看到了眼前的景象。

她现在烦躁不安。兴奋过度导致她有些歇斯底里,神经紧绷。

她也看到了他。"你去哪儿了?我找了你一整夜。给你打电

---

① Touch Down,球员带球进入达阵区内(以球为基准点),可得6分,只要球尖通过端线,即算达阵。

话你不接,我去了你的住处,你也不在家。"

大部分制服警察看起来都很震惊、诧异,还有几个幸灾乐祸地偷笑着。当马龙死神一样的眼神盯上他们时,笑容戛然而止。

"我来处理吧。"马龙说。

他把克劳德特从警察手里接过来:"我们出去聊。"

但是,陷入癫狂状态的克劳德特纹丝不动:"她是谁?你身上有妓女的味道,你这个混蛋,肯定是个白人妓女,梦中情人之类的吧?"

接待警员从柜台处探出身子来说:"丹尼——"

"知道了!说了我来处理!"

他把克劳德特拦腰抱起,向门外走去。她一边踢打着,一边声嘶力竭地喊道:"混蛋,你是不是不想让你的朋友们见到我?!你是不是觉得我让你在兄弟们面前没面子?你们听着,他跟我上床了!如果他想要,我就让他从后面干我,干我的黑屁股!"

塞克斯就站在楼梯上,目睹着这一切。

马龙好不容易把克劳德特弄出门,来到了大街上。便衣警察们凑过来盯着他们。

"上车!"马龙跟她说。

"你管我?"

"快给我滚上车!"

他把她塞进副驾驶,摔上车门,绕过车头上了车,落锁之后挽起她的袖子,看到了胳膊上的针眼。

"天哪,克劳德特。"

"警官,我被捕了吗?"克劳德特问,"糟了,警官,我要怎么做才能避免牢狱之灾?"

她顺势拉开他的裤子拉链,弯下了腰。

他把她扶起来,说:"别闹。"

"硬不起来了?是不是昨晚的妓女把你榨干了?"

他用左手大拇指和食指托起她的下巴,说:"听我说,听我说。我现在不能干这个,你也不该来这里。"

"你觉得我给你丢脸了?"

"因为这是我工作的地方。"

克劳德特崩溃了:"对不起,丹尼。我好绝望啊!你丢下我一个人,你彻彻底底丢下了我。"

这是解释,也是对他的控诉。

他理解。

假如一个瘾君子和重症患者一起走进小巷,最终能走出来的肯定是后者。

"用了多少?"他问。

他很担心,因为外面已经是一个全新的世界——毒贩子已经开始将芬太尼①混入海洛因——药效变成了原来的四十倍,只需一剂就会过量。越来越多的瘾君子开始横尸街头,数量足以媲美艾滋泛滥时死去的同性恋。

"我觉得不少,"她说,便又开始重复说过的话,"你丢下我一个人,宝贝,我受不了,所以就出门找毒品了。"

"谁给你的?"

她摇了摇头:"你不会放过他的。"

"我发誓不会动他,究竟是谁?"

"知道是谁又有什么用呢?"她问,"难道你以为自己可以威

---

① Fentanyl,一种合成类阿片受体激动药,属于强效镇痛药,用于麻醉前、中、后的镇静与镇痛。由于口服时首关效应大,一般用于注射给药。

胁纽约城的每一个毒贩子吗？"

"那你觉得我查不出来是谁吗？"

"那你就去查吧，"她说，"我很难受，宝贝。"

他开车带她回到住处，从仪表盘下方拿出一个卫生包带上了楼。

"进卧室去，"他说，"我不想眼睁睁看着你吸毒。"

"这是最后一次，宝贝，"她说，"我会从医院拿一些缓解症状的药，我认识一个医生。我发誓，一定慢慢戒掉它。"

他坐在沙发上，心想：如果我坐牢了，她肯定性命不保。

她绝不可能独自存活。

几分钟之后，克劳德特从卧室出来，对马龙说："好累，好困。"

马龙让她在沙发上躺好，自己走进浴室，跪在马桶前开始疯狂呕吐起来。完事之后，他坐在黑白相间的地板上，伸手在洗涤槽摸索到一条手巾，拭去了脸上的汗珠。几分钟后，他挣扎着站起身，用凉水冲了冲脸和脖颈。

他疯狂地刷牙，一直等呕吐的味道消失才罢休。

然后他拿起电话。

电话那头传来一声"你好"。

这么说，奥德尔一直守在电话旁。这个自命不凡的混蛋，算定了我无路可退。

马龙说："我把律师的名单给你，但不能牵涉警察。明白吗？"

我绝不可能出卖警察兄弟。

第十一章

回到大楼内,等候多时的塞克斯招手让他上楼。

他来到塞克斯的办公室。塞克斯问:"你有没有听过'强权强奸'这个说法?"

"没有。"

"举个例子,"塞克斯说,"如果一个人位高权重,比如说一个警察,跟他的权力保护伞下的某个人发生了性关系,比如说跟某个线人,这就是'强权强奸'。这是一条重罪——可以判处十年到无期。"

"她不是线人。"

"可她吸毒过量。"

"她不是线人。"马龙重复道。

"那她是谁?"塞克斯问。

"这不关你的事儿。"马龙说。

"如果一个女人在警局大厅引起了这么大一阵骚乱,"塞克斯说,"这怎能不关我的事儿?我不可能放任单位某个警察的私生活让警局在公众面前蒙羞。你已有家室,是不是啊,马龙警探?"

"分居了。"

"这个女人住在北曼哈顿吗?"

"是。"

"所以,你跟一个自己辖区内的女人谈恋爱,"塞克斯说,"至少从这点来说,这个行为与你的身份非常不符。"

"那就起诉我吧。"

"我会的。"

"不,你不会的。"马龙说,"因为我刚刚帮你办了一件大案,你的职业生涯才能重回正轨,所以,你不可能下达任何有负面影响的指令。"

塞克斯瞪着他。马龙知道,自己说到了他的痛处。

"不要再把你的私事跟单位掺和到一起。"塞克斯说。

马龙和鲁索在百老汇街158号以北巡逻。

"想不想聊聊?"鲁索问。

"我不想聊,"马龙说,"但是你想聊,而且你肯定要聊,所以,还是聊聊吧。"

"一个吸毒的黑皮肤女人?"鲁索问,"这不太合适。丹尼,尤其是在当下,或者说,在这个种族主义极其敏感的大环境下。"

"我会妥善处理。"

"你的意思是,结束这段关系?"

"我的意思是,我会妥善处理,"马龙说,"这个话题到此为止。"

百老汇被路中央的一排树分成南北两条小巷。而卡特安全屋下面的指甲店位于道路的西边。

"这个公寓没电梯,安全屋在二楼,"鲁索说,"我猜'胖泰迪'不太喜欢这里。"

鲁索在街东头的一个自动取款机旁停下车。两人下车，佯装要取钱，实际却看着"娃娃脸"走进了指甲店隔壁的酒水专卖店。

五分钟后，他出来了，把手里的六瓶酒递给了蒙蒂。

马龙和鲁索穿过百老汇，走进了一个餐馆吃晚饭。十五分钟后，蒙蒂也进来坐在了马龙的正对面。

"来吧，"马龙说，"说说情况。"

"我该说什么？"蒙蒂问。虽然他的眼神里流露出调皮的神情，但是马龙还是感受到了背后的严肃性，"我也喜欢黑皮肤女人。"

"画面感很强。"鲁索说。

"我很羡慕你对女人的品位，"蒙蒂说，"非常羡慕。但是就目前的处境来说，我们最不想要的就是关注度。"

"我已经跟鲁索说了，这件事情我会妥善处理。"

"知道了。"蒙蒂说，"还有一个迫切需要解决的问题。这个迦勒底①店主不想让自己的营业执照被吊销。我只能解释，他刚才向未成年人出售酒精。看起来，他好像不认识卡特。我告诉他，我们只是借用储藏室几个星期，这样他的不当行为就能被谅解。"

马龙站起身："那我们最好赶紧行动。"

他们又回到车上，给莱文放哨。四十五分钟后，莱文从专卖店出来后上了车，鲁索发动车子离开。

"我们可以在石膏板上凿一个洞，"莱文说，"把线引到二楼，这样我们就能监听卡特的小办公室了。"

---

① Chaldean，一般指新巴比伦王国（前 626—前 539）这个由居住在两河流域南部的迦勒底人所建的西亚国家，故又称迦勒底王国。

"怎么换班？"鲁索说，"'胖泰迪'认识我们三个，但是你不能一周七天，每天二十四小时不休息啊。"

"你们这些人就是高科技盲。"莱文说，"一旦我们布线成功，只要在有无线网络的地方，我就可以用笔记本电脑进行监控，也就是说，任何地方都可以。我们也不用每时每刻都靠上，只监控'胖泰迪'出现的时候即可。"

"'脏屁股'会告诉我们他什么时候出现。"马龙说，"莱文，你确定没问题吧？没有许可，这可是违法的。如果事情败露，你会被警局开除，还有可能去坐牢。"

莱文笑了笑："别告诉艾米就行。"

"你待会儿回警局吗？"鲁索问马龙。

"不，我得去市区，"马龙说，"准备'胖泰迪'的听证会。"

"那祝你好运。"鲁索说。

"嗯。"整件事真是愚蠢至极又充满讽刺。为了破获这次的军火交易，他们必须让'胖泰迪'出狱回到街头。如果事先知道这个结果，他们当时就该放他走，也不至于还要买通法官把他放出来。

那样，后续那该死的联邦警察事件也不会发生。

现在，他必须买通法官，让自己脱身。

他感觉自己马上要吐了。

不要再自怨自艾了。马龙想。

振作起来，去做该做的事情。

在阿姆斯特丹的133街，马龙发现了吸毒狂人"脏屁股"，他停下车说："上车。"

但是他忘记了这家伙身上的气味："天哪，太恶心了。"

"怎么了？""脏屁股"很放松，也很高兴。他肯定刚用过毒品。

"你有没有用过厕所，哪怕就一次？"

"我没有厕所。"

"借一个，"马龙说，接着便摇下车窗，"你知不知道，有个护士在这附近吸毒？她的名字叫克劳德特。"

"一个黑人姐妹？长得挺漂亮的？"

"是。"

"我见过她。"

"谁给她提供的毒品？"

"一个叫弗兰基的毒贩。"

"白人？"马龙问，"在林肯游乐场附近活动？"

"就是他。"

马龙给了他二十美金。

"白人的价格这么便宜啊。"

"这就是我们都很有钱的原因。"马龙说，"下车。"

"白人还很粗鲁。"

"我现在要把这辆车上交，让他们给我换辆新的。"马龙说。

"你这也太扎心了，兄弟。你是一个令人伤心的混蛋。"

"给我打电话。"

"下贱、粗鲁、扎人心的混蛋。"

"滚吧。"

"脏屁股"下了车。

弗兰基坐在位于大厅尽头的拘留室钢凳上。

马龙把他抓到了三二分局，而不是行动组。马龙让他独自待了一会儿,这让他局促不安。拘留室散发着大小便、呕吐物、汗渍的味道,容易让人产生恐惧、绝望、无助的情绪。里面还充斥着厚重的古龙香水味,很可能是弗兰基从杜恩·里德[①]偷的。

马龙打开门,走了进去:"不用,不用站起来。"

弗兰基三十出头,头发用剃须刀刮过。他的两个胳膊上有文身,脖子上的更明显。

马龙也卷起了自己的袖子。

弗兰基注意到他的文身后,说:"你要痛扁我一顿吗?"

"记不记得一个叫克劳德特的女人?"马龙问,"今天你卖了点毒品给她?"

"我猜是的。"

"你猜?"马龙说,"你明知道她已经戒了,因为你有一段时间没见过她了,对不对?"

"也有可能她去别的地方待了一阵子。"弗兰基说。

"你也吸毒,是吧?"

"是。"

"所以你通过买卖毒品来应付自己的开销。"马龙说。

"基本是这样。"他开始颤抖。

"知道为什么他们把你放在这个特殊的拘留室吗?"马龙问,"因为这里没有摄像头,你应该知道现在这世道,没有摄像头的话,任何事情都可以像没发生过一样。"

"上帝啊!"

"上帝不在这里,"马龙说,"但是我在。而我和他的区别是,他容易宽恕别人,而我呢,整个身体里没有一丁点儿宽恕的基因。"

[①] Duane Reade,纽约市最大的药房连锁店。

"哦，天哪！她吸食过量了？"

"没有。"马龙说，"如果出现了那种情况，你不会安全到达警局的。听我说，弗兰基，抬起头来听我说——"

弗兰基抬起头看着他。

马龙说："我跟她保证过，不会伤害你。所以我走之后，他们会放你走。但是，弗兰基，下次见到她，你立马朝反方向跑开，不是走开。如果你胆敢再向她销售毒品，我会找到你，然后把你活生生打死。你应该了解，我这个人一向说到做到。"

说完，马龙离开了拘留室。

第十二章

伊莎贝尔·帕斯（Isobel Paz），纽约南区的检察官，是一个杀手。

一个该死的杀手。马龙想。

深褐色的皮肤，乌黑的头发，宽大的嘴巴，薄薄的嘴唇上涂着大红色的唇膏。她可能已经四十出头了，但看起来却很年轻。她进屋的时候，上身穿着一件黑色商务夹克，下身套着一件紧身裙，脚上蹬着高跟鞋。

这身穿着，看起来就像一个杀手。

他们又回到了该死的华尔道夫酒店。

帕斯最后现身。

这跟黑帮有什么区别呢？马龙想，老板总是最后一个到达会议现场。让其他人等着，彰显等级的尊卑。在这点上，这些混蛋没什么两样。

守旧派。马龙站了起来。

帕斯却并没有伸手，只是淡淡说道："伊莎贝尔·帕斯，美国联邦检察官。"

"丹尼·马龙，纽约警察局警探。"

她也没有笑，只是抚平裙子后坐在了他的对面，然后说："马龙警探，请坐。"

马龙甫一坐下，温特劳布便打开了数码录像。奥德尔毕恭毕敬地给她端来一杯咖啡，他小心翼翼的样子，仿佛端着一杯无价之宝。然后他也坐了下来。

马龙想：该到的人都到了，接下来呢？

帕斯说："马龙警探，首先我声明：我不承认你是个英雄。你只是一个接受其他罪犯贿赂的罪犯而已。这样我们就没必要再遮遮掩掩了。"

马龙没有接话。

"你背叛了你的誓言、你的警徽以及公众的信任，我本应该第一时间就将你绳之以法。"帕斯说，"但是，我们还要抓捕更有价值的目标。介于这种情况，尽管百般不情愿，我还是得和你一起合作。"

她打开一个文件："现在谈工作。你必须要签署一个声明。在这个声明里，你要承认迄今为止自己的所有罪行。如果你撒谎，说什么模棱两可的话，我们之间的任何约定都将无效。如果在这次调查之外，没有获得我们的许可，你又有新的违法犯罪行为的话，我们之间的任何约定也都将无效。如果你在任何宣誓书和证词中作伪证的话，我们之间的任何约定也都将无效。听明白了吗？"

马龙说："我不出卖警察。"

帕斯瞥了一眼奥德尔，这个细节并没有逃过马龙的眼睛——他没有告诉她，这本应该包含在声明里。奥德尔的眼神越过咖啡桌，找到了马龙："车到山前必有路。"

"不，"马龙说，"不可能。"

"那你就等着坐牢去吧。"帕斯说。

"那我他妈的就去坐牢!"

你去死吧。

"你觉得我是在开玩笑吗,马龙警探?"

"你想让我出卖律师,我会勉为其难跟你合作,"马龙说,"如果你想让我出卖警察,你可以滚一边去自娱自乐了。"

"关上设备。"帕斯厉声对温特劳布说。她看着马龙:"也许你把我跟你平时所见的南区那些常青藤预科学校毕业的废物搞混了。我是一个来自布朗克斯南部的检察官,我所在的街区比你的混乱得多。我在六个孩子中排行中间,父亲在厨房工作,母亲在中国城缝衣服。我上的大学是福特汉姆①。所以,你这个该死的混蛋要是敢跟我玩花样,我会把你送到联邦监狱里,那样你就会在六个星期之内对着燕麦片流口水。听明白我的话了吗?现在打开设备。"

温特劳布又打开了录音设备。

"这份录音会被安全封存起来,只有在座的几个人有权限拿到。"帕斯说,"它也不会有任何副本。奥德尔探员会在报告中对此次记录做一个总结。这个报告只会呈报给被授权的南区、纽约州和联邦调查局有关人员。"

"这份302文件很可能让我丧命。"马龙说。

奥德尔说:"我保证它很安全。"

"当然。因为联邦调查局中没有腐败人员,"马龙说,"没有律师会为他们跑前跑后,也没有秘书的丈夫借高利贷——"

帕斯说:"如果你知道名字的话——"

"我什么名字都不知道,"马龙说,"我只知道,302文件终

---

① Fordham University,一所位于纽约市的世界顶级私立研究型大学,美国一级国家级大学,在世界范围享有相当高的名望。

结一场联谊会的功能仅次于意式浓缩咖啡①。而且,这次录音不会保留副本,是因为如此一来,只有联邦调查局会调查我说的事情。"

帕斯放下笔说:"那你到底签不签这份声明?"

马龙叹了口气:"签。"

没有声明,没有交易。

她让他宣誓。马龙承诺,自己会说实话,说出全部实情……

"你已经看到,我们掌握了你通过向被告推荐律师而收受费用的证据,"帕斯说,"你承不承认?"

"承认。"

"而且,你涉嫌收买检察官,使其做出对被告有利的判罚,是不是?"

"是。"

"这种行为是不是叫作'买卖案件'?"

"的确如此。"

"你参与了多少次'买卖案件'的行为?"帕斯问,"或者说,你促成了多少次类似的事情?"

马龙耸了耸肩。

帕斯看着他,厌恶之情溢于言表:"是不是次数太多,以至于你自己都记不清了?"

"你把两件事混为一谈了,"马龙解释道,"有时候,我会通过给嫌疑人介绍辩护律师而获得介绍费。其他时候,我会帮忙去联系检察官'买卖案件',然后从检察官手里拿回扣。"

"谢谢你的解释,"帕斯说,"你从辩护律师那里收了多少介

---

① 喜欢意式浓缩咖啡的人通常自命不凡,喜欢将自己归类到特殊的人群,不善社交。

绍费？"

"这么多年以来？"马龙问道，"可能有十万。"

"那么从被你买通的检察官那里呢？"

"两到三万吧，"马龙说，"这么多年以来。"

"你会直接给检察官钱吗？"温特劳布问。

"有时会。"

"这种情况有多少次？"帕斯问。

"二十次？"

"你是在问我，还是在告诉我？"帕斯说。

"我没做记录啊。"

"我相信你没做记录。"帕斯说，"那就大约二十次。我需要名字、日期、你能记住的每一个细节。"

这样做就有点越界了。马龙想：一旦说出名字，我就再也没有回头路可走。

我是一个叛徒。

他从最久远的案子谈起，告诉了他们一些已经退休或者改了行的人的名字。大部分检察官不会在这个岗位上待太长时间，只是把它作为前往油水更大的部门的跳板。这件事可能会给这些人添麻烦，但其杀伤力与在职的那些人所要承受的相比，简直微不足道。

"马克·皮可尼？"奥德尔问。

"我从皮可尼那里拿回扣。"马龙说。还能怎么办？他们证据确凿。

"这是第一次吗？"帕斯问。

"我们看起来像第一次吗？"马龙说，"我得承认，我给皮可尼介绍了十几次业务了。"

"你替他送了多少次钱给检察官？"

"三次。"

"都是给贾斯汀·迈克尔斯?"

迈克尔斯只是小角色。马龙想。为什么倒霉的总是小人物?迈克尔斯人不坏——他只是在一些无关紧要、无关痛痒的案件上拿钱,但是对于暴力犯罪、抢劫和强奸等案件,他绝不会姑息。

然而现在,他们准备让他麻烦缠身。

不。马龙自言自语,要让他麻烦缠身的,是你。

管不了那么多了,无论如何他们都会知道。

他说:"有两次是跟迈克尔斯。"

"什么案件?"温特劳布问,他生气了。

"一次是宗毒品案,可卡因的厚度不及一把钥匙的四分之一。"马龙说,"那个人的名字叫作马里奥·西尔维斯特(Mario Silvestri)。"

"那个该死的混蛋。"温特劳布声音抬高了八度。

帕斯脸上露出了嘲讽的笑容。

"另一次呢?"温特劳布问。

"一宗该死的枪支起诉案,那个毒贩子的名字叫……"马龙说,"忘了他的真名了。他在街头上的名号是'长狗'。也许是叫克莱蒙斯(Clemmons)。"

"德安德鲁·克莱蒙斯。"温特劳布说。

"对,就是他。"马龙说,"迈克尔斯设计了环环相扣的证据链供法官审判时使用。你们需要法官的名字吗?"

"稍后。"奥德尔说。

"好,稍后。"马龙说,"我敢打赌,他的名字不会莫名出现在我的302文件中。"

"西尔维斯特和克莱蒙斯的名字也不会出现。"帕斯说,"现在说说比利吧。"

"无论如何,你们都不会起诉这些人,"马龙说,"所以,如果一个人不去贩毒,赚点外快又有什么影响呢?"

"你真的要为这件事辩护吗?"帕斯问。

"我只是说,我们罚了这些家伙一些钱,"马龙说,"这个数目可能比你们执行的时候要多一些。"

"所以说,你觉得自己在行使正义。"帕斯说。

你说对了,我就是在行使正义。马龙想:远胜你们所谓的"体系"。在街头殴打一些骚扰孩童的坏人时,我在行使正义;法庭上给一些你们不会起诉的毒贩子"测谎"的时候,我在行使正义;毫无疑问,当你们对他们束手无策而我罚他们款的时候,我也是在行使正义。

他说:"正义有很多种。"

"你该不会把钱都捐给慈善机构了吧?"帕斯问。

"捐了一些。"

时不时地,他会拿着一个装满现金的信封邮寄到圣裘德教会(St. Jude's),但是这些混蛋没有必要知道这个。马龙不想让他们的脏手触碰纯净。

"你还做了什么?"帕斯问,"你要开诚布公。"

不妙。马龙想。她肯定想问皮纳案。

所有这些都是为皮纳作铺垫。

但是,你们觉得我会自首吗?马龙想。你们以为我是审讯室里的那些瘾君子?为了一时之快就能无所不谈?

"如果你们有问题问我,我会知无不言。"马龙说。

"你有没有抢过毒贩子?"帕斯问。

猜得没错,果然是皮纳案。马龙想。如果知道点内幕的话,他们肯定会持续施压。所以尽量长话短说,不要让他们找到任何破绽。"没有。"

"你手头有没有未申报的毒品或者现金?"帕斯问。

"没有。"

"你有没有卖过毒品?"

"没有。"

"你从来没给自己的线人提供毒品?"帕斯问,"从法律上讲,这是一种变相的销售。"

必须给她透露点儿有用的信息。马龙想。"是的,我曾经这么干过。"

"这对你来说是不是已经司空见惯了?"

"是的。"马龙说,"这是我获取信息的一种方法,这样我就能实行精准抓捕,并把罪犯带给你们。"

你们有目睹一个吸毒者要承受什么吗?他想。你们见过瘾君子摇头晃脑、浑身抽搐、苦苦哀求、痛哭流涕的样子吗?如果身临其境,你们也不会袖手旁观。

"这在其他警察那里是不是也司空见惯?"帕斯这时候问。

"我只是在说我自己的情况,"马龙说,"至于其他警察如何,我不是很清楚。"

"但是你肯定知道。"

"下一个问题。"

"你有没有对嫌疑人施暴,以期获取信息或让其招供?"帕斯问。

你是在搞笑吗?我曾经打得他们大小便失禁,有时候都生不如死。"我不会说'打'。"

"那你怎么说?"

"听着,"马龙说,"可能我扇过一个人的耳光,或者把他推到了墙上。仅此而已。"

"就这些?"帕斯问。

"我刚说什么了?你会提问,但是你根本不想知道答案。你想住在纽约上东区①、郊区或者韦斯特切斯特②,你不想自己美丽的街区被污染。你不想知道那些事情是怎么发生的,你只是想让我去做而已。"

"其他警察呢?"帕斯问,"你的团队呢?他们也'买卖案件'吗?"

"我说的都是个人行为,跟团队无关。"

"得了吧。"温特劳布说,"难道你想让我们相信,鲁索和蒙蒂对你的所作所为毫不知情吗?"

"你相信什么,不相信什么,和我有什么关系?"

"有钱你都自己挣?"温特劳布说,"你没有带着他们一起?那你还算什么搭档啊?"

马龙没有回话。

"根本就不可信。"温特劳布嘀咕着。

"声明要求完全开诚布公。"帕斯说。

"我已经明确表示过,"马龙说,"绝不会出卖警察。我能说的也就是这些,小妞。你抓到一个辩护律师贿赂公职人员,抓到一个警察吹牛说自己家能'买卖案件'。如此一来,你可以让皮

---

① Upper East Side,代表纽约的时尚、前卫和经典,是代表上流阶层的街区,位于曼哈顿之内,被中城、罗斯福岛、哈林区、曼哈顿东区、东哈莱姆区所包围。

② Westchester,韦斯特切斯特郡,位于纽约市北部,经济实力雄厚,教育发达。

可尼失去从业资格,也可以拿走我的警徽,甚至让我坐几年牢。但是,我们都心知肚明,你的老板们看到这种情况会问:'我们花那么多钱,得到的就是这些?'那时候你就会看起来像个傻瓜。

"所以,现在我来告诉你,事态将会如何发展。"他继续说,"其实这件事很简单,除了警察,我可以出卖任何人。我帮你拿下迈克尔斯,帮你们抓到一些辩护律师。如果你们底气够足的话,我还可以帮你们抓几个法官。作为交换条件,我要求无罪释放,不需要坐牢,也不会被警局开除。"

马龙站起身,走到门边,然后把手指放到耳朵和嘴边,做了个"给我打电话"的手势。

他在等电梯的时候,奥德尔出来了。

他们的会议短暂而有效率。

"好吧,"奥德尔说,"成交。"

当然。马龙想。

只要方法正确,任何人都可能被买通。

克劳德特病了。

鼻涕横流、浑身颤抖、彻骨疼痛,她的毒瘾又发作了。

马龙对她信心十足,尽管——这已经是她第二次戒毒了。

但是她很快就推翻了他的想法:"我想打一针,可是我找不到给我毒品的那个人了。你是不是对他做了什么?"

"我没有伤害他,如果你是这个意思的话。"马龙说,"有没有医生能给你开点药?如果没有的话,我认识一个家伙——"

"创伤科的医生给我开了美索巴莫[①]。"她说。

[①] Robaxin,肌松药,临床上主要用于治疗关节肌肉扭伤、腰肌劳损、坐骨神经痛等病症。

"你不担心他会让你有记录在案吗?"

"我手里有他这么多把柄,他敢吗?"

"他开的药有效果吗?"

"看起来像有效果的样子吗?"

他烧了些开水,泡了杯香草茶。香草没什么用,但是热茶会让她暖和一点。

"我带你去戒毒中心吧。"

"不去。"

"我很担心你,知道吗?"

"不去。"她说,"酗酒者在戒酒过程中会死去,但是吸毒者不会。我们只是病了,出来之后又会继续吸。"

"这也是我所担心的。"

"如果我去戒毒中心,我的结局会和他们一样。"

她喝完茶。马龙卷起一块毛毯,罩在她身上,然后抱住了她,就像抱着一个婴儿似的轻轻摇晃着。

如果是别人,他会告诉自己:跟这个女人一刀两断,她有毒瘾。你所应该做的是,举行一场葬礼,就好像她已经死了。你会悲伤,但要继续前行,因为她早已不是你曾经认识的那个人了。

但是对克劳德特,他却无法狠下心肠。

第十三章

第二天上午,马龙腋下夹着一份《邮报》,从法院一路来到兰德咖啡馆(Rand's)。几分钟后,皮可尼溜进隔间,在马龙对面坐下后,把一份《每日新闻报》放在了桌子上,说:"今天第六版的内容很精彩。"

"精彩到什么程度?"

"价值两万美金。"

买卖案件价格有高有低。简单的持有毒品,几千美金。蓄意销售毒品,金额翻倍。如果重量级人物蓄意销售毒品,金额可能达到六位数,简单粗暴。但是话又说回来,但凡有这么多毒品的人,自然不缺钱。

近年来,对持枪进行起诉的价格开始飙升,尤其当被告有案底的时候。"胖泰迪"会被判五到七年,所以这是可以砍价的地方。

马龙被要求必须拿下皮可尼。于是,他假装站在检察官的角度问道:"如果我让迈克尔斯以两万美金的价格交易,你觉得行不行?"

马龙拿起那份《每日新闻报》,坐在了皮可尼身边。

"只要你能让他不起诉就行。"

"两万美金,我可以让迈克尔斯承认那把枪是他的。"

"想吃点什么?"皮可尼问,"这里的薄饼味道还不错。"

"不吃了,我得赶紧走。"马龙站起身,拿走了那份《每日新闻报》,把《邮报》留给了皮可尼。然后他钻进男厕,从藏在报纸里的信封内拿出五千美金放进自己口袋,来到了街上。

马龙一直认为,纽约市的刑事法院大楼是这个星球上最令人沮丧的地方之一。

这里从来都没发生过什么好事。

即使偶有坏人被定罪之类的好事发生,这件好事的背后也往往隐藏着一个悲剧。通常都会有一个受害者,至少会有一个悲伤的家庭或者一群失去了父母亲的孩子。

马龙在走廊里跟迈克尔斯会面。他把报纸递过去:"仔细读一读。"

"好,为什么?"

"与'胖泰迪'有关。"

"比利?他死定了。"

"一万五千美金,无罪释放。"

"你拿没拿好处费?"迈克尔斯问。

"你到底要不要?"马龙问,"记住,是让他无罪释放,不是为他辩护。"

迈克尔斯将报纸放进帆布包里,然后就开始了表演:"该死,马龙,你这次又给我惹麻烦了。"

他演得惟妙惟肖。

几个人经过的时候,眼神瞟了过来。马龙也斜着眼偷看,以确保这些人的视线集中在他们二人身上,然后,他佯装大喊:"他是有案底的重罪犯,我看到了枪支的凸起!"

"比利穿着什么样的衣服?"

"我怎么能记得,拉夫·劳伦?"马龙说着,演得栩栩如生。

"他穿的是羽绒服,"迈克尔斯说,"一件乐斯菲斯的羽绒服。你准备站在证人席告诉我——不,应该是告诉法官——你能从一件羽绒服里看到一把手枪凸起?你是不是想让我跟个傻瓜似的走进法庭,然后被人看作种族歧视者解雇?"

"你应该走进法庭,做你该做的事儿!"

"做好你该做的事儿吧!"迈克尔斯大喊,"抓一个真正的犯人给我。"

"你这么做,会让这个混蛋逍遥法外的。"

"不,是你让他逍遥法外的。"迈克尔斯说完便走开了。

"这个娘娘腔,"马龙说,"我的老天!"

人们看着站在走廊里的他,但都见怪不怪——对这种发生在警察和检察官之间的争吵早已习以为常。

马龙来到位于曼哈顿服装区(Garment District)的老旧的纺织大楼,在三楼的一个房间里,奥德尔设计了此次行动。

房间里有几张桌子,一部电话,一些红色的文件夹和廉价的金属柜,还有一部咖啡机。马龙把五千美金递给他,然后脱下夹克,取下缠在身上的窃听装置,放在了桌上。

"拿到证据了?"奥德尔问。

"拿到了。"

温特劳布抓起录音带,快进到马龙与迈克尔斯对话的地方,听了听,然后说道:"该死。"

"这有用吗?"马龙问,"如此一来,我把他们两个都出卖了。"

"怎么,感觉不爽?"温特劳布说,"你是不是想跟他们换换?"

"闭嘴,斯坦。"奥德尔说,"丹尼,干得不错。"

"是啊,我是一个好叛徒。"马龙说完,走向门外,离开了这个令人作呕的"叛徒窝"。他暗想,这家伙叫我"丹尼"是什么意思?难道他以为我们是朋友还是怎样?还"斯坦""丹尼",好像我们现在是一个团队似的。他甚至还表扬我,"干得不错,丹尼",难道我现在是他的走狗了吗?

"你要去哪儿?"奥德尔问。

"关你屁事?"马龙问,"难道我不能自由出入这里?你是不是担心我给那些人通风报信?省省吧,我可不是个寡廉鲜耻之人。"

"你应该问心无愧。"奥德尔说,"应该让你感到羞耻的,是以前的,而不是现在的所作所为。"

"我到这里来,并不是为了请求你的宽恕!"

"不是吗?"奥德尔问,"我感觉有点儿。我觉得有时候,你自己也希望被抓,丹尼。"

"你真的这么想吗?"马龙问,"那你比我想象的还要混蛋。"

"想喝咖啡,还是喝酒?"奥德尔问。

马龙轻蔑地看了看他。

"不要试图收买我,奥德尔。"你知道我收买、引诱了多少个线人,告诉他们我们做的都是正确的事情吗?我给他们海洛因,而不是咖啡。我也知道跟他们相处的基本准则——他们不是普通人,而是告密者。如果你开始喜欢他们,关心他们,把他们想象成他们本身之外的任何人,他们迟早会杀了你。

我就是你的告密者,奥德尔。

不要因为把我当成普通人,而把事情搞砸。

他去看克劳德特的时候,她跟他絮絮叨叨说了一大堆相同的话。

他刚进门,从她嘴里蹦出来的第一句话便是:"你来看我会不会感到丢脸?"

"你怎么会有这种感觉?"他问。近身一看,她的眼神并不呆滞。她没有再吸毒,她一直在坚持抗争。他知道这并不轻松,她肯定情绪不高,现在,她要把他当作发泄的出气筒。

"我想过了,为什么毒瘾会复发。"

你毒瘾复发,是因为你曾经吸毒。他想。

"为什么我从没见过你的搭档们?"她问,"你见过他们的情妇了,是吗?"

"你不是我的情妇。"

"那我是什么?"

"女朋友。"

"你不向他们介绍我,其实只是因为我是黑人。"她说。

"克劳德特,我的搭档中就有个黑人。"

"所以你不想让他知道,你在跟一个黑人女孩交往。"她说。

是,这是一部分原因。马龙想。他不知道蒙蒂会怎么想,他要么表示可以接受,要么会很生气。"你为什么想见他们?"

"你为什么不让我见他们?"她反问道,"是因为我是黑人,还是因为我吸毒?"

"没有人知道这些。"马龙说。

"那是因为没有人认识我。"

"好吧,现在他们知道了,"马龙说,"为什么我的搭档们对你如此重要?"

"他们是你的家人,"她说,"他们认识你的妻子,你的孩子。你也认识他们的。他们认识你生命中的每一个重要的人,除了我。这让我感觉,我对你来说,根本就不重要。"

"我不知道自己还能再做些什么——"

"我生活在你的影子里,"她说,"你把我藏起来了。"

"胡扯!"

"我们几乎不出门。"她说。

这是真的。两个人的日程安排之间,很难再有共同的时间。况且,即使现在已经是2017年,一个白人男子和一个黑人女子共同出现在哈莱姆——还是会有点儿奇怪。当他们一起外出的时候——去咖啡店或者杂货店——他们总是迎来人们关注的目光,有的是遮遮掩掩的斜视,有的是赤裸裸的直视。

而且,马龙不是普通的白人,他是个白人警察。

这个身份容易引起敌意,甚至更极端的情绪。可能很多本地人会以为,马龙能让警察们消停一阵子,因为他正跟一个黑人女孩谈恋爱。

"我并不是以你为耻,"马龙说,"只是……"

他解释说,他担心周遭社区的人会由此以为他会对他们手下留情。"但是如果你想两个人一起外出的话,那我们就一起外出。我们现在就可以一起出去。"

"看看我,我现在这么邋遢,"她说,"我可不想出门。"

"天哪,你刚才说——"

"我的意思是,"她问,"你过来是不是只是为了和我上床?"

"不是。"

是你想和我上床,宝贝。他想,但是保持了清醒的头脑,他没有说出口。

"丹尼,你有没有想过,你是我吸毒的原因之一?"

真是太冤枉了!克劳德特——你肯定不知道,因为你,我成了一个告密者,因为你,我刚刚成了一个叛徒,你可知道,因为你的毒瘾,你的健康,我走上了这条不归路?!

"混蛋!"他说。

"你更混蛋!"

他站起身。

"你要去哪儿?"她问。

"任何地方,只要能不待在这里。"

"你说的是没有我的地方。"

"对,就是。"

"滚!"克劳德特说,"赶紧滚!你想和我在一起,首先要把我当作一个人来看待,而不是一个吸毒的妓女。"

他转身离开,重重摔上了门。

第十四章

马龙和鲁索忙里偷闲，去看了场流浪者的比赛。一个没那么讨厌警察的家伙给他们搞到了靠近蓝线①的票。

马龙想：世风日下，这种好人已是凤毛麟角。

就在上个月，两个便衣警察开着没有标志的警车去皇后区附近的臭氧公园（Ozone Park）巡逻，他们看到有个人站在并排停放的汽车旁边，手里拿着一瓶开了盖的酒。

他们慢慢走向他，准备常规问询一下。可是他却突然跑走了。

如果你在警察面前逃跑，那么警察肯定会追捕你，这是猎犬的黄金准则。他们把他堵在了角落里，然后他拔出一支枪，警察们毫不犹豫地送给他十三颗子弹。

死者的家人雇了一个律师，开始在媒体上进行诉讼："五个孩子的父亲，头部和背部中弹十三颗，仅仅是因为一个开了盖的酒

---

①蓝线对攻方来说是攻区，对防守方来说是防区。对攻方来说，球永远要比滑行者先进蓝线，否则就算攻方越位。任何一个攻方滑行者的两只冰刀都必须先于球进入蓝线后，并且攻方触碰到了球，才判罚越位。所以能看到很多场面都是攻方球员两脚跨着蓝线站立，这样就不算越位。对守方来说，在防守压力吃紧时，只要把球打出己方蓝线，攻方就必须都退出蓝线，重新组织进攻。

瓶子。"

先是加纳因为贩卖香烟被杀,然后是迈克尔·贝内特事件,现在又有一个家伙因为开了盖的酒瓶子被杀。

这件事闹到了警察专员那里。但是他的态度很强硬:"避免被纽约警察局的警察射杀的最好方式就是不要携带枪支,更不要拿枪瞄准他们。"

抛除语言的优雅和语法不谈,蒙蒂觉得,这句话还是很有力度的。尤其当专员补充道:"我的警察们每天出去巡逻,把生命绑在裤腰带上,还要跟律师玩各种文字游戏。"

律师反击道:"对于那些拼命保护社区的好警察,我们确实心存敬畏——谁不是呢?但是说到玩'文字游戏'……大家打开本周任意一天的报纸,哪里不是充斥着警察们的坑蒙拐骗和信口雌黄?这样,您就会理解我为什么会对他们的话语始终存疑了。"

舆论的狂潮从四面八方涌来。

抗议者开始组织抗议游行,激进主义者鼓动大家采取行动。警察和社区之间的关系变得比以往更加剑拔弩张。

纵然形势如此严峻,但陪审团对贝内特的案子仍然没有宣判。

所以,当黑人们不再自相残杀的时候,警察们开始代劳。

无论哪种方式,马龙想,死亡始终缠绕着黑人。

而他,会继续做警察。

纽约依然还是纽约。

这个世界依然会完好无损。

确实,不管这个世界变化与否,他的世界已经彻底颠覆。

他成了一个叛徒。

第一次背叛,马龙想:生活开始有所改变。

第二次,其实生活就是如此。

第三次，马龙想：这就是你的生活。

你就是这样的人。

第一次戴窃听器的时候，他觉得每个人都能看到它，感觉它好像贴在自己的前额上，看起来就像皮肤上的一层厚厚的伤疤，或者一道新的伤痕，缝合之后刚刚拆线。

最近一次，他戴上它的时候，感觉比自己扎皮带还熟练。他几乎感觉不到它的存在。

奥德尔没有称呼他为"叛徒"。

联邦调查局的探员们叫他"摇滚明星"。

摇滚明星。

截止到五月中旬，马龙帮助他们坐实了四个辩护律师和三个检察官的犯罪证据。帕斯的办公室天天都在忙碌着打印密封的起诉书。在决定完全收网之前，他们不会轻举妄动逮捕任何一个人。

讽刺的是，空闲的时候，马龙还得继续扮演警察的角色。

就好像这所有的一切都没发生过一样。

他正常上班，与同事们一起工作。察看对卡特的监控，与塞克斯周旋，上街巡逻，联络线人，进行一些常规的抓捕行动。

他甚至亲身经历了一次射击场景。

吉列—威廉姆斯谋杀案后的第二个星期，因伍德高地的一个纯内提瑞斯黑帮成员从俱乐部回家的路上，头部中了一枪。十天后，在圣·尼克北部，一个黑桃帮成员被经过的汽车上的霰弹枪射杀。虽然他被及时送到哈莱姆医院进行抢救，然而还是撒手人寰。

不出马龙所料，破获威廉姆斯案的利好也就持续了一个半小时，现在，塞克斯正在情报制导会议上挨训，因为警察专员被市长训了,而市长又被媒体给训了。

塞克斯逼迫马龙在卡特的军火交易上尽早取得进展。

实际上,他在逼迫每一个人。

他让马龙去解决卡特,托雷斯处理卡斯蒂略。他让便衣警察竭尽所能处理街上的枪支,导致他们开始尝试购买与赎回的方式。

每个人都被他弄得屁滚尿流。

好在莱文让他们得以喘息片刻。

这该死的莱文,有一天带着平板电脑出现在酒品店,然后在密室里"乓乓乓乓"一顿乱敲。鲁索和蒙蒂以为这个孩子只是为了能够在网上冲浪,看网飞公司(Netflix)的在线视频,便也没过多理会,以为他只是在那里自娱自乐,反正人总得找点儿什么事情做。但是有一天,他钻了出来,感觉比一个刚谈到女朋友的十四岁少年还要兴奋。他打开平板电脑,说:"看看这个。"

"你到底在捣鼓什么?"

"我窃听了他的电话。"莱文说,"我的意思是,不是声音,我们听不到另一头的说话声,但是每次他打电话或者接电话,屏幕上都会显示出来。"

"莱文,"蒙蒂说,"你真正证明了自己存在于这个星球上的意义。"

这不是开玩笑。

现在,他们知道"胖泰迪"都给谁打电话了。而他跟那个曼特尔通话频繁。

"容量分析,"莱文说,"等他们快要交易的时候,我们就实施抓捕。"

"但是,我们如何能知道他们的交易地点呢?"马龙问。

"我们现在还不知道,"莱文说,"但是我们会知道的。"

"卡特不会接近交易地点，"蒙蒂说，"他甚至不会打电话，只让'胖泰迪'全权负责。"

"不必关注卡特，"马龙说，"我们关注的只是军火。"

或许，他们可以阻止一场大屠杀。

马龙在竭尽所能做一个真正的警察，做警察的工作，重塑自己王国里的太平盛世。

但是，内心的太平，他却无能为力。

他的脑海里也在进行着一场枪战。

蒙蒂对于流浪者的比赛并不感兴趣。"黑人不会靠雪太近。"

"可是里面也有黑人运动员啊。"马龙说。

"那是些种族叛徒。"

他们本想带上莱文。但是，一根球棍和一个冰球怎么可能让他放弃监视"胖泰迪"呢？所以，马龙和菲尔两人在现场目睹了企鹅队将流浪者队挡在了季后赛的门外。他们坐在一起，享受着啤酒的美味。鲁索说："你最近到底怎么了？"

"什么意思？"

"你还记得上次见孩子们是什么时候吗？"

"你是谁？现在成了我的教父吗？"马龙问，"教父，你想跟我上床吗？"

"喝你的酒吧，我就不该问。"

"这个周末吧。"

"随心而动。"鲁索说。然后他问："那个黑人女孩如何了？你把事情处理好了？"

"菲尔，别多管闲事了好不好？"

"好吧，好吧。"

"我们还能不能看比赛了？"

他们看着该死的比赛,流浪者还是保持了自己的一贯作风,第三节的时候还领先,却在加时赛被击败。

赛后,马龙和鲁索来到杰克·道尔(Jack Doyle's)的吧台,准备睡前小酌一杯。电视里在播放新闻,科尼利厄斯教士正在谈论臭氧公园的"警察屠杀案"。

一个律师模样的混蛋站在吧台那里,领带宽松地挂在脖子上,开始口无遮拦:"警察都是杀人凶手。"

鲁索看到了马龙眼睛里的戾气。

他以前见过这种眼神,况且现在马龙已经几瓶啤酒下肚,还连续干了三杯尊美醇。

"放轻松。"

"我想干死他。"

"别冲动,丹尼。"

问题是,这个大嘴巴的人不仅不会就此打住,相反,他开始对整个酒吧的人宣扬"警察队伍军事化管理"的理念。可笑的是,马龙甚至很赞同他的说法,但是现在他完全没有心情听这些。

他直直地盯着那个家伙,那个家伙察觉到了,也狠狠地瞪了回来。马龙说:"你看什么?"

那家伙做出了让步:"没什么。"

马龙从凳子上滑下来:"不对,你到底在看什么,大嘴巴?"

鲁索来到马龙身后,把双手放在马龙的肩头:"好了,丹尼,冷静点儿。"

马龙把鲁索的手晃开:"你才该冷静点儿。"

那家伙的伙伴们正在努力把他从酒吧里拉出去,鲁索对此十分赞同,他说:"你们为什么不把这位朋友送回家呢?"

"你是干什么的?律师?"马龙问这个人。

"当然,难道不明显吗?"

"很好,我是警察。"马龙说,"我是一个该死的纽约警察局的警探。"

"够了,丹尼。"

"我会让你摘掉警徽的。"那家伙说,"你叫什么名字?"

"丹尼·马龙,丹尼·约翰·马龙!来自北曼哈顿!"

鲁索往吧台上扔了几张二十美金面值的钞票,跟酒保说:"别介意,我们马上出去。"

"出去之前,我要踢那个家伙一脚。"马龙说。

鲁索站在两人中间,一边往后推马龙,一边递给那人一张名片。"他这个周过得很煎熬,非常煎熬。拿着这个,如果你需要帮忙,或者有了罚单,无论什么,给我打电话。"

"你的朋友是个混蛋。"

"今晚我无法反驳你。"鲁索说完,抓着马龙的胳膊把他拉到了酒吧外,然后推着他来到了第八大道上。

"丹尼,你搞什么?!"

"那个人把我惹毛了。"

"难道你想内务部来调查我们吗?"鲁索问,"难道要让塞克斯手里抓住你的真正把柄?"

"我们再去喝一杯。"

"你还是早点睡觉吧。"

"我是一个纽约警察局的警探。"

"是,我听到了,"鲁索说,"大家也都听到了。"

"全纽约最好的警察!"

"对,你是冠军。"

他们走到停车的地方,鲁索开车把马龙送回了家。把他弄上楼后,鲁索说:"丹尼,帮自己一个忙。待在这儿,今晚不准再出去了。"

"好,明天还要上庭。"

"是,精神抖擞地去。"鲁索说,"你定闹钟还是我打电话叫你起床?"

"定闹钟。"

"我也会给你打电话。睡会儿吧。"

醉酒之后的噩梦,是这个世界上最恐怖的。

也许是因为大脑已经开始放弃自己,准备时刻向你所面对的这个充满恶魔的世界缴械投降。

今夜,他梦到了克利夫兰一家。

两个成人、三个孩子在公寓里遇害。

被枪决。

孩子们向他求救,但是他却无能为力。

他束手无策,只能站在那儿,泪如泉涌,号啕大哭。

第二天上午,马龙起床后喝了五杯水。

头疼欲裂。

威士忌加上点啤酒,应该没什么事,但是啤酒加威士忌,就会完全不同。他吞下了三片阿司匹林、两片苯丙胺,洗澡,刮胡子,换衣服。今天出庭的衣服是白衬衣、红领带、蓝外套、灰色长裤以及一双上了光的黑皮鞋。

职位在警督以上才会穿西装出庭,因为你不想让律师自惭形秽,也想展示给法官看,你的确是一个工薪阶层。

没有袖扣。

不穿阿玛尼,不穿老板。一身笔挺的 Jos.A.Bank[①]。

玛丽·欣曼看到他后大笑道:"你今天穿的是上学时的衣服吧?"

一头红发,白皙的皮肤上有着点点雀斑,这位毒品专项检察官如果能够再高点的话,肯定会出现在《大河之舞》的演员名单上。

但是欣曼很矮,一个她很反感的词汇。

"我不是矮,"如果这个话题出现的话,她会说,"浓缩的都是精华。"

如假包换,马龙坐在她的对面想。欣曼是一个脾气暴躁、一点就燃的女人,身高只有五英尺四英寸(约163厘米),成长的轨迹非常传统——天主教女校、福特汉姆大学、纽约大学法律系。欣曼在吧台的高脚凳上坐着的时候,脚都够不着地,但是她却能把你喝趴下,这点马龙再清楚不过了。让一个叫科里·盖恩斯(Corey Gaines)的毒贩子谋杀女朋友罪名成立的那天夜里,马龙陪她一杯一杯喝了起来。

结果马龙完败。

欣曼把他送上了一辆出租车。

她没有隐瞒——她的父亲是一个酗酒的警察,她的母亲是一个酗酒警察的妻子。

欣曼了解警察——知道警察的机制与体制。尽管如此,当她还是一个新手检察官的时候,马龙不得不教给她一些她父亲也不知道的事情。那是她的第一件毒品案——在她战胜众多男性竞争者成为专项检察官很久之后——那时,马龙还是预防犯罪科的便

[①] Jos. A. Bank 是美国一家男士经典的定制西装、休闲服、运动服、鞋类和佩饰的零售商,成立于1905年,是一家百年老店。

衣警察。

但是，马龙和当时的搭档比利·福斯特（Billy Foster）在148街的一个公寓里缴获了足足一公斤可卡因。他们从线人那里得到了线索，但是这条线索不足以让他们拿到搜查令。马龙决定不从毒品的角度去搜查——他想要的就是抓住他们——所以他和福斯特用一份枪支搜查令闯进去，逮捕了那个毒贩子，然后提请起诉。

这让他被上司狠狠训了一顿，但是缴获的毒品也让他出尽了风头。通常，他不太关注他抓的犯人是否会被定罪，但是这一次，他想把功劳记在自己身上，所以他开始焦虑，一个新手检察官——一个女人，如此易怒——能否撑起他的案子。

当她打来电话，告诉他准备好出庭作证时，欣曼说："实话实说，给他定罪。"

"哪一条？"马龙问。

"什么意思？"

"我的意思是，"马龙说，"我要么实话实说，要么给他定罪，你想要哪一条？"

"两条都要。"欣曼说。

"鱼肉和熊掌不可兼得。"

如果他实话实说，官司很可能会输。因为马龙没有搜查令或者适当的理由闯入公寓。现有的证据将会变成"毒树之果"[①]，

[①] 所谓"毒树之果"，是美国刑事诉讼中对某种证据所做的一个形象化的概括，意指"根据以刑讯逼供等非法手段所获得的犯罪嫌疑人、刑事被告人的口供，并获得的第二手证据"。以非法手段获得的口供是毒树，而以此获得的第二手证据是毒树之果。"毒树之果"原则作为非法证据排除的规则，对遏制办案人员刑讯逼供、保护刑事被告人的基本权利有着进步作用。

这样那个毒贩就会逃脱法律的制裁。"

她仔细考虑了几秒钟,然后说:"我不能教唆或者鼓励作伪证,马龙警探。我只能建议你做你认为正确的事情。"

此后,玛丽·欣曼再也没有让马龙实话实说。

因为他们都很清楚,所谓的实话都无法通过"测谎",因为如果说真正的实话,鲜有案件能够被地方检察官定罪了。

这点并没有给马龙造成困扰。

如果这个世界的游戏规则是公平的,他也会按照公平的方式来做事。但是规则的制定对检察官和警察来说并不公平,所有高等法院的裁决,都是对坏人有利。

对美国民众来说,事实和正义很可能会在大厅里打招呼,也可能互相给对方寄一张圣诞贺卡,但这已是两者最亲密的行为。

欣曼了解这一点。

现在,她坐在法院大楼的一间会议室的桌子对面,看着马龙问:"你昨晚干什么去了?"

"看流浪者的比赛。"

"哦,"她说,"做好准备去作证了吗?给我讲讲大体情况。"

"我和我的搭档,菲利普·鲁索警官,"马龙说,"收到情况报告,说132街西头的324号有异常行动。我们在这个地址布置了监控,发现一辆白色凯迪拉克,被告里韦拉(Rivera)先生从车里钻了出来。我没有确切的理由肯定那辆车里装了毒品,没有确切的视觉证据给予行动充分的根据。"

这是他们舞蹈最酷的部分——另寻他法,证明给法官看,你说的都是实情。而且,他们希望能够通过视频看到这些证据。

欣曼问:"如果你没有充分的根据,是谁给了你勇气强行闯入公寓的?"

"里韦拉先生并不是孤身一人，"马龙说，"还有两个人跟他一起下了车。一个人手里拿着MAC10冲锋枪，另一个人手里拿着TEC9冲锋枪。"

"这些是你亲眼所见？"

马龙玩起了文字游戏："它们很显眼。"

如果一件武器很显眼，那么不需要什么特殊的理由就可以立即行动。而这两件武器确实曾经很显眼——就在马龙的身边。

"所以你拿到了进入公寓的搜查令。"欣曼说，"你们通报自己纽约警察局警察的身份了吗？"

"我们通报了，大声喊'纽约警察局警察！'我们的警徽也放在防护背心系带最明显的地方。"

"然后呢？"欣曼问。

"我们把冲锋枪瞄准了这些笨蛋。这些嫌疑人放下了武器。"

"你们在公寓里发现了什么？"

马龙说："四公斤海洛因，还有很多一百美元面值的钞票，经清点发现是五十五万美金。"

然后她又问了一些枯燥乏味的问题，比如武器凭单的编号，又比如他如何确信他缴获的海洛因跟审判室里的海洛因是同一种，等等。然后她说："希望你能在庭审的时候比现在更有活力一些。"

"阿伦·艾弗森说过，"马龙说，"'我们只是在谈论训练，训练而已。'"

欣曼说："可是与我们谈论的那个人是杰拉德·伯格（Gerard Berger）。"

马龙对杰拉德·伯格这个人的评价是——

"如果他身陷囹圄，"马龙曾经说，"我会落井下石。"

这一生中,丹尼·马龙讨厌三种人,这三种人没有先后顺序:第一,猥亵儿童者;第二,叛徒;第三,杰拉德·伯格。

这个律师本人对自己名字的发音极不标准,他自称"伯杰",而且还要求别人(即使是马龙这种坚决抵触的人)也要如此称呼他,但是公开法庭除外。所以在法官面前,他看起来并不聪明。

然而在其他地方,他被称为"杰里·伯格"。

不仅马龙一人讨厌伯格。每一个检察官、警察、狱警以及受害者都对他不满。即使是他的代理人也都恨他恨得咬牙切齿。因为每次结案的时候,伯格会侵吞他们的大部分财产——金钱、房屋、汽车、游艇,甚至有时候还包括他们的女人。

但是,他是这样提醒他们的:"反正你没法在监狱里花钱。"

伯格的代理人通常不会去监狱。他们要么回家,要么被判处缓刑,要么去戒毒,要么参加情绪管理课。他们回去之后往往还会重操旧业,或多或少都会有点儿违法。

他根本就不在意。

他的客户包含毒贩、谋杀犯、家暴者、强奸犯、猥亵儿童者——只要他们的钱包够肥,或者他们的故事能够像迭戈·皮纳那样吸引人,能够卖给媒体或影视公司,或者两者兼而有之。很多一流的演员在影视作品中把伯格当作原型,每当这些演员来跟他取经的时候,他都很简短地给他们总结一句话:"做一个彻头彻尾的混蛋。"

坊间流传着一句话,唯一能够让伯格的代理人供认不讳的就是参加奥普拉脱口秀[①]——之后他就会出尔反尔。

[①] The Oprah Winfrey Show, 该节目由美国脱口秀女王奥普拉·温弗瑞制作并主持,是美国历史上收视率最高的脱口秀节目。同时,它也是美国历史上播映时间最长的日间电视脱口秀节目。

伯格从没刻意掩饰自己的财富——相反,他竟然到处炫富。数千美金的定制西装、定制衬衣、名牌领带和鞋子、昂贵的手表。他上庭的时候通常都开着法拉利或者玛莎拉蒂,这些车都是别人赠予他的,马龙觉得应该是顶账用的。他在上东区有顶层公寓,在汉普敦有度假胜地,在阿斯彭①有滑雪场,是一个关系很好的客户转让给他的。这个客户现在定居哥伦比亚,被判决永远不得再踏入美国的国土。

马龙不得不承认,伯格在律师领域里是个拔尖人才。他是一个很好的律师,一个研究犯罪动机方面的天才(尤其是排除犯罪动机方面),一个狡猾且恶毒的盘问专家,一个开庭陈述和辩论终结的大师。

他成功的最大秘诀是——腐败。

这一点,马龙非常确信。

虽然没有确凿的证据,但是马龙愿意用自己的睾丸打赌:伯格在法官里有内线。

这是另一个所谓的司法制度肮脏的秘密。

大部分人不会意识到这一点,但是法官挣不了多少钱,而且他们需要花费很多去升职。从数学角度来讲,法官都是可以被买通的。

审理案件的花费并不多——动机被接受或者被否定,证据被排除或者被承认,证词获得准许或者被否定。甚至一些细枝末节的事情,都可以使有罪的被告逃脱法律的惩罚。

被告都知道——该死,所有人都知道——哪些案件能够买卖。最有油水的一个职位是文档调配的岗位。你可以把钱花在刀刃

---

①位于美国中西部的科罗拉多州(Colorado),西临落基山脉,以滑雪场而闻名,是富人聚居区和度假胜地。

上，让自己的案件分配到已经被买通的法官手里，或者说，你租赁的法官手里。

马龙和欣曼在当事人对己方证人的初度询问中演了一会儿戏，然后在伯格开始询问之前，法官休庭十几分钟。马龙去上了个大号，当他从厕所隔断里出来洗手的时候，伯格正站在旁边的水盆前。
两人在镜子里看着对方。
"马龙警探，"伯格说，"很荣幸与您一起上厕所。"
"嘿，杰里·伯格，最近怎么样？"
"最近还不错，"伯格说，"我已经有点迫不及待想把你放到证人席上了。我将对你挖心剖肝，让你颜面扫地，揭露出你这个信口雌黄、贪污腐败的警察的真面目。"
"杰里，你是不是买通法官了？"
"腐败的人，眼里看到的往往只有腐败。"伯格说完，擦干了手，"警探，证人席上见。"
"嘿，杰里，"马龙在他身后喊道，"你的办公室是不是闻起来还有狗屎味儿？"
两人是老相识。

马龙站上了证人席，法警按照常规提醒，他已宣誓不作伪证。
伯格微笑着问他："马龙警探，你觉得'测谎'这个词是什么意思呢？"
"通常的意思。"
"哦，在警察内部通常是什么意思？"
"反对，"欣曼说，"这与本案无关。"

"他可以回答。"

"我理解，这个词是关于警察在证人席上并未说出真正的实情。"马龙说。

"真正的实情。"伯格说，"那就是说，还有不真正的实情了？"

"反对。"

"你这么提问的意图是什么，辩方律师？"法官问。

"我待会儿会详尽阐述，法官大人。"

"好吧，请继续。"

"我们观点不同而已。"马龙说。

"哈，"伯格看着法官，"难道警察们的观点是，你们在法庭上进行'测谎'，将你们主观认为有罪的嫌疑人绳之以法，而并不是依靠合理的证据，是吗？"

"我听说过这种情况。"

"但是你自己从没做过。"

"是的，我没有。"马龙说。如果那数百次例外不算数的话。

"即使你刚才的回答也没有吗？"

"争论性问题①。"

"驳回。"法官说，"辩方律师请继续。"

"现在，"伯格说，"你的证词表明，你闯入公寓并没有足够的理由，对不对？"

"对。"

"而你宣誓过的证词表明，你的理由是你看到我代理人的同伴持有武器，是吗？"

①在法庭上，律师向证人询问的目的不是为了弄清事实，而是为了引起与证人的争执。

"是的。"

"你看到了那些武器。"

"它们很显眼。"马龙说。

"这是一个肯定的回答吗?"

"是的。"

"也就是说,除了你看到这些武器'很显眼',"伯格说,"你根本没有合理的依据闯入住宅,这点正确吗?"

"正确。"

"现在我申请将手头这份文件作为证据。"伯格说。

"那是什么?"欣曼说,"我们毫不知情。"

"我们也刚刚拿到它,法官大人。"

"请双方律师来到法官席。"

马龙看着欣曼起身。她瞥了他一眼,眼神里充满了疑问。但是他也不知道那到底是什么。

"法官大人,"伯格说,"这是一份凭单,密封的日期是2013年5月22日。你可以发现,登记在册的是一把MAC10冲锋枪,序列号是B-7842A14。"

"是的。"

"这把枪的记录时间登记在三二分局的物证室,如我们所料,三二分局归属北曼哈顿。"

"这之间有什么联系呢?"

"如果法庭允许,"伯格说,"我将展示他们之间的关联。"

"允许。"

"我反对,"欣曼说,"这份文件我们没有权限——"

"你的异议被保留,欣曼女士。"

伯格又开始了盘问。他递给马龙一份文件:"你认识这个吗?"

"是的，这是一份从一个嫌疑人手里缴获的MAC10冲锋枪的凭单。"

"这是你的签字吗？"

"是的。"

"可以请你给大家读一读这件武器的序列号吗？"伯格问。

"B-7842A14。"

伯格又递给他另一份文件："你认识这个吗？"

"看起来像另一份凭单。"

"噢，不是看起来像，"伯格说，"它就是另外一份凭单，是吗？"

"是。"

"而且它登记的也是一把MAC10冲锋枪，对吗？"

"正确。"

"请给大家读一读这个凭单的日期。"

"2013年5月22日。"

该死，马龙想：真该死，他是在提醒我，这件武器非常干净。

伯格已经把他推到了悬崖边上，而且丝毫没有停下来的意思。

"现在，请你给大家读一读，"伯格说，"这把2013年5月22日登记的MAC10冲锋枪的序列号。"

"B-7842A14。"

马龙听到了陪审团的反应。他没有看他们，但是却感受到了他们刀子般的目光正朝他射过来。

"这是同一件武器，是不是？"伯格问。

他是怎么拿到这份凭单的？马龙百思不得其解。

该死，很可能和其他案件一样，买的。

"看起来是。"

"所以,"伯格说,"作为一个有经验的警察,你能告诉我们,为什么同一件武器,本来锁在三二分局的物证室里,却又突然在2015年2月13日夜里出现在了嫌疑人的手里,而且还很'显眼'呢?"

"争论性问题,这是猜测。"

"允许提问。"法官彻底被激怒了。

"我不知道。"马龙说。

"当然,会有几个可能,"伯格说,"有没有可能它被偷出来卖给了有嫌疑的毒贩子?有这种可能吗?"

"我认为这是可能的。"

"或者,更可能的是,"伯格说,"你把这件武器栽赃给嫌疑人,然后伪造证词作为合理的依据?"

"不可能。"

"完全不可能吗,警官?"伯格问道,尽情享受着胜利的滋味,"有没有可能,你闯进公寓,朝两个嫌疑人射击并击杀了一个,然后把枪栽赃到他们身上,然后编了个谎言来骗我们?"

欣曼站了起来:"争论性问题,纯属个人猜测,这是假设。法官大人,辩方律师在——"

"请到法官席来。"

"法官大人,"欣曼说,"我们根本不知道这份文件的来源,也没有充足的时间去调查它的合法性和准确性——"

"该死,玛丽,"法官说,"如果你捏造了这起案件——"

"我从没有质疑过欣曼女士的职业道德,"伯格说,"但是事实是,马龙警官根本没看到武器,他却说自己看到了。根本就没什么合理的依据,因而在公寓内发现的任何证据都是'毒树之果'。我请求无罪释放我的当事人,法官大人。"

"没那么快,"欣曼说,"辩方律师自己提出一种假设:武器很可能是被从物证室偷出来的,而且——"

"真让人头疼。"法官说完,叹了口气,然后又说,"我要把MAC10排除在证据之外。"

"那还有一把TEC9呢。"

"是,"伯格说,"你觉得让陪审团裁定一把武器是不干净的,而另一把是干净的,可能吗?拜托!"

马龙知道,欣曼在考虑如何取舍,不论怎么选择,结果都将对他们非常不利。

一个选择是,纽约警察局的警察们把物证室的武器卖给毒贩子。另一个选择是,功勋彪炳的纽约警察局警探在证人席上作伪证。

如果这样,各大报纸的头条就会像洪水猛兽一样袭来,警察开枪就会变成一种错误,内务部也会从此对丹尼·马龙进行调查,包括他之前的所有证词的真伪。欣曼输掉的不仅仅是这场官司,甚至其他二十件已经宣判的案件也可能被改判。二十个有罪的混蛋就会大摇大摆走出监狱大门,她也会引咎辞职。

不过,还有另外一个选择。

他听到欣曼问伯格:"你的代理人愿意接受要约①吗?"

"那要看什么条件了。"

欣曼说话的时候,马龙感觉嘴里满是胆汁的苦味:"一个简单的数字游戏。两万五千美金的罚款,扣除两年的收入。"

"两万美金,两年收入。"

---

① 要约,是一方当事人以缔结合同为目的,向对方当事人提出合同条件,希望对方当事人接受的意思表示。

"法官大人？"欣曼问。

法官现在已经感到恶心了："如果被告同意，我愿意接受这份请求并签发协商条款。"

"还有一件事，"欣曼说，"案件记录要密封。"

"没问题。"伯格得意地笑了。

法庭内没有媒体，欣曼想。这是一个不受关注的好机会。

"案件密封。"法官说，"玛丽，法庭对这件事情很不高兴。去起草文书，让马龙到我办公室来。"

法官起身离开了。

欣曼走到马龙跟前说："我真想现在就杀了你。"

伯格冲着他微笑。

马龙走进法官的办公室。法官甚至都没给他让座。

"马龙警探，"法官说，"你差点儿丢掉了自己的警徽和配枪，还差点儿以作伪证被起诉。"

"我坚持自己的证词，法官大人。"

"蒙蒂和鲁索也会如此。"法官说，"所谓的'沉默蓝墙'[①]。"

真是再恰当不过了。马龙想。

但是他并没有开口。

"都是因为你，"法官说，"我必须要释放一个几乎就要被定罪的嫌疑人。为了保护纽约警察局这个本来应该保护我们的单位。"

是因为伯格。马龙想：还有几个三二分局粗心大意的傻瓜，作风懒散到丢了一份老的凭单，或者说，有人就是伯格的内鬼，

[①] "沉默蓝墙"是阻止警察检举同行腐败行为的潜规则。在这一潜规则的作用下，检举警察同行的人往往被视为警界的叛徒，这种行为甚至比腐败本身更加让人讨厌。

无论哪种情况，我都要查个水落石出。"

"你还有什么要说的吗，马龙？"

"整个系统被弄得一团糟，法官大人。"

"出去吧，马龙警探，你让我恶心。"

我让你恶心？马龙边走边想：你才让我恶心呢，你这个伪君子。你刚刚为这件案子出谋划策，整个事情的原委你很清楚。保护警局并非出于你的真心，是你不得不为之，因为你自身也是整个系统的一部分。

欣曼在走廊里等他。

"我们两个的职业生涯都受到了威胁，"她说，"我不得不给那个混蛋做一些让步来自保。"

可怜的人哪，马龙想。我每天都在做让步，而且比这个严重多了。"我知道，所以收起圣女贞德的那一套做派吧。"

"我可从没让你作伪证。"

"胜诉的时候，你从没关注我做了什么，"马龙说，"只是告诉我，'做你该做的事情'。但是一旦有了状况，你就会说，'要按照规则办事'。如果每个人都能循规蹈矩，我自然也不会例外。"

归根结底，他边走边想，所谓的刑事法庭根本就没有什么意义。

第十五章

马龙与团队在蒙蒂菲奥里广场（Montefiore Square）会合。说是广场，其实就是百老汇、汉密尔顿广场（Hamilton Place）和138街隔成的一个三角地带。

"有什么进展？"马龙问。

"过去的三天里，'胖泰迪'给一个佐治亚地区的号码打了三十七次电话，"莱文说，"他们很快就要开始交易了。"

"很好，交易地点在哪儿？"马龙问。

"不到最后一刻，'胖泰迪'是不会告诉他们的。"莱文说，"如果他在办公室里说出这个地址，我们可能会监听到。但是如果他在街上说出来的话，我们只能知道他在哪里打的电话，但是对通话内容一无所知。"

"能不能拿到监听'胖泰迪'电话的许可？"蒙蒂问。

"就根据莱文利用非法手段监听到的这些内容？"马龙说，"目前还不行。"

莱文咧嘴笑了。

"很好笑吗？"鲁索问。

"为什么不直接把'胖泰迪'抓起来呢？"莱文问。

"他不会跟我们透露半个字，"鲁索说，"多一个这样的混蛋，对我们来说毫无意义。"

"慢着,"莱文说,"我有一个更好的主意。"

他把自己的想法说了出来。

三个警察老手面面相觑。

然后鲁索说:"看看,这就是城市学院和纽约大学的区别。"

"继续监听,"马龙告诉莱文,"拿到确定的交易时间。"

马龙在塞克斯的办公室坐了下来。

"我需要购置资金。"马龙说。

"干什么?"

"卡特即将进行军火交易,"马龙说,"但是,曼特尔不会把军火卖给卡特,他要卖给我们。"

塞克斯意味深长地看着他:"会不会出什么纰漏?"

"绝不可能。我们会在街头把这件事搞定。"

"依据是什么?"

"一个线人会告诉我们交易地点,"马龙说,"然后我们替代线人去交易。"

"这个线人备案了吗?"

"离开你办公室后我就去办。"

"要多少钱?"

"五万。"马龙说。

塞克斯咧嘴大笑:"你想让我去找麦克吉文申请五万美金,而依据就是你听到了一些不该听到的消息?"

"我会提交一份打印的线人的宣誓声明。"

"离开我办公室后立马去办。"

"麦克吉文会同意的,"马龙说。虽然有些冒险,但是他不得不冒这个风险，"只要你告诉他，申请人是我。"

这话对塞克斯来说，不啻吃屎。

"什么时候收网？"塞克斯问。

马龙耸了耸肩："很快。"

"我去跟高级警监先生谈谈，"塞克斯说，"但行动必须循规蹈矩。你必须随时跟我沟通，每一步行动都要跟我汇报。"

"就这么定了。"

"另外，收网的时候，我希望你和另一个团队一起行动，"塞克斯说，"你可以指挥托雷斯和他的人。"

"塞克斯警监……"

"怎么？"

"这件事情，不能让托雷斯参与。"

"托雷斯有问题吗？"

"在这件事情上，请你完全信任我。"马龙说。

塞克斯长时间注视着马龙，然后说："你想要跟我说什么，警探？"

"让我的团队来处理这次交易，"马龙说，"让便衣和制服警察扮演买方。你可以按照自己的意愿来安排大家的工作——整个行动组都可以出动。"

"但不包括托雷斯。"

"但不包括托雷斯。"

许久的沉默。

双方默默地对视。

然后塞克斯说："马龙，如果你要我，我会在你的屁眼里点上一场永不熄灭的大火。"

"长官，我喜欢你爆粗口的样子。"

"你是不是在里韦拉的案件中作伪证了？"帕斯问马龙。

"你跟谁吃的午饭？"马龙问，"杰里·伯格？"

她把一份文件扔在了桌子上："回答我的问题。"

"这是一份密件，"马龙说，"伯格怎么拿到给你的？"

她没有回答。

"你以为那个混蛋逢诉必胜是因为他聪明？"马龙问，"还是他的客户都是清白的？你是不是从没考虑过，他也会花钱买卖案件，用沉甸甸的信封推翻证据？"

"他根本不需要那么做，就推翻了你的证词，不是吗？"帕斯问，"你伪造合理依据，然后作伪证。"

"如果你这么认为的话，我无话可说。"

"是法庭记录这么认为的，"帕斯说，"玛丽·欣曼是不是有时为了赢得案件，也会默认你的做法？"

"你们现在要调查她？"

"如果她不清白的话。"

"她是清白的，"马龙说，"别难为她。"

"为什么？你跟她上床了？"

"不可理喻！"

"如果你作伪证，"帕斯说，"我们的协议即刻作废。"

"那就来吧，"马龙说完，伸出双手，等待着被铐起来，"别犹豫，就现在，立刻，把我抓起来。"

她对他怒目而视。

"果真不出我所料，"他放下双手，"你知道为什么你不会吗？是因为布莱迪诉马里兰州案[①]——你不得不告诉辩护律师，他们

[①] 又称布莱迪义务，是指检方有义务展示已有的或已获得的有利于被告证明其清白或者有利于被告减轻罪责的证据，不得隐匿。

案件中的警察在宣誓后又作伪证。如此一来，四五十个已经坐牢的当事人就会要求重审他们的案件。而且这也会引出一个问题，你的同僚是不是明知我在作伪证，却为了做出相应的裁决而对此视而不见？所以不要再跟我说那些假装圣洁、居高临下的废话了。我敢打赌，你能走到现在，见不得人的勾当肯定也没少干。"

屋子里一片沉寂。

"你们这些该死的检察官，"马龙说，"总是胡言乱语、坑蒙拐骗，为了赢得案件甚至不惜出卖自己母亲的眼睛。但是如果警察这么干，那他就是触犯了法律。"

"闭嘴，丹尼。"奥德尔说。

"我已经带给你多少案件了？六宗，七宗？"马龙问，"什么时候才能结束？什么时候你才能满足？"

"该结束的时候，我们会通知你。"帕斯说。

"什么时候？"马龙问，"你还想把事情搞多大？你很牛，帕斯，可是你能牛到去调查法官吗？税后清缴，你觉得他们有多清白呢？他们凭什么买得起西棕榈湾的公寓？他们凭什么被安排去拉斯维加斯免费赌博？难道说，这些小情况也预示着整个系统都崩塌了吗？你是不是对此很感兴趣啊？"

"你是干什么的？"温特劳布问，"怎么突然间变成十字军[①]了？"

帕斯说："如果你知道什么——"

"这些事人尽皆知。"马龙说，"报摊上的印度人知道，街角的十岁黑人小孩也知道！我想问的是，为什么只有你们不知道？"

[①] 由天主教士兵组成的军队，士兵都佩有十字标志，因此称十字军。

沉默。

"噢，现在是真安静下来了。"马龙说。

"我们的工作方式是自下而上。"奥德尔说。

"当然，那样更省事儿，是吧？"马龙说，"那样对你们也好，你们永远不用承担什么风险。"

"我可不想坐在这里，听一个腐败的警察唱高调。"帕斯说。

"确实没这个必要。"马龙说完，站起身来。

"坐下，丹尼。"奥德尔说。

"你们没吃亏。"马龙说，"我把跟自己合作的律师全都卖给了你们。我的任务结束了。"

"那我们就起诉你。"帕斯说。

"好啊，让我出庭。"马龙说，"看看我到时候会说出谁的名字，看看你们的职业生涯会遭受什么影响。"

"我的任何职业抱负，"帕斯说，"都跟这件事毫无关系。"

"那我就会充当复活节兔子，给你送上大礼。"

说完，马龙就向门外走去。

"马龙，你是对的，"帕斯说，"你出卖的律师已经够多了。从现在起，我想要的是警察。"

你这个没有话语权的爱尔兰混蛋。马龙想：律师果然只是来引你上钩的诱饵。你自己跟线人玩了多少次类似的游戏了？一旦把柄在手，他们就会任你摆布，在街头巷尾替你卖命。

但是，你自以为自己会跟他们不一样，你这个没有话语权的混蛋。

"我从一开始就告诉你们，"马龙说，"不搞警察。"

"必须给我们警察。否则，起诉律师们的时候，我会放风说，是你出卖了他们。"帕斯坐在那儿，然后冲着马龙笑道，"走啊，丹尼，赶紧走啊。"

这个娘们儿拿住了你的要害。马龙想：你被耍了。如果她放风说你是个叛徒的话，那些人都会来找你麻烦——警察总局、西米诺家族，还有市政厅里的那些混蛋。

那样的话，你死定了。

马龙说："你这个西班牙臭娘们儿。"

帕斯朝他微笑着说："听说西班牙娘们儿的好处声名在外。估计这也是人人垂涎的原因。给我抓几个警察，要有录音！"

说完，她走了出去。

马龙感到天旋地转。他努力控制住自己，然后对奥德尔说："我们有过约定的。"

"我们不是让你出卖自己的搭档，"奥德尔说，"就帮我们抓一两个其他警察。肯定有一些连你都认为很过分的警察，丹尼，腐败的警察，那些需要我们从街头清除的警察。"

"我绝不会伤害自己的搭档。"马龙说。

"你这是在救自己的搭档，"奥德尔说，"你以为我们傻吗？我们会天真地以为里韦拉事件只有你一个人参与其中吗？如果我们因为这件事情起诉你，鲁索和蒙蒂也难辞其咎。"

"他们的命运掌握在你的手里，马龙，"温特劳布说，"不要做傻事。"

"丹尼，"奥德尔说，"我喜欢你。我觉得你本性不坏，你只是一个做了一些坏事的好家伙。对你和你的搭档来说，现在有一条出路摆在面前：跟我们合作，我们来帮助你们。"

"帕斯呢？"

"你知道，她这个人不可能私下达成这种协议。"奥德尔说。

温特劳布问："如果撇开她呢？"

"这点我们俩已经达成共识。"奥德尔说。

"如果我帮你们抓一两个其他人,"马龙说,"我要你们向我发誓——以你们孩子眼睛的名义——保证不伤害我的搭档。"

"我保证。"奥德尔说。

一个人如何坠入了深渊?

就是这样,一步,又一步。

第十六章

"胖泰迪"开始行动了。

他以自己的最快速度移动着。

马龙坐在百老汇街斜对面的一辆酒水运输车上,看着他从美甲店下楼来到大街上,手里的电话一刻未停。

"交易开始。"莱文说,眼睛始终盯着平板电脑的屏幕。

泰迪用三个不同的号码拨打了同一个佐治亚的手机号。此时此刻,他正沿着百老汇街往市区移动。

"他刚才拨了一个'212'。"莱文说。

"那是他在告诉卡特,交易开始。"蒙蒂说。

"什么时候抓他?"鲁索问。

"等。"马龙说。

他们开着卡车徐徐滑行,跟走在158街上的泰迪保持平行。然后,泰迪右转上了157街,接着再次右转,来到了爱德华·摩根广场(Edward Morgan Place)。

"如果他进入肯尼迪炸鸡店的话,"蒙蒂说,"这招数就太老套了。"

他们跟着泰迪转了弯。

"他有没有察觉我们?"鲁索问。

"没有,"马龙说,"他脑子里需要思考的事情太多了。"

"他的车在那儿,"鲁索说,"停在咖啡店外。"

"行动。"说完,他拨通了"脏屁股"的电话,"做事。"

起初,"脏屁股"根本不想掺和这件事儿。他畏畏缩缩地说:"哥们,我上次就差点儿被抓。我可不想再回到巴尔的摩那个鬼地方。"

"不会的。"

他转念一想,又找到了一个借口:"卡特不是受托雷斯庇护吗?"

对,这还真是一个好借口啊。

"看来现在行动组的头儿是你,"马龙问,"他们什么时候用一个长得像伊卡博德·克莱恩①的瘾君子替代塞克斯了?怎么没人告诉我呢?我得考虑换个地方工作了,混蛋。"

"我只是说……"

"在完成我交代你的工作之前,不要再说任何废话!"

别无选择的"脏屁股"只好站在街头打电话报警:"我看到有人携带枪支。"

然后他说出了地址。

紧接着,对讲机就响了起来,鲁索拿起了电话:"北曼哈顿小组,马上行动。"

他们跳下卡车,来到泰迪身后,赶在他上车之前抓住了他。

这次泰迪没再开玩笑,因为他根本就没法开口。

这是一次赌上身家性命的交易。

蒙蒂把泰迪摁在车上。

---

① Ichabod Crane,《睡谷传说》的主人公,外表滑稽怪异、内心贪婪怯懦。

莱文拿出泰迪的电话。

马龙警告泰迪:"我向上帝发誓,如果你敢说一个脏字……"他们推搡着泰迪回到卡车上。

"听说你有一群乡巴佬朋友要从南方过来?"马龙问他。

泰迪不说话。

蒙蒂爬上卡车,手里拿着一个公文包:"看看我发现了什么?"

蒙蒂打开公文包之后,发现里面是一些二十、五十、一百面值的现金:"泰迪,让我省点事儿,直接说这是多少?"

"六万五。"泰迪说。

马龙大笑:"你不可能告诉卡特这是六万五吧?你跟他说的实际金额是多少?"

"五万,混蛋。"

鲁索从公文包里点出一万五:"好一个悲惨、堕落的世界!"

"你跟曼特尔见过面?"马龙问,"还是只通过电话沟通?"

"你问这个干什么?"

"我来告诉你具体情况。"马龙说完,拿起一捆他早为泰迪准备好的线人文件:"你有两个选择——要么现在成为我的线人;要么我把这份文件交给拉夫·托雷斯,他肯定会在第一时间送到卡特手里。"

"马龙,你确定要这么对我?"

"确定以及肯定,"马龙说,"我现在就要这么对你这个混蛋。你要立刻做出决断,我可不想让你的乡巴佬朋友产生任何怀疑。"

"我跟曼特尔从未碰过面。"

"在这里、这里、这里签字。"马龙说完,递给他一支笔。

泰迪签了字。

"你们打算在哪里进行交易?"马龙问。

"高桥公园(Highbridge Park)。"

"那些乡巴佬知道吗?"

"目前还不知道。"

泰迪的电话响了起来。

莱文看着马龙说:"佐治亚。"

"你们有取消交易的暗语吗?"马龙问。

"没有。"

马龙跟莱文做了个手势,莱文拿着电话递到了泰迪嘴边。

"你们在哪儿?"泰迪问。

"哈莱姆河大道(Harlem River Drive)。去哪儿接头?"

泰迪看着马龙,马龙举起了平板电脑。

"百老汇东面的迪克曼街(Dyckman),"泰迪说,"在住宅区的一侧有个收费停车场,把车停进胡同里。"

"带钱了吗?"

"要不然呢?"泰迪反问。

莱文挂掉了电话。

"很好,泰迪。"马龙说,"现在给卡特打电话,告诉他一切都径行直遂。"

"什么意思?"

"就是一切顺利。"蒙蒂说。

泰迪拨号的时候,马龙又把线人声明文件拿到他眼前,以提醒他这其中的利害。

"嗯,是我,"泰迪在电话里说,"一切顺利……二十分钟,也许半小时……好的。"

他挂掉了电话。

"简直就是奥斯卡金像奖级别的表演。"鲁索说。

"你是不是让他们在高桥公园等着?"马龙问。

"你以为呢?"

"那你得赶紧挪动你的肥屁股去那儿。"马龙说,"你得去等着这些乡巴佬,除非他们不打算露面。"

"不用我帮你们完成交易吗?"

"不用,"马龙说,"我们之中也有屁股肥大的人,我知道你现在的想法,泰迪,但你要仔细考虑清楚——如果你新结识的白人朋友不在迪克曼露面的话,我就把你的线人文件送给卡特。"

"这件事我该怎么跟卡特交代?"

"让他看新闻,"马龙说,"然后告诉他,不要在我的地盘上做交易。"

泰迪下了车。

鲁索把一万五分成了五等份,递给了莱文一份。

莱文举起双手:"你们该干什么就干什么,我什么也没看见。只是……我不做这种事情。"

"这不合规矩,"鲁索说,"你要么入伙,要么滚。"

"如果你不拿这份钱的话,"蒙蒂说,"我们就不知道该不该信任你,也不知道你能不能守口如瓶。"

"我又不是叛徒。"莱文说。

马龙心头仿佛针扎一般。

"没人说你是叛徒,"蒙蒂说,"此举只是为了让你跟我们同甘共苦,明白我的意思吗?"

"把钱拿着。"鲁索说。

"如果你愿意,可以把它捐给慈善组织,"蒙蒂说,"或者把它丢进捐款箱。"

"捐给圣·裘德（St. Jude's）。"马龙说。

"你也是这么处理吗？"莱文问。

"有时候是。"

莱文问："如果我坚持不拿，会有什么后果？"

鲁索抓住他的衬衣说："莱文，你是不是内务部的人？你是不是他们的'眼线'？"

"松开你的脏手。"

鲁索松了手，但是他说："脱掉你的衬衣。"

"什么？"

"脱掉你的衬衣。"蒙蒂也说。

莱文盯着马龙。

马龙点点头。

"混蛋，"莱文解开衬衣的扣子，敞开怀并对他们说，"满意了吗？"

"也许他藏在裤裆里，"鲁索说，"还记得莱乌奇（Leuci）吗？"

"如果你裤裆里藏着什么，你又把它弄脏了，"蒙蒂说，"你最好现在就告诉我们。"

"脱掉。"马龙说。

莱文摇了摇头，解开皮带，把牛仔裤滑到了膝盖那儿："你们不会还要检查我的屁股吧？"

"你乐意接受我们的检查吗？"鲁索问。

莱文提上牛仔裤，说："你们这是在侮辱我！"

"不是针对你，"马龙说，"你不拿钱，我们不得不审慎考虑你的身份到底是什么。"

"我只是想做一个警察。"

"那就做一个警察，"马龙说，"你刚刚罚了德文·卡特三千美金。"

"这就是警察的工作方式？"

"这就是警察的工作方式。"

莱文拿起钱点了点说："少了。"

"你什么意思？"鲁索有点儿恼火。

"一万五分成四等份是三千七百五十，"莱文说，"这些只是三千整。"

他们大笑起来。鲁索说："现在团队里终于有真正的犹太人了。"

"一共五等份，还有一份别有用处。"马龙说。

"什么用处？"莱文问。

"怎么？"鲁索问，"难不成还得给你一份花销明细看看？"

"带着艾米出去吃顿晚餐，"马龙说，"不要操心这些。"

"给她买点高档的东西。"蒙蒂说。

"也别太高档。"马龙说。

鲁索拿出一支笔和一个厚的马尼拉信封："写上地址寄给自己，这样就不会有任何痕迹。"

他们回到车上，在一个邮局经停后，驱车前往迪克曼。

"如果泰迪给他们通风报信怎么办？"莱文问。

"那我们就玩完了。"马龙说。但他还是跟塞克斯通了电话，建议他派遣支援小组前往高桥花园，并向他汇报了"胖泰迪"成为线人的详细过程。

莱文紧张异常，就像一个身处教堂的妓女。

马龙并没有怪他——这是一次大行动，一次大规模抓捕，有可能他的整个职业生涯也仅有此一个能够拿到金徽章的机会。重中之重,因为莱文的天才想法,这次行动才会成为可能。

泰迪的电话响了。

蒙蒂接起来:"你们在哪儿?"

"迪克曼西面。"

"看到你了,"蒙蒂说,"是辆黄色的彭斯克(Penske)卡车?"

"正是。"

"开进来。"

这辆租来的卡车停进了胡同里。

一个盖世太保模样的家伙——长发蓄须,皮外套上带着摇滚歌手的头像——手里拿着霰弹枪从副驾驶位置钻了出来。他的脖子上文着一个纳粹的十字记号和"88"这个数字——希特勒万岁①的数字代码。

马龙想,这次交易对这个混蛋来说是双赢——既能赚取现金,还能给那些"低等人"提供自相残杀的工具。

蒙蒂钻出卡车,左手半举,右手拿着一个公文包。马龙和鲁索紧跟在蒙蒂身后,分散站在他的两边,故意暴露在射击路线上。

马龙注意到,"盖世太保"的态度有所迟疑:"我不知道还有白人。"

"只是为了让你感觉舒适一点儿。"蒙蒂说。

"我对这个情况一无所知。"

"你周围有很多黑人,"蒙蒂说,"只是因为现在是晚上,所以你看不到他们。"

---

① Heil Hitler,H 在罗马字母中排第 8,88 即希特勒万岁的简写。

"稍等。"他拨通了泰迪的电话。听到蒙蒂的口袋里传出手机的铃声,他才松了一口气,说:"好。"

"好,"蒙蒂说,"你给我带了什么?"

这时候,司机从卡车里下来,走到后面,打开了卡车的车厢。"盖世太保"开始拆板条箱的时候,马龙跟着蒙蒂一起往里看了看。里面的军火多得可以让凶杀组两年内忙得不可开交——左轮手枪、自动手枪、霰弹枪、自动步枪——一支AK冲击步枪,三支AR-15自动步枪,包括一支大毒蛇自适应步枪(Bushmaster)。

"都在这儿了。""盖世太保"说。

蒙蒂把公文包放到后挡板上,打开:"五万。要不要点一点?"

"这当然——"他点了点这些做了标记、已经登记在册的现金,"正好。"

马龙和鲁索开始卸车,把军火搬到了他们开来的酒水卡车上。

"告诉曼特尔,"蒙蒂说,"他能弄来多少,我们就要多少。"

"盖世太保"笑了:"只要你们能把它们用在'其他肤色人'的身上。"

蒙蒂情不自禁脱口而出:"也许还有警察。"

"对我来说,这没问题。"

是吗?对你来说真的没问题吗?马龙想。等你的肾脏被砸成果冻的时候,我们看看到底有没有问题。你这个吸食毒品、茹毛饮血、兄妹乱伦的乡巴佬。如果不是想把这次行动记在塞克斯和行动组的头上,我现在就想弄死你。

他们很快就卸完了货。

"需要带你出去吗?"蒙蒂问司机。

蒙蒂思虑周全。塞克斯通过罗经方位(Compass Points)装置监控着这个地方,但是如果他们能够给这个司机带路,就会提供一个开车行驶的平行视角。

"我们原路返回即可。"司机说。

"或者也可以从迪克曼这里直走到乔治·华盛顿大桥南面的亨利·哈德森大道,然后从95号公路回南方。"

"我们自己能找到路。""盖世太保"说。

蒙蒂摇了摇头:"如果我们想抢劫你们,早就在这里动手了,不会让你们回到高速路上的。"

"曼特尔会跟你保持联络。"

这辆彭斯克卡车倒出胡同,非常偏执地右转进入迪克曼。它非要穿越整个城市,然后再上高速。

马龙拨通了电话。

"嫌疑人从东面向迪克曼进发了。"

"我们看到了。"塞克斯说。

莱文咧嘴笑了。

"原地待命。"马龙说。

须臾,警报器响了——闹哄哄的。马龙和莱文来到大街上,警车上闪烁的红灯摇曳着胜利的光芒。

"嗯,"马龙说,"至少今天晚上,有两个母亲摆脱了被强奸的噩运。莱文,这是你干的真正的警察工作。"

"谢谢。"

"言归正传,"马龙说,"你今晚还让不少生命幸免于难。"

一辆车停在他们脚边,塞克斯从后排下来。他制服加身,并且新刮了胡子,看来已经做好上镜准备了:"我们有什么收获啊,警探？"

"跟我来。"马龙带着塞克斯来到了卡车后面。

塞克斯看了看军火的规模，惊讶异常，忍不住脱口喊道："老天爷！"

"给麦克吉文打电话了吗？"马龙问。一开始，塞克斯并没有让麦克吉文参与这次案件。因为高级警监同志在离职之前，肯定是他仕途上的绊脚石。

"没有，我给忘了。"塞克斯说，"他应该已经在来的路上了。"

他盯着军火若有所思。

马龙知道这对他意味着什么。毫无疑问，这是他职业生涯中的又一个闪光点，但塞克斯想的并不仅限于此。像其他案件一样，他仿佛已经看到了横陈的尸体、残酷的战争、失去至亲的家庭和令人悲伤欲绝的葬礼。

有那么一会儿，马龙差点儿爱上这个人。

于他自己而言，他感觉自己又做回了真正的警察，一个破获大案、守护辖区居民的警察，而不是一个叛徒。因为今晚成功破获的交易，马龙的王国内将会减少死亡和痛苦。

另一辆车载着麦克吉文到了。

"干得漂亮，先生们！"他大声喊道，"干得漂亮，警监同志！今晚，身为一个纽约警察局的警官，是不是感到无上荣光啊？"

他走近塞克斯："那笔赎买金没丢，对吧？"

"是的，长官。"塞克斯说。

更多的车开了过来，是犯罪现场的工作人员以及行动组的同志们。大家开始拍照留念，并且把缴获的武器进行清点登记。

所有笔头工作结束之后,塞克斯做了让每个人大吃一惊的决定:第一场,所有人都到柏林酒馆畅饮,他买单。

第一场后肯定有第二场、第三场,甚至更多,可是在这胜利的夜晚,谁又会在乎呢?

第五场或者第六场的时候,马龙发现自己和塞克斯在酒吧里觥筹交错、推心置腹。

"如果有人问我,"塞克斯说,"谁是我曾经共事过的最好和最坏的警察,我会说,是丹尼·马龙。"

马龙向他举起了酒杯。

塞克斯举杯,两人一饮而尽。

"以前从没见过你穿制服出任务。"马龙说。

"我在八七分局做了三年卧底,"塞克斯说,"你相信吗?"

"不信,除非我亲眼所见。"

"那三年,我总是担惊受怕。"

"别扯了。"

"我向天发誓,"塞克斯说,"今晚你们很棒。马龙,我实在是不愿想象,如果这些军火流到街头,后果会有多严重。"

"德文·卡特很不高兴。"

"让他滚吧。"

马龙开始大笑起来。

"怎么了?"塞克斯问。

"我一直在回想一个场景,"马龙说,"蒙蒂、鲁索、比利还有我,以及其他六个下了班的警察就在这个酒吧喝酒。一个黑人小孩——没有冒犯你的意思——拿着一把枪从门外走了进来,大喊'抢劫'。这应该是世界上最笨的家伙了,是不是?他肯定是第一次作案，因为看起来只有十九岁，而且非常紧张。他举着枪，麦克坐在吧台后面，静静看着他。突然间，这个可怜的孩子发现，有十二支枪同时指着自己。警察们大笑起来，并喊道'滚吧！'这个孩子瞬间转身冲出了门。我们大家又继续开始喝酒，根本没想去追他。"

"但是你们并没有开枪。"

"他只是个孩子，"马龙说，"我的意思是，什么样的人会笨到去一个警察酒吧抢劫呢？"

"一个绝望的人。"

"我猜也是。"

"这就是我们俩不同的地方，"塞克斯说，"我很可能去追他。"

他们周围跟舞会几无二致。蒙蒂随着音乐的节拍在独自摇摆，鲁索和艾玛·弗林在推杯换盏，莱文在桌子上冲浪，"婴儿脸"在和一群便衣警察玩投杯球游戏[1]。

马龙仿佛听到了世界崩塌的声音。

他要背叛在场的这些人。

他要帮联邦调查局抓一些警察。

马龙在吧台上放了二十美金，然后说："我得走了。"

---

[1] Beer Pong，一种桌游。在桌子两侧放置复数水杯，玩家把球投进对方阵地的杯里，双方有次序地互投，一方先把对方阵地中的杯全数投进为胜。通常情况下，游戏需要四人分两队进行。一般用十个胶杯，并且布置成三角形，放在桌子两侧。每杯倒入大约四分之一杯的水。被投中的杯必须移离阵地，放在左右两侧，当余下杯数到达一定数量时，便需要重新排列成三角形。其中一方最后的杯被投进时，此队可享有一次扳平机会，不失任何一球把余下全杯投进便成平手，若扳平便需要进行延长赛。

"这还是那个丹尼·最后离场的·马龙吗?"塞克斯问。

"当然。"

我必须在有一丝醉意之前离开,不然我肯定会开始胡言乱语,口无遮拦泄露自己的罪行,告诉这个酒吧里的每个人,我是一个什么样的混蛋。

莱文看到他起身,喊道:"马龙,你不能走!"

马龙朝他挥了挥手。

"马龙!"莱文大喊。他举起啤酒杯,"大家听着。嘿!你们这些混蛋,听我说几句!"

"明天他肯定会为今晚的放纵懊悔。"塞克斯说。

"犹太人酒量不行。"马龙说。

莱文看起来就像自由女神,把啤酒杯举在头顶,就像举着一支火炬:"行动组的女士们、先生们,我来给大家重新介绍一下丹尼·马龙:他是厚颜无耻、身残志坚却又让罪犯们胆战心惊的城市守护神,北曼哈顿之王。国王万岁!"

塞克斯朝着马龙微笑。

"你是个不错的人,警监同志。"马龙说,"虽然我不太喜欢你,但是你这个人确实不错。帮我照顾好这些人,好吗?"

"这是我的工作,"塞克斯说完,环顾吧台一周,"我喜欢这些混蛋。"

我也是。马龙想。

他转身离开了。

他不再属于这里。

他也不再能去克劳德特的住处。

他黯然回到自己的公寓,抓起一瓶尊美醇,将里面的剩酒一饮而尽。

第十七章

新闻吹风会看起来像一场查克小屋（Chuckle Hut）的即兴表演晚会①。

绝对经典。马龙想。

军火摆在桌子上，贴着"注意安全"的标签，看起来有一种致命的魅力。台上站着一排身着制服、等待轮流发言的高官。除了一夜未眠仍精神抖擞的塞克斯和麦克吉文，还有侦探总长尼利（Neely）、巡逻总长伊萨多（Isadore）、警察专员布雷迪（Brady）以及副警察专员和市长。令马龙倍感意外的是，汉普敦教士也在台上。

麦克吉文首先发言，他王婆卖瓜，自我褒奖他分管的部门劳苦功高，然后向大家介绍了即将发言的塞克斯。塞克斯从专业的角度解释了这次行动的目的、缴获武器的过程，也向大家表达了自己对于行动组全体人员团结协作、攻坚克难并最终夺取胜利的欣慰之情。

之后，他把麦克风递给了警察专员。专员又将整个警察局都表扬了一通，然后强调，大家要戒骄戒躁、砥砺前行。他多此一

---

① 出席者都可上台唱歌、演奏或表演滑稽说笑。

举的原因,其实就是为了让市长多等一会儿。

终于,佐纳拿到了麦克风。他将功劳归于市政厅内外的每一个工作人员,当然,首当其冲的是他自己。他强调,警察局和市政厅协同作战,保护着大家的人身安全,守护着整个城市的安宁祥和。然后,他把话筒递给了令人尊敬的教士。

马龙觉得,这些冠冕堂皇的话筒直令人作呕。但是当教士开始宣讲社区、非暴力以及暴力事件的经济根源,并且解释社区为什么需要"计划而不是屠杀"(根本没人懂得到底是什么意思)的时候,马龙真的快要吐出来了。最后,教士给大家解释什么是"钢丝上的舞者":他一边督促警察们要努力工作,一边又警告他们不要做得太过。

总而言之,马龙想,这是一场很棒的表演。

即使是代表纽约南区、致力于打击州际军火交易的检察官伊沙贝尔·帕斯,看起来也对这场表演充满兴趣。

马龙的电话铃声响了,他看了看屏幕,是帕斯的来电。他的视线穿过拥挤的大堂,落在了帕斯身上。她在电话里说:"不要以为这件事会给你任何助益,你这个废物。我还是要抓腐败的警察。"

"这个想法从未像现在这么迫切,对吧?"马龙盯着她说,"市长看起来很想抓警察专员,我觉得。"

"警察,录音,现在。"

电话挂断了。

在行动组的更衣室里,托雷斯找到了他。

"我们需要单独聊聊。"托雷斯说。

"好。"马龙回答。

"找个别的地方。"

他们步行穿过街道,来到了圣玛丽(St. Mary's)绿叶成荫的庭院里。

"你真是个混蛋。"托雷斯说。

很好,马龙想,托雷斯越生气,事情就越好办。愤怒会分散他的注意力,也让人容易露出破绽。他站在马龙对面,两个人的脸都快贴在一起了。

"离我远点儿。"马龙说。

"我真该狠狠戳你屁股。"

"我可不是你的女朋友。"

托雷斯的声音开始变得刺耳:"都是你干的好事!为何要突袭那批军火?还在迪克曼动手?那可是我的地盘。你应该离高地远一点儿!"

"交易是在我的地盘上开始的。"

"混蛋,你刚把自己的地盘交给卡斯蒂略了。"托雷斯说,"没有枪,卡特怎么应付他?"

"坐以待毙?"

"马龙,我本来能从这次交易中拿到一笔佣金。"

"看来你的美梦泡汤了。"

"马龙,不要断我财路!"

"好,好,"马龙说着,蓦然间感到一丝恶心,为了拿到帕斯想要的资料,他开始玩起了文字游戏,"如果我补偿你的话,需要什么价码?你的佣金是多少?"

托雷斯冷静了一点儿,然后就开始上钩了:"一万五。这个月卡特还有三千没有付给我。但是现在,我们把他的买卖给搞砸了。"

"我的那份你也想要吗？"

"不，你可以留着，"托雷斯说，"我什么时候能拿到属于我的那份？"

"在停车场等我。"马龙说。

马龙回到办公室，从落地柜里拿出一万八，并装进一个信封。几分钟后，托雷斯鬼鬼祟祟钻进了副驾驶。在汽车的有限空间内，马龙可以凭气味辨别出这个人——气息里有过期的咖啡味儿，衣服上有淡淡的烟草和刺鼻的古龙香水味儿。

托雷斯说："如何？"

马龙想，现在放手还不算太晚，他不想伤害任何一个警察兄弟，即使是像托雷斯一样混蛋。在托雷斯拿到钱之前，他们根本无法掌握他违法犯罪的真凭实据，他只是口无遮拦地说了一些废话而已。

一朝越界，便再也无法回头。

"嘿，马龙，"托雷斯急切地问道，"你给我带了些东西，对吧？"

是，我给你带了些东西。马龙想。然后将一个信封滑入托雷斯的手里："这是你的钱。"

托雷斯把信封放进了口袋："帮我个忙？别再自找麻烦了，你也放卡特一马。相信我，卡斯蒂略比他更坏。"

"卡特已经过时了。"马龙说，"只是他自己还不知道罢了。"

"不要再次骗我，丹尼。"

"那你得好好巴结我。"

托雷斯下了车。

马龙打开衬衣，检查了一下录音装置。一切正常，两人的这次交易被成功录音。托雷斯现在已经是一具行尸走肉了。

你自己也不例外。马龙想。

曾经的那个马龙已经彻底死了。

然后他驱车前往市区，把录音带寄给了奥德尔。一路上他做着激烈的思想斗争，有那么十几二十次，他都想丢下录音带一走了之。他思来想去，觉得如果自己那样做了，那么蒙蒂和鲁索就会被拖入这趟浑水。所以，这是一道在他们和托雷斯之间的选择题……

温特劳布迫不及待地把录音带放进播放机，马龙仔细听着——

"你干的好事！为何要突袭那些军火？而且还在迪克曼动手？那可是我的地盘。你应该离高地远一点儿！"

"交易是在我的地盘上开始的。"

"混蛋，你刚把自己的地盘交给卡斯蒂略了。没有枪，卡特怎么应付他？"

"坐以待毙？"

"马龙，我本来能从这次交易中拿到一笔佣金。"

"看来你的美梦泡汤了。"

"马龙，不要断我财路！"

"好，好，如果我补偿你的话，需要什么价码？你的佣金是多少？"

"做得好，马龙。"温特劳布说，"你要抓住这次机会。"

"一万五。这个月卡特还有三千没有付给我。但是现在,我们把他的买卖给搞砸了。"

"我的那份你也想要吗?"

"不错的试探。"温特劳布评价。

"不,你可以留着,我什么时候能拿到属于我的那份?"

"你是不是给了他指定的那些钱?"温特劳布问。
"当然。"
"那证据坐实了。"温特劳布说。
奥德尔称赞道:"干得漂亮,马龙。"
"滚。"
"眼前这个人负罪感满满,只是因为他刚刚掀翻了一个参与毒品交易的警察。"温特劳布说,"托雷斯罪有应得。"
"他会承担什么后果?"马龙问。
"我们会把他带到一个乡村农场,在那里,他会很欣慰地跟其他腐败的警察一起玩耍,"温特劳布说,"你还想要什么后果?"
"够了,"奥德尔说,"丹尼——"
"别跟我说话。"
"我理解你的感受。"
"别扯淡,你根本不理解。"
说完,马龙离开了屋子,空荡的走廊里充斥着他的脚步回声。

天哪！他想：你到底干了什么！

你出卖了一个警察兄弟！

你可以自我安慰：你已经别无选择，不得不做，是吧？为了家人，为了克劳德特，为了你的搭档们。是的，你可以自圆其说，事实如此，但是，这些借口的说服力再强，也无法掩盖你刚刚出卖了一个警察兄弟的事实。

突然间，他感觉整个门厅都在旋转，两条腿像灌了铅一般动弹不得。他紧贴在墙壁上，用力抓着什么，好像只有这样才不会坠入万丈深渊。最终，他弯下腰，把脸埋在了双手之中。

比利过世之后，这是他第一次痛哭流泪。

第十八章

一袭白色长裙,黑皮肤的克劳德特美得无以复加。

白色紧身衣服让她的好身材和黑皮肤一览无余,一对金色耳环,红唇膏,1940年代的复古发型上配着一朵白花。

这种美让人心荡神驰、热血沸腾,却又瞠目结舌。

马龙再一次深深爱上了她。

他们来了一次真正的约会。

她是对的,他承认。不管过去有什么借口,他总是在刻意隐藏她,让她带着疑虑和毒瘾独自过活。

现在,他才不管其他人怎么想。

纵然总局的那些红脖子①不喜欢这些行为,他也不会理睬半分。如果黑人兄弟们觉得他会因此而有所通融的话,那么他们很快就会明白,这是痴心妄想。

还有一个更重要的理由。

他需要她。

在设计陷害了混蛋托雷斯这样的警察兄弟之后,他更加需要她的抚慰。

所以,他拿起电话拨通了她的号码。当他说"我是来自北曼

---

① 指的是美国南方保守的露天劳动者。

哈顿的马龙警探"时,出人意料地,她并没有当即挂掉电话。

片刻沉默之后,她说:"有什么可以帮您的,警探。"

听音辨形,他知道,她没有吸毒。

"我知道已经很晚了,"他说,"但是今晚我在让·乔治①预订了位置,却没有人愿意和木讷、迟钝的我共进晚餐。而且我很确定,像您这样一位美丽的女士肯定早有安排。但是,我觉得我还是应该尝试着邀请您,今晚是否可以赏脸跟我共进晚餐呢?"

在她打破沉默之前的这段时间,他像热锅上的蚂蚁一样煎熬。最终她说:"让·乔治的位置不太好订。"

太棒了!他想。他必须提醒餐厅领班,在这件特定的事情登上《邮报》第六版(八卦版)之前,必须保持低调。"我刚刚告诉他们,我有机会——只是有机会——邀请整个纽约最漂亮、最有魅力的女士过来进餐,结果他们表现得特别殷勤。"

"言过其实了吧。"

"油嘴滑舌不是我的强项。"马龙说,"怎么样,去不去?"

又一阵令人窒息的沉默之后,她说:"非常乐意。"

他想带她去让·乔治,是因为他知道,她喜欢与法国有关的一切。

根据查格指数②,让·乔治属于米其林三星酒店,不仅价格昂贵,而且如果不是明星警察,订到位置的可能性几乎为零。但是,预订位置的人是马龙,一个即使穿着名牌西装,在这个不可

---

① Jean-George,现今世界最杰出的大厨之一。他在纽约市的六家餐厅总共从《纽约时报》赢得了前所未有的 20 星。
② Zagat,创立于 1979 年,用来收集全世界食客对所去餐厅的评价。此评级制度的满分为 30 分,由食物、装饰、服务和价格构成。除了数字分数外,该调查也包括一小段从评论者的描述性文字中挑选出来的具有代表性的意见。

思议的地方也仍会有点儿紧张的明星警察。相反,克劳德特却显得很淡定。

看起来,她就是为大场面而生的。

服务生也有同感。他全程几乎只跟克劳德特交流,征求她对菜品的意见。而克劳德特举手投足间看不出任何生疏感,一切驾轻就熟。她轻声点了红酒和配菜,马龙也参照她的点了相似的。

"你是如何懂得这些的?"他问她。一边问,一边品尝着鱼子酱和香草口味的烤蛋黄,他从没想过,世界上竟然会有如此美味的东西。

"不管你相不相信,"她说,"你不是第一个跟我约会的男人。我曾经在110街南部约会过,天哪,有五六次甚至七次的样子。"

他感觉自己就像个白痴:"继续,继续扎我的心,这是因果报应。"

"是的,"她说,"但是我现在很高兴,宝贝,谢谢你能带我来。这里实在是太漂亮了。"

"你最漂亮。"

"看,你比以前表现得好多了。"

马龙拿起缅因龙虾①,克劳德特开始吃自己的烟熏雏鸡。

"你那是一只鸽子(也有受害者的意思)吗?"马龙问。

"这是一个受害者,"她说,"难道你不想复仇吗?"

他们没有谈论毒品,没有讨论"溜冰""抽烟"。现在她感觉好多了,看起来容光焕发。也许,她已经完全戒掉了毒品。餐

---

① 这种闻名遐迩的虾类产品从美国新泽西州到加拿大纽芬兰省均可捕捞,在中国市场,这种龙虾通常被称为波士顿龙虾。

后甜点,他们点了一款样品巧克力"试吃",其间,克劳德特说:"认识这么久,这是我们的第一次正式约会。"

"关键词是'第一次'。"

"以我们的日程安排来说,"克劳德特说,"找一个共同的时间太难了。"

"也许我应该缩短工作时间,"马龙说,"抽出一些时间来休息一下。"

"那真是好极了。"

"噢?"

"我会非常高兴的,"她说,"但是我们没有必要总是这样,你懂得,像今晚这样。"

"这样氛围很好。"

"宝贝,其实我想要的,只是多一些时间和你待在一起。"克劳德特说。

马龙起身佯装去厕所。实际他来找前台的女服务员,告诉她,今天晚上他想要真正结一次账。因为有些时候,你可以接受免费服务,但有些时候,必须要付钱。

如果带着女朋友出门,你必须买单。

服务员说:"经理刚才说——"

"我知道,"马龙说,"我很感激,但是我想要一份真正的账单。"

账单打出来之后,他付了钱,又在桌子上放了数量可观的小费,然后帮克劳德特拉出了座椅:"我猜你可能想去烟嗓俱乐部。李·德拉利亚(Lea DeLaria)今晚在那儿驻唱。"

其实马龙根本就不认识这个人,只知道她是个歌手。他上网查了查资料,提前做了做功课。

"我爱这个,"克劳德特说,"我爱她。但是你不喜欢爵士乐。"

"今晚是你的专属之夜。"

烟嗓爵士和晚餐俱乐部(The Smoke Jazz and Supper Club)在106上街和百老汇交界处,就在马龙地盘的后面。这里面积不大,大约有五十个座位。马龙已经提前打电话订了位置,以防克劳德特真的想去。

他们被安排到了一张二人桌前。

德拉利亚在男低音、架子鼓、钢琴、萨克斯的配合下唱着标准唱法。克劳德特假装很夸张地说:"这个白人女子太会唱了,天哪,天哪!"

"你这是种族歧视。"

"做人要坦诚,宝贝。"

在歌唱间隙,德拉利亚低头看着克劳德特,问道:"亲爱的,他对你好吗?"

克劳德特点点头:"非常好。"

德拉利亚看着马龙:"你最好对她好点儿。不然的话,她这么漂亮,我会把她从你手里抢走的。"

然后她开始演唱《雨天晴天》。

我会独一无二地爱着你,
无论雨天还是晴天,
或悲或喜,我们永远都在一起,
无论雨天还是晴天……

特雷被人前呼后拥着进来时,拥挤的人潮中涌起一阵骚乱。

他走向自己的座位时,德拉利亚点头跟他打了个招呼。这位嘻哈巨星看到了马龙和克劳德特,向马龙点头致意。

马龙颔首回应。

"你认识他吗?"克劳德特问。

"我偶尔会为他工作。"马龙说。现在好了,全世界都知道,该死的丹尼·马龙正和一个黑人女孩约会。

"想见见他吗?"马龙问。

"不太想。"克劳德特说,"我对嘻哈不怎么感兴趣。"

接下来会发生什么,马龙心知肚明,而事实确实也如他所料。特雷按例送来了见面礼:一瓶水晶香槟①。

"你为他做什么工作?"克劳德特问。

"安保。"

德拉利亚切歌,开始唱《你不懂什么是爱》。

"比莉·哈乐黛。"克劳德特说。

她已经完全沉浸在歌声里了。

马龙看了看那边的特雷,特雷也在重新打量着他,似乎在想:眼前的这个人到底是谁?

马龙想:其实,我也想知道自己是谁。

白色长裙从克劳德特身上滑落,就像雨水从黑曜石上淌过。

她的嘴唇丰满、温润,脖子上有着淡淡的麝香。

---

① 水晶香槟外包有一层金黄色的塑料纸。该纸只有在饮用前才能打开。因为水晶瓶是清洁透明的,不像其他香槟瓶子是绿色或棕色,挡不了太阳的紫外线,所以需要另加一层保护膜。水晶香槟的品质由于极端精致,据说,如把金黄塑料纸打开,放在太阳下十五分钟就会变质,但该酒在黑暗的地窖中起码可放二十至三十年。

做完爱她就睡了。他躺在床上,从她的窗户看出去,脑海里想起了几句歌词——

  在用无眠之眼面对黎明之前,
  你根本不懂什么是爱……

第十九章

手机铃声又一次响起。

马龙继续不予理会,翻过身抱着克劳德特,把脸埋在她脖子的甜蜜港湾里,试图继续做美梦。突然间,理智占了上风,他起身看向手机屏幕。

电话是鲁索打来的:"听说了吗?"

"听说什么?"马龙问。

"托雷斯。"鲁索说。

马龙心头一惊,问道:"出事了?"

"饮弹自尽。"

就在北曼哈顿的停车场外,鲁索告诉他,两个制服警察听到枪声,跑出来发现托雷斯死在自己的车上。汽车的引擎还发动着,空调温度很高,收音机里播放着骚沙音乐(Salsa Music),托雷斯迸裂的脑浆四散喷射在后挡风玻璃上。

没有遗言。

没有任何消息。

没有刹车痕。

托雷斯就这么走了。

"到底是什么原因能够让他如此决绝?"鲁索问。

个中原委,马龙再清楚不过。

联邦调查局肯定给他施加了压力:要么成为叛徒,要么去坐牢。

托雷斯也用自己的方式给了他们一个回应。

这个凶残成性、卑鄙无耻、满嘴胡话、品行不端的种族歧视者,混蛋托雷斯,给了他们一个再正确不过的回应。

你们去死!我要像个男人一样骄傲地离开。

此刻,马龙已困意全无。

"怎么了?"克劳德特根本就睁不开眼睛。

"我必须得走了。"

"这么快就到时间了?"

"一个警察自杀了。"

马龙破门而入,一把抓住奥德尔衣服上的翻领,把他从椅子上拽起来,拖拉着向墙边走去。

"我一直在打电话联系你。"奥德尔说。

"混蛋。"

温特劳布跳了过来,想要阻止马龙。马龙回过头,用死神般的眼神盯着他,好像是在说:如果不怕死,你就过来,我连你一起揍。温特劳布被这个眼神吓得后退了好几步,有气无力地说:"冷静,马龙。"

"你们做了什么?"马龙问,"试图让他叛变?也让他成为你们的线人?还是想在他的警察兄弟们面前拷上他,让他游街示众,被人大声叫骂?是不是还跟他说坐牢后,他的家人会承担什么后果?"

"我们只是做了本职工作。"

"你们杀了一个警察。"马龙向奥德尔吼道,激动地喷了他一脸口水:"你就是个该死的警察杀手。"

"在我得到消息的那一刻,我就给你打电话了。"奥德尔说,"这件事不应该怪我们,也不能怪你,而是应该怪他自己。他自己做出了最终的选择。"

"或许,他做出了正确的选择!"马龙说。

"不,这不是。"奥德尔说,"他根本就没有勇气面对自己的所作所为。而你不同,马龙。你的选择才是正确的。"

"我的选择就是杀了一个警察兄弟!"

"托雷斯以最懦弱的方式退出了。"温特劳布说。

马龙一脚踢碎了一把椅子,凑近温特劳布的脸说:"谁允许你这么说话了?!你再敢这么说试试?跟托雷斯朝夕相处的那个人,是我。你在哪儿呢,嗯?享用着丰盛的午餐?跟你的女人同床共枕?"

"别闹了,你根本就不喜欢那家伙。"

"的确如此。但是,他是一个警察。"马龙说,"而且,他并不懦弱!"

"你说了算。"

"坐下,丹尼。"奥德尔说。

"你坐下!"

"你怎么了?这么激动?"奥德尔问,"是不是什么东西吃多了?"

六片苯丙胺,又吸了一点儿。"给我进行尿检啊!如果是阳性,你就把这条也加进对我的起诉里,如何?"

"冷静点儿。"

"我凭什么要冷静?!"马龙大吼,"你觉得这件事情就到此为止了吗？你不会以为这件事根本就不会有什么流言蜚语吧？难道大家不会觉得这件事情疑点重重？而且，该死的内务部也会就此插手！"

"我们来处理这些。"

"怎么处理？就像你们对待托雷斯一样？"

"托雷斯事件不是我的错！"奥德尔说，"如果你再称呼我为'警察杀手'，我就——"

"你就怎么样？"

帕斯走了进来，看着剑拔弩张的三个人说："你们这些娘娘腔发完脾气了吧？现在开始工作。"

马龙和奥德尔还是怒目相对，一场近身战一触即发。

"好了，你们俩谁说了都不算，"帕斯说，"我说了算。所以，坐下吧，先生们。"

他们坐了下来。

"一个肮脏的警察选择了自杀。该死，我们不能再过分纠缠谁对谁错，当务之急是控制这件事情的影响。托雷斯在取消约定之前跟什么人聊过吗？是不是告诉某个人他被调查了？马龙，去查查大家都在说什么。"

"不去。"

"不去？"帕斯问，"老人家，你现在内心是不是充满了悔恨？难道是一种爱尔兰天主教式的原罪吗？你是不是想爬到十字架上面，然后把自己钉在那里？请冷静一点儿，马龙。无论事态如何发展，我更希望你能成为一个幸存者。"

"你的意思是，成为犹大。"

"不要妄自菲薄，马龙，"帕斯说，"坚持下去。我想知道的，只是你的警察兄弟们是如何议论托雷斯的，他们肯定会对这件事说三道四。他们跟你说了什么,你来告诉我们,就是这么简单。这件事还有我没考虑到的问题吗?"

你没考虑到的问题太多了。马龙想。

"还有,我们需要确认,托雷斯自杀是不是因为别的原因。"帕斯说。她看着马龙,"酗酒?吸毒?婚姻问题?财政问题?"

"据我所知,这些理由都不成立。"

托雷斯赚钱的门路很多。他有一个妻子,三个孩子。而且,他在高地至少养了三个情人。

"关于调查,如果已经流言四起,"帕斯说,"那么你正好可以乘机脱身,马龙。你的兄弟警察们会认为,叛徒已经死了。他无法承受这份罪责,选择自行了断。这也为你以后的行动扫清了障碍。"

"我还要干什么?"马龙问,"你已经得到了你想要的。"

"我们需要更多他违法犯罪的证据。"帕斯说,"我们要证明,他不单单是从一个警察手里拿钱,而是一批。我们需要他的多项罪状。托雷斯有没有大吵大闹?"

"你们跟托雷斯谈过了吗?"

"他说会给我们一个答复。"温特劳布说。

"他已经给了,是吧?"马龙说。

行动组里已乱成一团。

马龙到达北曼哈顿的时候,多辆新闻采访车早就虚位以待。他突破了记者们的层层包围,嘴里重复着那句敷衍的"无可奉告",然后冲进了充斥着流言、愤怒和恐惧的大楼。制服警察们正在办公桌前谈论这次不幸的事件,当马龙从他们身边走过上楼的时候,他们的灼灼目光一直跟着他。

他知道他们的想法——马龙肯定知道些什么,马龙总是知道些什么。

兄弟们聚集在他的办公桌前——鲁索、蒙蒂和莱文。他进门的一霎,他们抬头看着他。

"你去哪儿了?"鲁索问。

马龙没有正面回答问题,而是问道:"有人去找法医了吗?"

"麦克吉文已经办了。"鲁索说完,朝着塞克斯的办公室扬了扬下巴,高级警监先生正在盯着塞克斯打电话。

"内务部插手了?"马龙问。

"他们想要跟行动组的每一个人都谈谈。"蒙蒂说。

"我们都被叫了进来。"莱文说。

"那我们统一口径,就这么说,"马龙说,"我们什么都不知道。关于酒精、毒品、金钱、家庭矛盾,一概不知。如果他的团队想开口,让他们去说。"

他走过去,敲了敲塞克斯办公室的门,没等回应,径直闯了进去。

麦克吉文把一只手搭在了他的肩膀上,说:"天哪,马龙。"

"我知道。"

"到底发生了什么事?"

马龙耸了耸肩。

"真是耻辱。"麦克吉文说。

"你跟法医谈过了吗?"

"让他把车门开着,伪造成车祸现场。"麦克吉文说。

"这是您能为托雷斯所做的最好安排。"马龙说,"但是对媒体我们怎么说?自杀吗?"

"真是耻辱。"麦克吉文重复道。

塞克斯放下电话,看着马龙说:"你去哪儿了,警探?"

"睡太沉,"马龙说,"没听到电话响。"

塞克斯看起来有点儿颤抖,马龙并不怪他——本来风平浪静的职业生涯,突然间遇上了肆虐的暴风雨。

"你还有什么能告诉我的吗?"塞克斯问。

"我刚到这儿,警监先生。"

"你没有察觉到任何蛛丝马迹吗?"塞克斯问,"托雷斯没透露消息给你?"

"我们关系就不怎么样,长官,"马龙说,"他的团队怎么说?加利纳、奥尔蒂斯、特妮丽……"

"什么都没说。"塞克斯说。

当然不会。马龙想,很好。

"他们还在震惊之中,"麦克吉文说,"一个警察被罪犯的子弹击倒就已经够让人难过了,更何况是现在这种情况……"

天哪,马龙想,他已经在准备自己的发言稿了。

塞克斯还是盯着马龙:"有谣言说,内务部在调查托雷斯。你知道这件事情的详细情况吗?"

马龙丝毫不畏惧塞克斯的眼光,说:"不知道。"

"所以你也不知道,"塞克斯问,"内务部可能调查托雷斯的原因是什么?"

"是。"

"抑或是说,被调查的对象是行动组的其他警察?"塞克斯问。

"长官,这里由你负责。"马龙说,言外之意显而易见——这件事如果深挖下去,那么你就是在自掘坟墓。

这时麦克吉文插话说:"先生们,不在其位,不谋其政。有些工作让内务部来做。"

"希望你能跟内务部通力合作,"塞克斯对马龙说,"包括你的整个团队。"

"这没什么可说的。"

塞克斯说:"让我们言归正传,马龙。从现在起,行动组唯你马首是瞻。你来发号施令,让大家对外统一口径。"

这种认可出人意料,感觉很不真实。

"我们不会刻意隐瞒什么,"塞克斯说,"我们也不会故意设置障碍,更不会草率行事,我们得自救。"

这正是我们要做的。马龙想。

"我们要做到公开、透明,"塞克斯说,"让他们随意调查。"

你这样做,他们会直接去调查你。"还有别的吩咐吗,长官?"

"去让大家统一口径吧,警探。"

遵命。马龙边往外走边想。他示意鲁索和蒙蒂跟他一起,来到楼下的办公桌前。"萨奇,让大家听我讲几句。"

"嘿,大家听好了。"

死一般的寂静。

"好吧,"马龙说,"我们都为托雷斯的事情感到难过,挂念他的家人,也为他们祈祷。但是现在,我们必须处理我们的本职工作。如果跟媒体对话,大家应该说:'托雷斯警官受人爱戴与尊敬,我们都会想念他。'这就行了。要彬彬有礼,但不要多嘴多舌。我知道,你们都不喜欢这样,没有人喜欢。但是如果你们中有人想依靠这件事成为电视或者媒体明星——我轻饶不了他。"

他停顿了一下,以确认大家都听进去了。鲁索和蒙蒂用坚定的眼神给予他强有力的支持。然后他接着说:"听着,在你们的辖区内,肯定会有些家伙想要搞庆祝活动。不要做任何回应。他们在尝试着激怒你们,等待你们去犯错。但是我丑话说在前头,我不想你们中的任何人被暴力事件所纠缠。保持冷静,记住闹事人的面孔。等风头过了之后再收拾他们——我保证。

"如果内务部来调查,大家要配合。告诉他们实情,那就是,你们什么都不知道。这也确实是事实。你以为自己知道些什么和你确实知道些什么是完全不同的概念。给他们一些甜头,他们会不断过来骚扰我们。但是如果我们一无所知,他们别无所求,自然就放弃了。还有什么问题吗?"

没有问题。

"很好,"马龙说,"我们是该死的纽约警察局警察。干活!"

这些话本应该是警监讲的,可是他并没有履行职责。马龙回到楼上,看到了托雷斯的搭档加利纳站在他的桌旁。

"出去走走吧。"马龙说。

他们从后门出去,避开了媒体。

"到底出了什么事?"马龙问。如果托雷斯跟某个人说了什么,这个人非乔治·加利纳莫属。他和托雷斯关系极其密切。

"我不知道。"加利纳说。很明显,因为害怕他已经开始颤抖,"昨天他很安静,这很不正常。"

"但是他却没说什么?"

"他在车上给我打了个电话,"加利纳说,"只是说,他想跟我告别。我当时问他:'拉夫,这是什么意思?'而他只是说:'没事。'然后就挂了。"

马龙想,这个人在下定决心了结自己生命的时候,没有给妻子打电话,而是打给了自己的搭档。

这就是警察啊。

"内务部在调查他吗？"马龙问，感觉自己好卑鄙。

"没有，"加利纳说，"如果有，我们肯定都知道了。接下来该怎么办啊，马龙？"

"解决这件事。"马龙说，"对待这件事要像对待一张普通的停车罚单一样。小心内务部，明哲保身。如果他们污蔑托雷斯，我们就让媒体来对付他们。"

"我听你的。"加利纳说。

"托雷斯把钱放在哪儿？"

"到处都是。"加利纳说，"我这里有十万，买了基金。"

"这个情况格洛丽亚知道吗？"最不想发生的事情便是，一个寡妇为金钱所困。

"是的，我会提醒她的。"

"她怎么样？"

"一团糟。"加利纳说，"本来她已经在考虑离婚了，但是她还爱着他。"

"联系他的情人们。"马龙说，"给她们一些现金，告诉她们注意自己的言行。也要让她们知道，去参加葬礼可不是明智之举。"

"好的，我明白。"

"你得冷静下来，乔治。"马龙说，"内务部对于恐惧的嗅觉，就像鲨鱼对鲜血的嗅觉一样灵敏。"

"我知道。但是如果他们想要对我进行测谎呢？"

"给你的代理律师打电话，他会告诉他们滚开。"马龙说，"你还沉浸在悲痛之中，你很震惊，你现在的状况不适合测谎。"

但是加利纳还是很害怕："马龙，你觉不觉得内务部在调查他？天哪，你不觉得拉夫已经叛变了吗？"

"托雷斯？"马龙问,"绝对不可能。"

"那他为什么对自己这么决绝？"加利纳问。

因为我出卖了他。马龙想：因为我将他置身于水深火热之中,是我逼他扣动了扳机。

"谁知道呢！"马龙说。

他回到办公楼里,麦克吉文在等他。

"这件事很糟糕,丹尼。"麦克吉文说。

废话,确实很糟糕。马龙想。事情有可能比他想象的还要糟糕。因为作为一个警察局的高级警监,比尔·麦克吉文比市政议员更应该为这件事担责,而且看起来,他已经害怕了。

须臾之间,他已老态尽显。

他面如白纸,满头白发看起来就像阿司匹林药瓶的瓶盖,血红的脸颊看起来有些静脉曲张。

麦克吉文开口说道："如果内务部在调查托雷斯……"

"并没有。"

"万一调查了呢？"麦克吉文问,"他会告诉他们什么？他又知道些什么？他知道关于我的事情吗？"

"我是唯一一个给你信封的人。"马龙说——就整个行动组来说。

但是很不幸,托雷斯知道这件事。

这是一个公开的秘密。

"你觉得托雷斯是不是叛变了？"麦克吉文问。

"即使他叛变了,你也不需要担心什么。"马龙说,"你从没跟他谈过生意,是吧？"

"没有,这倒是真的。"

"内务部给你打过电话吗？"马龙问。

"他们还没这个脑子,"麦克吉文说,"如果有人说……"

"不可能的。"

"行动组可靠吗,丹尼?都是讲义气的人吧?"

"绝对。"马龙回答。至少他是这么希望的。

"我听到一些谣言,"麦克吉文说,"不是内务部,而是联邦调查局在调查托雷斯。"

"哪个联邦调查局?"

"南区,那个西班牙娘们儿,她野心很大,丹尼。"

麦克吉文的话听起来令人不舒服。好像有野心使她脾气比较乖戾,也好像有野心让她变成了妓女。

马龙也恨这个女人,但是两人恨的原因不同。

"她想颠覆整个警局,"麦克吉文说,"我们不能不作为,眼睁睁看她这么做。"

"我们甚至不确定是不是她做的。"马龙说。

麦克吉文根本就没听他说了些什么。他说:"我还有两年就退休了,我和珍妮在佛蒙特①买了一个小木屋。"

萨尼贝尔岛②上还有一套大公寓,马龙想。

"我想在小木屋里享受退休生活,"麦克吉文说,"而不是在监狱里。珍妮身体不太好,你也知道。"

"很抱歉听到这个消息。"

"她离不开我,"麦克吉文说,"不管我们还剩多长时间……

---

① Vermont,美国东北部新英格兰地区一州,别名"绿岭之州",以美丽的景色、奶制品、枫糖浆和激进的政治而著称。

② Sanibel Island,位于佛罗里达西侧的墨西哥湾中,是一个沿着陆地方向延伸的狭长岛屿,这里最出名的两个特色,一个是贝壳,另一个是水鸟。

我就指望着你了。希望你能顺利解决这件事,做你必须要做的。"

"遵命,长官。"

"我相信你,丹尼,"麦克吉文把手放在马龙的肩膀上,语重心长地说,"你是个好人。"

对。马龙想着,走开了。

我是国王。

为了维持这个头衔,马龙想,可能以后要付出很大的代价。

一则,街头巷尾都会议论纷纷。每一个受过托雷斯欺负或者被他殴打过的半吊子毒贩都会站出来讲述自己受辱的故事,因为他们再也没有必要怕他了。

然后,那些被他弄进监狱的家伙就会在自己的牢房里叽叽歪歪:托雷斯是个肮脏的警察,他在证人席上撒谎了。我要求重审自己的案件,不,我要求取消对我的刑罚。

如果最终证明,托雷斯是肮脏的,那么,这对于刑事辩护律师来说无异于《充分就业法案》——机会多多。这些混蛋肯定会要求重审托雷斯碰过的每一宗案件,甚至,有可能是行动组碰过的每一宗案件。

出现这个结果的可能性不是没有。千里之堤,溃于蚁穴。加利纳已经在颤抖了,如果他被调查,他不仅会推翻自己团队的案件,还会推翻每个人的案件。

多米诺骨牌效应,整个行动组会瞬间崩塌。

所以我们不得不赶紧解决这件事。

不是我们,混蛋,是你。

你是整个事件的始作俑者。

马龙是最后一个被内务部传唤的人。

兄弟们都按照他预先的指示作了回答。鲁索告诉他:"他们什么情况也没掌握,什么都不知道。"

"他们派谁来了?"

"布利西(Buliosi)和亨德森。"

亨德森,马龙想,谢天谢地,可以松口气了。

他进了屋。

"请坐,马龙警探。"布利西说。

理查德·布利西是一个典型的内务部混蛋。也许是脸上的痘疤才让他得以进入这个部门,马龙想,但是这个家伙有意与全世界为敌。

马龙坐了下来。

"有什么可以告诉我们的,"布利西说,"关于托雷斯警探貌似自杀的事情?"

"不太多,"马龙说,"我对他了解并不多。"

布利西用怀疑的眼神盯着他:"你们可是在一个部门啊。"

"托雷斯主要负责高地和因伍德地区,"马龙说,"我的团队主要负责哈莱姆。"

"区别很大吗?"

"也许你会感到惊讶,"马龙说,"但是事实的确如此。如果在街头工作,你肯定会有切身感受的。"

他刚说出口,就后悔自己失言了。但是布利西没有揪住这点不放:"托雷斯是不是很沮丧?"

"我猜是吧。"

"我的意思是,"布利西说,开始有点儿恼火,"他有没有表现出情绪不高的迹象?"

"我不是个心理医生,"马龙回答,"但是据我观察,托雷斯还是那个一如既往的混蛋。"

"你们相处得不好？"

"我们相处得很好，"马龙说，"针尖对麦芒。"

你也要把自己卷进来吗，亨德森？马龙看着他，若有所思。我是不是要提醒你，在这场游戏里，你有没有做好自我防备呢？亨德森明白他的意思，说道："我听说，托雷斯在这里以'手段毒辣'而声名在外。这是真的吗，马龙？"

"在这里，如果你没有'手段毒辣'的名声，"马龙说，"那么你是混不长久的。"

"这是不是也说明，"亨德森问，"行动组在选拔警探的时候，也会以这种品质为参照标准？"

"我觉得是这样。"

"这就是行动组的问题所在，"布利西说，"这几乎就是为了惹麻烦而设计的标准。"

"你这是问我吗，长官？"

"如果是问题，我会直接告诉你的，警探。"布利西说。

这是你的想法。马龙想：但是现在，我们在讨论的是我想说什么，不是吗？

布利西问道："你知不知道，托雷斯有没有做了什么事情，对他的工作和未来产生了威胁？"

"这难道不是你们应该关注的问题吗？"

"我们在问你。"

"就像我刚才说的，"马龙说，"我不知道托雷斯在做些什么，也不知道他没有做过什么。"

"你难道没听到流言蜚语吗？"布利西问，"关于你们行动组。"

"没有。"

"他是不是拿别人的钱了？"

"不知道。"

"剥削毒贩子呢？"

"不知道。"

布利西问："真的？"

"真不知道。"

"你确定？"

"我也希望自己知道些什么。"马龙盯着对方的眼睛说。

"你应该清楚，"布利西说，"在内务部调查中撒谎的后果。"

马龙说："有可能面临部门内纪律性处罚，有可能被解雇，或许还会因为妨碍司法公正而面临刑事指控。"

"很好，"布利西说，"很遗憾，托雷斯去世了。你也没必要再保护他了。"

马龙顿时感到怒火中烧，真想狠狠扇这个家伙一耳光，让他闭上自己的臭嘴。"你真的感到遗憾吗？可我从你的表情上根本看不出来。"

"如你所言，你不是个心理医生。"

"当然，不过分析混蛋的表情也是我的工作之一。"

亨德森打断了两人的对话："够了，马龙。我知道你失去警察兄弟很伤心，但是——"

"下次，如果我能看到一个内务部的人饮弹自尽，那将会是破天荒的头一遭。"马龙说，"你们根本不会这么做，律师和特警也不会这么做。你们知道谁会吗？警察，只有警察，更确切地说，只有真正的警察才会这么做。"

亨德森说："这次就到这里为止，警探。为什么你不花一点儿时间，让自己重新振作起来呢？"

"我们会保留再次回访的权利。"布利西说。

马龙站了起来："我来告诉你们两个一些事情。我不知道托雷斯为什么要这么做，我甚至都不喜欢他这个人。但是，他是个警察，警局为此也蒙上了阴影。任何事情的发生都要分两面看。有时候，这种事情会发生得很突然，一个罪犯胡乱朝你开了一枪，仅此而已。其他时候，这种事情会发生得很缓慢，慢到你根本无法察觉。但是终有一天，一觉醒来，你会发现自己早已忍无可忍。托雷斯自杀——并不是通过这两种方式——是工作害了他。"

"你是不是需要看一看心理医生？"布利西问，"我可以帮你预约。"

"不必，"马龙说，"我现在需要的是尽快回到工作岗位上去。"

马龙在河畔公园的垒球场与亨德森碰了面。

"多谢你在问询的时候帮忙。"马龙说。

"但是你的态度不太友好，"亨德森说，"现在布利西盯上你了。"

"内务部不是一贯如此吗？"马龙说，"你们对每个真正的警察都心存芥蒂。"

"唉，谢谢你，丹尼。"

马龙的视线越过水面，看向河对岸的新泽西。他想，住在那边的唯一好处就是能看到纽约城的风景。"你们调查托雷斯了吗？"

"没有。"

"你确定？"

"用伟大的丹尼·马龙的话说，"亨德森说，"'我也希望我知道些什么'。不是我们。可能是联邦调查局。南区检察院向警察专员详细汇报了此事。"

天哪，马龙想，这些该死的家伙。"现在内务部接手了。这件案子值多少钱？"

"这可是头条新闻，丹尼，"亨德森说，"《新闻报》《邮报》，甚至《纽约时报》的头条。这件事可比那该死的贝内特枪杀案更有料——"

"那就更应该尽早结案，"马龙说，"你真的以为警察专员会愿意让你们对托雷斯开棺验尸？丑闻不会持久，但是警察总局的家伙在位时间可不会短，而且他们记性都很好。等风头过去，他们就会抽出时间来对付你。如果你有机会能熬到退休的话，顶多也就是保留现职。"

"你说的对。"

"我早就料到了，"马龙说，"我想知道的是它到底值多少？"

"我得请示布利西。"

"那你还站在这里干什么？"马龙问。

"天哪，马龙，如果我摇摆不定，有任何闪失，我会坐牢的。"

"如果加利纳再叛变的话，你觉得你会去哪里？"马龙问，"拉里，我来告诉你——我们是一根绳上的蚂蚱，不管我们去哪儿，你要跟着一起。"

他转身离开，将亨德森独自留在那儿欣赏对岸的新泽西景色。

"干得漂亮！"帕斯说，"你是在很认真地告诉我们，内务部也要上钩了吗？你是在向看门狗扔骨头吗？"

"也不尽然。"马龙说。

"他们会帮你什么忙？"奥德尔问。

"向我们透露消息，"马龙说。然后又补充道，"你们不是要抓警察吗？"

"太漂亮了。"帕斯说，"在一定程度上，这是非常令人钦佩的——他要对付内务部。"

"内务部什么级别的官员？"温特劳布问。

"我收买了一个警佐，"马龙说，"拿到钱之后他会怎么做，我完全不知。"

"你能把这个用摄像头录下来吗？"温特劳布问，"一个内务部警佐收受贿赂。"

"我刚才说什么了？"

他们全都看着帕斯。

她点了点头。

"不，"马龙说，"我想听你大声说出来，长官，'马龙，去查内务部'。"

"我给你授权。"

很好。马龙想。

让间谍们狗咬狗，让他们彼此攻击，两败俱伤。

温特劳布问："你觉得你的人能说动布利西吗？"

"他不是我的人。"

"他当然是，"温特劳布说，"你在操控他。"

"我不确定。"

"我们得让内务部关门。"帕斯说，"有些事情过早披露，会威胁到我们的调查。"

"你的意思是,内务部会抢你们的风头。"马龙说。

"我的意思是,"帕斯说,"如果内务部也有腐败分子,那么他们就会隐匿证据或者泄露秘密。那么我们能得到的,也就只是亨德森而已。"

正确。马龙想。他们真正担心的是,警察专员会对市长先下手为强,主动宣布腐败事宜,掌控全局,然后成为救世大英雄。

"这个该死的托雷斯,"帕斯说,"谁能知道他是这么一个混蛋。"

"所以,你们是不打算调查内务部了?"

"怎么可能?只是现在还不是时候。"帕斯说。她走到马龙身边,身上的香水味已经率先抵达,"马龙,你这个漂亮的、肮脏的警察,很可能你凭一己之力就可以让辩护律师、检察院、内务部甚至整个纽约警察局的腐败大楼完全坍塌。"

温特劳布说:"这可比谢皮科[①]、鲍勃·露茨(Bob Leuci)、迈克尔·杜德(Michael Dowd)、埃波利托(Eppolito)这些家伙都厉害。"

这时候,马龙的电话响了。

奥德尔点了点头,示意他可以接。

来电话的人是亨德森。

他给了一个明确答复。

布利西出价十万美金。

[①] Serpico,谢皮科是一个年轻而富有理想的警察,他从巡警开始做起,后来成为卧底警察,虽然他的破案率很高,但他不愿意像其他警察那样收受贿赂,这使他显得和其他人格格不入。这种做法也使他身陷危机,因为他的同事们都与他为敌,且不时地陷害他。当检察组开始调查警局内部的贪污内幕时,他又出面作证,因此更陷入危险之中……

"也有可能是对方的陷阱。"奥德尔说。

"我还有什么可以输的呢？"马龙问。

"我们的全部调查。"温特劳布说，"如果你给了布利西这笔钱，而他又是在玩你的话，内务部会掀翻整个行动组，那我们的计划也就全部泡汤了。"

"然后你也会把我们都供出来，是不是？"帕斯问。

"毫不迟疑。"

"也许是时候跟内务部合作了，"奥德尔说，"如果他们是清白的，那么我们的调查将会对双方都有牵绊。"

"你是不是脑子进水了？"帕斯问，"他们都要兜售托雷斯的消息了。"

"不一定。"奥德尔说。

"如果现在我们就让他们参与进来的话，"温特劳布说，"他们只会牺牲亨德森来平息这件事，绝不会做更过分的事情来让警察专员蒙羞。"

"他们也会及时布置防御措施，"帕斯说，"然后干掉我们。"

"如此一来，市长先生就当不成州长了。"马龙说，"而你呢，也就当不成市长了。这才是问题的关键所在。用阻止腐败这个冠冕堂皇的理由来搪塞我，其实，你们才是真正的腐败之源。"

"你简直像白雪一样干净。"帕斯说。

"我是纽约城的雪。"马龙说。肮脏下流，坚韧不拔，冷酷无情。

帕斯转身对奥德尔说："我们来给布利西付钱。"

奥德尔问："我们有那么多钱吗？现金？"

帕斯无言以对。

"别担心，"马龙说，"我来弄钱。"

这样你们也有把柄在我手里了。

或许,我还能找到一条脱身之路。

"久仰大名,马龙警探。"鲁本斯坦说。

他们坐在地标餐吧①的二楼。

"过奖。"马龙说。

马龙不确定,鲁本斯坦是不是像鲁索所认为的同性恋那样。但是鲁索觉得,所有的记者都是同性恋,包括女记者。然而有件事马龙很确定,鲁本斯坦是个危险分子。因为英雄之间惺惺相惜,坏蛋之间臭味相投。

"不,别谦虚,"鲁本斯坦说,"你破获了史上最大的毒品案——如果这个城市有明星警察的话,这个头衔非你莫属。"

"千万不要在我的上司面前说这种话。"

"街头都在盛传,你才是北曼哈顿行动组的掌舵人。"鲁本斯坦微笑着说。

太危险了。

"不要写这些,不然我们死定了。"马龙说,"听着,所有的这些都需要有……你们这个行业的专业术语是……"

马龙当然知道他们的专业术语是什么。

"深度背景资料。"鲁本斯坦说。

"对对对,"马龙说,"没有人知道我会给你提供信息。我能信任你吗?"

"当然。"

是,我当然可以信任你。让我信任一个记者,跟信任一条狗

---

① Landmark Tavern,位于第十大道的一家美式餐吧,提供各式经典美食如牛肉三明治等,价格实惠。

有什么区别？如果你手里有骨头，并且还会投喂它的话，你就是个好人。如果你两手空空，千万不要轻易背转过身去。一旦无法满足它的需求，它肯定会吃了你。

"之前你和皮纳有过冲突，对吧？"鲁本斯坦问。

天哪，是谁告诉这个家伙的。"是的。"

"那这个有没有影响你以后对待他的方式？"鲁本斯坦问。

"你知道爱尔兰阿尔茨海默病吗？"马龙问。

"不知道。"

"你能忘掉所有的事情，但是却忘不掉仇恨。"马龙说，"听着，在进入那栋建筑物之前，我们根本就不知道在里面将会碰到什么，接下来将要发生什么。当我们进去的时候，那些持枪的坏蛋想要和我们一决雌雄，其中就包括皮纳。你要问我，是不是很高兴我们赢了而他们输了？是。我是不是喜欢杀人？不是。"

"但是这肯定对你有影响吧？"

"被案件折磨的警察，"马龙说，"那是一种陈词滥调。我睡得很好，多谢你的关心。"

"对于最近市中心社区对警察的态度，你是如何认为的？"鲁本斯坦问。

"怀疑和不信任。"马龙说，"纽约警察局的种族歧视和暴行是历史遗留问题，没有人能否认。现在形势已经有所改观，尽管人们不愿意相信，但这是事实。"

"迈克尔·贝内特的枪击案好像证明事实恰恰相反。"

"为什么我们不能耐心等待真相大白呢？"马龙问。

"那为什么完成一项调查要花这么长时间呢？"

"这个问题应该问大陪审团。"

"我在问你。"鲁本斯坦说，"你参与调查过多起枪击案。"

"而且每一件都被确定为有正当理由。"马龙说。

"也许,这才是我有疑问的地方。"

"我来这儿不是为了辩论的。"马龙说。

"那你来是为了什么?"鲁本斯坦问。

"拉夫·托雷斯,"马龙说,"媒体现在有很多猜测……"

"他是一个肮脏的警察,"鲁本斯坦说,"为了保护毒贩子而选择了自杀。"

"胡说八道。"

"你必须得承认,"鲁本斯坦说,"这个想法并不令人感到意外。我的意思是,他的前车之鉴太多了。"

"'腐败三十分局'①、迈克尔·杜德,"马龙说,"这都是老历史了。"

"是吗?"

"没有人比警察更想让海洛因远离街头。"马龙说,"我们处理暴力犯罪事件,照顾饱受折磨、吸毒过量的人,还要处理尸体,去太平间,通知死者的亲属,所有的这些事情都是我们做的,而不是你们《纽约时报》。"

"我好像激怒你了,警探。"

"你当然激怒我了。"马龙说,故意让自己显得很好笑,"这些总是无端起诉的人哪,你们都采访谁了?"

"你会透露你的消息源吗,马龙警探?"鲁本斯坦问。

"好吧,这很公平。"马龙说,"听着,我来是为了告诉你托雷斯自杀的真正原因。"

---

① 三十分局的腐败丑闻发生在1992年至1995年,是纽约警察局的三十分局有史以来最严重的腐败事件,哈莱姆的警察因此被起诉了将近十年。

他把一个信封滑向桌子对面,那个对他感恩戴德的、住在西区的医生,在一通抱怨这是医疗事故之后,给他提供了报告。

鲁本斯坦打开信封,看着 X 光片子和医生报告:"胰腺癌?"

"他不想最后以那样的方式离开。"

"那为什么他不留一条信息呢?"鲁本斯坦问。

"拉夫不是那种人。"

"难道他也不是那种肮脏的警察?"

去死吧,鲁本斯坦。"听着,托雷斯会不会拿免费的咖啡和三明治?好吧,答案是肯定的。但是,也就仅此而已。"

"但是我听到街头的流言,他是德文·卡特的保护伞。"

"我在街头能听到各种流言蜚语。"马龙说,"你知道杰克·肯尼迪在火星上开苹果蜂餐馆①吗?你又知道特朗普是生活在麦迪逊花园广场下面的外星爬虫人的私生子吗?在当前的形势下,'社区'会相信任何与警察有关的不好的事情,我再重申一遍,这些传言已经越来越像'事实'了。"

"很有趣的一点是,"鲁本斯坦说,"'社区'的人们原本在跟我讨论托雷斯的事情,然后突然之间他们就沉默了,不再回我的电话,越来越疏远我。感觉好像有人在给他们施压。"

"你们这些人实在不可理喻,"马龙说,"就好比我刚刚告诉你,托雷斯从 38 号出口走了,而你们偏要去往长满青草的山丘。我猜,这样故事更吸引人,对吧?"

"事实是最吸引人的故事,警探。"

"现在你知道了事实。"

"是你的上司安排你来的吗?"

---

① Applebee 是美国的快餐连锁店。其经典形象是"社区里的好去处",定位是休闲便利的社区餐厅。

"你觉得我会受人指使吗?"马龙说,"我独自来找你,就是为了捍卫一个警察兄弟的好名声。"

"包括行动组的名声。"

"对,这当然。"

"为什么找我?"鲁本斯坦问,"通常,给警局献媚的都是《邮报》。"

"我读过你的一些关于海洛因的文章,"马龙说,"写得不错,你没有乱写。而且,你来自该死的《纽约时报》。"

鲁本斯坦沉思了一会儿,然后说:"我如果写,一个机密但是可靠的消息源称,托雷斯饱受晚期病症的折磨,如何?"

"我会非常感激你。"

"那我有什么好处?"

马龙站起来:"我可不想搞砸我们的第一次约会。晚饭,或者看一场电影。看看进展吧。"

"你有我的电话。"

是的,我有。马龙想着,出门来到了街上。

我确实有你的电话。

马龙跟鲁索和蒙蒂在公寓碰了头。

通常,他们在这里放松、冷静。但是现在,没什么可冷静的了。气氛紧张而压抑。而鲁索和蒙蒂,这两个混蛋有点儿张皇失措。鲁索脸上惯常的笑容消失了,蒙蒂看起来冷酷异常,嘴里的雪茄已经凉了,也没有再次点燃。

而莱文甚至都没到场。

"菜鸟去哪儿了?"马龙问。

"回家了。"鲁索说。

"他还好吧?"

"还好,只是受了惊吓。"鲁索说。他从沙发上站起来,在屋子里来回踱步,朝窗外看了看,然后走向马龙,"你觉得托雷斯有没有出卖我们?"

"如果他把我们卖了,我们现在已经被抓起来了。"蒙蒂说,"拉夫·托雷斯是个不可一世的混蛋,但他不是叛徒。"

这句话就像一把匕首,深深插进了马龙的身体。

蒙蒂说的对。拉夫·托雷斯是个毒贩子、嫖客,会动手打女人,马龙想:但他不是我,他不是叛徒,也不会像我一样,盯着自己的搭档,然后对他们撒谎。

"然而,这件事的热度还是降下来了。"鲁索说。

"不是内务部干的,"马龙说,深深为自己的行为感到恶心,"至少这件事亨德森不知道。他正在运作尽快结案。这需要从我们的贿赂基金中拿出十万美金来。"

"这是做生意的正常代价。"

"所以,到底是谁在调查?联邦调查局?"

"还不知道,"马龙说,"也可能没有人在调查。就目前我们所知道的,托雷斯刚刚厌烦了做一个毫无价值的混蛋,并亲手给自己做了了断。我对外宣称,他是因为得了重病。"

蒙蒂和鲁索互相看着对方,沉默不语。在他来之前,他们俩肯定讨论过什么,马龙也想知道他们到底在想什么。该死,难道他们怀疑我了吗?

"怎么了?"马龙问,心脏因紧张而仿佛要停止跳动。

鲁索开口了:"丹尼,我们俩讨论过了……"

"有屁快放,"马龙说,"脑子里怎么想的,赶紧说出来!"

鲁索说:"我们觉得是时候处理皮纳那批货了。"

"现在?"马龙问,"在这种形势下?"

"就因为现在水深火热,"鲁索说,"如果我们需要跑路,或者需要支付律师费怎么办?如果一味这么等下去,我们很可能会陷入一个无法自保的境地。"

马龙看着蒙蒂:"你要拿这些钱干什么?"

蒙蒂旋转着雪茄,小心翼翼地点燃:"我已经不年轻了,尤兰达也一直要求我多花时间陪陪家人。"

"你是说,要离开行动组?"马龙问。

"辞去这份工作,"蒙蒂说,"还有几个月,我就工作满二十年了。我想在别的行政区找个坐办公室的工作安稳干到退休,然后拿着退休金举家搬到北卡罗来纳。"

"如果这是你的真实想法,蒙蒂,"马龙说,"我不会拦着你。"

"北卡罗来纳……"鲁索说,"你不想待在这里了?"

"是因为孩子们,"蒙蒂说,"尤其是两个大的,已经到了爱吹牛的年纪。他们不再听父母的话,并且开始抬杠了。事实是,我不想他们跟一些混蛋警察谈笑风生,然后被枪杀。"

"蒙蒂,你这是什么意思?"鲁索说。

该来的终于来了。马龙想——一个黑人警察,担心别的警察会朝他的孩子开枪。

"这类事情,你们两个根本不需要操心,"蒙蒂说,"你们的孩子是白人,但是我和尤兰达必须考虑这些。这经常让她惴惴不安。朝孩子开枪的如果不是警察,很可能就是黑帮。"

"在南方,黑人的孩子也会被枪杀。"马龙说。

"不像这里情况这么严重。"蒙蒂说,"你们以为我想离开?该死,我甚至连顿饭都不愿意在纽约城外吃。但是尤兰达有亲戚住在达勒姆（Durham），那里有好的学区，我还可以在一所大学得到一个不错的职位……听着，我们合作得很好，但是天下无不散之筵席。也许整个托雷斯事件就是在告诉我们，带着钱财赶紧跑路。所以，我想带着现金退出。"

"当然，很好，"马龙说，"我考虑让萨维诺来处理这批货。他会把货带到新英格兰或者其他地方，在我们的地盘外交易。"

鲁索说："那我们就见见他。"

"不是我们，"马龙说，"我。"

"为什么？"

这样的话，即使出事，我也可以在测谎的时候说你们不在现场。马龙想。"人越少越好。"

"他说的对。"蒙蒂说。

"好的，这个黑锅让托雷斯来背，我来设局。"马龙说，"与此同时，我们都保持冷静，避避风头，等待烟消云散的那一刻。"

第二十章

虽然只是一个警探,但是拉夫·托雷斯的葬礼规格是警监级别的。

这是警局对外界证实自己的一种方式,没必要瞻前顾后,也没必要遮遮掩掩。

《纽约时报》也适时帮了帮忙。

鲁本斯坦的文章很"给力"——头版头条的最顶端,在《英雄警察之死》的题目下,赫然署着他的大名。

这篇文章也很有艺术感染力。马龙想。

> 没有人真正知道,为什么拉夫·托雷斯会选择走这条路。不管是意外事故还是人为策划,不管是因为无休止的晚期疾病的折磨,还是因为数十年没完没了的毒品战,我们所知道的,只是他扣动扳机,结束了自己充满痛苦的生命……

这些,大多所言非虚。托雷斯确实承受着很多痛苦。

妻子,家人,妓女,情妇,拘捕的人,几乎所有他接触过的人。也许,还包括他自己,尽管马龙对此持怀疑态度。拉夫·托雷斯是个不善社交的人,感受不到其他人的痛苦。

但是,他确实扣动了扳机。马龙想。

单凭这一点,他值得被褒奖一下。

葬礼在布朗克斯的伍德劳恩公墓[①]举行。马龙差点儿忘了,托雷斯出生在这里。这个地方很宽阔,占地几百英亩,种满了松树,充斥着装修华丽的各式陵墓。马龙之前来过一次,是克劳德特拉着他过来给迈尔斯·戴维斯[②]的陵墓献花。

跟参加葬礼的其他警察一样,马龙也是正装出席。蓝夹克、白手套,金色警徽上围着一条黑箍儿,衣服上还别着其他勋章。其实马龙的勋章并不多——他不会为了几枚勋章就刻意去讨好那些人,那样他会为自己的行为所不齿。

他知道自己都做了什么。

而在乎他的人,也都心知肚明。

这次葬礼,对他来说并不好过,这让他想起了比利的葬礼。

但是与比利没有孩子送行不同,托雷斯有两个女儿、一个儿子,他们勇敢地站在母亲的身边。马龙觉得自己的内疚感就像一把刺入身体的匕首——是你让他们失去了父亲,变成了现在这样。

塞拉清瘦了不少,这点毫无疑问。

但她看起来气色不错。

尽管她很看不上托雷斯,也对要和托雷斯交际颇有微词,但

[①] Woodlawn Cemetery,位于美国纽约市的布朗克斯区,占地四百英亩,2001年被列为国家历史地标,共有三十多万座陵墓,因埋葬有世界名人而被世人知晓,为美国最知名的公墓之一。
[②] Miles Davis,素有"黑暗王子"之称,创造了"融合爵士",是爵士发展史上的重要人物。

她还是情不自禁地泪如雨下。

市长在做简短的发言。但是马龙不知道他在说什么,因为他根本就没有在听。再说了,这些话又能改变什么呢?大部分警察表情都很微妙,都没有认真听市长讲话。大家对他恨之入骨,因为在类似迈克尔·贝内特这种事件发生后,他会毫不犹豫地出卖他们。

佐纳很聪明,发言很简短。接着轮到警察专员发言了。马龙明白,能让他们彼此消停地站在一起,省去了让大家参加另一场葬礼的唯一原因,是这里不会有起立鼓掌的迎宾方式。

警察们确实认真听专员讲话。尽管专员也是一个彻头彻尾的混蛋,但是他在贝内特枪击案和其他暴虐行为中做了他们坚实的后盾。而且他们也不敢不认真听,因为巡逻总长和侦探总长在四处扫视,并会记下不认真听的人的名字。可能市长和警察专员会经常调动,但是这两个家伙的岗位却稳若磐石。

接下来是教士——另一个马龙根本听都不会听的人——发言。听这个该死的寄生虫说一些祝福托雷斯上天堂之类的废话,只能表明他根本就不了解托雷斯这个人。

无论如何,总局还是会把教会拽进来,举行一场完整的葬礼,把托雷斯埋在墓地里,证明他是自杀的。自杀是一种不可饶恕的大罪,他并没有得到临终圣礼。

这些可恶的小丑,做了所谓正确的事情,在死者的家人面前为他送行,然后送他下地狱。其实他们不知道,如果地狱真的存在的话,托雷斯会想方设法前往那里。由于警察总局经常会有业务,而且捐了不少钱,教会只能做出让步。而马龙不自觉地发现,参加葬礼的教士竟然是个亚裔。

太过分了!他们甚至没时间叫醒一个醉酒的爱尔兰教士来主

持警察的葬礼吗？还是他们甚至不愿意派出一个闲散的教士来做做样子骗骗小孩子？来的这个是什么人？菲律宾裔？还是其他什么人？有传闻说，教会正在逐渐驱逐白人教士，看起来这并非空穴来风。那个菲律宾小个子终于闭上了嘴，风笛声随即响起，此时此刻，马龙想起了利亚姆。

他的葬礼，以及马龙以前参加过的其他葬礼，都浮现于脑海之中。

那些该死的风笛。

音乐停止之后，鸣枪，授旗，然后队伍解散。

马龙走到塞拉身边："挺难受的，哈？"

"我是为孩子们感到难过。"

"他们会没事的。"

格洛丽亚面容姣好，风韵依然，头发黑暗有光泽，身材极致诱人，她是托雷斯最好的替代者，而且她自己也有这个意愿。

事实是，格洛丽亚·托雷斯就像中了彩票大奖。本来两人正在讨论离婚的事情，而现在呢，她能拿到他官方和非官方的两份退休金。

马龙确定，格洛丽亚会得到她的厚信封，而官方的收入也会每个月按时到位。

托雷斯死后还会发挥能量挣钱。

"他的那些妓女怎么办？"加利纳曾问过他。

"妓女关我屁事？"

"你算个什么东西——"

"是我让你摆脱了内务部的纠缠，"马龙说，"我就是这么个东西。如果你和你的队友不履行约定，那我们就看看到底会发生什么！"

"你这是在威胁我?"

"这是现实,乔尼,"马龙说,"现实是,你头脑不灵光,根本处理不好自己的烂摊子。那些妓女会坐着汽车回到她们的家乡,这件事情就会告一段落。"

马龙朝格洛丽亚·托雷斯走了过去,以表达他的敬意。

这些家伙太笨了,根本不知道我为他们做了什么。马龙想:我让联邦调查局和内务部陷入一个自相残杀的困局,我让外界对托雷斯的流言蜚语销声匿迹。运气好的话,这件事情将会和他的尸体一样深埋地底,我们的生活也会重回正轨。

马龙站到与孤儿寡母致意的队伍里,轮到他的时候,他说:"格洛丽亚,很抱歉他离开了你们。"

可是格洛丽亚的耳语却不啻一声惊雷:"滚。"

他怔怔地看着她。

"丹尼,癌症?"她问,"他是得了癌症吗?"

"我是在维护他的名誉。"马龙说。

格洛丽亚大笑起来:"拉夫的名誉?"

"是为了你,为了孩子们。"

"你没资格谈论他的孩子。"

她恶狠狠地盯着他,眼神里的恨意令人胆寒。

"什么意思——"

"是你,你这个混蛋。"格洛丽亚小声呵斥道。

马龙感觉自己面部挨了重重的一拳。他简直不敢相信自己听到了些什么。他逼迫着自己抬起头来看着她。

她说:"拉夫已经全告诉我了。"

你是叛徒。

鲁索向奥尔蒂斯做了一个打电话的手势,电话接通了。

奥尔蒂斯退了一步,把一根手指举在嘴边。但是鲁索并没有理会,他跟着离开的人潮一步步朝奥尔蒂斯走去,但是马龙把他拽了回来。

"你疯了?"马龙问,"要在这儿动手?"

在半数纽约警察局职员的众目睽睽之下?

"你难道没听到他怎么说你吗?"鲁索问,他的脸因愤怒而变得通红、扭曲,"他说你他妈的是个叛徒!"

鲁索试图挣脱马龙的束缚,但是蒙蒂加入进来,推着他们往后走。莱文则站在他们和加利纳的人中间。蒙蒂一直推着鲁索往后走,离墓地越来越远,不明所以的警察们都转身盯着他们。

"他说马龙是叛徒!"鲁索说,"说托雷斯告诉他老婆的。"

"如果是的话,"蒙蒂说,"这是托雷斯进坟墓之前的最后一个恶意的礼物。他们爱怎么样就怎么样吧。"

鲁索挣脱了马龙,然后握着他的手说:"我没事,我没事。"

他用手扶着一块墓碑,尝试着让自己的呼吸平顺下来。

莱文过来了:"什么情况?"

鲁索摇了摇头。

"托雷斯的人声称,马龙跟联邦调查局合作,"蒙蒂说,"然后出卖了他。"

"这不是真的吧?"莱文问。

马龙朝他冲过去说:"该死——"

蒙蒂站在两人之间,抓住马龙说:"难道我们要内讧?"

"都是胡扯!"马龙吼道,差点儿就相信自己了。

"当然是胡扯,"蒙蒂说,"这是他们的一个测试,只是为了看看我们作何反应。"

"如果是个测试的话,"莱文说,"为什么他们会说是联邦调查局,而不是内务部?"

这话虽让人难以接受,却又没理由否定。马龙想。

"因为我们在盯内务部,他们肯定都知道。"鲁索说,"你了解些什么内幕吗,菜鸟?"

"不知道。"莱文说。

"你冷静下来了?"蒙蒂问马龙。

"嗯。"

蒙蒂放开了他。

马龙想:所有的一切发生得太快了,在指责出现的瞬间,蒙蒂成了真正的领导者,而我变成了受损的货物。

他不是责怪蒙蒂,他在做必须做的事情,但是马龙不允许这种情况发生。

他跟蒙蒂和鲁索说:"告诉他们——查尔斯·杨公园(Charles Young Park),今晚十点,所有人都到场。"

蒙蒂的身影消失在了众多墓碑之中。

"很好,"莱文说,"我们来把事情弄个水落石出。"

"这事儿你别插手。"蒙蒂说。

"为什么?"

"这其中有一些肮脏的事情,你不必知道。"马龙说。

"听着,要么我是全队的一员,要么——"

"我是为你着想,"马龙说,"或许有一天,你会接受测谎,对你来说,也许说'我不知道'的时候,测谎机不响会是件好事。"

莱文盯着他说:"天哪,你们这些家伙,到底干了些什么勾当?"

"一些我不想让你参与的勾当。"

"我已经拿了钱了,"莱文说,"难道仅此而已?"

"你还有一个美好的职业生涯,"马龙说,"我在想方设法保护它。所有这些都和你无关——你今晚别跟着我们。"

鲁索和蒙蒂回来了。

碰面已约好。

"结束了!"马龙喊道,"这件事到此为止!"

"冷静!"帕斯说。

"冷静个屁!"马龙大喊,"谣言会遍布整个行动组——该死,遍布整个警局——就在今天下午。我被人打上了叛徒的标签!我的后背就是一个靶心!"

"那你可以否认啊。"帕斯说。

她把后背靠在椅子上,平静地望着他。

他们在36街的"安全屋",但是马龙觉得这里已不再安全。

"否认?"马龙说,"托雷斯把所有事情都告诉他老婆了。"

"那只是她这么跟你说的,"帕斯说,"他们可能只是想把你逼出来而已。"

"然后他们招募格洛丽亚来做这个?"马龙问。

帕斯耸了耸肩:"格洛丽亚·托雷斯肯定不会是个因为失去丈夫而悲伤的寡妇。而且,她很有兴趣弄清楚,源源不断的脏钱流到底从何而来。"

马龙看着奥德尔:"你是不是把我卖给托雷斯了?"

"我们给他放了你们两人对话的录音带,"奥德尔说,"但是我们告诉他,整个行动组都被我们监听了。"

"所以他们知道,我被你们给策反了!"马龙说,"你们这些白痴！你们这些来自南区的人模狗样儿的白痴！"

"坐下，马龙。"帕斯说，"我说了，坐下。"

马龙屁股重重地摔在了铁皮椅子上。

"我们一直都清楚，"帕斯说，"早晚有一天，不定在什么节点，你总会暴露的。但是我不确定你现在已经暴露了。截至目前，托雷斯的人所知道的是，行动组的任何人都有嫌疑，也可能根本就没有人有嫌疑。所以，否认它。"

"他们不会相信我的。"

"那就让他们相信你，"帕斯说，"不要再哭哭啼啼的了。现有的局势不是我们造成的——是你自己在逼迫你自己。我建议你记住这一点。"

"把你的建议留给你的女朋友们吧。"

"我没有女朋友，"帕斯说，"我的时间都用来对付你和已故的托雷斯这种败类了。他腐败，他的团队也腐败；你腐败，你的整个团队也都腐败！"

"我不会——"

"当然，当然，我知道，"帕斯说，"你不会做任何伤害你搭档的事情。我们都听你说了十五遍了。马龙，你想保护你的搭档吗？那就停止抱怨，继续待在警局里，帮助我们提起公诉。"

"那样我们会害了他。"奥德尔说。

帕斯又一次耸了耸肩："人固有一死。"

"很好。"温特劳布说。

帕斯问马龙："你们打算玩什么花样？"

"今晚我们要碰面，"马龙说，"我的团队和托雷斯的。"

"一网打尽的好机会，"帕斯说，"你今晚必须戴着监听器。"

"你去死吧！"马龙说，"你根本就没想过，他们首先要做的事情就是搜我的身。"

"别让他们搜啊。"

"那他们的猜测就坐实了。"

"你知道我不喜欢你什么吗,马龙?"帕斯问,"除了这些事情,你总是觉得我蠢。这次你真正不想戴监听器的原因是担心连累搭档。我已经跟你确认过,并且也记录在案了——如果你珍贵的搭档没有目前我们已经掌握的其他罪行,或者跟你的个人行为很少有瓜葛的话,他们不会受到任何处罚,谢谢你的配合。"

奥德尔插嘴道:"如果他戴着监听器去碰面,他们又对他搜身的话,那我们就成功地借刀杀人了。如果这对你来说并不重要的话,伊莎贝尔,还有一点,这意味着没人能够证实录音的真实性。"

"总会有突发状况。"

"关于这次碰面,我需要马龙拿出一份完整的、真实的、签过字的宣誓书。"

"需要支援吗?"奥德尔问马龙。

"什么?"

"万一你陷入了麻烦,"奥德尔说,"我们可以派人去把你救出来。"

马龙大笑:"是———些联邦调查局的人来插手,而不是警察或者社区。该死,这样更会害死我!"

"如果你被杀,"帕斯说,"我们的协议自动取消。"

马龙无法辨别她说的是真是假。

马龙把一把匕首藏在了靴子里,把西格绍尔手枪别在腰部的枪套里,把伯莱塔手枪别在后背上,又多黏了一些子弹在脚踝上。

马龙想：跟其他警察碰面，跟一些想要我命的警察碰面。

刮掉污垢的查尔斯·杨公园，其实是143街和145街之间的四个棒球内场，西倚马尔科姆·爱克斯，东靠哈莱姆河大道和迪根少校高速路交接的145街的过街天桥。145街地铁站正好穿过马尔科姆·爱克斯，如果有必要，这给马龙提供了一个逃生的选项。

按照计划，他和团队在143街和马尔科姆·爱克斯的西南角碰头，然后大家一起进入公园。

鲁索穿着那件皮革大衣，马龙知道，大衣里肯定藏着霰弹枪。蒙蒂穿着一件哈里斯粗呢夹克——"点三八"的突起在屁股上清晰可见。

"真像鲁尼米德[①]。"他们穿过143街走向四个棒球内场的时候，蒙蒂说。

"鲁尼什么？"

"鲁尼米德，"蒙蒂说，"男爵们挑战国王。"

马龙不知道蒙蒂在说什么——他只知道，蒙蒂知道自己在说些什么，这就够了。起码，他抓住了重点——他知道，谁是国王，谁是男爵。

警察的身影出现后，几个孩子和一群瘾君子从公园消失了。

马龙的电话振动起来，他看了看电话号码——克劳德特。

他应该接电话的，但是他不能，起码不是现在。他感到一阵痛彻心扉的内疚——他应该走到一边接起来，或者给她回过去，

[①] 约翰王肆意监禁贵族、骑士和自由民，以从他们身上勒索大量的钱财用于继续战争。由于多数贵族起兵反抗他且法国入侵的危险近在咫尺，约翰王被迫保证王室会有良好的操守，并于1215年在伦敦和温莎之间的鲁尼米德（Runnymede）签署大宪章。

但是短时间内发生的这一切,已经让他没有时间打电话。

该死。他想:也许,我应该抽出几秒钟给她回过去。

就在这一瞬间,他看到托雷斯的人出现在公园靠近上城区的方向。他们已在东张西望,马龙知道,对方想确定他们三人是不是单独前来。

这不能怪他们。

马龙看着他们来到了内场的中央,能看出来,他们也是荷枪实弹。

马龙想,这场景更像旧时西部的枪战,而不是男爵们挑战国王。双方——该死,现在我们都是双方了——一步步靠近彼此。

"我要对你进行搜身。"加利纳对马龙说。

"为什么我们不都裸着算了?"马龙问。

"因为我们不是叛徒。"

"我也不是。"

"我们听说的可不是这样。"特妮丽说。

"你听说什么鬼话了?"鲁索问。

"首先,我们得确认一下是不是被监听了。"加利纳说。

马龙伸出了双手。这是一种羞辱,但他还是满足了加利纳的搜身要求。

"然后是你的团队。"加利纳说。

"每个人都要被搜身,"马龙说,"我们也不确定,是不是你们之中有叛徒。"

看起来很奇怪,警察们互相搜身,但他们还是做了。

"好,"马龙说,"可以开始谈了吗?"

"难道你说的还不够多吗?"特妮丽问。

"我不知道格洛丽亚跟你说了什么,"马龙说,"但是,我没有出卖托雷斯。"

"她说,联邦调查局给托雷斯放了一段你和他聊天的录音,"加利纳说,"他没有戴监听器,所以只能是你了。"

"胡扯!"马龙说,"他们可能在一辆停着的车里或者屋顶上放着监听设备,这种地方太他妈的多了。"

"那为什么他们没来找你?"加利纳问。

"还是说已经找过了?"特妮丽问。

"没有。"

"那为什么呢?"特妮丽问。

"他们会的。"加利纳说,"如果真到了那时候,你会怎么做?"

"让他们滚开!"马龙说,"他们现在没有掌握任何人的把柄,将来也不会。"

"是的,除非你把我们供出来。"加利纳说。

"我不会伤害任何一个警察兄弟。"

特妮丽问:"你怎么知道你不会呢?"

"我从来不打女人,"马龙说,"但是你别逼我破例。"

"来啊。"

加利纳再次打断两人:"你怎么证明自己?如果不是你的话,马龙,联邦调查局为什么第一时间找上了我们?"

"我不清楚,"马龙说,"你们这些混蛋是卡特的保护伞——也许他反水了。你们这些人,还操控着妓女,也许是这个让他们盯上了我们。"

"那你们的新人莱文,没问题吗?"奥尔蒂斯问。

"他怎么了?"

"也许他是内鬼。"奥尔蒂斯说,"也许他跟联邦调查局是一丘之貉。"

"离我远点儿!"

"我要是不呢?"

"那我就帮帮你。"

奥尔蒂斯后退了一步,说:"现在呢?"

"保持这样的距离,我们就会相安无事。"马龙说。

"那卡特的事情怎么办?"

"从现在开始,我来对付卡特。"

特妮丽说:"首先,你害死了托雷斯。然后,你还要来我们地盘抢食吃?"

"听我说,"马龙说,"是托雷斯让我中了大奖,而不是我让他。但是,我会处理好这件事情。如果非要做出牺牲的话,我责无旁贷。而且,如果我们足够聪明,大家都能顺利脱身。内务部和我们是一条绳上的蚂蚱,他们不可能在我们受伤的时候还独善其身。警局的名声已经够坏的了,如果没有其他风波,他们会让这件事就此了结的。"

"那联邦调查局呢?"

"又长又热的夏天即将来临,"马龙说,"贝内特枪击案的调查报告马上出来了。如果不追究那个混蛋警察的刑事责任的话,整个城市会陷入一片愤怒的火海。联邦调查局对此也心知肚明,他们知道自己需要我们来维护整个城市的安全。所以,每个人都要安分守己,规矩行事。我来帮大家渡过这个难关。"

他们看起来不太痛快,但是没有人再说什么。

国王还是国王。

然后蒙蒂大声说:"警察工作很危险。我们都知道。但是,如果马龙发生什么意外——如果他中弹,被混凝土砸中,甚至被闪电击中,我会追究今晚在场的每个人的责任,我会找出那个家伙然后杀了他。"

双方撤退。

他们回到公寓。

"不要跟我们之外的任何人谈论生意。"马龙说,"不要在警局内、车内、任何地方讨论任何事情。我们现在不敢保证,哪里是百分百的安全。"

"联邦调查局把你和托雷斯的对话录了音?"蒙蒂问。

"听起来是。"

"他们监听到了什么?"

"我跟托雷斯总共只有两次对话可以被起诉,"马龙说,"一次是圣诞节的时候,他来找我给'胖泰迪'求情。另一次是破获军火案之后,他来找我为卡特求情。我记不大清楚当时具体都说了些什么,但是情况很不妙。"

鲁索问:"如果联邦调查局来查你怎么办?"

"我不会告诉他们任何事情。"马龙说。

蒙蒂说:"那就意味着你要坐牢。"

"天哪,丹尼。"

"我没事,"马龙说,"反正你们会照顾好我的家人。"

"这倒毫无疑问。"鲁索说。

"还是寄希望于不要发展到那一地步吧,"马龙说,"我还没有出局,如果真的……"

"我们来做你的后盾。"鲁索说,"那莱文怎么办?"

"天哪,你也怀疑他?"

"他来了队上之后,所有这些糟乱事儿就开始发生了。"

"事后归因,因果溯源。"蒙蒂说。

"什么意思?"

"这个理论,"蒙蒂说,"是一个逻辑谬误。莱文来了之后发生了这些事,并不能代表发生这些事是因为莱文的到来。"

"他拿了'胖泰迪'的那份钱。"马龙说。

"是,但是拿到哪里去了呢?"鲁索问,"也许已经成了联邦调查局的证据。"

"好,"马龙说,"凌晨两三点去他住处一趟,看看他是不是藏着那些钱。"

"如果没藏……"

"那我们就问他几个问题。"马龙说。

马龙出了门,走向了自己的车。

是时候处理那批毒品了。

多事之秋,任何冒险的事情都应该谨小慎微。但是,紧张的局势让这件事情变得刻不容缓。

第二十一章

马龙约卢·萨维诺在圣约翰公墓碰面。

"为什么舍近求远跑到皇后区来？"卢·萨维诺问。

"难道你想在欢乐大道见面？"马龙说，"那是电影里的做法。在这里呢，缅怀烈士和祭奠朋友的借口再光明正大不过了。"

五大家族的多半大佬都葬在这里。卢西亚诺（Luciano）、维托·吉诺维斯（Vito Genovese）、约翰·高蒂（John Gotti）、卡罗·甘比诺（Carlo Gambino）、乔·科伦坡（Joe Colombo），甚至还包括黑帮鼻祖——年迈的萨尔瓦多·马兰扎诺（Salvatore Maranzano）。

从某种意义上来说，圣约翰就是黑帮的名人堂。

另外，拉斐尔·拉莫斯（Rafael Ramos）也葬在这里。

不知不觉，距离他和另一名叫作刘文建的警察在贝德福德-斯泰森特（Bed-Stuy）的警车内被枪杀，已经过去两年了。凶犯说是为了给埃里克·加纳和迈克尔·布朗报仇，声称自己是"给猪插上了翅膀"，并赶在纽约警察抓到他之前，打爆了自己的脑袋。

而他用的武器，是通过95号高速路运送过来的。

那时候，相关部门是干什么吃的呢？马龙想，为什么没有

"警察的命也是命"的口号和标语呢?

马龙参加了拉莫斯的葬礼——一场警察局史上规模最宏大的葬礼,到场人数超过了十万。当市长念悼文的时候,大部分警察转过身来背对着他。因为在埃里克·加纳事件发生后,佐纳也背转身对着警察们。

"给猪插上了翅膀。"马龙回味着。

真能胡说八道。

无论如何,这是一个不错的六月的上午,适合室外活动。

马龙说:"你确定要做这件事情?如果你的老大们知道你私下交易,会第一时间把你处死。"

西米诺家族的规矩:如果被发现私下交易,那么你就死定了。

这不是因为他们道义上有觉悟,而是他们觉得,过重的刑罚容易让人叛变。所以,如果你因为贩毒而被捕,那么你就会成为一个极度危险的因素,必须被处死。

"交易不会丧命,"萨维诺说,"被抓到交易才会丧命。只要大佬们能够平安无事,他们才不会管这些,也不会在乎我吃掉多少,是吧?"

这当然。马龙想。

卢哭起穷来很搞笑,给人感觉就像他贩毒只是为了桌子上的那点儿面包。他刚刚得知,这笔买卖如果能办成的话,将是一笔不菲的意外之财。

"我的事儿你不用操心,"萨维诺说,"你想让我帮你什么?"

"一斤装,一百件。"

"你他妈的生活在什么世界里啊?"萨维诺问,"我可以出价每公斤六万五、七万。"

"对'黑马牌'海洛因来说,这个价位不太合适,"马龙说,

"这又不是六成的纯度。市场价应该是十万。"

"十万是直接卖到零售商手里的价格，"萨维诺说，"但是你做不到。这也是为什么你找我来帮忙。我可以给你涨到七万五。"

"你可以去死了。"

"考虑一下，"萨维诺说，"如此一来，你可以跟黑道家族交易，跟白人而不是黑鬼或者西班牙人交易。"

"七万五的价格太低。"马龙说。

"再好好算算。"

"我们好像在参加《创智赢家》①栏目。"马龙说，"好吧，完美先生，九万怎么样？"

"你是不是想让我弯腰趴在一块墓碑上，这样你就能在背后为所欲为了？"萨维诺说，"或许我可以出价到八万。"

"八万七。"

"什么意思，我们是犹太人吗？"萨维诺说，"我们能不能绅士一点儿？八万五如何？八万五一公斤，我要五十公斤，共四百二十五万美金，这可是一笔不菲的收入。"

"你有这么多钱吗？"

"我会筹到款的。"萨维诺说。

这意味着，他必须去跟别人借钱。马龙想。人越多，嘴越杂，风险也就越大。但是现在也别无他法。"还有一件事，你不能把这些毒品散到北曼哈顿境内。去别的州，或者新英格兰，但是不能在这里卖。"

"真麻烦，"萨维诺说，"其实你根本不在乎有没有瘾君子，

---

① Shark Tank，美国广播电视公司的发明真人秀节目，主要讲述一群怀揣梦想的青年带着他们的产品来到节目，通过说服五位强势的、腰缠万贯的富翁给予他们启动资金，让梦想成真。

只要他们不在你的地盘上吸毒就行。"

"答不答应?"

"成交,"萨维诺说,"不啰唆了,我可不想在这块令人毛骨悚然的墓地里待着了。"

马龙想:是啊,如果有一天,你不得不为此付出代价,承认你的所作所为的话,墓地是个最好不过的交易场所。

该死的修女们。

"什么时候开始交易?"萨维诺问。

"我会告诉你时间和地点。"马龙说,"卢,你准备好现金。不要带着一些珠宝或者过期未还的贷款单。"

"你们这些警察啊,"萨维诺傻笑道,"总是这么多疑。"

离开之前,马龙去比利的坟墓前拜了拜。

"这是为了你,比利,"马龙说,"也是为了你的儿子。"

马龙打开了淋浴器下的小暗格。

波多黎各人称它为"拉卡亚(La caja)"。

五十公斤毒品分别包装在蓝色塑料纸里,贴着"黑马"的标签。马龙撕下标签,放在马桶里冲掉。然后,他把东西放在两个乐斯菲斯的行李袋里。这两个行李袋是他特意买来替代浴室的小暗格的。他一次带着一个,坐电梯下楼,然后把它们放到了车的后备厢里。

通常,他会让鲁索或者蒙蒂,或者两人一起陪着他。但是这一次,他不想让他俩牵涉其中,只想把他们应得的份额分给他们。不过,在没有支援的情况下单独行动,感觉有点儿奇怪。

但是,从现在起,一切都靠自己。当在百老汇掉头向北往上城开的时候,他对自己说:在摆脱帕斯和联邦调查局之前,你只能靠自己,必须保护自己兄弟的周全。

但是,为了防止萨维诺设计害他,有兄弟在侧的感觉还是不错的。他怀疑这种情况发生的可能性很大,因为他们和西米诺家族的关系错综复杂。但是,现在谈论的是巨额资金、巨量毒品,谁也不知道这些对一个人来说意味着什么。

萨维诺可能会打出一个令人咋舌的全垒打,但是如果鲁索和蒙蒂在场的话,他根本不敢。

现在,我孤身一人,拿着一支西格绍尔、一支伯莱塔、一把匕首。很好。夹克下面还有一把 MP5。我有很多武器,但是只有一个手指可以扣动扳机。所以,我只能姑且信任萨维诺。

曾经,在跟黑帮打交道的时候,他非常值得信任。

曾经,对他来说,萨维诺意味着很多。

他开上了西侧公路(West Side Highway),然后经过金湾大桥,来到了修道院连廊下的崔恩堡(Fort Tryon)公园①。凌晨一点,公园里空荡荡的,如果有人在的话,肯定没干什么好事儿。要么是暂时住客在违规生火取暖,要么是嫖客前来寻找妓女,或者找同性恋——尽管同性恋出柜合法之后,这种情况日益减少。

或者,你在这里交易毒品。

马龙想,我要做的事情和其他毒贩子没什么两样。

如果不是我,肯定也会有其他人,马龙想,这是一件历史悠久且合理存在的事情。历史悠久本身就代表这件事是合理存在的。此时此刻,在墨西哥的某个实验室里,他们正在加班加点造货。所以,如果不是这五十公斤毒品,他们还会有其他替代品。如果不是我,还会有其他人来做这件事。

---

①公园的主体是一个小修道院,也就是大都会博物馆的分馆,主要展示中世纪的宗教藏品和建筑。

所以，为什么坏人时时刻刻都在赚钱？那些该死的折磨人、杀人的家伙。为什么我和鲁索、蒙蒂不能赚点儿，为我们的家人构建一个美好的未来？

你穷尽毕生精力，都在让人们免受毒品的折磨，无论你缴获了多少毒品，抓住了多少毒贩子，毒品还是源源不断涌进来，从鸦片田逐级而上，进入实验室，装进运输卡车，通过针头流进血管——俨然一条平稳流淌的滔滔江河。

但是，他也有自欺欺人的伪善的一面。

他很清楚，这个也有可能会直接被注射到克劳德特的胳膊里。

但是即使不是我，还会有其他人来做这件事。

然而讽刺的是，我用交易毒品赚来的钱送她去戒毒，送我的孩子去上大学，而不是让毒品进入墨西哥人或者哥伦比亚人的身体里。然后，我再去买一辆法拉利、一些金链子、一只宠物老虎、一间乡间庄园，甚至养一个情妇。

无论如何，你都是做了一些你觉得理所应当的事情。

甚至有时候，你宁愿相信这些都是真的。

在崔恩堡公园和科宾快速路（Kobin Drive）相交的地方，他停下车。他本想在北曼哈顿的地盘内交易，因为这里总感觉有点不太对劲，他也掌握了毒贩们的想法——跨区作案。从二八分区开始谋划，然后在三四分区进行交易，当然这些都属于行动组的管辖范围。

这样的话，如果情况不妙，你可以在第一时间消失，根本不用理会各区之间的文书工作。甚至对手或者嫉妒者都会用妨碍警察工作的方式来给你打掩护。

这也是为什么妓女喜欢在分区边界闲逛，因为没有警察愿意越界抓人，这样需要做的文书工作太多了。低级别的毒贩子亦是如此。看到警察到来之后，他们只要穿过一条街，就到了另外一个区。大部分情况下警察也不会追他们。如果真有警察追他们的话，马龙会驾车穿过曼哈顿，而萨维诺会回到布朗克斯，把嫌疑带回整个区。

布朗克斯和曼哈顿彼此有仇。

除非联邦调查局参与进来，因为联邦调查局是他们共同的敌人。

公众不知道警察划分帮派的依据是什么。首先是种族——最大的帮派是爱尔兰帮，然后是意大利帮和其他种族的白人帮，再然后才是黑人帮和西班牙人帮。

每个帮派都有自己的俱乐部——爱尔兰裔拥有翡翠学会（Emerald Society），意大利裔拥有哥伦比亚协会（Columbia Association），德国裔拥有斯图本学会（Steuben Society），波兰裔拥有普拉斯基协会（Pulaski Association），其他白人拥有一个统一的圣乔治学会（St. George's Society），黑人拥有护卫者协会（Guardians），波多黎各裔拥有西班牙人学会（Hispanic Society），十二个犹太人拥有舍姆林学会（Shomrim Society）。

然后还有更复杂的。因为制服警察帮、便衣警察帮、警探帮，穿插着多民族的基因。更重要的是，还有街头警察帮和办公室警察帮，隶属于内务部帮。甚至还以市镇、分区和工作单位分帮。

所以呢，马龙是爱尔兰警探街头警察北曼哈顿行动组帮。

他认为，还有一个帮派——腐败警察帮。

萨维诺已经在停车场恭候了。

看到他的黑色林肯领航员闪了两下大灯，马龙便把车停在领航员的正前方,这样对方想要快速离开的话,只能掉头。对面车里的情况模糊不清,萨维诺下了车。

这个坏蛋头目穿着一件运动服——因为他们总是情不自禁就这样穿——右手搭在腰间突出的枪支上,嘴上的笑容让人感觉就像走了狗屎运。

突然,马龙觉得对萨维诺的这身打扮不太喜欢。尤其当黑色车门打开,下来了三个多米尼加人之后。

其中一人是卡洛斯·卡斯蒂略。

如假包换。他穿着一件黑色西装,白衬衣,没有扎领带,俨然移动着的现金。他黑色的头发向后梳着,蓄着薄薄的胡子。其他两个人是枪手——黑色夹克、牛仔裤、牛仔靴,手持卡尼拉什科夫冲锋枪。

马龙掏出 MP5 放在腰间。

"放轻松,"萨维诺说,"事情不是你想的那样。"

鬼才信你呢。马龙想:你出卖了我,还装模作样在墓地那里讨价还价,你根本就没有钱。这是一个骗局——用一个虚假的表象引我入局。

卡斯蒂略朝他微笑着说:"怎么?你觉得我们不知道那个屋子里有多少公斤毒品、多少现金吗?"

"你想怎么样?"

"迭戈·皮纳是我表哥。"

马龙告诉自己,不要后退。后退一步就会送命。如果让他们发现你害怕了,那么你就死定了。"在纽约城内谋杀一个纽约警察局的警探?那么你的脑袋也不会好受。"

如果你不先开枪打爆它的话。

"我们是一个贩毒集团。"卡斯蒂略说。

"不，我们才是一个贩毒集团。"马龙说，"我在帮派里有三万八千人，你有多少？"

卡斯蒂略明白马龙的意思，他还真不笨。"很不幸，目前来说，我们还在为拿回财产而努力。"

马龙有一条规则：绝不让步。

"你可以回购。"他说。

"你太慷慨了。"卡斯蒂略说，"主动提出来让我们回购自己的财产。"

"我这个自作聪明的笨蛋刚送给你这样一笔交易，"马龙说，"不然，它们很可能被抛售。"

"这是你偷的。"

"我拿了它而已。"马龙说，"这有本质的不同。"

卡斯蒂略笑着说："那我也可以把它拿回来。"

"你可以试试看，"马龙说，"我会送你去跟表哥团聚。"

"迭戈永远不可能拿枪对着你，"卡斯蒂略说，"他太聪明了。为什么要对一个可以收买的人开枪？"

马龙说："迭戈罪有应得。"

"不，绝不是，"卡斯蒂略平静地说，"你本没必要杀他，但是你想杀了他。"

此言非虚。马龙想。"那我们的交易还继续吗？"

一个多米尼加人回到车上，拎着两个公文包回来了。他把它们交给卡斯蒂略，但是卡斯蒂略盯着马龙，然后摇了摇头。所以他的枪手又把包递给了萨维诺。

公文包是品质极好的哈利伯顿（Halliburton）。

萨维诺走过来，把包放在马龙汽车的引擎盖上，同时打开了它们，把一捆捆百元面值的美金摆在他面前。

"这是全部，"卡斯蒂略说，"四百二十五万美金。"

"你要不要清点一下？"萨维诺问。

"不用。"除非不得已，他不想再耽误时间，也不想把视线从多米尼加人身上转移到钱上。无论如何，如果他们蓄意少给他钱的话，那就代表他们可能也想干掉他。

马龙把公文包放到副驾驶座前的地板上，然后绕到车后，抓起两个行李袋放在了引擎盖上。

萨维诺又拿着行李袋回到卡斯蒂略身边。他打开包，向里面看了看，说："标签不见了。"

"我把它们撕下来了。"马龙说。

"但是这些确实是'黑马'。"

"当然，"马龙说，"要不要测一下？"

"我相信你。"卡斯蒂略说。

马龙把手指放在 MP5 的扳机上。如果他们要开枪的话，现在是最佳时机：他们找回了自己的海洛因，同时还有机会拿回自己的钱。卡斯蒂略朝其中一个枪手点了点头，后者抓起行李袋放到了萨维诺的车上。

萨维诺笑了："跟你做交易总是很愉快，丹尼。"

是啊。马龙想：卡斯蒂略如果不想跟西米诺家族做交易的话，他本可以在这里杀了我。路易，我们俩应该好好谈一谈了。

卡斯蒂略盯着马龙："你知道自己只是把死亡的时间推迟了吧。"

"你不也是吗？"马龙问。

他回到车上，倒着开了出去。四百二十五万美金静静地躺在副驾驶的地板上。开车过程中，他的肾上腺素一直在飙升。恐惧和愤怒像锤子一样给了他双重打击，他开始颤抖起来。

看到自己的手在方向盘上颤抖,他紧紧握住了它,试图让颤抖停下来。他开始深呼吸,以便让自己的心跳慢下来。

他想:我还以为我死定了。尽管,我早已成为行尸走肉。

他告诉自己:我闯过了这一关。但是,皮纳的表弟绝不会善罢甘休。也许,他只是在等待机会拿回毒品。或者,他想通过西米诺家族把毒品销售出去。路易会要求坐下来谈谈,但我绝不会再给他机会了。很大程度上,这个问题的焦点在于我和多米尼加人,谁对西米诺家族更重要。

我敢打赌,他们会选择多米尼加人。

还有一件事。该死的多米尼加人会把这些毒品散布到北曼哈顿的街头,彻底让德文·卡特出局。

我地盘上的瘾君子们也会因此而死去。

我还得忍受其他的一些东西。

他驾着车,沿着哈得孙河向南开去。在大桥灯光的掩映下,黑黝黝的河水泛着点点银光。

第二十二章

马龙把装满钱的公文包放回"拉卡亚",然后出来给自己倒了一杯酒。

最起码,双手已经不再颤抖。他用威士忌送服了两粒苯丙胺。时针已经过了凌晨三点,而八点半的时候,约翰有一场马龙不想错过的棒球赛。他坐了一会儿,等着苯丙胺生效后便离开了公寓,驱车前往斯塔滕岛,这样,他就能看到海上旭日东升的美景了。

到达目的地以后,马龙独自漫步在海滩之上,火红的朝阳把海平面映衬成漂亮的玫瑰色,此时的韦拉扎诺海峡大桥看起来像一个琥珀色的圆弧。海边的一群海鸥顽强坚守着自己的阵地,纵使马龙路过,它们也没有丝毫惧色。在这里,马龙的身份是一个入侵者。海鸥们在等待涨潮时卷来的海草作早饭。由于苯丙胺的作用,尽管马龙从昨天中午开始就没再吃过东西,但他仍然丝毫没有饥饿感。他想,了不起的海鸥们啊,不要被我挤出自己的地盘,你们数量占优。

年少的时候,父亲有时会带着他们兄弟到这片海滩玩耍,他喜欢追逐海鸥的那种感觉。如果水温够高的话,父亲还会带着他们玩人体冲浪(不用冲浪板而以胸腹冲浪),他感觉那是世界上最美好的事情。即使是在海水冰冷的现在，他仍然愿意下海试水。但是因为没拿毛巾，也没有地方冲澡，他又不想让自己的皮肤黏上海盐，只能作罢。

进入凉水的感觉应该不错，但是他瞬间反应过来，自己忘了冲澡，只能祈祷身上没有臭味。他还下意识嗅了嗅自己的腋窝，确实没什么怪味。

他也没刮胡子，估计这会让约翰很失落。所以回到车上的时候，他拿出放在前座下的多普工具包，开始在遮阳镜前干刮胡子。尽管刮起来不像想象中那么顺滑，脸上也有几处刮痕，但是，至少他看起来会比之前更得体一些。

然后，马龙驱车前往棒球公园。

塞拉早已到场，约翰的队伍也已经开始热身。在周六的上午进行比赛，孩子们看起来都不太兴奋。本来，他们可以睡个懒觉。

马龙走到塞拉身边，说："早上好。"

"又一个不眠之夜？"

他并没有理会话语中的嘲讽。"凯特琳来了吗？"

"她昨晚住在乔丹那里了。"

马龙很失望，而且他情不自禁地认为，这可能是塞拉计划的一部分，就是为了让他心情失落。他看向球场，朝约翰挥了挥手，约翰给了他一个睡意沉沉的回应。但是他的脸上挂着微笑，这是约翰的典型风格，脸上总是挂着微笑。

"想不想一起坐坐？"马龙问塞拉。

"待会儿有可能。"她说，"我上早班，一会儿要在小卖部卖东西。"

"卖咖啡吗？"

"来吧,我可以做一些。"

马龙跟着她来到了暂时用作小卖部的简陋小屋。身穿绿色的羊毛夹克和牛仔裤,塞拉看起来精神头不错。她煮了一些咖啡并给马龙倒了一杯。马龙拿起一个甜甜圈,觉得自己应该吃点儿东西。他留下十美金,然后告诉她,零钱留在罐子里即可。

"大客户。"

他从夹克的口袋里拿出一个信封递给她。塞拉拿起信封装进了自己的包里。

"塞拉,"马龙说,"万一碰上什么意外,你知道去哪儿,对吧?"

"菲尔家。"

"如果他也出事了呢?"那两个警察,拉莫斯和刘文建,只是坐在巡逻车里,结果就祸从天降。

"蒙蒂家,"塞拉说,"要出什么大事儿了吗,丹尼?"

"没有,"马龙说,"我只是确认一下你是否知道怎么做。"

"好吧。"她看着他,眼神里全是担忧。

"我说了,只是确认一下,塞拉。"

"知道了。"她开始往外摆糖果棒、饼干、麦片糖卷,还有苹果、香蕉和果汁盒子。"有些妈妈还希望我们有甘蓝。该死,我们凭什么要卖甘蓝?"

"什么是甘蓝?"

"你是认真的,哈?"

马龙想,也许是吧。他确实不知道甘蓝是什么。"凯特琳怎么样?"

"我不知道,几点了?"塞拉说,她正在竭尽所能把柜台摆满,然后说,"过会儿她可能会来,不过这取决于他们几点起床。"

"那太好了。"

"是,但要看他们几点起床。"

两人的对话让马龙怅然若失,但是他觉得现在走开还不是时候。"家里的一切都好吗?"

"你还关心吗,丹尼?"

"当然,我刚才不是问了吗?"不需要任何借口,他们就能吵起来。

"你可以让人来检查一下热水器,"塞拉说,"它又开始发出那些奇怪的噪音了。我好像已经给修理工打过三遍电话了。"

该死的帕伦博(Palumbo),他就知道跟家庭主妇们打哈哈,让她们感觉噪音就像在脑袋里一样。"这件事我会处理的。"

"谢谢。"

他能看出来,她很困扰。其实,她还是需要一个"丈夫"来处理类似的麻烦。如果马龙是个女人的话,他可能会拿着一支冲锋枪出门,横扫整条大街,歇斯底里地大喊大叫。

"有盖子吗?"

她扔了一个给他。

一阵沉默之后,马龙踱步来到了一垒线栅栏后面的露天看台。有些心急的父母早已就座,女人们腿上还盖着毛毯,还有一些人手里拿着膳魔师保温杯和唐恩都乐[①]的甜甜圈盒子。该死,马龙想,他们就不能在小卖部消费,支持一下孩子们的活动吗?

大部分父母都互相认识,跟大家点头示意之后,他独自坐在一边。

[①] Dunkin,一家专业生产甜甜圈、提供现磨咖啡及其他烘焙产品等的快餐连锁品牌,总部位于美国,为美国十大快餐连锁品牌之一。

他曾经也会参加家长会和才艺表演,赛后跟这些人一起去必胜客,一起参加后院烧烤和泳池聚会。现在,他仍然会去参加学校的活动,但是鲜有人再邀请他参加课外活动了。马龙想:也许是因为我,也许是因为他们撕掉了乡村父亲的标签。这并不是说他们对他怀有敌意或者别的什么,只是大家有不同的人生追求而已。

录音机里播放着美国国歌,马龙站起来,把手放在胸上,看着与队友列队入场的约翰。

很抱歉,约翰。

也许有一天,你会理解自己的混账父亲。

比赛开始。约翰他们作为主队先开球。马龙看到,约翰向左小跑而去。他比同龄人高大,所以被安排在外场[①]。这是一种误解,马龙想。实际上,他的手套很漂亮,但是击球命中率不高。对面投手知道他会轻易挥棒,所以总是向他扔坏球。但是马龙不像很多无赖的父亲,在看台上对自己的孩子大喊大叫。这能有什么不同吗?这些从不看洋基队比赛的家伙。

鲁索在他旁边坐了下来:"你看起来像一坨屎。"

"我有那么好看?"

"昨夜我们去莱文家了。"鲁索说,"凌晨两点。我本以为这个孩子会被吓得尿裤子。他的女朋友也没有表现得特别惊慌。"

"然后呢?"

"钱放在衣柜后面的一个公文包里,"鲁索说,"我跟他说了,孩子,你最好藏得更严实一点儿。"

"所以他过关了。"马龙说。

[①] Outfield,指球场内由垒线围成的球场方块之外,一、三垒处的边线内,非内场手正常防守的区域。

"我不敢保证。"鲁索说,"也许他们让他放长线钓大鱼。也许他们想要调查皮纳案。丹尼,我们必须得处理那些货了。"

"我已经处理了。"马龙说,"你有一百万美金,零钱也比昨晚的多。"

"天哪,你自己办的?"鲁索听起来不太高兴。

马龙跟他说,毒品卖给了萨维诺,也跟他讲了卡斯蒂略和多米尼加人的事儿。

"你让他们回购了自己的毒品?"鲁索问,"你这个不可思议的家伙。"

"这件事并没结束。"马龙说,"这个卡斯蒂略,想为皮纳报仇。"

"该死,丹尼,大半个北曼哈顿的人都想要我们的命,"鲁索说,"他们之间有什么分别呢?"

"我不确定。西米诺家族、多米尼加人……"

"我们必须跟卢谈谈,"鲁索说,"那样做不对,你一个人扛着所有的责任。"

"我会妥善处理的。"

"扯淡,你最近怎么变成独行侠了?"鲁索问,"我感觉你有事儿瞒着我。"

一个孩子把球击打到了球场左侧的远端,约翰追球的时候,他俩看着他的身影,看着他将球抓住之后,高举着手向裁判示意。

"就这么干,约翰。"马龙大喊。

两人沉默了一会儿,然后鲁索问:"丹尼,你还好吗?"

"是,为什么这么问?"

"我不知道,"鲁索说,"如果有什么事情困扰着你的话,你一定会告诉我的,对吗?"

话到嘴边,却又不得不咽了下去。

那一刻之后,整个世界已经天翻地覆。

年老的教士肯定告诉过他,原罪可以分为干犯之罪[①]和怠忽之罪[②]。通常,不是你做过的事情,而是你没做过的事情夺走了你的灵魂。有时候,并不是说出来的谎言,而是没有说出来的事实,为你打开了背叛的大门。

"你什么意思?"马龙感觉很糟糕。眼前这个人,曾经是他知无不言、言无不尽的朋友。但是现在,他无法告诉鲁索,自己就是那个叛徒。除非鲁索不想轻易放过他。或许,他已经开始相信格洛丽亚·托雷斯的说辞了。

因为那是事实。

马龙告诉自己:相信你的搭档。

当然。但是鲁索会相信他吗?

停车场的动静吸引了马龙的注意力。他一眼瞟过去,发现凯特琳从一辆本田 CRV 里钻了出来。她身体后倾,挥手跟车里的人道别。然后,马龙看着她走到小卖部,踮起脚尖,亲了亲母亲的脸颊。

鲁索注意到了他的变化,鲁索总是能注意到每一件事:"想念以前的时光吗?"

"每天都想。"

"有解决的办法,你知道。"

"天哪,你呢?"马龙问。

"我只是说说而已。"

[①] sins of commission,指做了不该做的。
[②] sins of omission,指没有做到该做的。

"太迟了。"马龙说,"况且,我也不想那样了。"

"胡扯,你不想。"鲁索说,"听着,外面可以彩旗飘飘,但是家中红旗不能倒。"

"保佑我神父,原谅我的罪。"

"滚。"

"注意你的言辞,我的孩子过来了。"

凯特琳爬到了看台上。马龙伸出手,顺势把她拉了上来。她依偎在他的怀里:"嗨,爸爸。"

"嗨,甜心。"马龙亲了亲她的脸颊说,"跟菲尔叔叔打个招呼。"

"嗨,菲尔叔叔。"

"这是凯特琳吗?"鲁索问,"我还以为是爱莉安娜·格兰德[①]呢。"

凯特琳笑了。

"还好吗,宝贝?"马龙问。

"我在乔丹家睡过头了。"

"玩得高兴吗?"

"当然。"

她叽叽喳喳跟他讲了她们一些小姐妹的事情,又问父亲什么时候再来看他们,他们什么时候能去看望他。然后,她发现本垒[②]后面的栅栏处有几个朋友。马龙说:"没关系,凯特,你可以过去和朋友们坐一起。"

[①] Ariana Grande,1993年6月26日出生于美国佛罗里达州伯克莱屯市,美国新生代女歌手、演员。
[②] Home plate,棒球比赛中使用的器具,用来判定投手的投球是否通过好球带、跑垒员是否安全踏触本垒板回来得分、击球员是否挥棒过半等的重要依据。

"你离开的时候会跟我道别,对吗?"

"当然。"

他目送她去到朋友们身边,然后拿起手机,在快速拨号里面找到了帕伦博的电话。

"你好,我找乔。"马龙说。

"他在接电话。"

"他在洗手间手淫。"马龙说,"让他接电话!"

帕伦博接了电话,说:"嘿,丹尼。"

"嘿,丹尼?你个混蛋,"马龙说,"你在瞎搞什么,乔?我老婆已经给你打了三遍电话,你还是不露面?什么原因?"

"我太忙了。"

"是吗?"马龙说,"所以,下次你的卡车因为一摞罚单要被扣押的时候,我也会很忙。"

"丹尼,我怎么做才能弥补自己愚蠢的错误?"

"每次我老婆打电话的时候,你第一时间过去。"他挂掉了电话,"这个该死的蠢货。"

"如果这些家伙好不容易出现,"鲁索说,"却又没带正确的工具,你什么感受?他们把整辆卡车停在你的车道上,却不会拿工作所需的任何一件工具。堂娜对他们毫不客气。有一次,她告诉帕伦博,'支票都给你准备好了,可惜我没有合适的笔'。他当场就领会了她的意思。"

"是,但塞拉不会这么做。"

"意大利女人,"鲁索说,"你想让她们付钱,必须先把活儿做完。"

"该死,我们是在讨论水管工吗?"

"算是吧。"

"孩子们怎么样？"

"两个男孩是混蛋。"鲁索说。

"不管怎么说，现在不用操心他们的大学了。"

"差不多吧。"

"所以，干那事还是值得的，是吧？"马龙问。

"你在开玩笑吧？"

他们知道自己做了什么，也知道为什么要做。

如果我落马了，马龙想，我的孩子们会因为他们的罪犯父亲而郁郁寡欢，更会在大学里不受待见。

但是，我不会落马。

比赛的进程像往常一样沉闷。一场真正的低分值防守大战，好像是15-13，约翰的队伍赢了。马龙走下看台去跟他说："打得不错，儿子。"

"我被三振出局①了。"

"三振出局代表你试图击球。"马龙说，"这点很重要。这场比赛中你出局了多少次？其实它们和跑垒一样精彩，约翰。"

儿子朝他笑了："谢谢你能来看我的比赛。"

"你在开玩笑吗？"马龙问，"我不会错过你的任何一场比赛。你们全队要去必胜客吗？"

"平莓（Pinkberry），"约翰说，"更健康一点儿。"

"很好，我觉得很好。"

"我猜也是，"约翰说，"一起来吗？"

"我必须得回城里了。"

"抓坏人。"

---

① 在棒球比赛中，打击者经裁判判定获得三个好球后，即被三振，记一出局。

"说对了。"

马龙抱了抱他,但没有亲,以防他在大家面前感到窘迫。约翰跟凯特琳道别后走到塞拉身边说:"你都没坐下来看我的比赛。"

"因为玛乔丽(Marjorie)一直未露面,"塞拉说,"也许她宿醉未醒。"

鲁索在停车场等着马龙:"我们再多聊会儿吧?"

"聊什么?"

"你。"鲁索说,"我能看出来,最近你根本就不正常……精神不集中……完全和一个混蛋似的。一有空闲,你就会消失不见。托雷斯自杀之后,这种状况更加频繁。"

"你有什么话想说吗,菲尔?"

"你有什么话想说吗,丹尼?"

"比如说?"

"比如他们说的是真的。"鲁索说,然后安静了一分钟,又说,"听着,也许你现在心里一团糟。事已至此,你可能会找到一条出路。我理解,你有妻子、儿女……"

马龙的心在绞痛,像一块石头在烈火的炙烤之下裂开了缝。

"不是我。"马龙说。

"好吧。"

"真不是我。"

"嗯,我听见了。"

但是鲁索看着马龙,好像自己也不确定到底该不该相信他。但是他说:"谢谢你,帮我们处理那个。"

"你可以去死了。"

在斯塔滕岛,这句话是爱的表达。

第二十三章

星期六的傍晚，马龙对卢·萨维诺的现身之处心知肚明。

能够像托尼·斯普拉诺那样，坐在外面啜饮意式浓缩咖啡的老式意大利咖啡馆早已不复存在。所以，别无选择的卢·萨维诺只能走进星巴克，点一杯意式浓缩，坐在117街外有围栏的庭院里。

马龙觉得这有一些悲哀。他看到卢穿着那身运动服坐在外面，跟他一起的是他的保镖，一个毫不掩饰的模仿崇拜者——麦克·西奥洛（Mike Sciollo）。两人侃侃而谈，眼神则集中在过往行人的屁股上。

尽管如此，马龙想，不能低估他。低估他导致的后果就是，昨晚自己差点儿丢了性命。如果他很蠢的话，怎么可能成为黑帮头目呢？马龙边往里走边想，他是一个聪明的、无情的混蛋。

再聪明、再无情的混蛋，也是需要上厕所的。萨维诺住在遥远的扬克斯①，所以上车回家之前必须去趟厕所。果不其然，马龙看到卢起身进了室内后，算好时间，就在萨维诺进了厕所的刹那伸脚抵住门，进去之后从背后上了锁。

---

① Yonkers，美国纽约州威斯特彻斯特县的一座城市，位于哈得孙河的东岸，是著名歌手 Lady Gaga 的故乡。

"丹尼,"萨维诺说,"我本来想给你打电话来着。"

这么紧凑的空间内,两个人几乎脸贴着脸。

"你本来想给我打电话?"马龙问,"你有没有想过,也许应该在勾结卡斯蒂略之前给我打个电话?"

"这是生意,丹尼。"

"不要跟我来这套索洛佐(Sollozzo)①的论调,"马龙说,"我们之间也有生意往来。卢,你应该提前告诉我,而且你本来就答应过我,不会让这些毒品进入我的地盘。"

"你现在说的对,很对。"萨维诺说,"但是你曾经做了错事。你不该那么对待皮纳。丹尼,你很清楚,你应该放他一马。"

"去哪儿能找到卡斯蒂略?"

"别去找他,"萨维诺说,"他想把你的头给拧下来。"

"我会把他的头砍下来,放进口袋里。"马龙说,"这样,他那可爱的小嘴儿就能天天给我口活了。他在哪儿,卢?"

萨维诺大笑起来:"你要干什么?难道像对待犯人一样用枪柄不停地打我?来啊!"

萨维诺看了看马龙身后,好像在期待着西奥洛能敲敲门,过来问他是不是出了什么状况。"我们听说了一些关于你的传闻,某人对此很关注。"

马龙很清楚,"某人"指的是斯蒂文·布鲁诺(Stevie Bruno):他很"关注"我到底是不是叛徒,因为,我对西米诺家族的一切恶行了若指掌。

"告诉他,没什么可担心的。"马龙说。

"我是你的担保人。"萨维诺说,"我要对你的所作所为负责,所以我也难辞其咎。他们让我坐下来一起吃个饭,你应该知道这

---

① 《教父》中的人物,也是毒贩。

意味着什么。"

"换作是我,我不会去。"

"当然。不过,你也在被邀请之列,混蛋。"萨维诺说,"明天十二点半,月神餐厅(La Luna),必须出席,只身前往。"

后脑勺挨枪子?马龙想,或许还有更糟糕的——脊柱上插刀,或者脖子上缠电线,嘴里塞满了乌七八糟的东西。"不去。"

"听着,"萨维诺说,"如果你帮我瞒过海洛因的事情,我替你作担保。"

"这事儿你没告诉布鲁诺?"

"我肯定是忘了。"萨维诺说,"这个贪得无厌的家伙会跟我要二十个点的回扣。只要你我二人互相照应,就都能成功从这次鸿门宴中全身而退,丹尼。"

"好。"

"明天见。"

西奥洛敲了敲门:"怎么了,卢?你掉厕所里了?"

"给我滚远点儿!"他看着马龙,"你以为你可以掌控整个世界?"

是的,毫无疑问。马龙想。

我掌控着整个糟糕的世界,事实如此。

驱车回城的路上,他突然间感觉呼吸困难。

就好像车子从周遭挤压着他。

该死,好像整个世界都从周遭挤压着他——卡斯蒂略和多米尼加人、西米诺家族、联邦调查局、内务部、警察总局、市政厅,还有其他上帝知道的人。胸口被压得生疼,他甚至怀疑自己是不是得了心脏病。马龙停下车,伸手够到了仪表盘上的储物盒,拿出一片赞安诺服了下去。

他想：这不像你。

这是什么情况？无端恐惧症吗？

这怎么可能发生在你身上？

你可是该死的丹尼·马龙啊。

马龙重新发动车子，向百老汇驶去。他知道有人在盯着他。眼神来自四面八方。眼睛的主人有黑人，也有棕色人种，有老人，也有年轻人，有黑帮成员，也有小孩子。他们的眼神或悲伤，或生气，或谴责，甚至有些还沾染了毒瘾。

无数双眼睛盯着他。

他向克劳德特家开去。

她很兴奋。

不是脖子深埋、头部下垂的兴奋，而是因为音乐而产生的兴奋。放的好像是塞西尔·麦克罗林·萨尔瓦特（Cecile McLorin Salvant）的歌。克劳德特打开门，扭动着身躯远去，用手指把马龙招呼了进来。

她的笑容让人感觉整个世界就是一碗奶油。

"来啊，宝贝，不要拖拖拉拉，赶紧跟我一起跳舞吧。"

"你很兴奋。"

"你说对了。"克劳德特说，转过身看着他，"我很兴奋。你想不想跟我一起啊，宝贝？"

"不用了。"

他想，没有比现在更好的时候了。现在的她仿佛处在人生的巅峰。但是你不可能一直陪着她，而毒品可以——你刚刚卖到街头的那些毒品。

她从屋子的另一端舞动过来，双臂环绕着他："来啊，宝贝，跟我一起跳舞。难道你不想吗？"

怎能让人拒绝？

他开始随着她的节奏一起摇摆。

跟他靠在一起，她感觉很温暖。

真想就这么和她一直跳下去，但是好景不长。海洛因的药效开始发作，她开始点头。但是同时，她咕哝着说："我打电话，你没接。"

有句古语说，一个人会"为爱痴狂"。他想，也许我就是。我疯狂地爱着这个女人。爱她很疯狂，跟她在一起也很疯狂，但我还是会跟她在一起，至死不渝。

为爱痴狂。

他把她抱上了床。

第二十四章

对马龙来说，星期天的感觉一如既往，带有一种童年时期不做弥撒的隐隐约约的不安。

马龙没有睡沉，只是打了个盹。整晚他都在考虑克劳德特的事情。

这时，他煮了两杯咖啡，回到卧室叫她起床。克劳德特睁开眼睛，马龙注意到，一两秒之后她才认出了他。

"早上好，宝贝。"克劳德特笑了。

安静祥和的周日早上，两人能够相互依偎着赖床式的微笑。

他说："昨晚——"

"太美妙了，宝贝，"她说，"再次谢谢你。"

她什么都不记得了。她会想起来的，他想，一旦她恢复记忆，毒瘾就会复发。

他知道，自己应该和她待在一起。

但是——

"我要去上班了。"他说。

"今天是周日。"

"你再睡会儿吧。"

"好吧，我试试。"她说。

月神餐厅是个老派的地方。马龙想。

一个萨维诺在做春梦的时候出现的地方，靠近郊区。他们想让我远离自己的地盘。

西米诺家族在这里有一个分支。

通常情况下，他应该给鲁索甚至蒙蒂打电话，让他们做自己的后援。

但是，这次会议以他成为叛徒为主题。

或许，应该通知奥德尔。

这才是他应该做的事情，但他还是决定只身赴约。

西奥洛站在门口拦住了他："丹尼，我得对你搜身。"

"我腰上有一支手枪，"马龙说，"背上有一支伯莱塔。"

"谢谢。"西奥洛拿走了他的武器，"出来的时候我把它们还给你。"

当然，马龙想，如果我还能活着出来的话。

西奥洛搜遍了马龙全身，以防他带着窃听器。之后，他带着马龙来到了后面的隔间。这个地方很空旷，几个人在吧台，一对恋人在那儿卿卿我我。

萨维诺和斯蒂文·布鲁诺坐在雅座里，后者一身里昂比恩（L.L.Bean）的行头让他看起来有一些不伦不类——方格衬衫、棕色宽松的灯芯绒马甲、多克（Dockers）休闲裤。而且，他旁边的椅子上还放着一个帆布男包。他的脸藏在茶杯后面，看起来很不高兴。这位郊外教父被迫进入了肮脏的城市。

他带了四个人。在视线范围之内，却又无法听到他们的谈话内容。

布鲁诺点头示意马龙坐进雅座。马龙照做之后，西奥洛搬了把椅子,坐在雅座的尽头。

这样,他成了瓮中之鳖。

"丹尼·马龙,斯蒂文·布鲁诺。"萨维诺给两人引荐了一下,微笑中夹杂着紧张不安。

"那对恋人在吧台要组建家庭了,"马龙说,"俩人谁说了算?男孩还是女孩?"

"你电影看多了。"布鲁诺说。

"我还觉得看得不够呢。"

"喝一杯吧,丹尼?"萨维诺问。

"不用,谢谢。"

"对一个爱尔兰人来说,这是破天荒的头一遭,"萨维诺说,"这种情况可不多见。"

"你们让我来这里,就是为了开玩笑吗?"

"不开玩笑,"布鲁诺说,"外面到处传言,你是为联邦调查局工作的叛徒。"

这些人对警察无感,但是却痛恨联邦调查局,将其视为法西斯主义迫害者,因为其故意找名字以元音结尾的人的碴儿。他们尤其痛恨意大利联邦调查局官员和为之通风报信的叛徒。

马龙知道其中的区别——一个卧底警察不是叛徒。但是,一个跟他们有生意往来的腐败警察,如果瞬间反水,那么他就是叛徒。

"你相信吗?"他问。

"我不想相信,"萨维诺说,"告诉我们这不是真的。"

"这不是真的。"

"人之将死,其言也善,"布鲁诺说,"我倾向于相信你。"

"联邦调查局同时监控了我和托雷斯,"马龙说,"我不知道他们是怎么做到的。我只能告诉你,我没有戴监听器。"

"如果这样的话,他们为什么只抓了托雷斯,而没有抓你?"布鲁诺问。

"我不知道。"

"那就更糟了。"

"托雷斯不知道我和你们家族的关系,"马龙说,"我从来没有跟他讨论过这个。所以,你不会出现在我和他的录音中。"

"但是,如果联邦调查局把你抓进去,"布鲁诺说,"他们会让你吐出所有实情。"

萨维诺焦虑地看着马龙。马龙知道他在想什么。他肯定不想让他说:"如果我是为联邦调查局工作的叛徒,萨维诺已经因为海洛因贩毒而被判处三十年甚至无期徒刑了。在我们谈话的时候,他还在为你们交易。"

马龙说:"我为西米诺家族创造了多少财富?我替你们给检察官、法官、市政官员送了多少信封作为中标回扣?大家都安然无恙多少年了?"

"我不清楚,"布鲁诺说,"过去我一直待在刘易斯堡。"

该死,萨维诺,帮帮腔啊。

但是萨维诺并没有开口。

马龙说:"难道,十五年对你们来说根本就没有意义吗?"

"意义很大。"布鲁诺说,"但是我根本不了解你,因为这十五年间我基本不在这里。"

马龙盯着萨维诺,后者终于开口说:"斯蒂文,他是个好人。"

"你愿意用生命为他作担保吗?"布鲁诺问道,眼神里充满了杀气,"你现在已经这么做了。"

萨维诺在回答之前犹豫了一秒。

应该是世界上最长的一秒。

"我愿意，斯蒂文，"他说，"我为他担保。"

布鲁诺听进了这句话，然后问道："你准备告诉联邦调查局些什么？"

"什么也不说。"

"你能承担四到八年的刑期？"

"差不多四年。"马龙说，"你的伙计们会在里面罩着我，对吧？"

"他们都很讲义气，"布鲁诺说，"绝不会以德报怨。"

"我也很讲义气。"马龙说。

"问题是，"布鲁诺说，"你可以承受四年的牢狱之灾。但是我，会被像垃圾一样扔进牢房，然后在里面度过余生。所以现在对我来说最大的问题是，我能不能冒这个险？如果你是叛徒，现在就跟我们说实话。我们会给你个痛快，让你免受折磨。我保证，你老婆还能定期拿到信封。否则……如果我必须对你严刑逼供的话，这个过程可能会很丑陋，而你老婆以后也只能靠自己了。"

马龙感到愤怒的火焰在身体内熊熊燃烧，就像已经沸腾的热水，但是他又无法将下面的火给关掉。他知道，他们在测试他，给他一条出路，跟审讯室内警察的做法如出一辙。

表露出一丝恐惧，他就死定了。

所以他选择了另外一种方式。

"永远不要威胁我，"马龙说，"不要威胁我的钱，更不要威胁我老婆。"

"冷静，丹尼。"萨维诺说。

布鲁诺说："我们只是想知道事实。"

"我告诉你的就是事实。"马龙说。

"好吧,"布鲁诺说完,把手伸进帆布包,拿出一叠纸放在桌子上,"关于这个的事实是什么呢,讲义气的家伙?"

马龙看到了自己的 302 文件。

几乎同时,他抓住西奥洛的头发,把他的脸猛然摔在桌子上,踢掉了他身下的椅子。然后,马龙把手伸向靴子,拿出了藏在里面的匕首,抓住萨维诺的头,把刀架在了他的脖子上。

两个跟班,包括那个在吧台与女孩卿卿我我的家伙,拔出了枪。

"我会割开他的喉咙。"马龙说。

"让他走!"萨维诺呻吟着说。

众人看向布鲁诺,后者点了点头。

他可以在这里给马龙干脆利落来一枪,但是,他可不想让一场枪战最终变成《邮报》的头版头条。

马龙拽着萨维诺离开了雅座,退向门口,用萨维诺的身体作掩护,把匕首架在他的脖子上。他对布鲁诺说:"如果你想让我杀了他,你就再威胁我老婆试试。来啊,张开你的臭嘴,再说一次她的名字。"

"反正他死定了。"布鲁诺说,"你也不例外。享受你在这个星球上的最后一天吧,你这个该死的叛徒。"

马龙从背后摸索到门把手的位置,把萨维诺向前推倒,逃了出去,快步跑向他停在街边的车。

"他手里有我的 302 文件!"马龙大喊。

"没事的。"奥德尔说。但是他很震惊。

"你们跟我说过,它很安全,"马龙继续大喊,在屋子里踱来踱去,"在一个保险箱内……只有这个屋子里的人——"

"冷静,"帕斯说,"你还活着。"

"与你何干?"马龙说,"他们拿着我的 302 文件!现在,他们手握证据!你们整天忙着对付腐败的警察,但是却没察觉你们有内鬼吧!"

"我们真的不知情。"奥德尔说。

"那他们怎么拿到的?"马龙说,"难道是我自己给他们的?"

"麻烦大了。"温特劳布说。

"别废话!"马龙一拳打向了墙壁。

温特劳布仔细检查着 302 文件。"你和西米诺家族还有别的关联吗?"

"没有。"马龙说。

"开诚布公。"帕斯说,"这是我们之间的协议。"

然后他脑海里闪过一个念头。"塞拉……天哪……"

"我们已经派人去了。"奥德尔说。

"省省吧,"马龙说,"我自己去。"

他朝门外冲去。

"待在原地别动。"帕斯说。

"你有胆拦我?!"

"如果有必要的话,"帕斯说,"走廊上有两个联邦执行官。你哪儿也不准去。用你的脑袋想想,当前情况下,斯蒂文·布鲁诺不会派手下到斯塔滕岛对你的妻子动手的。他会想方设法避免再次锒铛入狱。我们还有时间。"

"我想见我的家人。"

"如果你事先通知我们,"帕斯说,"你可以戴着监听器参加这次会面,那么我们现在已经可以把布鲁诺绳之以法了。这是血淋淋的教训,我们能宽恕你。但是现在,你得告诉我们——你和西米诺家族有什么关系?"

马龙没有回话,而是坐下来,把头埋进了双手。

"唯一的办法,"帕斯说,"保护你自己和你的家人,就是把布鲁诺抓起来。告诉我一些内幕,让我能够拿到拘捕令。"

"我从没见过他。"

"不,你见过。"帕斯说。

马龙抬起头,看着她的眼睛,里面闪烁着她的意愿——不对,是坚持——让他作伪证。

奥德尔不敢看他的眼睛,看向了别处。

温特劳布胡乱翻动着文件。

"我们会把你和你的家人纳入保护计划,"她说,"你出来作证——"

"去死吧。"

"没有别的选择了。"帕斯说,"你别无选择。"

"让我出去,"马龙说,"我自己来处理布鲁诺的事情。"

"天哪!"帕斯说,"让执行官进来,把他铐起来。我不想跟这个笨蛋再费唇舌了!"

"那我的家人怎么办?!"马龙问。

"靠他们自己!"帕斯大喊,"你以为我是什么?公益部门?!是你把自己的亲人们置于险境!这是你的责任,不是我的。给他们买一条德国的罗特韦尔犬(Rottweiler),或者,给他们装一套报警系统。"

"你这个狗娘养的。"马龙说。

"执行官怎么还不进来?"帕斯问。

马龙说:"你们这些人,远比我想象的肮脏。"

屋子里安静下来，没有人敢反驳。
"好吧，"马龙说，"打开录音机。"

他从头开始，讲大部分警察接近犯罪团伙的原因，就是为了拿到一个薄薄的信封，然后就可以对赌博屋视而不见。

其实也没多少，偶尔有一百美金的零花钱。

他刚从警校毕业，还是个新手警察的时候，就与卢·萨维诺相识。有一天，萨维诺在哈莱姆找到他，问他是否有意向挣点儿外快。

毫无疑问，谁跟钱有仇呢？

萨维诺的一个跟班大发牢骚，说为了教训自己的妹妹，这个人渣把她痛殴了一顿。很不幸的是，有一个目击者看到了全过程，对他的教育方式很不理解，不知道马龙是否可以到第五分局看看，找到目击者的名字和地址，为这个城市省去审判的成本，也为大家省去很多麻烦。

马龙当即拒绝了这个要求。他绝不会让一个目击证人挨打，甚至被杀。

萨维诺大笑起来："拜托，没人想要那么干。"他们想要给这位目击者安排一次很好的旅行，实在不行再给他买辆车。

"买辆车？"马龙问。内心受到深深的震撼。

其实这件事并不简单。萨维诺的跟班本来就在保释期，这次暴力控诉很可能让他再蹲十年牢。"你觉得这是正义吗？这不是正义。该死，如果你能亲自送出信封，确保没人受伤害，感觉肯定会很爽。你能拿到自己的报酬，结果也会皆大欢喜。"

本来，马龙去接触抓捕警官的时候很紧张，可是结果证明他多虑了。过程很简单，一百美金查看一次，随时都可以再查阅。

而那个目击者呢,很高兴地开着新车前往奥兰多,带着孩子们去了迪士尼乐园。这是一个"三赢"的局面,三方确实皆大欢喜,除了当事人因为殴打女人而被打碎了下巴,但这是他应得的。

正义得到了伸张。

在马龙帮西米诺家族处理了几起类似的事情之后,萨维诺开始找他处理别的了。他在哈莱姆工作,是吧?是的。毫无疑问,他了解这个社区,了解这里的左邻右舍。那他肯定知道位于雷诺克斯的137街上那个教堂的教士。

科尼利厄斯·汉普敦教士?

没有人不认识他吧。

他当时正组织着一场游行,抗议建筑工地雇佣童工。

萨维诺递给马龙一个信封,并让他送给汉普敦。因为教士不想让人看见自己和黑帮搞在一起。

"用这个来阻止教士的行动?"马龙问。

"不,你这个笨蛋。这个是让他继续抗议。我们在这里演双簧——教士组织抗议,让工地关停。然后呢,承包方再来向我们求助。我们拿到工程一定比例的分成,抗议就会停止。这是我们、教士和承包方共同努力的结果。"

所以,马龙前往教堂,找到了教士。后者像拿快递一样收下了信封。

全程没说一个字。

这一次,下一次,再下一次,次次如此。

"科尼利厄斯·汉普敦教士,"温特劳布这时候插嘴说,"人权活动家、人民的代表。"

"斯蒂文·布鲁诺有没有因为这些事同你见面?"帕斯问,"他有没有联系你?"

"当时他还在你的眼皮子底下。"马龙说。

"但是你认为,萨维诺是根据布鲁诺的指示在办事。"帕斯说。

"这纯属猜测。"温特劳布说。

"我们不是在法庭上,检察官。"帕斯说。

"是的,"马龙说,"我确实认为,萨维诺扮演着布鲁诺代理人的角色。"

"萨维诺亲口告诉过你吗?"

"是的,有几次。"

我们都知道,这是个谎言。马龙暗想。

但是,这个谎言却正中他们下怀。

然后他继续了。

再一次替西米诺家族发放福利,是过了数年,布鲁诺从刘易斯堡出来之后。

马龙想知道,福利要送给谁?

萨维诺这次笑得更放肆了。

市政官员——那些公布合同标的额的家伙。

"关上录音机。"帕斯说。

温特劳布关上了录音机。

"你确定刚才说的是市政官员?"帕斯问,"你的意思是市政厅?"

"市长办公室,"马龙说,"审计部门、战略办公室……如果你想再打开录音机的话,我可以重复说一遍。"

他盯着她。

"是不是很震惊啊?"马龙问,"也许你根本就不想知道这些事儿。"

"我想知道。"奥德尔说。

"闭嘴,约翰。"

"为什么我要闭嘴?"奥德尔说,"现在,这里有一个可靠证人,举报市政官员和西米诺家族有瓜葛。也许,纽约南区根本就不想知道细节,但是联邦调查局对此非常感兴趣。"

"同上。"温特奥布说。

"同上?"

"你打开了这扇门,伊沙贝尔。"温特劳布说,"我有权利穿过它。"

"请便。"帕斯说,她弯下腰重新打开录音机,看着马龙,意思是"继续","说出几个具体的名字。"

她上钩了。马龙知道。

他说了几个名字。

"套用一句老话,"温特劳布说,"我的天哪!"

"是啊,"马龙说,"我在韦斯特切斯特盖了很多房子,在楠塔基特①有乡间别墅,在巴哈马有度假屋……"

他看着帕斯。

他们都心知肚明,这些足以摧毁当局,断送很多人的事业和前程,自然也包括她自己的。但是她别无选择,所以她继续问道:"安排发放福利信封的时候,你都跟西米诺家族的哪个人联系?"

"卢·萨维诺,"他盯着她说。等了一秒,马龙又补充道,"还有斯蒂文·布鲁诺。"

"那你跟布鲁诺先生见过面。"

---

① Nantucket,是美国马萨诸塞州南部的一个岛屿,是捕鲸业早期的世界中心之一,赫尔曼·梅尔维尔的名著《白鲸》开篇即以此地为背景。

"有几个场合见过。"

他编造了几个看似真实的时间和地点。

"让我们说清楚点儿,"帕斯说,"你是不是说,在几个场合,正如我们记录的,斯蒂文·布鲁诺给你钱,并告诉你送给众多市政官员,以期能够拿下建筑招标项目?"

"非常正确,这就是我说的意思。"

"难以置信。"温特劳布说。

"也许并不可信。"帕斯说。

马龙想,她就是一坨狗屎。她一直在尝试见机行事,在搞清楚自己有没有陷入其中之前,她绝对会保留自己的意见,观察局势到底如何发展。

温特劳布看透了这一点,试着阻止她说:"你的意思是,马龙不可信?"

"我是说,我不确定。"帕斯说,"他已经多次证明自己就是个骗子。"

"你真的想走出这扇门吗?"温特劳布问。

"我想见我的家人。"马龙说。

"现在还不行,"帕斯说,"你们之间就这些关联吗,马龙警探?妨害司法?贿赂市政官员?"

"就这些。"马龙说。

我绝不会告诉你与毒品相关的事情,或者皮纳。

按照目前的罪责,我会被判四到八年。

但皮纳案可能会让我被判处死刑。

帕斯说:"你刚才坦白了几条重罪,这些不包括在我们最初的协议里,所以,我们之间的协议取消。"

她如此这般绞尽脑汁,马龙甚至都能闻到她大脑燃烧的味道。然后,他继续给她施压道:"那你到底要不要把我抓起来?"

"现在不行,"帕斯说,"还不是时候。我想跟同事们商量一下。"

"商量,"马龙说,"或许,你们能够商量出内鬼是谁。"

"为了安全,你不宜再现身街头。"奥德尔说。

马龙大笑起来:"现在你开始担心这个了?我中过枪,也被匕首扎过——我曾跑过上百座楼梯,穿过上百条小巷,闯过上千道门,根本就不知道对面的敌人是谁,将要发生什么事情。现在,就在你们刚刚差点要了我的命之后,你又假惺惺地开始关心我?去死吧。"

说完,他离开了。

"我们要好好教训他们一顿,"鲁索说,"布鲁诺、萨维诺、西奥洛、西米诺家族的所有人,如果有必要的话。"

"我们不能那么做。"马龙说。

他们在合租的公寓里商量。

"这件事弄得街头巷尾人尽皆知。"蒙蒂说,"丹尼·马龙和三个闲逛的黑帮成员武装对峙。内务部前来问询应该只是时间问题。"

"你以为我不知道吗?"

蒙蒂问:"你为什么要见他们?"

"他们也听说了托雷斯的那些流言,"马龙说,"我猜,他们相信了,我也不确定。"

"为什么不叫着我们给你做后援?"鲁索问。

"我觉得自己能处理好这件事,"马龙说,"事实如此。"

"如果我们在那儿的话,"蒙蒂说,"不可能会动武,街上也不会有动静,内务部也不会循声前来。而你也只是离岗三个小时而已。这一点,考虑到托雷斯的人说过的话——"

"你在说些什么,蒙蒂?"

"简单来说,"蒙蒂说,"我还有不到六十天就退休了。我要带着家人离开这个城市。所以,我不允许任何事、任何人阻挠我的计划。如果有什么事情需要解决的话,丹尼,我们第一时间解决它。"

马龙下楼走到车旁,钻了进去。

一根钢丝套在了他的脖子上。

钢丝被向后拉着,越来越紧。

本能反应,马龙抓住这根钢丝,但是它勒得太紧,以至于马龙根本挣脱不开,他甚至都无法把手指伸到脖子和钢丝之间,来争取一点儿呼吸的空间。他伸手摸向副驾驶座的那把枪,但是他够不到枪柄,更不幸的是,枪掉了。

马龙用胳膊肘猛然向后一击,试图击中袭击者。但是他无法弯曲太大,无法获取太多的力量。他的肺部开始因为缺氧而疼痛,眼前一阵阵发黑,双腿开始痉挛性地踢来踢去,仅存的意识告诉他,自己可能要死了。脑海里开始响起儿时祈祷的歌声——

> 哦,老天爷,我冒犯您了,很抱歉。
> 我憎恶我所有的罪恶。

他听到自己的喉咙发出嘶哑的喊叫声。

疼痛彻骨。

> 我憎恶我所有的罪恶……
> 我真的憎恶我所有的罪恶……

我所有的罪恶……

我的罪恶……

罪恶……

他死了。没有炫目的白光,只有罪恶的黑暗在无边蔓延。没有醉人的音乐,只有声嘶力竭的叫喊。他看到了鲁索,还在疑惑,菲尔怎么也死了?他们说,在天堂里,你能与你所有的爱人相遇,可是他却没看到利亚姆和父亲。只有鲁索抓住他的肩膀,把他扔到了硬邦邦的柏油路上。等鲁索再次扶起他走向另一辆车的时候,马龙开始不停地咳嗽、呕吐、吐痰。然后,他发现自己坐在了副驾驶的位置,鲁索发动汽车退出去后,他意识到,自己还停留在这个鲜活的世界上,并没有通过鬼门关。

"我的车……"马龙沙哑地说道。

"蒙蒂开着,"鲁索说,"他跟在我们后面。"

"我们去哪儿?"

"去一个我们能够跟'后座的司机'私下聊天的地方。"他们开车上了西侧高速,然后把车停在了乔治·华盛顿大桥附近的福特·华盛顿公园(Fort Washington Park)。

马龙下了车,整个人甚至站不稳。他看到,蒙蒂把那个家伙从车里拽出来,拖到了哈得孙河林荫道两侧的绿化带上。

跟跟跄跄走过去,马龙低头看着这个人。

他已经被暴打了一顿,处于半昏迷状态,头被手枪枪柄打过——头发里夹杂着血块。此人三十多岁,黑头发,棕色皮肤。可能是意大利人,可能是波多黎各人,也可能是多米尼加人。

马龙踢向他的肋骨:"你是谁?"这家伙摇了摇头。

"谁派你来的?"马龙问。

这家伙又一次摇了摇头。

蒙蒂抓起他的胳膊,把他的手放在了车门处:"他在问你问题。"然后一脚踢向车门。

这家伙发出阵阵哀号。

蒙蒂打开车门,把他拽了出来。

他的手指都粉碎了,东倒西歪,指着各个方向,骨头从皮肤表层穿刺出来。他用另一只手擎着手腕,看到自己手的惨状之后,又号叫了一次,抬头看着蒙蒂。

"现在轮到另一只手了。"蒙蒂说,"或者,你也可以选择告诉我们,你是谁,谁派你来的。"

"纯内提瑞斯。"

"为什么?"

"我不知道,"他说,"他们只是告诉我……待在车里……如果你出来的话……"

"如何?"马龙问。

"杀了你,把你的脑袋交给卡斯蒂略。"

鲁索问:"现在卡斯蒂略在哪里?"

"我不知道,"这个家伙说,"我没见过他,只是照章办事。"

"那就把你的另一只手放在车门里。"蒙蒂说。

"求你了……"

蒙蒂拔出手枪,指着这个家伙的头说:"把你的另一只手放车门里!"

这家伙痛哭流涕,还是把手放到了车门里。

他从头到脚都在颤抖。

"卡斯蒂略在哪儿?"蒙蒂问。

"我有家人。"

"难道我没有吗？"马龙问，"他在哪儿？"

蒙蒂假装要踢车门。

"特勒斯花园酒店（Park Terrace），楼顶套房。"

"怎么处置这家伙？"蒙蒂问。

"旁边就是哈得孙河啊。"鲁索说。

"不要，求你们了。"

鲁索俯身看着他，说："你差点儿将一个纽约警察局的警官斩首，你觉得，我们应该怎么处置你？"

这家伙呜咽着，举起了自己的双手。他身体蜷缩成一个胎儿的形状，放弃了求饶，开始吟唱："巴隆·撒麦迪……"

"他在咕哝些什么？"鲁索问。

"他在向巴隆·撒麦迪祈祷，"蒙蒂说，"多米尼加伏都教①的死神。"

"不错的选择，"鲁索说着，拔出武器，"唱完。你可能需要一只鸡什么的，因为你完蛋了。"

"不要。"马龙说。

"不要？"

"我们已经杀了皮纳，"马龙说，"不能再身背另一桩谋杀案了。"

"说的对，"蒙蒂说，"看起来，我们的这位朋友以后也无法行凶作恶了。"

"如果我们让他活命的话，"鲁索说，"这就传达了一个错误的信息。"

"我现在对传递信息这类事情感觉有点不大在乎了。"马龙说，蹲在差点杀了他的这个人旁边，"回多米尼加，如果再让我

---

① 尤指在海地盛行的一种宗教，其活动包含魔法和巫术。

在纽约见到你,你就死定了。"

他们上车,前往因伍德。

特勒斯花园酒店是一座城堡,坐落在靠近曼哈顿北端半岛的山顶上,远端与马龙的王国接壤。

半岛西面是哈得孙河,背面和东面是从曼哈顿延伸到布朗克斯的斯普滕-杜伊维尔河(Spuyten Duyvil Creek)。三座大桥跨越在斯普滕-杜伊维尔河上——靠近河边有一座铁路桥,然后是哈得孙河桥,在更远的东面,河水向南蜿蜒的地方是百老汇大桥。

当地居民所说的"花园",是五座建于1940年的八层灰石楼组成的建筑群,现在这里都变成了公寓,矗立于西区215街和217街的林荫之间。

南面是东北学院(Northeastern Academy)和小小的伊萨姆公园。西面是超大的位于9号公路和河水之间缓冲区的因伍德山公园。北面居民区和河水之间是一些公共建筑——哥伦比亚大学的综合体育馆、足球场、纽约长老会医院的分院。西北面是马斯科塔沼泽(Muscota Marsh)。

楼顶套房的风景蔚为大观——曼哈顿的天际线、哈得孙河、因伍德山上的栎树斜坡、百老汇大桥,能见度很高,所以也很容易就能看到有人来访。

三人两车沿着因伍德的主干道百老汇街前行。一条小巷向西延伸到特勒斯花园东街,他们在这条路上向北来到了217街,停下车,看着北面卡斯蒂略居住的那栋建筑。

马龙本来的想法此刻得到了验证。

他们根本不可能在这里抓到卡斯蒂略。

这个大毒枭,这个下令对一个纽约警察实行斩首的人,与其说是受到石头城堡或护城河的保护,倒不如说是生活在法律的庇护之下。这个地方不是普通的居民区或者贫民窟,它有自己的居委会、业主协会和网站。更重要的是,这里住的都是有钱的白种人。他们不可能擅自闯进去抓住卡斯蒂略。这里宣扬法制的居民们会在五秒钟内把电话打给市长或市议会,甚至警察专员,抗议所谓的"闪电行动"。

想要进去,他们必须拿到搜查令,但是现在他们没有。

说实话,马龙跟自己说:你根本拿不到搜查令,而且,你唯一可做的事情就是逮捕卡斯蒂略,他自己对这点也很清楚,所以,他可以明目张胆地住在自己的城堡里,贩卖海洛因,安排对你的刺杀。

接受现实吧。

你能有什么办法?

迟早,卡斯蒂略会把"黑马"推上街头。而他会密切监视这件事,这是他的工作。

如果他真的那么做了,你就可以抓住他。

所以现在要做的就是,保持耐心。

现在撤退,监视他,伺机而动。联系卡特,告诉他卡斯蒂略的地址。

打好手里的牌,不要管对方有什么牌。如果你会打的话,对子的效果不会比同花顺差。而且,你的牌可比对子好多了。

鲁索掏出望远镜,窥视着花园的露台。

"我们在看什么?"莱文问。听起来,他对他们凌晨两点到自己住处搜查的事情还耿耿于怀。

"不要太在意了,"鲁索说,"我们必须好好检查你一下,看看你干不干净。"

"你的意思是,看看我脏不脏。"

"你胡说八道些什么?"马龙问。

莱文很聪明,立刻停下讨论。他说:"艾米快疯了。"

"她问你钱的来路了?"鲁索问。

"当然。"

"那你跟她说什么了?"蒙蒂问。

"让她别管闲事。"

"我们的小伙子成熟了,"鲁索说,"现在,你得跟她结婚,这样她就不用接受测谎了。"

"我要把这笔钱捐给慈善机构。"莱文说。

这时马龙跟他说:"那是卡洛斯·卡斯蒂略的安全屋。我们得监视他。"

"监听?"

"还没有,"马龙说,"现在只是通过视觉。"

"嘿,"鲁索说着,把望远镜递给了马龙。

望远镜里,马龙看到卡斯蒂略本人拿着一杯起床咖啡,来到露台上欣赏日出。

如同国王在检阅自己的王国。

马龙想:你得意得太早了。

混蛋,这里还是我说了算。

第二十五章

"我把家里弄得乱糟糟的。"克劳德特说。

马龙一半身子站在屋外,甚至都不想进去,担心看到自己不想看的。

但是,他还是要确保她不会出什么意外。

他欠她的。而且,他也爱她。

现在,她又进入之前无数次出现过的悔恨状态。她很懊恼(他们都知道她很懊恼)。她承诺这次之后再也不吸了(他们也都知道这不可能)。此刻,他已经精疲力竭:"克劳德特,现在不行,很抱歉,我做不到。"

她看到了他脖子上的勒痕:"出什么事了?"

"有人想杀我。"

"这个玩笑一点儿都不好玩。"

"听着,我需要洗个澡,让头脑清醒一下。"

他走进浴室,脱光衣服,打开了花洒。

彻骨的疼痛蔓延全身。

马龙使劲搓洗着自己的皮肤,直到感觉疼痛为止。但是,他无法洗去那道勒痕,更无法洗去皮肤上和灵魂里的污垢。现在他终于能够明白,父亲为什么每次下班回家,总是径直走进浴室。

你无法洗掉身上的街头气息。

它从毛孔钻进你的身体,然后随着血液在全身流淌。

马龙问自己:你的灵魂呢?难道也要把责任推卸到街头上吗?当然,街头要承担一定的责任。

戴上警徽的那一刻,你就嗅到了腐败的气息。马龙想。就像九月份的那天呼吸着死亡的气息一样。腐败不仅仅存在于这座城市的空气里,还存在于它的基因里,也存在于你的基因里。

是的,把责任推到这座城市身上,推到纽约城身上。

推到警察这个工作身上。

这很简单,而且也能避免自己对自己刨根问底。

你怎么沦落到现在这个地步的?

其实,万变不离其宗。

冰冻三尺,非一日之寒。

当你在警校接受警示教育的时候,你觉得这种滑坡式腐败是一个笑话。一杯咖啡、一个三明治,会让你接受其他的东西。不,你会以为,一杯咖啡就是一杯咖啡,一个三明治也就是一个三明治,仅此而已。熟食店的老板会非常感激你,你的到来让他的小店蓬荜生辉。

这么做有什么坏处呢?

实际来讲,并没有。或者说,还没发生。

然后,还有"9·11"事件。

天哪,不能把责任推到这件事上,而且,你在这件事上并没有陷入太深,对吗?失去一个亲兄弟,死了二十七个同伴,母亲变得伤心欲绝,你的心支离破碎,燃烧的尸体发出一股恶臭,到处都是灰烬和扬尘。

所以,不要把责任推到这件事上。如果这么做的话,你可能再也不能去利亚姆的墓前跟他倾诉了。

其实,做便衣警察的时候才是腐败的开端。

你和鲁索闯进一个贮藏室,罪犯们跑路,地上散落了一些现金——不太多,大约有几千。当时的情况下,你有贷款,需要奶粉钱和纸尿裤钱,或许,你也想带着妻子去有桌布的餐厅奢侈一次。你和鲁索对视了一眼,然后迅速把钱收了起来,就当什么也没发生一样。

一朝越界,便一发不可收拾。

一开始是一些临时目标——跑路毒贩散落的钱,请求通融或者照顾的女人提供的现金或赠品,或者来自赌城经纪人的信封。你并没有去刻意索取,但是如果有主动投怀送抱的,你也不会将其拒之门外。

这有什么影响吗?人们该赌博还是会去赌博,该嫖娼还是会去嫖娼。

好吧,也许之后你去了盗窃案或者入室抢劫的案发现场,拿了一些小偷没拿的东西。除了保险公司,没有人会有什么损失,而保险公司是这个世界上最大的骗子。

你频繁出庭作证——你可以看到那些无能、效率低下,甚至腐败的人,是如何把你冒着生命危险逮捕的人放掉的。你只能眼睁睁看着他们昂首阔步离开,脸上挂着得意的笑容,甚至挑衅地朝你微笑。然后有一天,一个辩护律师在庭外找到你,说:我们在同一个系统内工作,或许我们可以一起合作做点儿事情。然后他递给你一张名片,说:如果你给我推荐代理人的话,我给你提成。

为什么不呢?反正打官司都需要律师,除了你之外,系统里的每个人都在赚钱,所以如果有人主动为你提供一个赚钱的机会，你有什么理由拒绝呢？而且，如果他让你把信封送给检察官，让一个本来就可以无罪释放的人无罪释放——该死，你只是多拿了一份代理人的酬劳，有什么理由不愿意呢？

你是在利用犯罪，但是你并没有为了谋取利益而设计犯罪，然后……

有一次突袭位于亚当·克雷顿·鲍威尔街123号的制毒工厂。你照章办事，拿着搜查令和需要的任何手续，毒贩这次没有跑路——他只是平静地坐在那里说："拿着这些。你我各自离开，这样大家都能过上好日子。"

这一次，讨论的金额不是一千、两千，而是五万。这是一笔非常严肃、能够存起来的钱，能够供你的孩子读完大学。难道就任由这个毒贩子给自己买个格里汉堡就溜之大吉？该死，至少你惩罚了他，让他花了一些钱，对他罚了款——为什么这些罚款要交给国家而不是放到自己的腰包里？这样还能用这笔钱做一些有意义的事情。

所以，你放他走了。

你会感觉不太舒服，但是情况却又不像你所预想的那么糟糕。你开始渐渐变得麻木。为什么律师、法院、监狱就应该赚这笔钱？

你只是简化了整个过程，然后当场伸张正义。

这是国王的行事方式。

有一条底线你自始至终都没有破坏。但是你没意识到，自己正在一步步靠近它。

你告诉自己，你与别人不同，但是你知道这是自欺欺人。因为，每次破坏规矩的时候，你都告诉自己，这是最后一次，但是你却很清楚，这不可能。

以前，你会伪造证明以实施正确的抓捕——让毒品和罪犯远离街头。后来，你伪造许可来执行一些可以从中获利的抓捕。

你知道自己选择从食腐动物变成食肉动物。

你成了一个捕食者，一个彻头彻尾的罪犯。

你告诉自己，你和别的罪犯不同，你抢劫的是毒贩，而不是银行。

你也告诉自己，绝不要因为利益而杀人。

这是底线，最后一道底线。

因为如果你闯进一家制毒工厂，他们想要决一雌雄的时候，你会怎么办？是让自己被杀呢，还是把他们击倒？然后你还不能拿走金钱和毒品。

你拿的钱上面都沾着血腥。你拿走毒品，然后让他们称呼你"英雄警察"。

甚至有一半人相信这是事实。

但是现在你成了一个毒贩。

跟你工作上打击的那些混蛋没什么分别。

现在你裸着身子，却始终无法将身体或者灵魂中的犹大清洗掉。而且你很清楚，迭戈·皮纳根本不是要拔枪朝你射击。你可以很坦白地告诉自己，你杀了他。

你是个杀人犯。一个罪犯。

浴室的门滑开，克劳德特走进来，陪着他站在花洒下面，手指摸着他腿上褪色的伤疤和喉咙上的新伤痕。

"你真的受伤了。"她说。

"我是不可摧毁的。"他说着，张开双臂环抱着她。花洒四溅的热水和她的泪水在柔软的棕色皮肤上交汇在一起。

"生活在尝试毁掉我们。"她说。

生活在尝试毁掉每一个人。马龙暗想。

而且它总是会在你死亡之前的某段时间胜出。

他从浴室里出来,穿好衣服。等她出来之后,他说:"我可能有一阵子不能过来了。"

"是因为我又吸毒了吗?"

"不,不是因为这个。"

"你要回到妻子身边,是吗?"她说,"回到你孩子们的红头发的爱尔兰斯塔滕岛的母亲那里。没关系,宝贝,你本来就属于那里。"

"我属于哪里,由我决定,德特。"

"我以为你已经决定了。"

"我待在这里会把你置于险境,"马龙说,"有人在找我麻烦。"

"我愿意承担这个风险。"

"我不愿意。"他把西格绍尔别在大腿上。

脚踝的枪套装上伯莱塔,九毫米口径的格洛克套在了肩膀上。

然后,他披上一件超大号的黑色T恤,把匕首放在了靴子里。

克劳德特惊讶地看着他:"天哪,来找你麻烦的家伙是什么人?"

"整个纽约城。"马龙说。

第二十六章

内德·钱德勒住在贝德福德（Bedford）以西的巴罗街（Barrow Street）。他把门打开一条小缝，看到了警徽。然后，他还没有反应过来，马龙已经破门而入，把他推到沙发上，用枪指着他的头。

"混蛋。"马龙说。

"怎么了？怎么了？放松。"

"帕斯是市长的女人，对吧？"马龙问，"想要把对他的指控转嫁给警局？"

"如果你非要这么理解的话。"钱德勒说，"天哪，马龙，能放下枪吗？"

"不能。"马龙说，"因为有人想杀我。上一秒我告诉帕斯如何贿赂市政厅，接着就有人用钢丝勒住了我的脖子。这个人不是卡斯蒂略派来的，但是卡斯蒂略和西米诺家族合作，而西米诺家族又跟市政厅合作——"

"我不会用'合作'这个词——"

"我给他们送过信封！"马龙说，然后用枪管使劲顶了顶钱德勒的太阳穴，"到底是谁泄露了我的302文件？"

"我不知道。"

"内德,你信上帝吗?"

"不。我不知道……"

"你不知道答案,是吧?"

"是。"

"你会后悔的,"马龙说,"再跟我说你不知道的话。到底是谁泄露了 302 ?"

"帕斯。"

马龙把枪从钱德勒的脑袋上拿开:"说说吧。"

"我们对她的调查并不了解,"钱德勒说,"如果你先找到我们,马龙,我们可能会直接关停计划,或者重新规划。当我们发现她调查的对象是你的时候,我们知道,这肯定会是一个……麻烦。"

"一个你们以为西米诺家族能替你们解决的麻烦。"

钱德勒没有回话,不言而喻。

"而他们失手之后,"马龙说,"卡斯蒂略接过了枪。"

钱德勒说:"是的。你杀了他的一个家人,是吧?"

"我杀他的时候,你们都在鼓掌。"但是他们不知道,马龙想,他们对那次突袭并不知情。他们也不知道西米诺家族内的那个混球给了多米尼加人五十公斤毒品。

看来,这件事情还有转机。

"你在联邦调查局官员面前指控贪腐,"钱德勒说,"不只是帕斯,还包括联邦调查局的官员温特劳布。你将某些人置于很危险的境地。"

"除非我死了,无法进行测谎。"

钱德勒耸了耸肩——事实如此。

"某些人是谁?"马龙问,"谁在追杀我?"

"所有人。"钱德勒说。

也是,马龙想——卡斯蒂略、西米诺家族、托雷斯的队友、塞克斯、内务部、联邦调查局……市政厅。

不错,差不多是所有人了。

"完全没有必要这样。"马龙说,"我来搞定卡斯蒂略和西米诺家族。你让我跟'某些人'坐下来谈谈。"

"我不确定能否做到这一点,"钱德勒说,"无意冒犯,马龙,你是一剂毒药。"

"行了,我知道你有这个本事。"马龙说,"听着,我已经没有什么可失去的了,内德,我会用两颗子弹塞进你该死的脑袋里。"

钱德勒拿起了电话。

曼哈顿 57 街,又被称为"亿万富翁街"。

一个门童带着马龙上了私人电梯,来到了 57 街一号楼的楼顶套房。布莱斯·安德森亲自打开了房门。

"马龙警探,"安德森说,"请进。"

他带着马龙来到了一个满是落地窗的客厅,这里的风景让上亿的房产看起来物超所值。整个中央公园在窗下延伸,曼哈顿西区位于房子的左手边,曼哈顿东区位于房子的右手边。这就是富人们的日常风景,整个城市都在他们的脚下蔓延。

房间的整个背景墙是一个拥有珊瑚礁的海洋水族馆。

"谢谢您能这么早接见我。"马龙说。

"我可不喜欢太阳晒屁股的感觉。"安德森说。他看起来就是一个房地产大亨的样子——瘦高个,金发,鹰钩鼻,眼神犀利,"钱德勒说,这不是一次实际性的社交拜访。喝咖啡吗?"

"不了。"

他站在窗前，纽约城的黎明仿佛是他的舞台背景。

蓄意为之。为的是向马龙展示一下他的王国。

"我们是应该互相搜身呢，警探？"安德森问，"还是对彼此都绅士一些？"

"我没有戴监听器。"

"我也没有，"安德森说，"那么……"

"我为西米诺家族送了很多信封。"马龙说，"有不少是送到了这里。"

"也许吧，"安德森说，"听着，警探，如果我拿了信封，那也只是些'小钱'。我用它们去解决一些事情，去盖一些大楼，仅此而已。你看看窗外……那栋……那栋……那栋，你知道这意味着多少就业就会吗？多少单生意？多少次旅游？你不傻，应该知道重建一座城市的代价是什么。难道你想重温过去的苦日子吗？失业？整个城市一片狼藉？"

"我只是想活下去。"

"那你觉得，活下去的代价是什么？"安德森说，"你现在还面临着一个问题，两个犯罪组织都想要你的命。你树敌太多，马龙，就像乐事制造的薯片一样。"

"工作性质问题，"马龙说，"处理毒贩和黑帮对我来说没问题。但是联邦政府和市政厅太庞大了。如果他们联起手来……你为什么不去追查警察总局和警察专员？我只是个普通警察而已。"

"你是一个碍事的普通警察。"安德森说，"现在，你把枪口对准了市政厅以及包括我在内的一些重量级人物。"

"你们完全可以不这样啊。"

"那我要怎么做呢?"

"结束一次联邦调查,"马龙说,"比杀了我容易多了。"

"显然,"安德森说,"如果这次调查被叫停,重建这座城市的人们还需不需要担心你呢?"

"你以为我会在意,谁在市区投资,谁会成为市长甚至州长吗?对我而言,你们这些人没什么两样。"

"因为暮色之下,所有的猫都是灰色的?[①]"安德森说,"但是,我们凭什么相信你呢,马龙?"

"你女儿还好吗?"

"什么意思?"安德森问。但是他很聪明,瞬间就反应过来,"当然,你帮了大忙。她现在过得很好,谢谢你。说真心话,多亏了你,她已经回到本宁顿学院,还进了优秀学生名单。"

"听到这些,我很欣慰。"

"你这是勒索吗?"安德森说,"你留了一份她的性爱录像带的复本,如果我不结束调查,你就把它公之于众?"

"我不是你。"马龙说,"我甚至没看过录像带,更别说留一个复本了。也许,这就是我没有你成功的原因。也许,这就是我是你重建的城市里的一个打工仔的原因。这不是勒索——你足够聪明,自然做事也很得体——但是我告诉你,如果任何人再来骚扰我,我的家人,我的搭档,下一次我再来找你的时候,我会杀了你。"

马龙踱步来到窗边:"真是个美丽诱人的城市啊,对不对?我曾经爱它如命。"

[①]表面意思为,在光线不足的时候,眼睛不能分辨颜色,因而每一个物体看上去都是灰色的,引申为黑暗之中难辨丑艳。

伊莎贝尔·帕斯在中央公园的水库边晨跑。

马龙跟在她身后。

她的头发向后扎成一个长长的马尾辫。

"伊莎贝尔,"马龙说,"我觉得你从来没有背后中过枪。我也没有。但是我目睹这个场景好几次了。中枪的姿势看起来一点儿都不优雅,而且也很疼。所以,如果你转身,或者大声呼救,或者别的什么,我就往你的肾上开一枪,你相不相信?"

"相信。"

"你把我的302文件泄露给了西米诺家族。"马龙说,"不要白费口舌去否认。我已经知道了,现在也不是很在乎。"

"所以你要杀我?"她试图让自己听起来若无其事,但是颤抖的嗓音却出卖了她:她很害怕。

"倒霉的都是一些吃盒饭的律师和警察,对吧?"马龙说,"信托基金的宠儿们却能逍遥法外。如果一个警察受贿,那么他就会成为罪犯;但是如果一个市政官员受贿,太阳却会照常升起。"

"你想要什么?"

"我已经得到了我想要的,"马龙说,"天天能够观赏公园景色的那位也同意了。我来只是为了告诉你结果:我被无罪释放,对我的所有指控被取消,不用坐牢,只要从行动组辞职,就能全身而退。"

"在对你完成测谎之前,我们不会把你放进保护计划之中。"帕斯说。

"不需要你们帮忙,"马龙说,"我可以照顾自己和家人。"

"如何照顾?"

马龙说:"如何照顾不需要你担心。你是对的——这不关你的事儿。"

"还有呢?"

"我的搭档们,"马龙说,"会保住他们的工作、警徽、退休金。"

"你是不是在告诉我,你的伙伴们也跟你串通一气?"帕斯问。

"我是在告诉你,如果你胆敢伤他们半毫,"马龙说,"我会把整个城市掀翻,压在你身上。但是我感觉,某些人不会允许这个情况发生。"

帕斯停下脚步,转过身看着他:"我低估你了。"

"当然。"马龙说,"别生气。"

他转身离开,去找卢·萨维诺算账。

萨维诺的车并没有停在斯卡斯代尔①的车位上。

马龙盯着他的住处,几分钟后驱车回到市区,来到萨维诺情人公寓所在的113街,步行来到二楼。马龙把九毫米口径的手枪藏在身后,摁响了门铃。

他听到里面的脚步声,一个女人的声音叫道:"卢,怎么了?难道又把钥匙掉了?"

马龙把警徽对准猫眼,说:"是格里内利(Grinelli)小姐吗?纽约警察局,有话跟你说。"

她把门打开一条小缝:"是关于卢的事情吗?他还好吗?"

"你最近一次见他是什么时候?"

"老天爷。"突然间她意识到自己是谁,住在哪里,"我不跟

---

① Scarsdale,位于纽约市北部郊区,居民素质高,生活环境优美,学区顶尖。

警察说话。"

"他在里面吗,格里内利小姐?"

"没有。"

"我可以进去查看一下吗?"马龙问。

"你有搜查令吗?"

他一脚踹开门,闯了进去。萨维诺的情人捂着脸:"你这个混蛋,我流血了。"

他拿出枪,穿过客厅,检查了浴室、卧室、大衣柜、厨房。卧室的窗是关着的。然后,马龙又回到了客厅。

"你上一次见卢是什么时候?"马龙问。

"去问你妈吧。"

马龙用枪顶着她的脸:"我可不是在跟你闹着玩儿。你最后一次见到他是什么时候?"

她开始颤抖:"几天之前。他过来和我上了床就离开了。本来昨晚他应该过来的,但是他没有露面。这个混蛋,甚至连个电话都不打。然后就是现在了。求求你……不要杀我……求求你了……"

麦克·西奥洛刚刚到家。

他从牛仔裤口袋里掏出钥匙,打开了自己住处的房门。就在此刻,马龙用手枪柄重击他的后脑勺,然后把他拖进了里面的小门厅。

马龙把他推到邮箱上,把枪筒抵在他的耳朵后面:"你老板去哪儿了?"

"我不知道。"

"那就跟这个世界说晚安吧,麦克。"

"我再没见过他!"

"从何时开始?"

"今天上午。"西奥洛说,"我们喝了咖啡,从那之后我就再没见过他。"

"给他打电话了?"

"他没接。"

"麦克,你说的是实话?"马龙问,"还是在帮卢打掩护?如果你骗我,你的邻居们就会发现你身体的碎片躺在他们的电费账单上。"

"我真的不知道他去哪儿了。"

"那你还待在街头干什么?"马龙问,"如果布鲁诺和卢垮台了,你就是名单上的下一个。"

"我只是在处理一些事情,"西奥洛说,"之后我也要走了。"

"如果再让我看见你一次,麦克,"马龙说,"我会认为你对我怀有敌意,也会采取相应的行动,明白吗?"

他把西奥洛推到墙上,然后回到了自己的车里。

卢·萨维诺不会回来了。马龙边开车边想。萨维诺可能躲在河里,或者垃圾场里。如果他从肯尼迪机场乘飞机离开,他们会发现他的车。但是他绝没有离开纽约,他也走不了。

布鲁诺会销毁 302 文件。

帕斯销毁其他的。

安德森会监督他们。

我来对付卡斯蒂略。

他回到家,睡了一会儿觉。

一切都结束了,你赢了。

第二十七章

房门被踹开的时候,他睡得正酣。

脸被摁在墙上。

武器也被卸下。

两只胳膊被扭到了身后,手腕也被铐了起来。

"你被捕了。"奥德尔说,"渎职、贿赂、敲诈勒索、妨碍司法公正——"

他被搞糊涂了,有点儿迷茫。"你搞错了,奥德尔!问问帕斯。"

"她不再负责了。"奥德尔说,"事实上,她被起诉了,还有安德森。马龙,一出好戏,干得漂亮。你的罪名还包括持有毒品并带销售意向、与人密谋销售或者分发毒品、持械抢劫。"

"你到底在说些什么?"马龙问。

奥德尔抓住他,把他转过来。

"丹尼,萨维诺自首了。"奥德尔说,"他坦白了皮纳案的始末,告诉我们你私吞了多少毒品并卖给了他。"

"我要见律师。"马龙说。

"我们会帮你打电话。"奥德尔说,"他叫什么名字?"

"杰拉德·伯杰。"马龙说。

马龙想,也许他会是自己的救世主,也许,自己要下地狱。但可以肯定的是,复活节兔子不会来送礼。

第三部分 独立日,最后的交锋

> 我却要降火在推罗(Tyrus)城内,烧毁其中的宫殿。
> ——旧约《阿摩司书》1:10

> 让自由鸣响,让白鸽歌唱,
> 让全世界知道,今天就是审判日。
> ——格雷琴·彼得斯《独立日》

第二十八章

杰拉德·伯杰十指交叉,双手放在桌子上说:"今天早上,能把我从睡梦中叫醒的电话可能不计其数,但是我不得不说,你的电话最出乎我的意料。"

他们俩坐在位于联邦广场26楼的联邦调查局的一个审讯室里。

"那你为什么还来?"

"鉴于电话的来源,我以为你要向我表达感激之情。"伯杰说,"至于我为什么来,是因为我很好奇。提醒你,不是吃惊。我早就知道,你这可悲的性情最终会把自己置身于水深火热之中,但是我很惊讶,危急时刻,你竟然会向我打电话求救。"

"我需要最好的。"马龙说。

"老天爷,你一定惹了大麻烦才会这么说。"伯杰笑着说,"那我们就来讨论第一个也是最重要的一个问题——你有钱支付我的律师费吗?这是一个准入的问题——如果没有令人满意的答复,我们不可能一起走出这扇门。"

"你的收费标准是多少?"马龙问。

"每小时一千美金。"伯杰说。

每小时一千美金,马龙暗想,一个普通的巡警的收入是每小时三十美金。

"如果你今天能让我从这里出去,"马龙说,"我可以用现金先支付你五十个小时的费用。"

"然后呢?"

"然后我再买两百个小时。"马龙说。

"这只是开始。"伯杰说,"你有房子,也有车,或许还有一个足够有趣的故事,能够出书或者出售影视版权。好吧,马龙警官,你有律师了。"

"需要告诉你我都干了些什么吗?"马龙问。

"没必要。"伯杰说,"我对你的所作所为丝毫不感兴趣。其实这根本就不相干。真正重要的是,他们能证明你干了什么,或者,我们觉得他们能证明你干了什么。你的罪名是什么?"

马龙把奥德尔告诉他的罪行一一罗列了出来——一连串的腐败指控、多项伪证指控以及新加的大额盗窃和贩毒。

"这和迭戈·皮纳案件有关系吗?"

"这件事一直困扰着你吗?"

"不完全是,"伯杰说,"皮纳先生已经不是我的客户了,事实上,你也知道,他已经过世了。"

"你认为是我杀了他?"

"你确实杀了他,"伯杰说,"问题是,你是不是谋杀或者我怎么认为根本无所谓。即使是谋杀,也没什么大不了的。我也不是在问,你是不是凶手。另外,闭上你的臭嘴。到目前为止,他们还没有以谋杀罪起诉你。事实上呢,他们没有以任何罪名起诉你,就这么随随便便把你抓起来了。所以,我们是不是应该请这些家伙进来,看看他们到底掌握了些什么证据?"

奥德尔和温特劳布一起进来坐下。

"我一直以为你是个正派的人。"温特劳布对马龙说,"一个好警察，只是因为某些羁绊而身不由己。现在我知道了，你只不过是个毒贩子而已。"

"如果现在你把个人的失望之情和对我委托人的责难都一吐为快了的话，"伯杰说，"那我们就来聊一些具体的事情吧。"

"当然，"奥德尔说，"你的委托人向卡洛斯·卡斯蒂略兜售了五十公斤海洛因。"

"你们怎么知道的呢？"

"我们有一个秘密的目击证人，"温特劳布说，"卢·萨维诺。"

"卢·萨维诺？"伯杰说，"一个被判有罪的重案犯，一个声名狼藉的黑手党头目。我们说的是同一个人吗？"

"我们相信他。"奥德尔说。

"谁在乎你们相信什么呢？"伯杰说，"重要的是陪审团相信什么。如果我让萨维诺站上证人席，盘问他的过往以及你们为了让他出庭作证而达成的协议，我敢保证，让陪审团相信一个暴徒，还是相信一个英雄警察，应该不难选择。

"如果你们掌握的只是一个毒贩为了避免终身监禁，为了防止我将他的照片作为法庭的壁纸，从而给你们编织了一些奇妙的故事，那么，我劝你们立刻释放我的委托人，并跟他道歉。"

温特劳布往前欠了欠身子，按下录音机上的播放键，马龙听到萨维诺说：

"不用担心我的事儿。你想要多少？"
"十万美金一公斤。"

温特劳布暂停录音，对伯杰说："我坚信，这是你的委托人的声音。"

然后他又按下播放键。

"你他妈的生活在什么世界里啊？我可以出价每公斤六万五、七万。"

"对'黑马牌'海洛因来说，这个价位不太合适，这又不是六成的纯度。市场价应该是十万。"

"十万是直接卖到零售商手里的价格，但是你做不到。这也是为什么你找我来帮忙。我可以给你涨到七万五。"

"我们快进点儿，好不好？"温特劳布说。

马龙听到自己说：

"我们好像在参加《创智赢家》栏目。好吧，完美先生，九万怎么样？"

"你是不是想让我弯腰趴在一块墓碑上，这样你就能在背后为所欲为了？或许我可以出价到八万。"

"八万七。"

"什么意思，我们是犹太人吗？我们能不能绅士一点儿？八万五如何？八万五一公斤，我要五十公斤，共四百二十五万美金，这可是一笔不菲的收入。"

这个混蛋戴着窃听器，全程都在监听，甚至很可能从圣诞前夜他玩弄他的老板们的时候就开始了，难怪他当时的信封那么薄。原来，他在给自己准备一条必要时的退路。

然后他听到自己说:

"还有一件事,你不能把这些毒品散到北曼哈顿境内。去别的州,或者新英格兰,但是不能在这里卖。"

温特劳布停下录音:"这是你在公民道德方面的良知吗,马龙?我们是不是还欠你一声感谢?"
他又按下了播放键。

"真麻烦,其实你根本不在乎有没有瘾君子,只要他们不在你的地盘上吸毒就行。"
"答不答应?"
"成交,不啰唆了,我可不想在这块令人毛骨悚然的墓地里待着了。"

"法庭对这种证据不予采信。"伯杰说,听起来有点儿焦虑。
"有争议。"温特劳布说完,看着马龙,"难道你想把整条命都押宝在听证会上吗?"
"不用回答他。"伯杰说。他朝温特劳布和奥德尔微笑着,"我听到的,以及我相信陪审团听到的,只是一个警察在设计骗局,假装销售毒品给黑手党。"
"是吗?"奥德尔问,"如果是那样的话,马龙应该戴着监听器。那这盘磁带有备份吗?他的行动许可呢?他的上司签发的文件在哪里?你们能拿出其中一样东西吗?"
"众所周知,马龙警探是一个特立独行的人。"伯杰说,"陪审团会断定,这只是又一个他擅自行动的例子而已。"

温特劳布笑了。马龙知道为什么。

如果萨维诺监听了他们在圣约翰的对话,那真实交易的时候自然也不例外。不出所料,温特劳布把另一张微型光盘塞进机器里,然后坐了回去。录音上,卡洛斯·卡斯蒂略说:

"怎么?你觉得我们不知道那个屋子里有多少公斤毒品、多少现金吗?"

"你想怎么样?"

"迭戈·皮纳是我表哥。"

"在纽约城内谋杀一个纽约警察局的警探?那么你的脑袋也不会好受。"

"我们是一个贩毒集团。"

"不,我们才是一个贩毒集团。我在帮派里有三万八千人,你有多少?"

"如果陪审团听到警探吹牛说纽约警察局是世界上最大的黑帮的时候,他们会怎么想?"奥德尔问。

"你可以回购。"

"你太慷慨了。主动提出来让我们回购自己的财产。"

"我这个自作聪明的笨蛋刚送给你这样一笔交易,不然,它们很可能被抛售。"

"这是你偷的。"

"我拿了它而已。这有本质的不同。"

"我觉得我们听的已经足够多了。"伯杰说。

"省省吧,"温特劳布说,"别再说那番'这是一次秘密行动'的谎言了。接下来卡斯蒂略被捕的地点在哪儿?依法被没收的海洛因在哪儿?我知道它们被存放在某个物证柜里,但是,我认为我们还应该继续往下听听。"

"这是全部,四百二十五万美金。"
"你要不要清点一下?"
"不用。"

马龙听了他和卡斯蒂略后续的谈话,然后听到萨维诺说:

"跟你做交易总是很愉快,丹尼。"

整个房间陷入了死一般的沉默。

马龙知道自己彻底玩完了。

伯杰问:"主管这件事的那位纽约南区的检察官呢?马龙警探的证人协议上,是她签的字。"

"帕斯女士已经被撤职了。"温特劳布说。

"被谁?"

"她的上司,"温特劳布说,"可能是美国的司法部部长。"

"我可以问问为什么吗?"

"你可以问,但我们没有义务回答你。"温特劳布说。

"我意识到了。"

"我可以告诉你,她陷入了利益冲突,"温特劳布说,"仅此而已。帕斯女士面临着对自己的指控,或许市政厅内外部的一些人也会受到相应的牵连。"

"我想跟我的委托人单独聊聊。"

奥德尔说："这不是你的办公室,大律师。我们不会像你的助手似的,呼之即来,挥之即去。"

"我相信,我和我的客户的谈话,对我们之前的讨论会是一个推进。"伯杰说,"请您谅解。"

当奥德尔和温特劳布出去之后,伯杰说:"你知道帕斯出什么事儿了吗?"

马龙跟他说了自己和钱德勒、安德森以及帕斯的对话。

"帕斯想卖掉跟你的协议,"伯杰说,"但是对方并没有买。她失算了。"

伯杰解释说,帕斯有一点没搞清楚,华盛顿当局希望市长的政治野心被扼杀在摇篮里,并且,他们希望纽约城有腐败丑闻。所以,当帕斯想通过出卖马龙来掩盖这个的时候,温特劳布和奥德尔越过她继续调查。她低估了他们。

"你使出了杀手锏,"伯杰说,"我对此印象深刻。但是这还不足以致命。"

"你能想办法不让萨维诺的录音上听证会吗?"马龙问。

"不能。"伯杰说。

"那我玩完了。"

"是的。"伯杰说,"但是玩完的程度不一样。他们需要你的配合来推翻市长的政权。但是他们有了萨维诺之后,你的配合已经不像以前那么有价值了。我们是不是应该看看你的证词潜在的价值?"

他出去把两位联邦调查员叫进来。

他们坐下之后。伯杰开始说:"我的代理人愿意做污点证人。"

"他曾经是，"奥德尔说，"然后他承认了原协议里没有包括的罪行，因此他违反了不得隐瞒的条款，从而致使协议无效。"

"那又怎么样？"伯杰问，"现在，他愿意为过去那些未披露的罪行作证。这才是你们真正想要的，对不对？我们接受报价，先生们。"

"去死吧。"温特劳布说，"我们已经有萨维诺了。"

"其他事情，我们可以考虑跟他达成协议。"奥德尔说，"比如说，行贿、妨碍司法公正。但是，我们不可能跟一个试图让五十公斤海洛因流到街头的贩毒警察达成任何协议。"

"你们知道，我是在破获毒品案。"马龙说。

"闭嘴，丹尼。"伯杰说。

"不，让这些假装圣洁的混蛋去死。"马龙说，"你们全都去死吧。你们想谈谈我的罪行，我做了些什么？还不如让我们来聊聊你们都做了些什么！你们跟我一样肮脏。"

奥德尔怒了。他站起来猛拍了一下桌子："这些乱七八糟的事情必须要终结！我绝对不允许——你听着，我绝对不允许警察都变成抢劫毒贩然后自己贩毒的土匪强盗！这个状况由我来终结！如果这意味着我可能会让自己死无葬身之地，那我也心甘情愿！"

"同意，"温特劳布说，"坐下吧，奥德尔，你快要得冠心病了。"

奥德尔坐了下来。他的脸涨得通红，手一直在颤抖。"我们可以和你们达成一项协议。"

"我们在听呢。"伯杰说。

"那些你决定放弃谁、不放弃谁，保护谁、伤害谁的日子已经结束了。"奥德尔说，"我们需要全部的人。不能放过任何一件腐败的事情和任何一个腐败的警察。麦克吉文、行动组，对了，还有你的两个搭档——鲁索和蒙蒂。"

"他们没有——"

"别再跟我扯这些了。"奥德尔说,"你的搭档也在皮纳案的现场。他们也因为这件事共同得到了嘉奖。他们肯定跟你一起参与了这件事,不要告诉我,他们不知道你私吞了五十公斤海洛因,也不要告诉我,他们没有从交易中获利。"

"没错,"温特劳布说,"闭上嘴,你现在自身难保。"

"这件事的决定权在法官和陪审团身上,"伯杰说,"我们会起诉,然后赢得官司。"

不可能。马龙想。奥德尔是对的,这件事必须做个了断。我坐牢,鲁索照顾我的家人。这个结果不算好,但也不算坏。无论如何,这是我能接受的唯一的协议。

他说:"我放弃。不会再讨价还价了,也不要再达成什么协议了。你们想怎样就怎样吧。"

"你给我打电话,就是为了自己给自己当律师吗?"伯杰问,"我可不推荐你的做法。"

马龙隔着桌子,把身体向奥德尔一侧倾斜着,说:"我第一天就告诉你,我不会伤害自己的搭档。我能熬过坐牢的时间。"

"你熬过去可能性很大。"温特劳布说,"但是塞拉能吗?"

"你说什么?"

"你老婆能熬过这个时间吗?"温特劳布说,"她可能会坐牢十到十二年。"

"为什么?!"

"塞拉能说清楚自己的收入来源吗?"温特劳布说,"如果我们让她接受国税局的审计,她能证明自己支出的合理性吗?她不用信用卡付款,莫非她有隐性的收入来源?如果我们进你家搜查,能不能查出藏着现金的信封呢?"

马龙看着伯杰:"他们能这么做吗?"

"恐怕可以。"

"想想你的孩子,"奥德尔说,"他们的父母都将锒铛入狱。他们会失去家庭,丹尼,因为你的收入根本无法证明你哪儿来的这么多钱,我们将以民事没收①的方式,让你的孩子搬离这座房子。我们会没收你的房子、车子、存款,而且丹尼,看着我的眼睛,我还要没收你孩子的玩具。"

温特劳布说:"如果你在某处给你的家人藏了一些贩毒的钱,最好还是忘掉它。如果我们不拿,你的律师也会拿走。官司和罚款会让你身无分文。等你出来的时候——如果你还能出来的话——你会成为一个名下没有一分财产的老头子,你已经成年的孩子们只知道是你连累他们的母亲入狱,根本就不会搭理你。"

"我会杀了你们。"

"从隆波克(Lompoc)?"温特劳布说,"维克托维尔(Victorville)还是弗洛伦斯(Florence)?因为你会在这些地方,在这个国家的另一端的最高级别的监狱里服刑。你再也见不到自己的孩子,而你的老婆则会跟柴油机和同性恋一起待在丹伯里(Danbury)。"

"谁来养大你的孩子?"奥德尔问,"我知道鲁索夫妇是他们的监护人,但是,菲尔叔叔对于养大一个叛徒的孩子会怎么想?尤其是你没钱的时候?他会给他们穿上华丽的衣裳,然后把他们

---

① civil forfeiture,民事没收制度是美国创设的一种法律制度,其独特性在于这种制度独立于对人的刑事追诉程序和追诉结果之外,只要证明有关财物的构成、起源来自通过犯罪取得的收益,即可进行扣押、冻结或没收。

送往大学吗？会花钱让他们去监狱探望母亲吗？"

温特劳布说："鲁索是个小气鬼，连件新夹克都舍不得买。"

"我那么做，怎么对得起他们的家人？"马龙问。

"那你是在告诉我们，你爱他们的孩子胜过你自己的？"

"丹尼，我们上法庭吧。"伯杰说。

"可能会有用，"温特劳布说，"也许，塞拉的官司可能会跟你的在同一个审判庭，你们可以一起吃午饭。"

"你这个混蛋。"

"我们出去十分钟，"奥德尔说，"给你时间考虑一下，跟你的律师商量商量。十分钟，丹尼，就十分钟。你来选择接下来怎么走。"

他们出去了，马龙和伯杰静静坐着。然后马龙起身走到窗边，看着市中心的景色。一个忙忙碌碌的纽约——人们争先恐后，想方设法拼命赚钱。

"这里是地狱。"马龙说。

伯杰说："你过去总是憎恨辩护律师，以为我们是整个地球上的渣滓，帮助有罪的人逃脱正义的审判。丹尼，现在你明白了吧？为什么我们会存在。如果系统内的小人物被捕了——如果他的名字末尾有个元音，如果他是黑人或者西班牙人，甚至一个警察——国家机器还是会把他碾压粉碎。这场战斗根本就不公平。伟大的正义女神被蒙住了双眼，因为她根本接受不了真正的事实。"

"你相信因果报应吗？"马龙问。

"不。"

"我也不信，"马龙说，"但是现在我不得不怀疑……想想我撒的那些谎，做的那些伪证，以及被我投入监狱的那些混蛋。但是现在我成了他们的一员，我成了他们的黑鬼。"

"你可以选择否定答案。"伯杰说，"因为你的律师是我。"

是，伯杰在法庭上的本事，马龙再清楚不过了。他知道对方律师的脑子里在想什么，但是如果这个想法已经被大陪审团认可——毫无疑问——没有检察官或者法官会去冒风险。

"我不能拿自己的家人去冒险。"马龙说。

做选择根本就用不了十分钟。马龙清楚，从他们说出口的那一刻，他就不会让塞拉去坐牢。

一个男人照顾自己的家庭，这就是故事的结局。"我接受他们的协议。"

"但你必须得坐牢。"伯杰说。

"我知道。"

"你的搭档们也是。"

"我也知道。"

没有选择权不是最恐怖的，最恐怖的是在难以取舍的事情之间做出选择。

伯杰说："我不能代表鲁索或者蒙蒂。那是违背公众利益的。"

"那就做个了断吧。"

伯杰出去让奥德尔和温特劳布进来，当他们坐下之后，他说："马龙警探将充分承认自己的罪行，并对贩卖海洛因的行为认罪。他将毫无保留地合作并作为污点证人，来证实他知道的有犯罪行为的在职警察的罪行。"

奥德尔说："这还不够。他必须戴上监听器，以便能够得到指控那些人有罪的证据。"

"他同意戴上监听器，"伯杰说，"作为交换，他希望判决法官能够签署一份合作备忘录，以多项指控同时惩处，建议判处他不超过十二年的刑罚，罚款不超过十万美元，没收非法所得。"

"原则上同意。"温特劳布说，"稍后我们会做好协议。在被告的工作圆满完成之前，我们将暂停对其指控的最终裁决。"

"条件是，马龙的新302文件里不准有任何谎言和隐瞒，"奥德尔说，"而且，他也不会再犯新的罪行。"

伯杰说："我们的另一个条件——"

"你们没有权利谈条件。"奥德尔说。

"如果这样的话，"伯杰说，"我们就不会待在这儿了。我们应该在大都会惩戒中心的一个牢房里。我可以继续了吗？马龙警探对于贵方提出的关于鲁索和蒙蒂方面的合作，以司法机关保证不对三人的家人提出指控为前提。这一点没得商量，必须放在你们二人和美国司法部部长共同签署的一个单独的备忘录之中。"

"你不相信我们，杰拉德？"温特劳布问。

"我只是为了确保每个人都参与其中，"伯杰说，"如果有一天，你们中的一人或者两人全都离开了现在的岗位，我的委托人仍然会受到保护。"

"同意，"温特劳布说，"我们根本就不想伤害家人。"

"话虽如此，但你每天还是在想方设法这么做。"伯杰说。

"那我们达成共识了？"奥德尔问。

马龙点了点头。

"这是同意吗？"温特劳布问。

"我的代理人同意了。"伯杰说，"你想怎么样？让他歃血为盟？"

"我想他自己说出来。"

"我为我的代理人发言。"伯杰说。

"好，那就让你的代理人知道，"温特劳布说，"如果他想以拉夫·托雷斯的方式让自己脱身，协议取消——五到八年内，他老婆无法去他的坟墓上撒花。"

"我们需要他现在就坦白。"奥德尔说。

马龙告诉了他们皮纳案的始末，他们拿走的现金和海洛因以及后来的毒品买卖。但是，他没有告诉他们，杀掉迭戈·皮纳事实上是私下行刑。

马龙和伯杰一起走出了大楼。

"这就是你为什么给我打电话，"伯杰说，"因为我可以让你走出来。"

"你也会在那儿等着和我一起进去吗？"马龙说，"当我去联邦监狱自首的时候。"

"我们会竭尽所能让你去爱伦伍德（Allenwood），"伯杰说，"开车去那儿只需要三个小时，你的家人去探望你也方便。"

马龙摇了摇头："他们会为了我的'安全'，把我关进禁闭室。几年内是不能指望被探望了。再说了，我不想让孩子们看见我在监狱里的样子。穿过一道道铁门，在等待室里和一群罪犯的家人一起等待，如果那些常来的人发现他们探望的是一个警察的话，他们会很窘迫的，甚至会被威胁。"

"不仅仅是几个月，可能是几年，"伯杰说，"这么长的时间，任何变化都有可能。"

"我去拿钱给你。"

"我们需要特别安排一下，"伯杰说，"如果让人看见你走进我的办公室，那就不太妙了。"

马龙几乎大笑起来："你的那些叛徒客户通常都怎么做？"

伯杰递给他一张名片："这是一家干洗店的电话。我很少开玩笑。"

"你剩下的费用怎么办?"马龙问,"我还指望用那些被罚没的钱来支付你的费用。"

"那我就跟你说得清楚点儿,"伯杰说,"凡事都有先来后到,联邦政府在我之后来的。他们能做什么?难道问你要你没有的钱?"

"他们可以拿走我的房子。"

"无论如何他们都会收走它。"伯杰说。

"很好。"

"你在担心什么?"伯杰说,"整个作证的过程会持续好几年,所以你必须住在一个军事基地里。你的家人也会被纳入保护计划。当你出去的时候,你也会被纳入计划。我听说,你的钱可以在犹他州买很多房子。"

"你在第五大道有一栋公寓。"

"我还有一套房子在汉普敦,"伯杰说,"在杰克逊洞(Jackson Hole)镇有个小屋,而且,我还在物色圣托马斯(St. Thomas)的小房子。"

"你还需要个地方来停放你的游艇。"

"对,说的对。"伯杰说,"警探,这是一桩生意。正义也是生意。我只是恰好把它经营得很好。"

"真是一份让人艳羡的工作。"

"你想知道这份工作的消极一面吗?"伯杰问。

"当然。"

"如果一切运转正常,就不会有人给我打来电话。"伯杰说。

第二十九章

天气炙热,纽约城的专属高温。

煨烫、蒸腾、肮脏、恶心的酷暑烘烤着混凝土和沥青,把整个城市变成了一座露天桑拿房。

曼哈顿的夏天,酷热难当。

马龙满头大汗从睡梦中醒来,然而在离开浴室三十秒之后,再次浑身湿透。

待在斯塔滕岛会感觉舒服一些。他坐在鲁索的后院,喝着一瓶库尔斯(Coors)。他上身穿着一件宽松的牛仔衬衫,下身穿着一条牛仔裤,脚上蹬着一双黑色的耐克鞋。

鲁索身上穿着夸张的夏威夷衫、百慕大短裤,脚上则是白袜子和凉鞋。他拨弄着烤架上的汉堡说:"七月四日。我爱我的祖国。"

蒙蒂上身穿着瓜亚贝拉衬衫,下身搭配着卡其布长裤,头上戴着一顶蓝色的小毡帽,正在给一支大号的蒙托克里斯托(Montecristo)雪茄吹气。

在鲁索家举办的国庆日露天烧烤,通常都是在他们离国庆日当天最近的一个周末,他们都轮休的时候。

这是团队的传统——强制出席的家庭日。

妻子和孩子都要出席。

约翰和蒙蒂的儿子们以及鲁索的双胞胎儿子泡在游泳池里玩水球；凯特琳和索菲亚坐在一起化妆；尤兰达、堂娜和塞拉三人坐在露台的桌子旁，啜饮着桑格里亚酒[①]，一起聊着女人之间的八卦。

席间，关于蒙蒂退休的话题一直是大家讨论的焦点。眼看自己的丈夫即将远离危险的工作，两人可以带着孩子一起离开这座城市，尤兰达的兴奋之情溢于言表。看着尤兰达幸福的样子，马龙的心在一层层破碎。

"看到游泳池里的那些傻小子了吗？"蒙蒂说，"他们很聪明，像大学生一样聪明。"

"他们的皮肤是黑的。"鲁索说，"而且会拿到奖学金。"

"他们已经有奖学金了，"蒙蒂说，然后轻轻笑道，"皮纳奖学金。"

接着跟鲁索碰了碰酒瓶子。

"皮纳奖学金，"鲁索说，"我喜欢这个名字。"

马龙感觉自己的灵魂在颤抖。此时此刻，在他最好的朋友家里和家人们一起聚会，但是，他却在对他们进行监听，然后再将这一切美好都击碎。

但他别无选择。环顾四周，确保妻子和孩子们听不到他们谈话之后，他说："我们得对付卡斯蒂略了。如果他在我们抓到他之前被捕，他肯定会说，皮纳的账上凭空消失了五十公斤海洛因。"

"你觉得他们会相信他吗？"鲁索问。

"你敢冒这个险吗？"马龙问，"可能会被判处十五到三十年。我们必须干掉他。"

他直勾勾地盯着鲁索，鲁索从烤架上拿下一根香肠，放到一

[①] Sangria，由葡萄酒加水果和柠檬饮料或白兰地调制而成。

个盘子里,说:"伟大的托尼·瑟普拉诺说过,'总有人要死'。"

蒙蒂正忙着转动雪茄,以便能够让它均匀受火:"给卡斯蒂略脑袋上来两颗子弹,我没问题。"

"你们有没有内疚感?"马龙问。

"皮纳?"鲁索说,"是因为我拿了这个婴儿杀手的钱然后从中得了好处?还是因为我的孩子们从此前途光明,这辈子再也不用背负贷款,而且会一身轻松地从大学毕业?皮纳算什么玩意儿?我对我们的所作所为感到很欣慰。"

"同意。"蒙蒂说。

男孩子们来到泳池边,大声吆喝着自己的父亲一起下去玩。

"一会儿就去!"

"你们总是这么说!"

"难道你们不担心他们在水里得骨质疏松吗?"鲁索问。

"我担心他们得大脑疏松。"蒙蒂说,"现在他们身边的小女孩太多了,发生关系可能就像下载音乐那么简单。既然我决定要在北卡罗来纳退休,那么我暂时不希望自己有孙子。"

"卡罗来纳消费水平太高了。"马龙说,"我想,罗德岛还不错。该死,钱都去哪儿了?皮纳的钱,律师的好处费,还有其他的钱。我是说,这些年我们每个人大概已经挣了两百万了吧?"

"你今天是干什么的?美林证券①的销售吗?"鲁索问。

马龙说:"不知道我们什么时候能再多一个发薪日。只需要发给我们薪水,也可以有点儿加班费。"

"蒙蒂,"鲁索说,"马龙想跟你推销一些市政证券。"

---

① Merrill Lynch,世界最著名的证券零售商和投资银行之一,作为世界上最大的金融管理咨询公司之一,该公司在曼哈顿 4 号世界金融中心大厦占据了整个 34 层。

"我们一直都知道这不会持久,"蒙蒂说,"再美好的事情,也会有一个结局。"

"也许是时候行动了。"马龙说,"我的意思是,为什么还要给那些瘾君子机会,让他们咸鱼翻身呢?也许是时候收拾筹码,趁着现在还赢的时候抽身而退了。"

鲁索说:"老天爷,难道你们两个家伙打算扔下我独自守着莱文?"

马龙说:"啤酒喝多了,我去厕所。"

堂娜把他拉进厨房,胳膊搭在他的肩膀上,用下巴指了指坐在外面的塞拉说:"这多好,你们一家人又在一起了。塞拉告诉我,她独自考虑了一段时间——你们又重新在一起了?"

"看起来像哈。"

"丹尼,为你骄傲。"她说,"跟着感觉走,你的生活是跟他们、跟我们在一起。"

马龙走进洗手间,打开水龙头,开始失声痛哭。

酒过三巡,他喝得越来越快。

塞拉问他:"不能喝得慢一点儿吗?"

"你就不能别管我吗?"马龙反问。他躲开她,来到了游泳池边。一年一度的"儿子对战老爸"的水球赛激战正酣。

约翰玩得很尽兴,大声喊道:"老爸!下来一起玩啊!"

"过会儿,约翰。"

"下来啊,老爸!"

"赶紧的,"鲁索说,"我们被打得屁滚尿流。"

"算了吧。"马龙说。

鲁索也喝多了,开始有点儿不耐烦了:"你他妈的赶紧下来,马龙！"

"我不下去，谢谢。"

整个聚会现场瞬间变得安静，大家的目光都聚集过来。女人们发现，这件事情不单单是进不进泳池这么简单。

"为什么不下来？"蒙蒂问。他正想方设法不让自己的雪茄沾上水。

"因为我不喜欢。"马龙说。其实，因为我戴着监听器。

鲁索问："你现在开始害羞了？"

"是啊，就是。"马龙说。

"你哪儿我们没见过？"鲁索说，"赶紧滚下来！"

他和马龙互相瞪着对方。

"我没带泳衣。"马龙说。

"来参加泳池聚会，"蒙蒂说，"你竟然没带泳衣。"

鲁索说："我借给你一件。堂娜，去给丹尼拿件泳衣。"

但是，他的眼睛没有从马龙身上移开。

"天哪，菲尔，"堂娜说，"他说他不想——"

"我听到他说什么了，"鲁索说，"那你听到我说什么了吗？现在给我滚进屋，给这个混蛋拿件泳衣！"

堂娜一阵风似的跑回了屋里。

"你为什么不想脱衣服啊，丹尼？"蒙蒂问。

"跟你有什么关系？"

"我让你进泳池啊。"蒙蒂说。

"你要强迫我？"

"如果有必要的话。"

马龙爆发了："去死吧，蒙蒂！还有你，菲尔！"

塞拉说："天哪，丹尼！"

"你也去死!"马龙大喊。

"丹尼!"

"你们都去死,"马龙喊道,"我走!"

"你哪儿也不准去!"鲁索说。

塞拉拉着他的胳膊:"你不能开车!"

他猛然挣脱自己的胳膊:"我没事儿!"

"对,你没事儿!"她在他身后吼道,"你就是个混蛋,丹尼!你是个十足的混蛋!"

他竖起中指,头也不回地走了。

> 如果皮鲁斯和克里普斯相处很好,
> 他们很可能在这首歌结束之后将我击倒,
> 好像整个城市都在与我作对……

马龙经由95号公路回城,音响里肯德里克·拉马尔(Kendrick Lamar)的说唱都快要爆炸了。

他俩知道了。

该死,鲁索和蒙蒂知道了。

天哪!

他的车速达到了九十迈。

考虑一下,径直加速撞向电线杆,那样一切都会解脱。醉酒驾驶致命,没有任何打滑的痕迹。没有人能证明它的不合理性。加快速度,狠狠撞上去,朋友们的录音会随着车辆的火苗和你一起消失于无形。

在车祸现场进行火葬。

一了百了。

让我的骨灰在北曼哈顿的上空飘扬。

这一定会激怒他们。我,丹尼·马龙阴魂不散,至死还在乱丢垃圾。

他的骨灰迎面扑向人们的眼睛,进入人们的鼻子,闻起来像可卡因,像大麻,像爱尔兰焦油沥青。

撞吧,像个男人一样。踩下油门,不要刹车,向右猛打轮,一切就结束了。这样对每个人都好。

就像埃米纳姆说的:

> 当你还在其中的时候,就要竭尽全力去争取。
> 当你要完结的时候,那就去接受这个结局。

马龙双手握紧了方向盘。撞啊,胆小鬼。

撞啊,你这个混蛋,叛徒。

他猛然转动轮子。

科迈罗横跨过四条车道行驶。喇叭轰鸣,刹车声尖叫,从挡风玻璃看出去,电线杆离他越来越近。

千钧一发之际,他急忙往回打轮。

科迈罗开始360度疯狂转圈,顺便带动着他的脑袋。整个曼哈顿的天际线在他的脸上时隐时现。

车子慢慢停了下来,马龙猛地一加油,转向回到一条车道上,向城区开去。

吆,吆,吆,吆!

马龙撕下黏在胃部的医用胶带,把监听器扔在了桌子上:"给你。混蛋，这里面是我搭档们的血肉。"

"你喝多了吗？"奥德尔说。

"地塞米松（Dex）和啤酒。"马龙说，"把这条加到对我的指控里，然后一起算账。"

温特劳布说："我大老远从汉普敦赶过来，就为了听这些废话？"

马龙大吼："我的搭档们知道了！"

"知道什么？"奥德尔问。

"知道我是叛徒！"

他告诉了他们游泳池事件的始末。

"就这些？"温特劳布说，"就因为你不愿意进游泳池？"

"他们是警察，"马龙说，"他们天生就怀疑一切。他们能嗅到犯罪的味道。他们知道了。"

奥德尔说："没关系。如果这盘磁带坐实了他们的犯罪证据，无论如何，我们明天就对他们实施抓捕。"

他们开始听录音。

"他们的皮肤是黑的，而且会拿到奖学金。"

"他们已经有奖学金了，皮纳奖学金。"

"皮纳奖学金，我喜欢这个名字。"

"我们得对付卡斯蒂略了。如果他在我们抓到他之前被捕，他肯定会说，皮纳的账上凭空消失了五十公斤海洛因。"

"你觉得他们会相信他吗？"

"你敢冒这个险吗？可能会被判处十五到三十年。我们必须干掉他。"

"伟大的托尼·瑟普拉诺说过,'总有人要死'。"

"给卡斯蒂略的脑袋上来两颗子弹,我没问题。"

"你必须接受测谎来证实这个真实性。"温特劳布说。

"我知道。"

"但是干得不错,"温特劳布说,"干得非常漂亮,马龙。"然后继续打开了录音。

"你们有没有内疚感?"

"皮纳?是因为我拿了这个婴儿杀手的钱然后从中得了好处?还是因为我的孩子们从此前途光明,这辈子再也不用背负贷款而且会一身轻松地从大学毕业?皮纳算什么玩意儿?我对我们的所作所为感到很欣慰。"

"同意。"

"很好,证据确凿。"奥德尔说。

"我会准备起诉鲁索和蒙蒂。"温特劳布说。

"你都迫不及待了,是吧?"马龙说。

"你到底以为自己是谁?"温特劳布说,"你不是谢皮科,马龙!你应该双手抓紧你所能抓到的一切,去死吧!"

"你也去死吧,混蛋。"

"我们出去散散步吧",奥德尔说,"呼吸点儿新鲜空气。"

他们坐着内部电梯下楼,来到了第五大道上。

"你想知道我的想法吗,丹尼?我觉得你很有罪恶感。你不仅为过去的所作所为深感负罪,而且现在还为出卖搭档而罪恶感加深。但是这两点是冲突的——如果你真的为过去的所作所为而感到罪恶的话,那就帮我们阻止这一切。"

"你是谁?我的教父?"

"有点儿吧。"奥德尔说,"我只是在尝试帮你摆脱低落的情绪,看清事情的本质。"

"我身上贴了一个叛徒的标签,"马龙说,"我已经完了。我对你们也没什么利用价值了,无论如何——你觉得还有警察和律师会跟我说话吗?"

马龙停下脚步,斜倚在墙壁上。

"你做了一件了不起的事情。"奥德尔说,"你在帮忙清理这座城市的司法系统……我们很感激你。你放弃那些保护毒贩甚至亲自贩卖毒品的'警察兄弟',因为他们根本不会保护吸毒过量的瘾君子、在车祸中丧生的孩子以及婴儿——"

"别说了!"

"这个城市即将崩塌。"奥德尔说,"而腐败的、残忍的种族主义警察构成了大半原因。他们的数量并不多,但是几颗老鼠屎,坏了一锅汤。"

"我承受不了这些。"

"你承受不了的是羞耻,丹尼,"奥德尔说,"并不是告发其他警察——你所不能容忍的是,你背叛了自己。我懂,我们来自同一个教堂,上过同样的课程。你不是个坏人,但是你做了坏事。能让你感觉好点儿的唯一办法就是坦白从宽。"

"我做不到。"

"因为你的搭档?"奥德尔问,"如果他们身陷囹圄,你敢保证他们不会出卖你吗?"

"你不了解,"马龙说,"他们不会跟你说任何事情。"

"也许,你并不像你想象的那么了解他们。"

"我不了解他们？"马龙说，"每一天，我都将自己的生命放在他们手中。我跟他们一起值班，和他们一起吃难以下咽的饭菜，在更衣室里我们相拥而眠。我们是彼此孩子们的教父，你觉得我不了解他们?！"

我对他们的了解是——他们是这个世界上我认识的最好的人！他们比我好得多！

他转身离开。

电话响了。是鲁索打来的。

他想面谈。

第三十章

晨边公园。

压抑的气氛俨然一张放在马龙胸前的带刺铁丝网。

至少这次他没有戴监听器。奥德尔本来要求他戴着,但是马龙根本就没理会他。

其实,奥德尔根本就不想让他赴约:"如果如你所料,他们已经开始怀疑你,那你很可能会丢掉性命。"

"不会的。"

"为什么非得去呢?"温特劳布问,"我们证据充分,完全可以现在就把他们缉拿归案,然后让你进入保护计划。"

"你们不能在家里逮捕他们。"马龙说,"不能在他们的家人面前这么做。"

"他可以去赴约,"温特劳布说,"我们在那里抓住他们。"

"那他必须戴着监听器。"

"你们去死吧。"马龙说。

"如果你不戴监听器,"奥德尔说,"我们无法给你提供支援。"

"很好,我不需要支援。"

"不要跟个混蛋一样蛮不讲理。"温特劳布说。

这就是我本来的面目,马龙想,我就是个混蛋。

"你准备跟他们说什么?"奥德尔问。

"真相,"马龙说,"我要告诉他们真相,告诉他们我做了什么。至少给他们机会为家人做做打算。你们可以明天再逮捕他们。"

"如果他们跑路了呢?"温特劳布问。

"不会的。"马龙说,"他们不会置自己的妻儿于不顾。"

"如果他们跑路,"奥德尔说,"你要负全责。"

此刻,马龙站在公园里,看到鲁索和蒙蒂从晨边大道走了过来。

鲁索的脸庞因为愤怒而变得扭曲,蒙蒂却很平静,不可捉摸——典型的警察脸。

他们全副武装。通过鲁索额外吃力的大腿和蒙蒂移动缓慢的步伐,马龙能看出来。

"我们要给你搜身,丹尼。"蒙蒂说。

马龙举起双臂。鲁索走过来对他搜身,发现他竟然没有戴监听器。

"醒酒了吗?"鲁索问。

"我现在很清醒。"

"你有什么话想对我们说吗?"蒙蒂问。

他们知道了——他们是警察,是他的兄弟。他们能看出他脸上那份罪恶感。但是他不能自说自话。"比如呢?"

"比如他们策反了你,"蒙蒂说,"他们抓了你,把你策反,然后你出卖了我们。"

马龙没有说话。

"天哪,丹尼,"鲁索说,"在我家里?我们和家人待在一起的时候,你却在监听我们?就在老婆们聊天、孩子们在泳池里玩要的时候？"

"他们怎么接触上你的？"蒙蒂问。

马龙没有回答。

他无法回答。

"已经不重要了。"蒙蒂说。

他拔出手枪，瞄准马龙的脸。

马龙并没有拔枪，而是看着蒙蒂："如果你觉得我是叛徒，那就开枪吧。"

"我会的。"

"我们要确定。"鲁索带着哭腔说，"我们必须要百分之百确定这件事。"

"怎么确定？"蒙蒂问。

"我想听他亲口说出来。"鲁索说。他抓住马龙的胳膊，"丹尼，看着我的眼睛，告诉我这不是真的。我相信你，求求你了，兄弟，告诉我这不是真的。"

马龙看着他的眼睛。

话到嘴边，却怎么也说不出口。

"丹尼，求求你，"鲁索说，"我能理解，如果……这种情况可能发生在我们任何人身上……你只需要告诉我们真相，我们尽全力来补救啊。"

"事已至此，如何补救？"蒙蒂问。

"他可是我孩子们的教父啊！"

"他要把你孩子们的父亲送进监狱，"蒙蒂说，"还有我。除非他有不在录音现场的证据。我很抱歉，丹尼，但是——"

"丹尼，告诉他，我们搞错了。"

"他怎么想是他的事情。"马龙说。

鲁索拔出自己的枪指着蒙蒂:"我不允许你这么做。"

"怎么?难道我们要自相残杀吗?"马龙问,"我们现在都成这样了?"

他的电话响了。

蒙蒂说:"接电话,慢慢地。"

马龙把电话从牛仔裤的口袋里拿出来。

蒙蒂说:"打开扬声器。"

马龙照着做了。

来电话的是内务部的亨德森。

"丹尼,我觉得你得知道,"他说,"联邦调查局抓住我的把柄了。"

"什么意思?"

"有个叫奥德尔的联邦调查局官员,让我搞垮行动组。他说他们在行动组有卧底,"亨德森说,"丹尼,是莱文。"

马龙感觉很不舒服。

奥德尔,你在搞什么?

"可是你告诉我,莱文是清白的。"马龙说。

"他给我看了302文件,"亨德森说,"上面有莱文的名字。"

"知道了。"马龙挂掉了电话。

鲁索一屁股坐在草地上:"天哪,我们差点手足相残。可恶的老天爷,对不起,丹尼。"

蒙蒂把他的手枪放进了枪套里。

速度很慢。

马龙能看出来,大个子在思考,就好像在脑子里下象棋,一步步进行推算——亨德森是马龙的人,而且,联邦调查局的人只有在迫不得已的情况下才会给城市警察看文件……

他不会卖文件。

这时候,鲁索的电话响了。他听了一分钟,挂掉电话,然后说:"说曹操,曹操到。"

"什么?"

"莱文,"鲁索说,"他说看到了卡斯蒂略。"

他们走向工作用车。

蒙蒂灼人的目光一直跟随着马龙。

马龙能感觉到,一颗手枪子弹即将从他后脑勺穿过——老派作风。

这是我应得的,他想,这颗子弹非我莫属。

我差一点儿就主动求死了。

他放慢脚步,来到蒙蒂身边:"大个子,你真的会向我开枪吗?"

"我不知道,"蒙蒂说,"我来问你个问题——如果换作是你,你会怎么做?"

"我不知道会不会朝你开枪。"

"我们都不知道,是不是?"蒙蒂说,"除非真的到了那一步。"

"怎么处置莱文?"鲁索问,"如果莱文是联邦调查局的人,那么我们死定了,他会把我们都送进监狱。"

"你这话什么意思?"马龙问。

"如果我们突击抓捕卡斯蒂略,"鲁索说,"那么,有人会无法从冲突中生还。"

蒙蒂说:"缉毒是一件危险的工作。"

"你觉得呢?"鲁索问。

马龙感觉糟透了。奥德尔到底在搞什么？给我打掩护？告诉他们，现在就告诉他们，就四个字：我是叛徒。

他说不出口。

虽然他应该说。

相反，他说道："行动。"

也许，他想，幸运的话，我可能会被杀。

卡斯蒂略的住处在佩森大道（Payson Avenue）上，与因伍德山公园隔街相望。

"你肯定他在这里？"马龙问。

"我看见货车停了下来，"莱文说。他的声音听起来既紧张又兴奋，"全是纯内提瑞斯。他们拿着行李袋。"

"你看到卡斯蒂略了？"马龙问。

"他们把他放下车，然后离开了。"莱文说，"他去了四楼。在他们拉上窗帘之前，我看到了他的身影。"

"你确定？"马龙问，"你确定是他？"

"百分百确定。"

"有没有人员出入？"

"没有。"

所以，我们根本不知道卡斯蒂略的住处有多少人。马龙想，可能是莱文看到的十个人，也可能之前里面已经有了二十多个人。卡斯蒂略在里面检查和清点毒品，然后再往外分发，以确保没人敢骗他。

马龙很清楚，他们应该做的，是继续监视，给北曼哈顿打电话，让塞克斯派一个由特种部队的家伙们组成的紧急救援小组。他们不能这么做，因为他们想要的不是抓捕，而是处决。

他们都知道这件事的风险，除了莱文。他们也都知道，为什么他们要行动。

没有人说话。四人默默达成共识。

"行动准备，"马龙说，"防弹背心、自动步枪，我们闯进去。"

"没有搜查令怎么办？"莱文问。

马龙捕捉到了鲁索的眼神，他说："枪支搜查令。我们看到一些已知的帮派成员鬼鬼祟祟的，便跟在他们后面，然后，我们听到枪声，没时间请求支援。还有问题吗？"

"这些家伙还欠比利一条命。"鲁索说，给大家拿出自动步枪。

莱文看着马龙。

马龙说："这一次，抓捕可能不是首选项。"

莱文的眼神没有丝毫躲闪："我没问题。"

"如果枪击委员会、内务部追究责任，你还是没问题吗？"马龙问。

"没问题。"

鲁索说："这次，我们换下顺序。我来强攻，莱文先进去，马龙第二，蒙蒂守门。"他盯着马龙，好像是在说，这件事听我的。莱文也盯着马龙——通常，马龙都是第一个冲进去。

马龙问："莱文，你能行吗？"

"该轮到我了。"莱文说。

"行动。"

马龙朝空中盲开了两枪。

蒙蒂小跑到门口，把开门工具塞了进去。莱文滑到蒙蒂身边，紧贴在墙上，高举着枪，准备行动。

锁碎了。

门也打开了。

鲁索把一个闪光雷扔进屋内。

屋内灯火通明。

莱文默数到三,喊道:"行动!"转身冲进了门。一瞬间,子弹全朝他身上奔来,由下至上钻进了他的大腿、小腹、胸口、脖子、脑袋。

身体倒地之前,莱文已经气绝。

马龙跟在他身后,看到戴着绿色头巾的纯内提瑞斯蹲在楼梯的栏杆后面。他们身穿杜邦(Kevlar)防弹衣,头戴作战头盔、面罩和夜视镜。

他们向楼上逃窜。

马龙让自己平躺在莱文的尸体后面。摁下对讲机上的按钮大喊:"10-13!警官中枪!警官中枪!"然后,他拿出自动步枪,架在莱文的胸膛上,扣动了扳机。

对方射来的子弹则钉在了莱文的身体里。

鲁索站在门边,嘶吼着:"快冲出来,丹尼!"

马龙从莱文的身体上滚过,并未停止射击。然后,他站起来开始移动。

"丹尼,撤退!"

但是鲁索和蒙蒂还是冲了进来。

马龙听到他们跟着他跑上了楼梯的声音。

以前,他从不担心自己的身后,因为跟着他的是蒙蒂。

现在,情况却已今非昔比。虽然蒙蒂还是跟着他,但很有可能从背后捅他一刀。

马龙听到纯内提瑞斯在头顶上跑动的声音。这些小混蛋速度比他快得多。他们跑上四楼,保护毒品和自己的老大。但是,他们跑得再快也于事无补,除了屋顶,他们无处可逃,而那里又是死路一条。

但是他们停下来,开始射击。

此时的楼梯就像一架弹球机,把子弹反弹到墙壁上、屋顶上。

马龙听到鲁索的尖叫声:"我的眼睛!"

马龙转过身,发现鲁索倒了下来,身体蜷缩成球状,双手捂着脸,是栏杆上一块铁锈的碎片弹进了他的眼睛。蒙蒂把他按在地上,跨过他,屏住呼吸,紧贴墙壁往上走。

"我没事儿!"鲁索大喊,"赶紧下来!"

马龙不仅没下去,相反,他向四楼跑去。蒙蒂跟着他,枪口朝下。

马龙闪到一边,蒙蒂一脚踹开门。

马龙进屋就一阵扫射。

一个貌似中枪的纯内提瑞斯痛苦地号叫着。子弹击打在混凝土地板上,激起无数火花和碎片。

马龙趴在地板上,滚到一边。回首一看,蒙蒂正举起手枪瞄着他。

马龙爬回门边的墙角,后背紧紧靠在墙上,无处可逃,举起自动步枪对着蒙蒂。

四目相对。

蒙蒂向门口开了一枪。

一个纯内提瑞斯应声倒下,防弹背心下方的腹股沟中弹,手里的卡尼拉什科夫枪向天花板扫射。蒙蒂又在他腿上补了两枪,将其击倒,此人呈折叠状向后倒下。

这些纯内提瑞斯不想放弃抵抗。他们很清楚,自己已经杀了一个警察,已然不能全身而退。他们只有两个选择:要么从后门逃走,要么干掉剩下的警察。

马龙把枪伸进开着的门里,开始来回扫射,然后在蒙蒂的火力掩护下,弯着腰来到了门的另一边。他看着蒙蒂,意思是说,现在冲进去。然后他用下巴指了指门厅——上!

马龙行动起来,穿过门之后,突然感觉肋骨受到重击,应该是子弹射进了他的防弹背心。

马龙倒了下来。

一个纯内提瑞斯向他走来,一把格洛克举在身前。

马龙一个弓步冲过去,抱住他的双腿,把来人扑倒在地。马龙用力夺下对方手里的枪,用它猛击他的头部,一次又一次,直到对方的身体变得松软无力。

又一声枪响,一具尸体重重砸在他身上。他从下面看出去,发现蒙蒂刚刚放下枪。

蒙蒂看着他,想要再次射击。

误向自己人开火这种事儿——时有发生。

汽笛声撕破了夜晚的宁静,门外警灯闪烁。马龙将压在自己身上的尸体推到一边。

一具尸体从消防通道摔到了地面上。

蒙蒂紧跟着他从窗口跳了下去。

屋子里没有海洛因,没有验钞机,也没卡斯蒂略。

他们中了埋伏。

在我们到达之前,卡斯蒂略一定是从后门逃了。马龙想:他躲过了监控,设计了一个圈套诱我上钩,因为他知道,只要他在里面,我会义无反顾地冲进去。

第一轮的密集子弹其实是为我准备的。

但是莱文替我扛了。

鲁索脚步蹒跚地进来了。

楼梯上出现了沉重的脚步声,接着马龙听到"纽约警察局"的喊声。他们沿着走廊进来,开始射击。

"纽约警察局!"马龙大喊,"我们是警察!"

努力回想这一天的颜色暗号。

鲁索大叫:"红色!红色!"

外面的射击声有增无减。

子弹打在他们头顶的墙上。行动组的人——加利纳和特妮丽——顺着走廊上来,朝着他们开枪。鲁索趴在地板上,爬到一张桌子下面。马龙蜷缩在一个角落里,解开系带,把警徽扔到他们的视线范围之内。"纽约警察局!我是马龙!"

特妮丽早就发现了他,却假装没看见。

她又一次开始射击。

马龙举起双臂,交叉放在脸上,一颗子弹击中了他的头部左侧。

鲁索大喊:"混蛋,住手!我是鲁索!"

脚步声越来越嘈杂,说话声越来越混乱。

三二分局的制服警察大喊:"停火!停火!是警察,马龙和鲁索!"

特妮丽心有不甘地放下了武器。

马龙站起来,冲到她面前:"你这个贱人!"

"我没看见你!"

"放屁!"

一个制服警察站在了两人中间。

鲁索问:"蒙蒂呢?"

"从消防通道下去了。"

他们跟着制服警察下了楼。

街头一片狼藉。汽车的发动机轰鸣,刹车声尖叫着。人们边跑边喊。

蒙蒂仰面朝天躺在人行道上。

血液从他的颈动脉中汩汩流出。

马龙跪下来,使劲按压着蒙蒂的脖子,想要给他止血:"不准抛弃我!不准抛弃我!兄弟,求你了,大个子,不要抛弃我!"

鲁索像一个醉汉似的转来转去,双手抱头痛哭。

一辆三二分局的警务车呼啸着来到了现场。制服警察从车里跳下来,拔出枪对准他们。马龙尖叫道:"我们在执行任务!行动组!有人中枪,快叫医生来!"

他听到其中一个制服警察说:"那不是马龙那个混蛋吗?我们来早了。"

"叫车来!"鲁索吼道,"一个警察牺牲,两个受伤,还有一个生命垂危!"

越来越多的车来到了现场,还有一辆救护车。急救小组的人员从马龙手里接过蒙蒂。

"他还有救吗?"马龙站起来问道,浑身都是蒙蒂的血。

"现在还不能确定。"

其中一个医务人员走到鲁索身边,说:"我来帮你。"鲁索摇了摇头,示意他走开。

"先救蒙蒂,"鲁索说,"快!"

救护车离开了。

一个制服警察的警佐走过来问马龙:"什么情况?"

"里面死了一个警察,"马龙说,"五个嫌犯。"

"还有生存的罪犯吗?"

"我不知道,可能有吧。"

一个制服警察从仓库里走出来:"三个即时死亡。两个流血不止,一个被击中股动脉,另一个被击中颅骨。"

"你想跟哪个混蛋聊聊吗?"警佐问马龙。

马龙摇了摇头。

"等十分钟,"警佐对制服警察说,"然后打电话说五个人即时死亡。再叫一辆救护车过来,我们要找到那位警官的尸体。"

马龙靠着墙根坐了下来,瞬间变得筋疲力尽,肾上腺素的分泌物将他扔进了黑洞。塞克斯走过来,弯腰对他说:"马龙,到底发生了什么事情?你到底干了些什么?"

马龙摇了摇头。

鲁索跌跌撞撞过来:"丹尼?"

"嗯?"

"我们错了。"

马龙站起来,扶着鲁索的胳膊肘,向一辆车走去。

一个警察家里的门铃在凌晨四点响起,只有一个原因。

尤兰达很清楚这一点。

她打开门的瞬间,从马龙的表情上确认了这一点。"噢,不!"

"尤兰达——"

"噢,天哪,不!丹尼,他——"

"他受伤了,"马龙说,"很严重。"

尤兰达低头看着他的衬衫——他忘了,身上全是蒙蒂的血。她极力控制住自己,将哭声生生咽了下去,然后挺直脖子说:"等我换件衣服。"

"外面有辆车在等着你,"马龙说,"我还得去通知莱文的女朋友。"

"莱文呢?"

"他牺牲了。"

蒙蒂的大儿子出现在了妈妈身后,看起来就是一个瘦版的蒙蒂。

马龙看到了他眼神里的恐惧。

尤兰达转身对儿子说:"爸爸受伤了。我得去医院,你要照顾好你的弟弟们,直到简妮特姥姥过来。我会在去医院的路上给她打电话。"

"爸爸会没事儿吧?"男孩声音颤抖着问道。

"现在还不确定。"尤兰达说,"从现在开始,我们要为了他变得坚强。我们要祈祷,要变坚强,宝贝。"

她又转过身对着马龙。

"谢谢你能来,丹尼。"

他所能做的,只是点点头。

一旦开口说话,他肯定情不自禁就会哭出来,然而她并不需要这个。

艾米以为今晚也是保龄之夜。

她气鼓鼓地开了门,却只看到马龙独自一人:"戴夫去哪儿了?"

"艾米——"

"他在哪儿,马龙?他到底去哪儿了?"

"他走了,艾米。"

她一开始并没有反应过来："走了？去哪儿？"

"一场枪战，"马龙说，"戴夫中枪了……他没有挺过来，艾米，我很抱歉。"

"噢。"

这些年来，他通知了很多人，他们的爱人不会回家了。有些人会失声尖叫，有些人会当场昏迷，还有些人就像现在这样，不知所措。

她重复了一遍："噢。"

"我开车带你去医院。"马龙说。

"为什么？"艾米说，"他死了。"

"法医要做尸检，"马龙说，"因为是凶杀案。"

"明白。"

"你想要快速换件衣服吗？"

"对，当然，好。"

"我等着你。"

"你浑身是血，"艾米说，"是不是——"

"不是。"

也许有些是，但他不会告诉她的。她很快就换好了衣服：一条牛仔裤，一件连帽衫。

在车里，她说："你知道为什么他要转到你的队上吗？"

"他想要参与行动。"

"他想跟你共事，"艾米说，"你是他的偶像。他和我聊天的话题总是你——丹尼·马龙这个，丹尼·马龙那个。你的名字已经把我的耳朵磨出了茧子。每天回到家，他谈论的都是他学到的东西，你教他的每一件事。"

"我教他的并不多。"

"其实很简单,"艾米说,"他不想让任何人觉得,他与其他受过大学教育的犹太男孩没什么差别。"

"没有人这么想。"

"他们肯定这么想,"艾米说,"他太想成为你们的一员了——一个真正的警察。可是现在他死了,真是人才的浪费!我跟这个受过大学教育的犹太男孩在一起的时光,幸福无比。"

"艾米,你和莱文还没结婚,"马龙说,"所以你拿不到他的抚恤金。"

"我有工作,"她说,"我能活得很好。"

"警局会给他安排葬礼。"

"让那些充满讽刺意味的话随着时间慢慢消逝吧。"她说,"我会通知他的父母。"

"我会联系他们的。"

"不,不要。他们会怪你的。"

"我很自责。"

艾米说:"不要用怜悯的眼神看着我。我也怪你。"说完,她把视线移向窗外。

她知道,美好生活已离她远去。

医院里一片混乱。

哈莱姆早上的这段时间,通常都是如此。

一个年轻的波多黎各母亲,怀里抱着一个咳嗽的婴儿。一个缠着绷带无家可归的老人,来回晃动着肿胀的双脚。一个年轻的精神病患者,正与假想敌激烈辩论着。还有一些人手臂骨折或者受伤,一些人罹患胃痛、鼻窦炎、流感和精神错乱。

堂娜·鲁索跟尤兰达·蒙蒂坐在一起,握着她的手。

麦克吉文和塞克斯站在房间门旁的角落里，悄声交谈着。马龙知道，他们需要讨论的事情太多了。一个警察牺牲，另一个生命垂危，而就在几天前，同部门的一名警察饮弹自尽。

不到一年前，还有一个警察——比利——在一场类似的冲突中牺牲。两个来自三二分局的制服警察站在他们身后，将蜂拥而至的媒体阻挡在门外。

门外还有更多的警察在等着。

麦克吉文中断了与塞克斯的交谈，走到了马龙身边："可以跟你说几句吗，警探？"

马龙跟着麦克吉文下楼来到了大厅。

塞克斯跟在他们身后："一个警官被谋杀，另一个性命岌岌可危。五个少数族裔的罪犯当场死亡。没有支援，没有应急救援的支持，没有备选方案，你甚至都没有提前通知你的上司——"

"现在？"马龙问，"你还要说这些？蒙蒂还躺在里面——"

"你是让他躺在那里的罪魁祸首，马龙！还有莱文——"

马龙朝他冲了过去。

麦克吉文站在两人中间："够了！还嫌不够丢脸吗？"

马龙后退了几步。

"发生什么事儿了，丹尼？"麦克吉文问，"那个仓库里没有毒品，只有全副武装的枪手。"

"多米尼加人想要给皮纳报仇，"马龙说，"他们威胁要捣毁整个行动组。我们跟踪他们，结果中了埋伏。我没有看清楚，是我的错，我负全责。"

"各大媒体的报道已经铺天盖地，"塞克斯说，"都在讨论警察已经失去控制且变成好战的牛仔。他们已经准备好提问，行动组是不是有必要停摆。我必须给他们一些回应。"

麦克吉文站起来说:"你以为你把马龙扔给他们,他们就能偃旗息鼓?如果你给媒体一点儿让步,他们就能把我们生吞活剥。你应该这么回应他们:四个纽约警察——英雄警察——与黑帮分子展开了生死存亡的枪战。其中的一位英雄牺牲——将自己的生命献给了这座城市——还有一位英雄正在为生命而抗争。这就是你的回答,你所能给予的唯一回应。听明白了吗,塞克斯警监?"

塞克斯走开了。

麦克吉文话音刚落,大厅里出现了一阵骚动。警察专员、侦探总长和市长从人群中挤了进来。

相机快门声此起彼伏。

马龙发现,尼利总长穿着全套制服。在赶过来之前,他一定在穿着打扮上花了不少时间。

他绕过市长,来到了尤兰达身边。

马龙猜,他弯下腰,应该是说了一些安慰人的话:我们都是你坚强的后盾,调整好心态,三万八千个警察会去寻找伤害你丈夫的凶手,我们一定会抓住他。

尼利发现了马龙,走了过来。他看着麦克吉文,麦克吉文看向别的地方。"马龙警探!"尼利说。

"长官。"

"经过这次考验,"尼利说,"我会在媒体面前支持你、褒奖你,百分之一百二十地支持你。但是,你被警局除名了。警局再也没有你这个混蛋牛仔的位置了。你让一个甚至可能两个优秀的警官被杀。帮自己一个忙,申请一个残障买断,我来签字。"

他拍了拍马龙的肩膀,然后走开了。

混乱之中,一个医生带着克劳德特进来了。他环视一圈,目光落在尤兰达身上。堂娜把尤兰达扶起来,两人走向医生。马龙和鲁索站在一边,正好能听得见说话声。

"你丈夫暂时脱离生命危险了。"医生说。

"谢天谢地。"尤兰达如释重负。

"我们把他安排进重症监护室。流向他大脑的血液已经被切断了很长一段时间。而且,还有一颗子弹击中颈椎,进入了骨髓。在这个当口,我建议期望值不要太高。"

尤兰达在堂娜的臂弯里失声痛哭起来。

堂娜扶着她走开。

医生也退回手术室。

马龙来到克劳德特身边:"翻译一下?"

"情况不妙,"克劳德特说,"他大脑严重受损。即使他活下来,你们也要做好准备。"

"为什么?"

"你们熟悉的那个人已经走了,如果他活下来,智力可能也只是恢复到最基本的水平。"

"老天爷。"

"很抱歉,"克劳德特说,"我也很愧疚。一开始我很担心被抬进来的是你。发现不是你之后,我有一种释然的感觉。"

看得出来,她没有吸毒。

至少,没有吸食海洛因。

也许脾气温顺的医生给予她支持,让她还能继续工作。

她的视线越过马龙的肩膀,看到了径直走向马龙的塞拉。她能感觉到,那是他的妻子。

"你最好过去一下。"克劳德特说。

马龙转过身,看到塞拉,便走了过去。她张开双臂抱着他。

"我浑身是血。"马龙说。

"我不管,"她说,"你没事儿吧?"

"我很好,"马龙说,"莱文牺牲了。蒙蒂的状况很不乐观。"

"他能挺过来吗?"

"够呛。"马龙说。

塞拉看到克劳德特,瞬间就明白了什么。"是她吗?她很漂亮,丹尼,我能看出你在她身上看到了些什么。"

"这里不是吵架的地方,塞拉。"

"放心,"塞拉说,"我不打算吵架,尤其不能在尤兰达面前,她现在那么难受。"

她走到克劳德特身边:"我是塞拉·马龙。"

"看出来了。很同情你朋友的遭遇。"

"我过来只是想告诉你,"塞拉说,"如果想要我的丈夫,你可以拥有他。祝他好运,亲爱的。"

塞拉走向尤兰达,用双臂抱着她。

一个信奉爱尔兰天主教的高级警监最喜欢的事情,莫过于死亡和悲剧。对类似事件的处理方式,麦克吉文还不如个老太太。好几次,马龙进他办公室的时候,发现他正在读讣告。

此刻,他发现麦克吉文在医院的教堂里,手里握着念珠。

"丹尼……我刚刚在祈祷。"

马龙压低声音:"如果凶杀组调查这次案件的动机,如果他们抓住卡斯蒂略,一切可能就会浮出水面。"

"什么会浮出水面?"

别跟我装单纯。马龙想。"皮纳案的始末。"

"哦，这件事我什么都不知道。"

"那你觉得你的厚信封从哪儿弄来的？"马龙问，"我们一起买了张彩票，那些是分给你的？皮纳案之后，你每月的份额像一支有内幕的股票似的上涨，难道这是巧合吗？"

"你从没跟我说起皮纳案件的任何细节，"麦克吉文说，声音开始变得紧张，"除非你写在了报告里。"

"你不会想知道的。"

"而且我至今也不知道。"麦克吉文站起来说，"对不起，警官，我有一个受伤严重的同事需要去探望。"

马龙没有离开长椅："如果他们抓到卡斯蒂略，他很可能从那个屋子里有多少公斤毒品开始讲述整个故事。如果那样的话，我和我的搭档就要为此负责，包括你很关心的那个受重伤的同事。"

"你会独自承担的，对吧？"麦克吉文说，"我了解你，丹尼。我了解你这个被父亲养大的男人，你绝对不会告发一个兄弟警察。"

"我可能会坐牢。"

"我们会好好照顾你的家人。"麦克吉文说。

"罪犯们也这么说。"

"我们不一样。"麦克吉文说，"我们说话算话。"

"你和我的父亲，"马龙说，"过去的时候也会互相照应吗？"

"我们承诺照顾彼此的家人。你们兄弟俩从来没有缺失父爱。你父亲早就料到了这一点。"

"有其父必有其子。"

"丹尼，对我来说，你就像个儿子，"麦克吉文说，"你那被上帝庇护的父亲让我承诺照顾你，在你的职业生涯里帮助你，让你能够做正确的事情。现在，你就要做正确的事情了，是不是？

告诉我,你会去做正确的事情。"

"意思就是,捂严实自己的嘴。"

"这就是正确的事情。"

马龙看着他的脸,察觉到了恐惧:"那我会去做正确的事情,警监先生。"

他起身离开了长椅。

麦克吉文来到过道,面对着祭坛,画了一个十字。

然后他转身对马龙说:"丹尼,你是个好孩子。"

当然,马龙想,我是你的好孩子。

他没有画十字。这有什么意义呢?

蒙蒂被移送到了重症监护室。

当马龙到达的时候,一个护士将他挡在了蒙蒂病房外面的厅里:"先生,病人目前只接受直系亲属探视。"

"我是直系亲属。"马龙边说边给她看警徽,然后绕过她,"不过,我很感激你这么关心他。"

蒙蒂仍处于昏迷状态,没什么反应。他刚才冠状动脉出了"状况",还好医生想方设法稳定住了病情。马龙想,为什么要抢救?他甚至生出一个邪念:如果就那样让他离开,可能大家都会好受一些。

尤兰达伏在椅子里打瞌睡。病房里都是机器的嗡嗡声和嘟嘟声,它们的管子插在蒙蒂的嘴里、鼻子里以及胳膊上。蒙蒂闭着眼。马龙能看到他脸上没有包扎的地方,全是青紫色的瘀伤。

他把手放在了蒙蒂的手上,俯下身,然后悄悄说:"大个子,很抱歉。我对发生的一切都很抱歉。"

这一次,他再也止不住自己的泪水。它们沿着他的脸颊流下,滴到了蒙蒂的手上。

"丹尼,不要自责,"尤兰达醒了,"这不是你的错。"

"我是行动指挥,这就是我的错。"

"蒙蒂是个成年人,"尤兰达说,"他知道这份工作有风险。"

"他很强壮,他能挺过来的。"

"即使他挺过来了,"尤兰达说,"也会变成植物人。他以后只会待在家里,坐在轮椅上流口水。他的伤残保险肯定无法承担所有的开销,更不用说还有三个儿子了。我都不知道以后该怎么办。"

马龙看着她:"尤兰达,蒙蒂没有告诉你他有钱吗?"

她看起来很困惑。

"额外的钱。"

"兼职的钱?当然,但是——"

该死,马龙想,她根本不知道。

马龙弯下腰,用胳膊抱着她,安静地说:"蒙蒂存着一百多万美金。一些是现金,还有一些是投资。他没告诉你吗?"

"我一直以为,我们靠他的工资过活。"

"事实如此,"马龙说,"他把那些存了起来。"

"存在哪儿?"

"你不必知道,"马龙说,"菲尔知道钱在哪儿以及怎么取用。今晚去跟他聊聊,尤兰达,就今晚。"

她看着他的眼睛:"警局什么也没给你们,是吗?"

他握了握她的手,然后走了出去。

鲁索坐在重症监护室外面的休息室里,翻阅着一份旧版的《体育画报》。

"我们得谈谈。"马龙说。

"好。"

"这儿不是地方,去外面吧。"

他们穿过医院,来到服务入口旁的一个后门。垃圾桶里的垃圾已经满满当当,站着吸烟的人们把满地烟头在沥青路上排成一个小圆弧。

马龙坐在门槛上,双手抱着头。

鲁索倚在一个垃圾桶上,说:"老天爷,谁能料到会发生这种事儿呢?"

"我们是凶手。"马龙说。

"我们没有杀害那个孩子,也没有朝蒙蒂开枪。"鲁索说,"是多米尼加人干的。"

"怎么不是我们?"马龙说,"我们至少要对自己坦诚。比利去世以后,就没发生过什么好事。有时候我在想,可能是上帝在惩罚我们。今晚,就让这一切都结束吧。"

"怎么可能?"鲁索说,"我们的兄弟在里面生死未卜,我们必须得报仇。"

"结束了。"马龙说。

"你以为他们会轻而易举放过我们吗?"鲁索问,"枪击委员会、内务部。凶杀组肯定会全力以赴调查这宗案件,找寻动机。这很可能将皮纳案件掀个底朝天儿。"

"我们已经完了。"马龙说。

"皮纳案件,他们唯一能找到突破口的人都在这里,"鲁索说,"只要我们互相扶持,他们就动不了我们。现在就剩你和我了,仅此而已。"

马龙开始哽咽。

鲁索走过来，把手放在马龙的肩膀上："没事儿，丹尼，没事儿。"

"有事儿。"他满脸通红，脸颊挂满泪珠，抬起头看着鲁索说，"是我，菲尔。"

"不是你的错。意外发生——"

"菲尔，不是莱文，是我。"

鲁索怔怔看着他一会儿，然后就明白了。

"该死，丹尼。"他坐在他身边，静静坐了很久，手足无措，就好像被什么东西重击了一下。然后他问，"他们抓到你什么把柄了？"

"一件蠢事，"马龙说，"皮科尼。"

"天哪，马龙，"鲁索说，"难道你连四年牢房生活都忍不了？"

"本来可以的，我把你们都排除在外。"马龙说，"然后萨维诺自首了。联邦调查局开始拿塞拉威胁我，说他们要以偷税漏税、收受贿赂的罪名逮捕她。我不能……"

"那我们的老婆呢？"鲁索问，"我们的家人呢？"

"他们承诺将家人置身事外，如果我把你们供出来的话。"马龙说。

鲁索弓着背，抬头看着天空，然后问道："你跟他们说了什么？"

"所有的，"马龙说，"除了杀害皮纳。对我们三人来说，这可能被定为重度谋杀罪。我把和你们的谈话都录音了，毒品、金钱……"

"所以，等待我的是什么？二十年到无期？"鲁索说，"你的协议呢？出卖我们，你得到了什么好处？"

"十二年，"马龙说，"罚没财产并罚款。"

"去死吧,丹尼。"鲁索说。然后他问,"他们什么时候来抓我?"

"明天,"马龙说,"直到几分钟之前,我才获准可以告诉你。"

"你真是个无耻的大混蛋啊。"

"你可以跑路。"马龙说。

"怎么跑?"鲁索问,"我还有家人,天哪。当孩子们看到我……"

"对不起。"马龙说。

"不能全怪你。"鲁索说,"我们都是成年人,对自己的所作所为都心里有数,也知道会承担什么后果。但是我们怎么沦落到现在这个地步了?"

"一步一步,"马龙说,"曾经,我们也是好警察,然后……我不知道……但是,我们刚刚把五十公斤毒品放到了我们自己的辖区内,可是我们的初心并非如此。这就好比你点上一根火柴,觉得它根本就不会有什么危害,但是风来了以后,火苗开始增大,发展成火灾,把你所爱的一切都付之一炬。"

"丹尼,我爱你,"鲁索说完,站了起来,"你就是我的兄弟,我爱你。"

鲁索走了,将他独自留在那里。

第三十一章

马龙踏进斯塔滕岛这个曾经属于自己的家的前门,碰到了在那儿等他的奥德尔。

"你在我家干什么?"马龙问。

"确保你家人的安全,"奥德尔说,"我更应该问的是,为什么你不在?"

"你可能已经听说了,"马龙说,"我的两个搭档中枪,一个牺牲了,另一个生命垂危。"

"抱歉。"

"是吗?"马龙问,"把叛徒的标签贴在莱文身上,你有一丁点儿愧疚感吗?"

"我只是想方设法要保护你的周全。"

"你只是在想方设法保护自己的调查。"

"我没让他跨进那道门,"奥德尔说,"是你下的命令。"

"你就这么自欺欺人吧。"他推开奥德尔,走进了厨房。

塞拉低着头,坐在早餐吧。

两个西装革履的联邦调查局探员站在墙边,一个透过厨房的窗户盯着后院。

看到塞拉红肿的眼睛,马龙知道,她已经哭过了。马龙问:

"能让我们单独待一会儿吗？"

两个探员面面相觑。

"我再重复一遍，"马龙说，"让我们单独待会儿！去帮你们的上司守着客厅。"两人只好离开了厨房。

塞拉抬起头看着他："丹尼，你有什么想告诉我的吗？"

"你听说什么了？"

"别耍我了！"她喊道，"我不是那些坏人！我不是内务部！我是你的妻子！我有权知道实情。"

"孩子们去哪儿了？"马龙问。

"噢，该死，看来是真的，"塞拉说，"他们在我母亲家。丹尼，到底发生了什么事情？你惹了大麻烦吗？"

他本想用谎话敷衍过去，继续对她隐瞒一切。但是他做不到——即使他想这么做，可她太了解他了，知道他撒谎的时候是什么样子。这其实是他们婚姻关系破裂的原因之一——他每次撒谎，她都知道。

他把所有的事情和盘托出，没有一丝隐瞒。

"天哪，丹尼。"

"我明白。"

"你要坐牢吗？"

"嗯。"

"我们怎么办？"她问，"我和孩子们？你为什么这么对我们？！"

"我从没听你抱怨过信封，"马龙说，"以及客厅里的新家具、外出用餐的账单——"

"别把这些都怪到我头上！"她喊道，"你怎么敢把这些怪到我头上！"

不，都怪我。马龙想。

除了我，没有人能把我们逼到现在这个田地。

"我存了一些现金，"马龙说，"联邦调查局的人查不到。不管发生什么事情，都有人会照顾你们……孩子们的大学……"

她现在心烦意乱，不能责备她。

"你出卖了鲁索？"她问，"蒙蒂？"

他点了点头。

"天哪，"她说，"你让我还怎么面对堂娜？"

"没关系，塞拉。"

"没关系？！"她问，"我们家里来了联邦调查局的探员！他们在这里干什么？"

他把胳膊搭在她的肩膀上："听着，不要怪我。我们必须接受保护计划。"

"证人保护计划？"

"差不多。"

"这都是些什么啊，丹尼？"塞拉说，"难道我们必须让孩子们转学，远离朋友和家人？搬到亚利桑那或者更偏远的地方，从今往后，我们要成为西部牛仔或者其他东西吗？"

"我不知道。可能是个全新的开始。"

"我不要全新的开始，"塞拉说，"我的家人都在这儿，我的父母、兄弟姊妹……"

"我知道。"

"孩子们再也见不到他们的表兄妹了？"

"一步一步来，好吗？"

"下一步是什么？"

"你和孩子们，"他说，"去度个假。"

"我们不能让他们退出夏令营。"

"必须能,"马龙说,"我们得尽快。他们一回家就说,去哪里呢?我不确定,波克诺①如何?你不是一直想去那里吗?或者去新罕布什尔州。"

"去多久?"

"我不知道。"

"老天爷。"

"塞拉,你要坚强,"马龙说,"我请求你必须坚强。在这件事情上,你一定要相信我。弄清楚利害关系,站在整个家庭的立场上考虑。收拾收拾东西,我把孩子们的东西收拾好。"

"你也只能说这些了。"

"你想让我说什么?"

"我不知道,"塞拉说,"对不起?"

"对不起,塞拉。"你根本不知道我有多愧疚,"过些日子,联邦调查局会把我送到你们身边——"

"不,丹尼。"

"你什么意思?"

"我再也不想跟你在一起了,"塞拉说,"我不想你待在我们的孩子们身边。"

"塞拉——"

"真的,丹尼,"她说,"你讲了一个伟大的游戏——亲情、手足情、忠诚。丹尼,你需要忠诚吗?你很空虚,你是一个空虚的人。我知道你拿黑钱,我也知道你是个腐败的警察。但是我没想到你会是个杀人犯。我更没想到的是,你竟然还是个叛徒。但

---

① Poconos,通常是指波克诺山,位于宾夕法尼亚州东北部,距离纽约两小时车程,拥有美国最大的内陆湖公园,是旅游和度假胜地。

这就是你的本质,我不想自己的儿子长大后变成他父亲那样。"

"你要让我的孩子们离我而去?"

"你已经抛弃了他们,"塞拉说,"就像你抛弃了生命中的所有东西一样。丹尼,难道我对你来说还不够吗?难道我们对你来说还不够吗?该死,我知道跟一个警察结婚的各种不好,我就是伴随着这些长大的。结婚后,他会冷落你,远离你,也许会酗酒,也许他会很混蛋,但是无论如何,他都会回归家庭,待在家里。我能接受这些,但我误以为你也能接受。去跟孩子们道个别,这是你欠他们的。然后,你要从此远离他们,让他们彻底忘记你。"

和孩子们告别很难,比马龙想象的要难得多。

该死,当他还是个孩子的时候,如果父亲说要让他休学,他会高兴地尿裤子。但是约翰和凯特琳脑袋里想的都是他们的舞蹈课、少年棒球联合会、日间夏令营。

而且,联邦调查局的探员让他们惴惴不安。

他们站在客厅里,看着窗外那些被马龙要求到街上等待的联邦调查局探员。

"爸爸,他们是什么人?"凯特琳问。

"一些警察朋友。"

"为什么我们从来没有见过他们?"

"他们是新来的。"

"为什么开车送我们的是他们?"

"因为我必须得回去工作。"马龙说。

"抓坏人。"约翰说,尽管这次他的语气里充满了不确定。

"为什么菲尔叔叔不能接我们?"凯特琳说。

他用双臂环绕着他们两个,把他们拉到自己身边:"听着,我需要你们两个替我保守一个大秘密,能做到吗?"

他们都兴奋地点了点头。

"我和菲尔叔叔在跟踪一个大案子,"马龙说,"最高机密。"

"我在电视上看到了。"约翰说。

"嗯,那就是我们的计划。我们假装坏人,你们明白吗?所以,如果你们听到有人说我们是坏人,你们就假装赞同,不要做任何辩解。"

"这也是我们需要躲起来的原因吗?"凯特琳问。

"当然,"马龙说,"我们在做样子给那些真正的坏家伙们看。"

"那些坏人会想方设法找到我们吗?"约翰问。

"不不不不,不。"

"那为什么这些新警察还要跟着我们?"

"这只是游戏的一部分,"马龙说,"现在给我一个大大的拥抱,向我保证,你们自己要好好的,也要帮我照顾妈妈,好吗?"

他们紧紧抱着他,他几乎忍不住要流下眼泪。他在约翰的耳边小声说:"约翰尼。"

"怎么了,爸爸?"

"你得答应我一些事。"

"好。"

"你要知道,"马龙说,强忍住泪水,"你是个好孩子。你也要成为一个好人,行吗?"

"好的。"

"好了。"

奥德尔进来，告诉他们，是时候动身了。

马龙亲了亲塞拉的脸颊。

这只是做戏给孩子们看。

她没有说话，因为该说的她已经说完了。

他打开车门，送她上了车，目送家人坐车离开。

堂娜·鲁索开了门。

她已经哭过了。"走开，丹尼。我们不欢迎你。"

"对不起，堂娜。"

"对不起？"她问，"圣诞节那天，你坐在我们的桌子旁，跟我的家人一起。那时候你已经知道了吗？你跟我们坐在那里，是不是已经知道你将要毁掉我的家庭？"

"不。"

"你来这里干什么？"堂娜问，"难道我能告诉你，我理解你？我不怪你？那样你就感觉对得起自己的良心？"

不会的，马龙想，那样的话，我会感觉更糟。

他听到鲁索大喊："是丹尼吗？让他进来！"

"不，"堂娜说，"他不准进门。从今往后，他再也不能踏进这个房子半步！"

鲁索来到门口。看起来，他也哭过。

"塞拉和孩子们已经被保护起来了吗？"

"嗯。"

"嗯，"鲁索说，"他们还不知道自己是多么幸运。这是我跟家人在一起的最后一晚，所以，除非你有什么想说的……"

"我只是想确认一下——"

"我有没有吞枪子？"鲁索问，"那是爱尔兰人的做派，我们天才的意大利人考虑的是生存，而不是死亡。我们会考虑做必须要做的事情。"

"真希望蒙蒂朝我脑袋开一枪。"

"被警察谋杀？"鲁索问，"太容易了，丹尼。这种方式太简单了。如果你没勇气自行解决的话，那就这样活下去吧。你这辈子都无法摆脱叛徒的标签了。现在，如果你不介意的话，我要跟我的孩子们抓紧时间共享天伦了。"

堂娜关上了门。

克劳德特站在公寓的门口，不让他进屋。

她很干净，整个精神面貌焕然一新，清醒、细腻、脆弱，手里拿着一个可能声音稍大就能震碎的瓷杯。

"回到你妻子身边。"她说，有点儿不近人情。

马龙说："她不需要我。"

"所以你来找我？"克劳德特问。

"不是，"马龙说，"我来跟你说再见。"

克劳德特看起来很惊讶，但还是说："这也许对大家都好。丹尼，我们不太适合对方。我开始相亲了。"

"很好。"

"我必须戒毒，"她说，"我一定会戒掉的，但是，在爱着你的同时，我做不到。"

她是对的。

他知道。

他们就像两个溺水者，互相拉扯着对方、不计对方离开，一起在寒冷、漆黑的悲伤之海中沉沦。

"我只是想让你知道，"马龙说，"你绝不是什么'妓女'，我爱你，一直都爱。"

"我也爱你。"

"我是肮脏的。"马龙说。

"大部分警察——"

"不，我是肮脏的，"马龙说。他必须告诉她——是时候澄清一切了。

"我把毒品散布到了街头。"

"噢。"她说。

虽然只是一个"噢"字，却抵得过千言万语。

"对不起。"马龙说。

"现在怎么办？"她问，"你要坐牢吗？"

"我达成了一个协议。"

"什么样的协议？"

一个让我完全生活在另一个世界的协议，一个我再也无法早晨醒来后看着你的协议。

"我得走了。"他说。

"那种保护计划？就跟电影中的一样？"

"类似吧。"

"宝贝，对不起。"

"我也是。"

对不起，实在对不起。

拳击练习袋飞了起来，链子砰砰响。等它回落的时候，马龙又一次举起左拳，拼尽全力给了它重重一击。

一次，又一次。

脸上的汗水飞溅到了练习袋上。马龙一记右勾拳打在头部位置,然后一记左勾拳打在肝脏的位置。

感觉真好。

疼痛的感觉真好。

马龙满头大汗,肺里仿佛在灼烧,甚至他粗糙的指关节也都因为赤手空拳击打练习袋粗糙的帆布而变得血肉模糊。他把所有的情绪都发泄到了袋子上,仿佛就是发泄到了自己身上,承受着痛苦、伤痛和愤怒。

马龙吸了几口气便又继续。他的重拳瞄准的对象是奥德尔、温特劳布、帕斯、安德森、钱德勒、萨维诺、卡斯蒂略、布鲁诺……但更多的,是给了他自己——丹尼·马龙警探。

英雄警察。

叛徒。

然后,他重重一拳打在了心脏的位置。

练习袋再次跳起,随着链子又荡回来,轻轻地来回摇摆,就像某个东西其实早已死去,却仍不自知。

第三十二章

上午,马龙走在百老汇大街上,经过角落里的一个报摊。

他看到自己出现在《纽约邮报》的封面上,标题很醒目:**两位英雄中枪**。配图是一张马龙、鲁索和蒙蒂在破获皮纳案时的照片。

蒙蒂的照片被一个白色的椭圆形给突出了一下,好像一个光环。

《每日新闻》的标题是:**一个精英警察牺牲,另一个重伤**。配着一张马龙稍有不同的照片。另外还有一张马龙在皮纳案之后的照片,配着一个副标题:**肮脏的丹尼?他觉得幸运吗?**

《纽约时报》的头版没有放他的照片,标题是:**大屠杀频发,是否该重新考虑精英警察小组存在的必要性?**

署名是马克·鲁本斯坦。

马龙拦了一辆出租车,前往北曼哈顿。

鲁索看起来依旧时髦。

熨烫笔挺的阿玛尼西服,带白色袖扣的衬衫,红色的杰尼亚(Zegna)领带,闪闪发光的马格利(Magli)鞋。夏天,他没有穿那件复古大衣,但是却把它搭在自己的胳膊上,这让奥德尔给他戴手铐的时候很别扭。

不过至少,鲁索的双手被放在了身前,而不是身后。

马龙用大衣盖住了手铐。

行动组大楼外面全是媒体——电视采访车、广播电台以及带着摄影师的纸媒。

"你非得这么做吗?"马龙问奥德尔,"让他游街示众?"

"我没这么要求。"

"肯定有人要这么做。"

"反正不是我。"

"你们非得在这儿,"马龙说,"在其他警察面前。"

"那你想让我在他家里,在他的孩子们面前逮捕他?"奥德尔看起来有点儿恼火,也有点儿紧张。他也应该这样——大楼里的每一个警察都恶狠狠地盯着他和其他联邦调查局的探员,也恶狠狠地盯着马龙。

他其实可以不露面——奥德尔提议的——但是马龙觉得,他应该出现在现场——必须出现,看着他们把手铐戴在他兄弟的手上。

鲁索高傲地昂着头。

"再见,你们这些蠢驴,"鲁索说,"高高兴兴等着拿退休金吧。"

工作人员把他带了出去。马龙亦步亦趋。

相机的快门声好像一把把喷射的机关枪。

记者们使劲往前挤,但是都被制服警察拦了回去。所有的警察情绪不高,根本不愿多说什么。目睹一个同事被拷走,他们感觉很不舒服,有些害怕,也有些牛气。

警察枪击案之后,联邦调查局的人一波波进出大楼,居心叵测。

制服警察们弄坏了自己车上的行车记录仪,待摄像机无法工作之后,他们才进城。

如果你有案底,假释期内爽约,被投诉乱丢垃圾——那你可以通行。如果你身上有一只蟑螂、老头针或者烟斗里有一粒老旧的石头,你也可以通行。如果你拒捕,谈论毒品,甚至只是看旁边的警察一眼,他们就会狠揍你一顿,反铐你的双手,将你扔进车子,也不给你系安全带,一阵急加速之后猛刹车,让你的脸撞在安全栅栏上。

三二分局去圣·尼克搜查了两次——武器、毒品,更重要的是获取信息,试图找到告密的人,扔下点儿钱,买回一个名字。

行动组——尽管剩下的都是些混蛋——紧随其后,他们不是在实施抓捕,而是来寻找投资收益,唯一不插手此事的方式就是告诉他们想要的信息。然后,你就陷入了行动组和德文·卡特斗争的泥沼。事实是,行动组时来时去,而德文·卡特却一直待在这里。

你很可能会被狠揍一顿,而且挨揍的时候,你还不能出声,这种事情一般发生在行动组和他们的"便衣狗"放弃你的时候。

圣·尼克的人都想知道,为什么大家都知道是多米尼加人在哈莱姆的另一头杀死了那些警察,而他们却在这里乱抓人。

所以,当一个行动组的警察被铐住双手带走的消息传出来之后,一大群热衷于看热闹的人出现在了街头巷尾——喝着倒彩,起着哄。

如果没有摄像头的话,制服警察们可能会惩罚他们,打得他们落花流水,让他们安安静静闭嘴。

鲁索钻进一辆黑车的后排,朝马龙挥了挥手。

然后就走了。

马龙回到了大楼内。

一些警察斜着眼瞅他,没有人和他说话,除了塞克斯。

"收拾好你的衣柜,"他说,"然后来我办公室。"

马龙路过的时候,接待警员都低下了头,而警察们都背转身对着他。

他下楼来到了行动组的更衣室。加利纳、特妮丽和奥尔蒂斯都在,还有几个便衣警察坐在长凳上侃大山。

马龙进来的时候,所有人都闭上了嘴。

每个人都若有所思地看着地板。

马龙打开自己的衣柜——一只死老鼠[①]躺在里面。

他听到身后传来偷笑声,转过身发现加利纳正朝他冷笑,奥尔蒂斯用手捂着嘴在咳嗽。

特妮丽则狠狠盯着他。

"谁干的?"马龙问,"哪个混蛋干的?"

奥尔蒂斯说:"这地方有害虫,我们需要灭鼠器。"

马龙抓住他,把他摔到对面的衣柜上:"是你干的,对不对?你是灭鼠器吗?你是不是想现在就试试?"

"拿开你的脏手。"

"也许,你还有别的话想说。"

"放开他,马龙。"加利纳说。

"你别管。"马龙说完,凑近奥尔蒂斯的脸,说,"你还有什么话要跟我说吗?"

"没有。"

"我猜也是。"马龙说完,放开他,收拾净自己的衣柜走了出去。

身后传来一阵阵大笑声,然后他听到他们说:"行尸走肉。"

[①] 英文中,"老鼠"和"叛徒"都用"rat"表示。——译者注

塞克斯甚至都没让他坐下,只是说:"把你的警徽和枪放桌子上。"

马龙摘下警徽,放到了桌子上,又把自己的枪放在了警徽旁边。

"我一早就知道,你是个肮脏的警察,"塞克斯说,"但是我没想到,传说中的丹尼·马龙竟然是个叛徒。本来,我还对你有一些敬意——虽然不多,但确实有一些——现在一点儿都没了。你是个混蛋、胆小鬼,你让我恶心。就这样你还自称北曼哈顿之王?别扯了。滚出去,我不想再看见你。"

"如果你的话有用的话,我也不想看见你。"

"确实没用,"塞克斯说,"我的替代者马上就到。我的职业生涯结束了。这都是拜你所赐,就如同你偷走数千个清白的、诚实的警察的名誉一样。我知道你跟他们之间有协议,但无论如何,我还是希望他们把你送进大牢,希望你能把牢底坐穿。"

"我在监狱里不会待太长时间。"马龙说。

"哦,他们会保证你的安全,"塞克斯说,"他们把你关在迪克斯堡①,拉你去当证人。在他们真正把你关起来之前,你有三四年的时间来起诉自己的搭档。你会过得很好,马龙,叛徒一贯如此。"

马龙走出塞克斯的办公室,头也不回地离开了大楼。

背后是灼人的目光和惊人的沉默。

麦克吉文在街上等他:"你也把我供出来了吗?"

---

① Fort Dix,美国陆军军事基地之一,以美国南北战争的英雄、美国前财政部部长约翰·亚当斯·迪克斯将军之名命名。"9·11"恐怖袭击后,迪克斯堡不再向公众开放。

"是。"

"他们都知道了什么？"

"一切，"马龙说，"他们拿到了你的录音。"

"你父亲会以你为耻，"麦克吉文说，"他在九泉之下也不会安生。"

他们走到了第八大道。

马龙等着红绿灯。

绿灯亮起，他开始过马路。他听到麦克吉文在身后大喊："你会下地狱的，马龙！你会下地狱的！"

毫无疑问。马龙想。

这个结果太棒了。

伯杰的前台对他还有印象。

"上次我看见你的时候，"她说，"你带着一条狗。"

"它把我抛弃了。"

"伯杰先生马上就会见您，"她说，"如果您愿意坐着等一会儿的话。"

他坐下来翻看着《绅士季刊》，里面在讲秋季男士应该如何穿搭。几分钟之后，前台把他带到了伯杰的办公室。

伯杰的办公室比马龙的整个公寓都大。他把公文包放在伯杰的桌子旁，里面是什么，伯杰待会儿会知道。

"喝一杯？"伯杰问，"我这里有些不错的白兰地。"

"不用了，谢谢。"

"如果你不介意，我就放纵一下，"伯杰说，"忙了一整天了。我听说，鲁索被联邦调查局带走了。"

"的确是。"

"而你觉得自己有必要出现在现场。"伯杰说着,从一个水晶雕花的醒酒器里给自己倒了一杯酒,"告诉我,马龙,你这种受虐的倾向没有极限吗?"

"我猜没有。"

"我听说,"伯杰说,"'9·11'事件发生的当天,大约三分之二跑进大楼的消防员和警察都接受了教士做的临终祈祷。我一直不知道这件事是不是真的?"

"可能。"

"如果你想成为一个主要证人,"伯杰说,"你就要学会长篇大论。意思是说——"

"我知道是什么意思。"

"感觉好多了。"伯杰一口干了手里的酒,"我跟奥德尔保证三点之前把你交出去。现在还有两个小时的时间,你有什么事情需要处理的吗?还有什么需求?"

"我能处理自己的事情。有件事需要你帮忙。"马龙说,"有个叫黛比·菲利普斯的女人,她刚生下一个孩子,是比利·奥尼尔的儿子。那笔钱必须每次限量发放给她。所有的信息都在里面,你能帮这个忙吗?"

"可以,"伯杰说,"还有别的事儿吗?"

"就这一件事。"

"机不可失,时不再来。"

前台探进头来说:"伯杰先生,接到通知,他们要对贝内特案件的调查做一个声明。"

伯杰按下墙上的电视开关:"我们一起看看?"

地方检察官站在讲台后面,旁边是警察专员和巡警总长。

"这是一次不幸的事故,"地区检察官通过麦克风讲道,"但是事实已经弄清楚了。死者贝内特先生拒绝服从海耶斯警官的合法指令。他转身朝海耶斯警官冲过来，同时从夹克里拿出类似手枪的东西。海耶斯警官顺势开枪，结束了贝内特先生的生命。很不幸，海耶斯警官所认为的手枪，不过是一个电话而已。但是，海耶斯警官是在适当程序的范围内采取的合法行动，否则也不会产生如此令人悲伤的结果。情况既然是这样，大陪审团拒绝对海耶斯警官提出任何指控。"

"从法律上看，完全正确，"伯杰说，"但是从政治上看，这个决定很愚蠢，完全没有分辨力。日落之前，整个贫民窟就会怒火中烧。准备好出发了吗？"

对马龙来说，一切早已就绪。

伯杰的司机拉着他们来到了联邦调查局位于联邦广场26号的办公室。马龙想，谁能想到，我是坐着豪华汽车进入地狱的？

整个大楼是一座玻璃和钢筋制成的高塔，冷若冰霜。他们通过金属安检门，来到奥德尔位于十四楼的办公室，坐在门外的长凳上等待着。

奥德尔办公室的门开了，鲁索走了出来。

他一眼就看到了坐在那里的马龙。

"这么说，你没有给自己的脑袋来一枪。"鲁索说。

"没有。"或许应该这么做，他想，然而并没有。

"没关系，"鲁索说，"我替你动手了。"

"你在说些什么，菲尔？"

"昨晚我已经告诉你了，"鲁索说，"我会做必须要做的事情。"

马龙一头雾水。

鲁索俯身过来，几乎贴着他的脸说："你出卖我来拯救自己的家人。我不怪你。我应该向你学习。所以,我刚刚做了同样的事情,丹尼。"

鲁索的话不啻晴天霹雳——鲁索手里只有一张王牌,现在他拿了出来。

"没错,皮纳,"鲁索说,"我告诉他们,你杀了皮纳,冷血地将那个西班牙混蛋射杀。现在,我接受测谎,我会是你受审时的主要证人。我会被无罪释放,去犹他州销售铝制墙板,而你会被判终身监禁且不能假释。"

办公室里出来了一个工作人员,抓住鲁索的手腕,带他离开。

"别恨我,丹尼,"鲁索说,"我们都做了自己必须做的事情。"

奥德尔打开门,招呼马龙进去。

"我们的协议取消,"奥德尔说,"你的当事人将以谋杀罪被起诉。我们不再需要他的证词,因为菲尔·鲁索会给我们提供所需要的一切。马龙警探也必须找到新的辩护律师,因为你无法再胜任这个角色。"

"这是为什么?"

"你要回避,"温特劳布说,"我们将请你作为控方证人,证明马龙对迭戈·皮纳个人有很大的敌意。"

奥德尔铐起马龙,把他带到了帕克洛的大都会惩戒中心,关在了牢房里。

牢门关上的那一刹,马龙有一种自己仿佛在牢房外面的错觉。

奥德尔问:"你为什么非得杀了他?"

第三十三章

"脏屁股"向马龙告密,西156街673号发生了一起惨案。

惨案发生在行动组成立初期,臭气熏天的八月份的某个夜晚。对于这个消息,"脏屁股"甚至都不愿意要报酬,不管是现金还是毒品,他都一概拒绝。说话的时候,他甚至因为害怕而颤抖:"我听说情况很惨,马龙,非常惨。"

马龙带队去勘察情况。

作为警察,他们多次强行破门而入。大多数情形都很容易就让人忘记,没什么辨识度。

但是这一次,马龙终生难忘。

全家人都被谋杀。

父亲,母亲,三个孩子,最小的三岁,最大的七岁,两个男孩,一个女孩。孩子们后脑勺中枪,跟他们的父母一样。后者甚至被人用砍刀分了尸——血迹溅得满墙都是。

鲁索默默画了个十字。

蒙蒂眼睛瞪得浑圆——被杀的孩子肤色是黑的,马龙知道,这时候他肯定会联想到自己的孩子。

比利哭了。

马龙拨通了电话:"五个死者,全部当场死亡——一个成年男子,一个成年女子,三个孩子。赶紧给我加快油门滚到现场!"结果,米内利花了五分钟就从行动组凶杀科来到了现场——法医和犯罪现场的人紧随其后。

"老天爷。"米内利目瞪口呆。然后他回了回神,说,"好,谢了,现在我们来接手。"

"这个案子我们来跟,"马龙说,"因为它涉毒。"

"你怎么知道?"

"成人受害者是德马库斯·克利夫兰(DeMarcus Ceveand),"马龙说,"那个是他的妻子贾内尔(Janelle),他们是德文·卡特的毒贩。这次凶杀不是抢劫——屋子里没有任何翻动的迹象。凶手只是进来对他们行刑。"

"为什么?"

"在错误的地方贩毒。"

米内利不想跟马龙争论这件案子的归属问题,尤其死者中还有三个孩子。即使犯罪现场的人也感到震撼异常——没有人再像往常那样随意开玩笑,也没有人再四处搜寻,看看有没有什么东西可以顺走。

"你知道这是谁干的?"米内利问。

"对,我知道,"马龙说,"迭戈·皮纳。"

皮纳是多米尼加人在纽约城分支的中层头目,他的工作是稳定周遭本来就很混乱的零售市场,控制小打小闹的黑人毒贩,或者直接把他们赶走。简单来说就是,你要么别买毒品,买的话就必须买我的。

马龙预计,克利夫兰夫妇肯定是不服管教,拒绝支付"保护费"。有天晚上,他曾听到克利夫兰在街角表达不满:"这里是我们的地盘,皮纳凭什么来抢?我们是黑人,不是西班牙人。

你在这儿能看到墨西哥玉米卷吗?有人跳该死的梅伦格舞①吗?"

角落里爆发出阵阵笑声。

但是现在,没有人再敢放声大笑,甚至都没有人敢说话了。

马龙和他的团队在整栋楼里盘查,但是没有人听到有异常动静。他们表现出来的并非以前那种"警察去死吧,他们不会管我们任何事"或者"我们自己的事情自己处理"的帮派态度,而是恐惧。

马龙理解,抢夺生意地盘的过程中,有毒贩子被杀,这再正常不过。但是,如果你杀了毒贩和他的整个家庭——包括他的孩子——那么人人都知道你想要传达什么信息。

想要分一杯羹?那就必须服从命令。

用简单的"我不知道"来敷衍马龙,绝不可能。

三个孩子在自己的床上被爆头,他让整个行动组都参与行动。不想做目击证人?很好,那就做被告。他们把社区所有的瘾君子、毒贩和妓女召集起来。那些磨磨蹭蹭、乱丢垃圾、不正眼看他们的人,全部被拘留。你什么也没听见,什么也没看见,难道你什么也不知道吗?没关系,也不必担心,我们把你们关在里克岛监狱好好反省,也许你会想起点儿什么。

三二分局、三四分局和二五分局都人满为患。当时的警监是阿特·费舍尔(Art Fisher)——他混迹街头多年,对警局里突然出现的混混根本就不在乎。

但是托雷斯在乎。和马龙一起进更衣室的时候,他问马龙:"你追究这件事情干什么?这件事情根本就无人关心。"

"那三个死去的孩子呢?"

---

① Merengue,海地和多米尼加的一种交际舞。

"如果你想做数学题的话,"托雷斯说,"这次凶杀是不是还为整个城市节省了大约十八个私生子的福利呢?"

"闭上你的臭嘴,不然我让你一个月都说不出话来。"马龙说。

蒙蒂只好挡在两人中间。这样他们就无法再绕过蒙蒂争吵。蒙蒂对马龙说:"干吗让他缠着你?"潜台词是,何必跟这种人多费唇舌呢?

其实最想破案的人,是"脏屁股"。

没露馅儿之前,这个线人整天像警察似的在街头巷尾巡视(马龙不得不多次提醒他,他不是警察)。他费尽心思,不放过任何机会,问询那些他不该搭话的人。不知什么原因,这件事情对他的触动很大。本来马龙觉得,瘾君子根本就没有灵魂,现在他却不得不重新考虑自己的观点是否正确。

但最终的结果是,他们找不到任何证据能够将皮纳绳之以法。

皮纳还是不停地把海洛因——贴着"黑马"的标签——推向街头巷尾,而人人对他敬而远之,不敢横加阻拦。

"我们必须用更直接的方式去抓他。"一天晚上,他们坐在卡曼斯维尔游乐场(Carmansville Playground)喝啤酒的时候,马龙说。

"为什么我们不直接杀了他?"蒙蒂问。

"值得为此搭上自己的身家性命吗?"马龙问。

"也许。"

"你还有孩子,"鲁索说,"家庭,我们都一样。"

"但是,如果他想先杀我们的话,这就不是谋杀。"马龙说。

这就是整个计划的肇始。马龙设计一个谋杀警察的骗局,等待时机让皮纳中招。

他们从西班牙哈莱姆①的一个俱乐部开始布局。这里是跳萨尔萨舞②的绝佳之地，皮纳拥有这里的股份，也许，他只是把这里当作洗钱的工具。一个周五的晚上，等这里人满为患的时候，他们像纳粹突击队一样破门而入。

马龙带队过来，亮出警徽，告知他们要进去搜查的时候，门边的安保人员拦下了他们。

"你们有搜查令吗？"

"你以为自己是谁？约翰尼·柯克伦③？"马龙问，"我看见有个人携枪跑过来了，可能就是你。是不是啊，大律师？转身，双手放在背后。"

"我依法享有宪法赋予的权利！"

蒙蒂和鲁索抓住他衬衣的后领，把他砸进了平板玻璃窗。

一个女人用手机录视频并举起来说："你们的所作所为，我都录下来了。"

马龙走上前，把手机从她手里打掉，然后把它踩在自己的马丁靴下。"还有人觉得自己的合法权利受到侵害吗？请现在就告诉我，以便我们能及时纠正错误。"

没人敢再说话，大部分人低头看着地板。

"趁现在还有机会，你们最好赶紧离开这儿！"

他们闯进俱乐部，当场逮捕了很多人。蒙蒂拿着一根铝制的

---

① 东哈莱姆区（East Harlem，也称西班牙哈莱姆），有着深厚的拉丁传统和朝气蓬勃的街头活力。
② Salsa，一种拉丁风格的舞蹈，其热情奔放的舞风不逊于伦巴、恰恰，但却比它们更容易入门。而与跳伦巴、恰恰等拉丁舞相比，跳萨尔萨舞的人也有更多率性发挥的空间。
③ Johnnie Cochran，不仅曾是辛普森案件"梦幻律师队"的成员之一，而且曾为迈克尔·杰克逊等演艺界名人打过不少官司。

棒球棒，招呼玻璃桌子和椅子。鲁索踢坏了扬声器。顾客们争先恐后为他们让路。把枪扔到地板上的声音与暴风雨击打铁皮的声音并无二致。

马龙来到吧台后面，推掉一堆酒瓶子，然后跟一个酒保说："打开收款机。"

"我不知道如何——"

"我看到你把海洛因藏在里面，赶紧打开。"

她打开收款机，马龙从里面拿出一把现金，像撒落叶一样把它们扔到了吧台外面。

一个穿着昂贵丝绸衬衫的大个子，一个真正的油头粉面的家伙，朝他走来过来。"你竟敢——"

马龙抓住他的脖颈，把他摁在吧台上："你敢重复一遍刚才的话试试？你是经理吗？"

"是。"

他抓起一把现金塞进了这个人的嘴里："吃了它，来吧，经理，吃。不吃？那么最好你能闭上臭嘴，告诉我皮纳在哪里！他在这儿吗？在贵宾室里？"

"他已经离开了。"

"他离开了？"马龙问，"如果我到楼上的贵宾室，发现他没离开，那我们之间就有大麻烦了。噢，应该是，你就会有大麻烦了——我会在你的脸蛋上跳一支大河之舞。"

"把所有人都带走！"马龙边上楼边喊，"给制服警察打电话，让他们带一辆公共汽车过来！一个人都不能放过！"

他上楼来到了贵宾室。

门口的安保人员看起来犹豫不定，所以马龙替他做了决定。"我是贵宾。此时此刻，我是你最尊贵的客人，因为我会决定，是不是该把你扔进牢房,跟一帮痛恨西班牙人的家伙待在一起。让我进去。"

他不敢阻拦。

四个男人和他们的女伴坐在一个长条凳上。这些女伴是美丽动人的拉丁女孩,浓妆艳抹,头发茂密,穿着价格不菲的超短裙。

男人的脚边都放着枪。

他们身材魁梧、衣着讲究,处事平静、冷酷,甚至还有些傲慢。马龙知道,他们一定是皮纳的人。

"离开座位,"马龙说,"趴到地上。"

"你知不知道自己在干什么?"其中一个人问道,"你在浪费大家的时间。都不要动。"

另一个人抓起手机对着马龙。

马龙说:"嘿,肯·伯恩斯[①],你唯一能拍的纪录片,可能就是你自己的结肠镜检查过程。"

此人应声放下了手机。

"趴在地上,所有人!"

他们慢慢走出雅座,但是女人们不太愿意趴下,因为裙子实在是太短了。

"你们不尊重女人!"第一个开口的家伙说。

"是,她们很自重,跟你们这些垃圾上床。"马龙说,"女士们,知道你们的男伴杀害小孩子吗?三岁,躺在床上。我认为,你们应该跟他们结婚,当然了,他们有可能已经结婚了。"

"说话放尊重点儿!"有个家伙说。

"如果你再敢跟我这么说话,"马龙说,"我就会叫女警官进

[①] Ken Burns,美国著名制片人,以在纪录片中使用档案片段和照片的风格而闻名,曾两获奥斯卡金像奖提名和数次艾美奖奖项。

来给你们的女朋友做全方位搜身,与此同时,我会踢碎你们的脑袋!"

这个人本来还想说些什么,但是想了想,还是闭上了嘴。

马龙蹲下身子安静地说:"你保释之后,第一时间去告诉皮纳,丹尼·马龙警探和北曼哈顿特别行动组下一步会捣毁他的俱乐部,逮捕他的毒贩,赶走他的顾客,我准备认认真真干这件事。听懂了吗?现在你可以说话了。"

"听懂了。"

"很好。"马龙说,"听懂了就给你在多米尼加的老板打电话,告诉他们这件事没有结束。你告诉他们,是皮纳搞砸了这一切。只要皮纳还在纽约城里现身,我,来自北曼哈顿特别行动组的丹尼·马龙,就会把他们的'黑马'海洛因全部扔进下水道。告诉他们,这里的管理者不是他们,是我!"

马龙回到楼下的时候,制服警察们已经在那儿——铐人,没收可卡因、药丸和枪支。

"不要放过任何人。"马龙告诉制服警察的警佐,"携带枪支、可卡因、摇头丸,甚至还有毒品……"

"丹尼,你知道这些人还会被无罪释放吗?"警佐说。

"我知道。"然后他对人群大吼道,"不要再来这里了!以后这种情况会常态化!"

当他带队离开的时候,马龙大喊:"行动组与你同在!"

当时的警监阿特·费舍尔是条真汉子,所以能够顶住一切压力。

检察官们蜂拥进他的办公室,声嘶力竭地叫喊着,他们不能也不会接受其中的任何一个案件。因为这次行动严重侵犯了人权,是警察暴虐行为的典型案例。

费舍尔有意用"你们是不是害怕彻姬塔[①]通过苹果手机起诉你们?"之类的问题拖延他们。这些检察官便又向自己的直接上司——玛丽·欣曼——求助。

结果也没什么效果。

"如果你们不想接这些案子,那就别接。"她说,"但是也不要打草惊蛇。如果他们有了防备,只会使案件越来越复杂。"

有人说:"那我们就任由那个丹尼·马龙和他的团队在北曼哈顿作威作福?"

欣曼仍然低头看着文件,眼皮都没抬一下:"你们怎么还在这儿?我以为我说完之后,你们就会回到工作岗位上了。如果你们不想要这份工作的话……"

内务部也有点儿左右摇摆。

他们被投诉人和市民投诉调查委员会的热情所感染。

麦克吉文把事情压了下去。他从自己的桌子里拿出一张犯罪现场三个孩子被爆头的照片,问他们是不是想以这样的方式出现在《邮报》的头版头条:**内务部阻挠追查幼童杀手**。

他们不想这样,绝对不想。

这些都发生在弗格森[②]、巴尔的摩[③]以及其他枪杀案之前。虽

[①] Chiquita,吉娃娃犬注册时,主人比较喜欢的名字。
[②] 2014年8月9日,在美国密苏里州弗格森镇,非裔青年迈克尔·布朗(Michael Brown)在没有携带武器的情况下遭白人警察达伦·威尔逊(Darren Wilson)枪击身亡。这一惨剧随即引发了当地的大规模抗议活动。
[③] 2015年4月27日,黑人青年弗雷迪·格雷(Freddie Gray)的葬礼在当地的一座教堂内举行。此后不久,大批示威者聚集在北巴尔的摩地区举行示威活动,活动逐渐演变成暴力事件。

然拉丁社区被夜总会突袭所激怒，但是他们和儿童杀手确实没有关系，黑人社区亦是如此。

马龙继续施压。

他带领团队捣毁酒窖、贮藏室、现金房和俱乐部。街头巷尾都流传着一句话：如果你贩卖或者注射的不是"黑马"牌海洛因，警察们或许会不管不问；但是，如果你在用迭戈·皮纳的毒品，行动组会立即找你的麻烦，不会有丝毫迟疑。

而且，在有人告诉他们关于皮纳的有用消息之前，这个状态会一直持续下去。

马龙把这个状态又提升到一个全新的层面，打破了警察和黑帮之间不成文的规定。一个毒贩子在第三次被抓之后，终于吐露了皮纳真正生活的地方，马龙也在里弗代尔（Riverdale）发现了他，并监视了起来。

马龙每天目送皮纳的妻子带两个孩子去上高档私立学校。有一天，她回来停下车往家走的时候，他走到她面前说："你的孩子不错，皮纳太太。但是你知道你丈夫谋杀了别人全家吗？祝你今天过得愉快。"

马龙刚回到警局十分钟，一个文职助理过来说，楼下有人找他，并递给他一张名片：杰拉德·伯杰——律师。

马龙下楼，发现一个穿着得体的男人，应该就是律师杰拉德·伯杰。"我是马龙。"

"杰拉德·伯杰，"伯杰说，"我是迭戈·皮纳的代理律师，我们可以找个地方聊聊吗？"

"为什么不在这儿？"

"没什么，"伯杰说，"我只是不想让你在同僚面前尴尬而已。"

尴尬？马龙想，在这些人面前？他甚至曾目睹他们比赛谁能尿得更远，还会有什么尴尬呢？

"没事，这儿就很好，"马龙说，"为什么皮纳还需要代理律师？有人起诉他了吗？"

"你应该知道，并没有，"伯杰说，"皮纳先生感觉自己被纽约警察局，尤其是被你骚扰了，马龙警探。"

"啊，这太糟糕了。"

"尽情开玩笑吧，"伯杰说，"等我们起诉你的时候，看看你还会觉得这有多么好笑。"

"起诉吧，我也没什么钱。"

"你在斯塔滕岛有个家，"伯杰说，"一个需要被照顾的家庭。"

"不要枉议我的家人，律师。"

伯杰说："警官，我的代理人在给你一个机会。不要再胡搅蛮缠。否则的话，我们会向当局提请民事诉讼和正式申诉。我会让你摘掉警徽。"

"好，如果你让我摘掉了，"马龙说，"我就把它钉在你的屁股上。"

"你就是我脚下的一堆臭狗屎。"

"真的吗？"

"目前来说，如假包换。"

马龙上楼回到了自己的座位上。整个团队都知道，臭名昭著的杰拉德·伯杰到访过。

"这个驼背佬想干什么？"

"过来长篇大论，大意是我再也无法在这个城市里生存，"马龙说，"然后告诉我，放过皮纳。"

"那你真的打算放了他？"

"当然。"

马龙接下来做的事情,将永远在北曼哈顿的民间传说中流传——《热天午后》①。

马龙去找了格罗斯科普夫(Grosskopf)警官,想要借用名字叫作沃尔菲(Wolfie)的大型德国牧羊犬。过去两年,它一直是哈莱姆的守卫者。

"你借它干什么?"格罗斯科普夫问。沃尔菲是他的命根子。

"带它去吹吹风。"马龙说。

格罗斯科普夫没有拒绝,因为回绝丹尼·马龙是一件很麻烦也很冒险的事情。

马龙和鲁索把沃尔菲放在车的后排,开车来到了东117街一辆准确来说叫作"帕科的玉米饼卷"(Paco's Tacos)的食品卡车上,但大家通常都称这里为"拉克萨卡车"。马龙喂了沃尔菲三个有蘸料的肉馅玉米饼卷,五个看不见肉的,以及一个叫作"油井"的巨型煎饼。

平时被严格控制饮食的沃尔菲吃得异常激动,一瞬间就爱上这个让它暴饮暴食的马龙。它亲热地舔着他,回到车上的时候,还兴奋地朝他摇尾巴,急切盼望着下一个惊喜。

"过去需要多长时间?"马龙问鲁索。

"不堵车的话,二十分钟。"

"你觉得我们时间够吗?"

"差不多。"

全程花了二十二分钟。其间,沃尔菲的兴奋之情演变成了焦躁,因为一顿狼吞虎咽之后,油腻的食物让它有了便意。沃尔菲

---

① Dog Day Afternoon,1975年9月21日美国上映的犯罪喜剧电影。该片根据真实事件改编,讲述了桑尼与同伴塞勒合伙抢劫银行,不料这场"精心策划"的抢劫行动却意外演变成了一出娱乐大众的闹剧。

哀号着,这是一个格罗斯科普夫马上就能意识到的信号——它要排便了。

"忍住,沃尔菲,"马龙说,摩挲着它的头,"我们快到了。"

"这条狗会在我的车里拉……"

"不会的,"马龙说,"它可是个真男人!"

他们到达目的地之后,沃尔菲不舒服地扭动着身体,直奔办公楼外的草地,但是马龙和鲁索把它带进了大楼,坐电梯来到了十七楼。

伯杰的前台是一个低着头的优雅年轻女人,或许早已失身于他。她说:"先生,您不能带着狗进去。"

"这是一条导盲犬,"鲁索盯着她的胸说,"我是个盲人。"

"您跟伯杰先生有预约吗?"

"没有。"

"您的狗怎么了?"

马上,她的问题就得到了再明显不过的答案。

沃尔菲哀号着,旋转着,在杰拉德·伯杰曾经白色的苏里亚·米兰(Surya Milan)地毯上,释放出一堆近乎毁天灭地、热气腾腾、夹杂着辣椒味道的粪便。

"哎呦!"马龙说。

伴随着前台小姐的干呕声,马龙拍了拍稍微害羞却又解脱了的沃尔菲的头,说:"好孩子,沃尔菲,好孩子。"然后他们就把沃尔菲带回了警局。

消息比他们率先回到警局,因为所有人都站着长时间给他们鼓掌。沃尔菲被奖励了宠物、拥抱、亲吻,以及一盒用蓝丝带扎起来的牛奶骨头饼干。

"警监想见你们,"接待警员告诉鲁索和龙马,"要求你们一回来就去。"

他们把沃尔菲还给脸色铁青的格罗斯科普夫,然后去了费舍尔的办公室。

"我只问一遍,"他说,"你们是不是带着一条警犬,拉满了杰拉德·伯杰的办公室?"

"我是做那种事的人吗?"马龙问。

"滚吧,我很忙。"

他确实很忙。电话响个不停,纽约市的各个分局都给他打来了祝贺电话。

格罗斯科普夫从此再也没有原谅马龙,而且这种敌意有增无减。因为每次马龙走到离沃尔菲不足五十英尺的地方,它就会想要靠近他,因为马龙给他了生命中最美妙的一个下午。

马龙仍然对皮纳穷追不舍。"脏屁股"——也只有上帝才知道,他到底从哪儿拿到的信息——告诉他,皮纳的老婆在纽约最难预定、东哈莱姆最有名的餐厅给丈夫举办生日派对。

皮纳和家人、朋友一起坐在大桌子旁,比起一个商业领袖,他看起来更像一个地方政客。他拆着大家送来的礼物,突然拿出一个大大的包裹,里面是一张三个被枪杀孩子的镜框照片,还附带了一张小纸条:来自北曼哈顿行动组的朋友们——婴儿杀手,你会不得好死。

平安大道的黑手党听说了这件事。然后,卢·萨维诺邀请马龙一起坐下来聊聊,两个人在马龙还是个小警察的时候就认识了。他们喝着意式浓缩和卡布奇诺,坐在咖啡馆外面。萨维诺说:"你真有一套。别再胡搅蛮缠了。"

"你什么时候开始给墨西哥人说情了?"

"我本应该因为你这句话而生气,"萨维诺说,"但是我忍了。

丹尼，男人之间的恩怨不应该牵扯家人。"

"那你去跟贾内尔·克利夫兰说这个啊，哦，对了，你无法和她交流。她和她全家都被谋杀了。"

"这件事情好像两组猴子在怄气，"萨维诺说，"一组棕色猴子，一组黑色猴子。至于谁拿到香蕉有什么区别吗？这完全和我们无关啊。"

"最好和我们无关，卢，"马龙说，"如果你的人动了皮纳的货，我们之间所有的协议即时失效。我会不惜一切代价将他们绳之以法。"

他很清楚，自己在做什么——让萨维诺知道，如果他想贩毒，只能和除了皮纳之外的其他人交易。这可能会逼迫他去给在多米尼加国内的人打电话。

在任何有组织的犯罪团伙之中，生存的关键要素其实很简单——让别人能够赚钱。只要你能让其他人赚钱，你就是安全的。如果你开始让别人花钱，那你就成了负担，犯罪团伙怎么可能让负担长时间存在呢？

这跟能够一笔勾销他们的税款完全不同。

马龙已经把皮纳变成了一个负担——这家伙不仅让他的老板们开始损失金钱，还惹上了麻烦。他自己也很尴尬，变成了一个笑话——自己被羞辱，老婆被冒犯，生意陷入困局。

如果你是一场晚宴的主持人，你肯定会竭尽全力去成为一个喜剧演员。但是，如果想要接手贫民窟的毒品生意，你最不想做的事情就是搞笑，你需要大家对你敬而远之。

如果人们把你当作明星来吐槽，甚至在你背后嘀嘀咕咕的，他们根本就不会怕你。如果他们不怕你，你又不能让他们赚钱的话，那你就成了一个笑话。

贩毒组织没有人事部门。他们不会带你入职，替你规划职业生涯，给你指导意见，让你提升自己的工作表现。他们能做的，通常就是派个你熟悉、信任的人过来，带你出去喝酒或者吃饭，然后告诉你：看好自己的生意。

"我只要求，"萨维诺说，"你能跟那家伙坐下来谈谈，找出一个解决问题的办法。"

"死了三个孩子，还能有什么解决办法？"

"谈谈不是坏事。"

"如果他想谈谈，"马龙说，"那他就来自首，对自己下令杀害克利夫兰全家的罪行供认不讳，然后再写一份声明。这是我跟他坐下来的唯一途径。"

但是萨维诺拿出了自己的杀手锏："这不是他的意思，是我们的意思。"

马龙无法直接拒绝西米诺家族的要求。他们是"生意"上的合伙人，他有他的义务。

双方碰面地点约在东哈莱姆一个小饭店的密室里，这家店被西米诺家族所掌控。萨维诺为马龙的人身安全作担保，同时承诺，马龙不会搞突袭，也不会携带监听器。

马龙进屋之后，肥胖的皮纳已经在桌子旁就座。即使搭配着白衬衫的外套价值上千美金，也掩饰不了他的丑陋嘴脸。萨维诺起身拥抱了一下马龙，顺势要给他搜身。

马龙挡开他的手说："你给我搜身？那你给他搜了吗？"

"他没理由戴监听器啊。"

"我也没理由戴监听器，"马龙说，"卢，这样对今天来说可不是个好开头。"

"那你的监听器在哪儿呢？"

"在你妈的肚子里,"马龙说,"下次你把它吃出来。去死吧,我不谈了。"

"我不介意。"皮纳说。

萨维诺耸了耸肩,然后挥手示意马龙坐下。

"你最近听谁的命令?"马龙问萨维诺,然后坐在了皮纳的对面。

"你想要干什么?"皮纳问。

"我不是在跟你分面包,"马龙说,"也不是在跟你喝酒。卢让我来谈谈,我就来了。你有什么话想跟我说?"

"是时候该停止这一切了。"

"当他们把针头插进你的胳膊里的时候,这一切就停止了。"马龙说。

"克利夫兰知道规则,"皮纳说,"他很清楚,一个男人不仅仅是自己在冒险,还包括他的整个家庭。这是我们处理事情的方式。"

"这是我的地盘,"马龙说,"规则是由我制定的。我的规则是:永远不能杀害孩子。"

"不要站在道德的制高点上谴责我,"皮纳说,"我知道,你是个肮脏的警察。"

马龙看着萨维诺说:"这样行了吧?我们现在已经聊过了吧?我是否可以离开,去吃点东西?"

皮纳把一个公文包扔在桌子上:"这里面有二十五万美金,拿着它去吃饭吧。"

"这是干什么?"

"明知故问。"

"不,你告诉我这是干什么,你这个垃圾。"马龙说,"你告诉我,这是在给你的谋杀罪购买免罪证明。"

"搜他身。"皮纳对萨维诺说。

"你敢动我一根指头,"马龙说,"我敢断言,我会血洗这里,卢,我会和你一起擦地板的。"

"他戴了监听器。"皮纳说。

"如果你戴了,"萨维诺说,"那你就不能离开这里,丹尼。"

马龙脱下运动外套,解开扣子,打开衬衫露出胸膛说:"卢,你现在高兴了?还是你想戴上手套,把手指塞进我的屁股里?你这个该死的意大利同性恋!"

"老天爷,我不想冒犯你,丹尼。"

"的确,现在好了,我被你和这个婴儿杀手冒犯了。"马龙拿起公文包,扔向皮纳,"我不知道你听说了我的什么事儿,但是我知道你没听到什么。你没听到,我不会让一些杂种在我的地盘上杀了三个孩子还能溜之大吉。如果你再给我那个公文包,我会让它们从你的嗓子进去,从你的屁眼里出来。此刻我不抓你的唯一理由,是我跟卢承诺过。但是,这个承诺的期限仅限于今天。我会让你躺进太平间,前提是,你的老板们动作比我慢。"

"也许,我会让你躺进太平间。"皮纳说。

"来啊,"马龙说,"来搞我,带着你的所有部下。但是,男子汉大丈夫,说话要算话!"

鲁索和蒙蒂出现在了饭店的门口,好像他们一直在监听。他们确实如此——他们坐在外面的一辆车里,用抛物线耳机把这一切都录了下来。

"有问题吗,丹尼?"鲁索问。他面带微笑,手里拿着一把莫斯伯格霰弹枪。

蒙蒂表情严肃。

"没问题！"马龙大声喊道。他看着皮纳，"至于你这个蠢货，我会在你的棺材板上强奸你老婆，直到她叫我爸爸。"

他们全副武装，甚至开始带着火炮出行。

危险无处不在，还有可能来自皮纳甚至西米诺家族，尽管马龙对黑手党会罔顾后果谋杀一个纽约警察局的警官持怀疑态度。

他们都谨慎行事。马龙没有再回斯塔滕岛的家，而是住在西区。鲁索也时刻把霰弹枪放在副驾驶座上。即使这样，他们还是持续扫街，调查皮纳的行动，找到他们的源头，然后将其逐步瓦解。

马龙带着录音去找玛丽·欣曼。

"这件事对伯杰来说，简直是易如反掌，"欣曼说，"你没有授权，也没有正当理由——"

"警官们对一个执行秘密任务的同事进行监听，"马龙说，"在执行任务的过程中，他们监听到，有人对多人谋杀案担责并且——"

"你想让我根据这个就起诉皮纳是克利夫兰凶杀案的主谋？"欣曼问，"这无异于职业自杀。"

"你只管起诉他就好，"马龙说，"把他带到这里来，让凶杀组给他放录音，审讯他。"

"你觉得，除了能说自己的名字，伯杰会让他回答任何问题吗？"欣曼问。

"无论如何都要试试，"马龙说，步步紧逼，却又十分沮丧，简直就像变了一个人，"你欠我的。"

我帮忙作证，让你赢了多少场官司啊！

他们传讯了皮纳。

欣曼给他播放录音的时候，马龙就在窗户后面盯着。

"克利夫兰知道规则，他很清楚，一个男人不仅仅是自己在冒险，还包括他的整个家庭。这是我们处理事情的方式。"

伯杰挥手示意皮纳保持沉默，然后看着欣曼说："我没有听到任何关于克利夫兰谋杀案的忏悔或者承认有罪的话，我所听到的是，一个人表达了明显令人反感的文化准则，但是，令人反感不是犯罪。"

欣曼又开始了播放录音。

"这里面有二十五万美金，拿着它去吃饭吧。"
"这是干什么？"
"明知故问。"

"所以现在你抓我的委托人，是觉得他试图贿赂警察？"伯杰说，"除非你们拿到了那笔钱。也许，公文包就是个空的。也许，我的委托人只是在嘲讽马龙警官，这显然是对他无休止的骚扰的一种错误方式的报复。还有吗？"

"不，你告诉我这是干什么，你这个垃圾。你告诉我，这是在给你的谋杀罪购买免罪证明。"
"搜他身。"

欣曼把剩下的录音都放了出来。

伯杰说:"我没听到任何有罪的事情。但是我确实听到一个纽约警察局的警官威胁我的当事人,要在他的棺材上强奸他的妻子。可能你很自豪。但是,在任何案件里,这盘录音带不仅没什么用,甚至都不会被承认合理。你怎么能如此愚蠢,来起诉我的委托人?大陪审团肯定会对你印象深刻,法官会生气地把卷宗扔到垃圾桶。你根本动不了我的委托人。"

欣曼说:"我们抓了一些吸毒人员,都会举报你的委托人。如果现在他拒绝坦白从宽,到时候只能自作自受。"

虽然是虚张声势,但是皮纳退缩了。

然而这吓不倒伯杰:"我是不是听到了穿过墓地时吹着口哨给自己壮胆的声音?还是说,你默认自己的'案子'毫无价值?让我来告诉你,检察官,警察已经失去控制了。我会与民事投诉调查委员会讨论这个问题,但是我还是建议你,立即采取行动清理自己的队伍,以保证自己的职业生涯能够继续。"

他站起身,同时招呼皮纳也站起来:"天气不错。"

伯杰直接看着镜子,拿出一个手帕,笑着看着马龙,然后抬起了脚。擦了擦鞋底之后,他把手帕扔进了垃圾桶。

整个社区开始指责皮纳。

开始的时候,这种指责微乎其微,仿佛大坝开了一条小缝。后来,这条小缝演变成涓涓细流,最终发展成滔滔洪水,捣毁了皮纳坚不可摧的防线。没有人来警局——双方还不至于信任到这个程度——但是,马龙巡逻的时候,一个点头,一个摇头,甚至一个微小的姿势,他们都能告诉马龙:有话要说。

谈话的地点遍及街角、小巷、公寓大厅、靶场、酒吧。谈话的内容全是谁杀了三个孩子,皮纳雇用了谁,真正的杀手是谁。

有些谈话很讽刺。线人们希望能够恢复海洛因的流通,停止这种僵持的局面,让马龙停止这些无情的纠缠。但是大部分谈话是因为他们发现潮头开始转向,良心从对皮纳的恐惧里挣脱了出来。

渐渐地,大家你一言我一语,描绘出一幅画面:皮纳雇用了两个野心勃勃、想和他合作的新人。而令整个社区尤其愤怒的是,这两个新人是黑人。

托尼和布雷隆·卡迈克尔(Braylon Carmichael)是兄弟俩,一个二十九,一个二十七。各自的案底都可以追溯到十岁出头的时候:袭击、抢劫、贩毒和盗窃。现在,他们期望自己能够成为皮纳的毒品批发商。

但是,皮纳先给了他们一份入门的工作。

杀了克利夫兰一家,一个也不能放过。

马龙、鲁索和蒙蒂突袭了他们位于145街的公寓,子弹上膛,随时准备射击。

可惜,皮纳已率先行动。

托尼·卡迈克尔瘫坐在一张椅子里,前额有两个入口伤。

马龙想:我们想方设法处决了一名凶手,无论如何——我们间接杀了他,因为我们告诉皮纳我们在追查凶手。他们仔细搜了搜公寓,但是没有找到布雷隆。这意味着,他们对皮纳的案件还存在着一线希望。

马龙找到"脏屁股"说:"把话放到街头。如果他来找我自首,我可以保证他的安全。他不会挨打。只要他肯在我们起诉皮纳的时候做污点证人,我愿意和他达成任何协议。"

布雷隆是个笨蛋——行动的大脑是他已故的兄弟。但是即使他再笨,也应该知道,皮纳在抓他,克利夫兰的朋友也在抓他,马龙是他唯一的救命稻草。

一天夜里，他向马龙求助。

马龙和团队在圣尼古拉斯公园的灌木丛中找到了他，把他带回了局里。"不要跟我说话，"马龙把他铐起来的时候说，"闭上嘴。"

他不想出任何纰漏。打电话召集人，确保米内利准备好审讯，也确保欣曼在场。布雷隆不需要律师，他对自己的罪行供认不讳，坦白皮纳如何雇用他们兄弟俩杀了克利夫兰一家。

"材料够了吗？"马龙问。

"足够逮捕他了。"

她拿到了皮纳的拘捕令，凶杀组去把皮纳捉拿归案——

欣曼阻止马龙前往。

但是皮纳几分钟前刚刚离开。

杰拉德·伯杰让自己的代理人去联邦调查局自首。罪名不是谋杀，而是毒品交易。

欣曼打电话告诉他这个消息的时候，马龙都快要爆炸了："我不要他以贩毒的罪名被捕！我要他因为谋杀而被捕！"

"我们不能事事如意，"欣曼说，"有时候，我们必须知足常乐。振作点儿，马龙，你赢了。皮纳只能通过自首来自救，他已经进了联邦监狱，就连他自己的人都没法谋害他。刑期可能是十五到三十年，他应该会在监狱里终老。这也是一种胜利，接受这个结果吧。"

然而事与愿违。

杰拉德·伯杰和他的委托人达成了空前的私下协议。迭戈·皮纳提供了整个组织的情报并在十几起案件中作证，如此算下来，甚至他还超期服刑两年。这意味着，他在证人席作完证之后,很可能直接就会转身离开。

那样的话,联邦法官不得不签署协议,并且在签署之后还要说,皮纳提供的信息可以收缴数吨海洛因,拯救的生命远不止五条。

"胡说八道,"马龙说,"如果没有皮纳的海洛因,还会有其他人的。这根本就改变不了什么。"

"我们已经做了我们能做的全部。"欣曼说。

"那我该怎么跟大家说?"马龙问欣曼。

"哪个大家?"

"社区里赌上身家性命要扳倒皮纳的大家,"马龙说,"信任我,相信我能给三个孩子讨回公道的大家。"

欣曼不知道该跟马龙再说些什么。

马龙也不知道该跟大家再说什么。

其实,他们早就知道结果了。他们对此已见怪不怪——西装革履的白人的职业生涯,远比五条黑人的性命重要得多。

布雷隆·卡迈克尔被判处五年徒刑,并且不得保释。

丹尼·马龙失去了灵魂的一部分,但不是全部,但如果皮纳厌倦了平凡的生活,重新开始贩卖海洛因的话,这些失去的灵魂已足以让他有意愿并且有能力处决他。

第三十四章

马龙的牢门缓缓打开,奥德尔站在门口。

他问:"你洗过澡了?"

"嗯。"

"很好,"奥德尔说,"我们去趟上城。"

"去哪儿?"马龙对自己的牢房很满意,甚至有点儿随遇而安的味道。

奥德尔说:"有些人想见你。"他带马龙出来,把他塞进车的后排,然后坐在马龙身边。奥德尔拿下手铐说,"我是不是可以相信,你不会逃?"

"我能逃到哪儿去?"

马龙看着窗外。车辆驶过市政厅、议会大楼,来到西街,然后转入西侧高速公路。

虽然只在监狱里待了一个晚上,但是自由对马龙来说却格外陌生。

意料之外,却又让人兴奋异常。

哈得孙河看起来更加宽阔、更加郁蓝。宽阔的河面让人想要逃离这座城市,微风徐徐吹过白色的浪花,令人心驰神往。

汽车穿过荷兰隧道①,经过切尔西码头——以前马龙经常来这里参加临时的曲棍球比赛——然后是贾维茨会展中心,其混凝土、管道、窗户和照明工程给黑帮成员提供了很多再就业的机会。然后是林肯隧道、83 号码头。马龙曾一直想要带着家人绕着曼哈顿如此兜一圈,却从没有成行。现在,一切已经太晚了。

车辆转向东面来到了 57 街,马龙发现事情不太对劲儿。

北面的空气泛着黄色,一种近乎棕色的黄色。

世贸大楼倒塌之后,他再也没见过这种颜色的空气。

"我能摇下车窗吗?"马龙问。

"可以。"

空气中的味道呛人。

马龙转头看向奥德尔,眼神里充满了疑惑。

"昨天五点,发生了暴动,"奥德尔说,"就在你进去后不久。"

奥德尔告诉他,对贝内特案的审判结果,一开始的抗议是很平和的,接着人们就开始扔酒瓶子和砖头。六点半的时候,圣·尼克和雷诺克斯沿街店面的窗户都被砸碎了,商店和酒店都被洗劫一空。十点的时候,人们开始往阿姆斯特丹和百老汇的汽车上扔燃烧弹。

警察们开始使用催泪瓦斯和警棍。

但是暴乱愈演愈烈。

十一点的时候,贝德福德②的事态激化,然后是弗拉特布什(Flatbush)、布朗斯维尔(Brownsville)、南布朗克斯(South Bronx)

---

① Holland Tunnel,穿越哈得孙河,连接纽约市的曼哈顿与泽西市,并载有 78 号州际高速公路。
② 贝德福德—史蒂文森(Bedford-Stuyvesant),俗称贝史蒂(Bed-Stuy),位于布鲁克林区中央。这是一个历史悠久的街区,有很多原生态的赤褐色砂石建筑和不加修饰的店面。

以及部分斯塔滕岛的地方。

破晓时分,缭绕的烟雾遮住了七月流火的太阳。

市政官员们本以为夜幕降临时暴乱会就此打住,但是,中午时分,暴乱又开始了。抗议的人群包围了市政厅和警察局广场,与警察的队伍发生了冲突。

在北曼哈顿,消防员在试图扑灭火势的时候,被埋伏在圣·尼克塔楼里的狙击手射击,所以他们再也不接救火电话,任由火舌在整个街区肆虐。

城里所有的警察都被召集起来参加防暴活动。他们不能回家,只能抽空在更衣室或者栅栏上眯一会儿。所有人都精疲力竭,精神和肉体已被掏空,随时可能崩溃。

"志愿者们"——自行车俱乐部、民兵组织、白人至上组织、枪支权利热衷者——从其他地区蜂拥而至,前来帮忙维持秩序。

"法律与秩序",让警察的工作变得更加艰难,尤其他们现在正致力于防止让这场暴乱升级为全面的种族战争。

这一刻,真的是水深火热。

车辆沿着亿万富翁街滑行,最后停在了安德森的大楼旁。

伯杰站在大楼前,很明显是在等他们。车停之后,他走上前,替马龙打开车门:"在他们说完话之前,你什么也不要说。"

"到底在搞什么?"

"这句可以说。"

他们坐电梯来到了楼顶套房。马龙放眼望去,一屋子权贵。

警察专员、尼利总长、奥德尔、温特劳布、市长、钱德勒、布莱斯·安德森、伯杰,还有伊莎贝尔·帕斯。马龙见到帕斯时的惊讶之情,在脸上显露无遗。帕斯说:"我们都是被安排过来的，请坐，马龙警探。"

她指了指一把椅子。

"我已经坐得够久了。"马龙说，并没有就座。

"鉴于之前我们比较熟悉，"帕斯说，"所以我被要求主持这次会议。"

警察专员和尼利看起来好像恨不得立刻把马龙放到烈火上炙烤，市长则看着咖啡桌，安德森看起来面无表情，而伯杰脸上挂着标志性的坏笑。

奥德尔和温特劳布看起来就像快要吐出来了。

帕斯说："首先声明，这次会议从没发生过。没有会议记录，没有会议纪要，没有会议录音。大家都了解并同意吧？"

马龙说："你就别胡说八道了，我什么都不在乎。到底让我来干什么？"

"我被授权来跟你谈判。"帕斯说。"认识杰拉德吧？"

"我以为你们闹掰了。"马龙说。

"在咱们受审的时候，这看起来是真的，"伯杰说，"但是，现在看起来并不是。"

"这是为何？"

"不知你有没有注意到，大陪审团对迈克尔·贝内特一案的错误裁决，导致了整个城市现在的混乱。"伯杰说，"简单点说，如果再来一次，不敢说整个国家，起码整个城市将会燃起熊熊大火。"

"那就给消防部门打电话。"马龙说，"现在我可以回牢房了吗？"

"有些谣言已经传到市长办公室，"伯杰说，"说是有人用手机拍摄了一段迈克尔·贝内特被杀现场的视频，声称贝内特是在逃跑的时候，海耶斯警官朝他开了枪。如果这个视频被公开，那么现在的暴乱看起来就是无足轻重的小儿科了。"

"我不允许这种情况发生。"市长说。

"关我什么事儿？"马龙问。

"你熟悉北曼哈顿的非裔美国人社区，"伯杰说，"具体点说，你跟德文·卡特关系匪浅。"

"如果你们这么认为的话。我想，这种关系是指有人想要你的命。"

"别装了，警探，"警察专员说，"你和你的整个行动组都被卡特收买了！"

你错了，马龙想，那是托雷斯的团队，但现在看来也差不多。

"我们认为，那段视频在卡特手里，"帕斯说，"而且他威胁我们要将其公开。他现在藏得很深，我们根本找不到他，所以，我们的协议是——"

"能不能直接点？"警察专员问。

"马龙，协议是：你如果能帮我们找到那段视频，那么你就会被无罪释放。如果你问我，我还是会觉得不可能，但事实就是这样。"

"那你们怎么处理鲁索？"

温特劳布皱着眉头说："他的协议还会生效。"

"你们也不能起诉蒙蒂。"马龙说。

警察专员说："威廉·蒙蒂警官是纽约警察局的英雄。"

"那就算我们达成协议了？"帕斯问马龙。

"没这么快，"伯杰说，"他被没收的财产呢？"

"不可能，"温特劳布说，"我们不会把钱还给他，不可能。"

"我说的只是房子，"伯杰说，"马龙愿意把房屋的完整产权转让给他正在走离婚程序的妻子。"

尼利总长说："难道，我们就这么让这个城市里最肮脏的警察昂首离开？"

布莱斯·安德森最后发话了："那你愿意整个城市都被焚毁吗？我的意思是，我们是不是真的在乎那个毒贩手里的东西？难道我们真的要为此牺牲很多无辜的生命？更别说这件事还会造成什么样的恶劣影响。如果三个坏警察因为妥善处理了这件事而能被无罪释放，这也是可以接受的，对吧？如果他们能够阻止这座城市被焚毁，不管什么时候，我都愿意这么选择。"

这是最终的结论。

这座房子的主人说了算。

帕斯看着伯杰说："可以了吗？"

"我不会说'可以'这个词。"伯杰说，"这么说吧，我们最终达成了一个双方都满意的协议，这个协议的达成，是为了更高层面的公共福利。马龙，我们要不要同意这个协议？"

马龙说："我需要警徽和配枪。"

他又要成为警察了。

最终，他又要成为警察了。

第三十五章

北曼哈顿已被团团包围。

在格兰特高地和曼哈顿维尔之间,马龙深切感受到了游行的压迫感。

几个中队的制服警察面朝南,列队站在马丁·路德·金大街上;更多的警察则面朝北,列队站在126街上。两支队伍形成了一个走廊,身在其中的警局就像一个被包围的碉堡。警察们将巡逻车排在一起,然后站在它们后面。骑警们坐在马上,紧张地在人行道上巡逻。狙击手则守在警局大楼的屋顶上。

阿姆斯特丹酒类集市已被洗劫一空,橱窗玻璃碎了一地,所有的商品都被拿走了。在马丁·路德·金大街上的超市已经是一片废墟。来自曼哈顿五旬节会和安提阿浸信会的教士们走上街头,呼吁大家要冷静,放弃抗议。同时,对面的126街上,抗议者们聚集在圣玛丽教堂旁边的小公园里。大家都在等待日落时分,看看事态会如何发展。

马龙到处在找"脏屁股"。

他可能是这个世界上最难找的人。

马龙核查了所有他常去的地点——1920年代的雷诺克斯大街,449街外的晨光公园。

一个白人警察独自走在哈莱姆的骚乱之中，除了马龙还能有谁？他可能已经死了，但是他的余威还在。人们放任他随处闲逛，并没有过多理会。

虽然这里着火了，但它还是马龙的王国。他看到了"哦不亨利"。

这家伙看到马龙，就像看到天敌的瞪羚一样逃走了。幸运的是，瘾君子们并不擅长百米冲刺，所以马龙不费吹灰之力就追上了他，把他摁在小巷的墙壁上："你现在开始躲着我了，亨利？"

"哦，不。"

"你刚才明明就是。"

"我误以为你是个坏人。"

"对，我想抢你的毒品。"马龙说，"'脏屁股'去哪儿了？"

"我们能不能到个私密的地方说？"亨利问，"如果我被人看到跟你这么近——"

"那你最好长话短说，"马龙说，"要么现在就告诉我，要么我就拿个大喇叭，告诉整个雷诺克斯，你是我的线人。"

亨利哭了，看起来很害怕："哦，不。哦，不。"

"他在哪儿？"马龙把他摔在墙上。

亨利沿着墙壁滑下来，像一个婴儿似的躺在了地上。他双手捂着脸，哭得更伤心了："在学校的运动场。"

"哪个学校？"

"175号，"亨利蜷缩得更紧，"哦，不。哦，不。"

"哦不亨利"是个十足的混蛋。

他没跟马龙说实话。"脏屁股"根本没在175号的运动场。而且很诡异的是——在这个炎热夏季的夜晚，即使在混乱之中，整个运动场空荡荡的,好像被遗弃了。

感觉就好像这里有辐射还是什么似的。

突然,马龙听到了什么动静——一阵不像是人类发出的呻吟声,好像是受了伤在哀鸣的小动物。

马龙四处查看,试图找到声音的来源。声音不是来自篮球场,也不是来自铁丝网的围栏。然后,他发现"脏屁股"靠在一棵树上。

不对,不是靠在那棵树上。

他是被钉在树上。

钉子钉在他的手心里,而不是胳膊上。

他被扒了个精光,两只胳膊高举过头顶,两只手叠在一起被钉在树干上。两条瘦削的大腿绷得溜直,双脚交叉被钉在树干上。他的下巴垂在胸前,被人打得奄奄一息。

他的脸肿得像个汉堡包,眼窝里的眼珠子懒散而无神。他的下巴已经碎了,歪歪扭扭的牙齿全部粉碎,嘴唇像布条似的耷拉着。他正在拉屎,全部拉到了自己的腿和脚上。

"天哪。"马龙说。

"脏屁股"尽可能地睁开眼睛,看到马龙,开始呜咽着,一言未发,全是痛苦。

马龙抓住他脚上的粗钉子,使劲拔了出来。然后起身,抓住钉在他手里的钉子头。马龙边扭边拽,边扭边拽,终于把钉子拔了出来。马龙扶住"脏屁股",把他轻轻放到了地上。

"我来扶着你,扶着你。"马龙说。

然后他摁着无线电对讲机说:"需要救护车。加速过来。雷诺克斯175号。"

"马龙?"

"快点。"

"去死吧，叛徒，赶紧去死！"

救护车没来，巡逻警车也没来。

马龙把胳膊放在"脏屁股"身子底下，然后把他抬了起来。他像抱着一个婴儿一样穿过雷诺克斯，冲向哈莱姆医院的急救室。

"这是谁干的？"马龙问，"'胖泰迪'？"

他听不清"脏屁股"说了些什么。

"他在哪儿？"马龙问。一开始，他以为"脏屁股"会知道些什么，可现在看来，一切为时已晚。

"圣·尼克，"他小声说道，"第七栋建筑。"然后他笑了，如果说，他脸上剩下的唯一表情能被叫作笑的话。接着，他说："马龙，我还听到了一些别的事情。"

"听到什么了？"

"我们现在一样了，你和我，""脏屁股"说，"我们的身份一样了。"

然后，他的头垂到了马龙的臂弯里。

马龙大哭着把他抱进了急救室。

克劳德特正好当值。

"老天爷，"她说，"他们对这个可怜的灵魂做了什么？"

他们把"脏屁股"放进一个轮床，开始往里推。

"你浑身都是血。"克劳德特对马龙说。

往里推"脏屁股"的时候，她一直握着他的手。

马龙来到男洗手间，把一张纸巾蘸满水，尽可能地把血液和大便从自己的衣服上擦了去。

然后他来到候诊室坐等。

医院里熙熙攘攘，人来人往，暴乱导致人们伤亡惨重——有被打碎了的橱窗玻璃造成的割伤，有打架留下的淤青，有纵火或者被火围困造成的烧伤，有催泪瓦斯造成的眼睛红肿，有警察用霰弹枪打出的橡胶弹造成的枪伤——更严重的枪伤要么已经进了急救室，要么已经躺在了病房的病床上，更严重的，已经躺在了停尸房，等待被转移到殡仪馆。

"他走了，宝贝。"克劳德特说。

"我知道。"

"对不起，"克劳德特说，"他是你的朋友吗？"

"他是我的线人，"马龙下意识地说，重新考虑了一下，他又说，"对，他是我的朋友。"

这违反了警察工作的一条不成文的规矩：永远不要跟线人交朋友。

但是，你怎么称呼一个跟你共享着街道、公园、小巷的家伙呢？实话实说，他算是你的同事，帮你实施抓捕，让真正的坏人远离街头，守护整个街区。你该怎么称呼他？

永远不要跟线人或者瘾君子交朋友，那一个吸毒的线人……

无论如何，"脏屁股"都是我的朋友，他也把我当成他的朋友。看看我这个朋友给他带来了什么！

克劳德特问："他有家人吗？"

"据我所知没有。"我甚至都没想问过他。马龙想。但是，他的父母肯定在某个地方。或许，他还有妻子，一个或者几个孩子。也许有人在找他，也许他们已经放弃了他，跟他划清了界限……

"那尸体……"

"给殡仪馆打电话。"马龙说，然后告诉了她最近的殡仪馆的名字,"葬礼的费用我来承担。"

"你是他的好朋友。"她说。

"我算什么好朋友,"他说,"我甚至都没搞清楚他的真实姓名。"

"本杰明,"克劳德特说,"本杰明·库姆斯(Benjamin Coombs)。"

她看起来有点儿精疲力竭——暴乱造成的伤亡如此之多,她一直在值班,只有几分钟的休息时间。

"有时间吗?"马龙问,"出去聊聊?"

她环视四周,然后说:"就一会儿。你知道,天都快塌了,这场暴乱……"

他们来到了136街上。

"我以为你坐牢了。"克劳德特说。

"我也这么以为,"马龙说,"他们又和我达成了一个协议。"

也许,比上一个还要肮脏。

"你曾经告诉我,"马龙说,"作为黑人你很有负担。现在还这么觉得吗?"

"哦,我现在还是黑人,丹尼。"她说。

"这件事还能击垮你吗?"

"我戒掉了,"她说,"如果你想问这个的话。"

"不,我的意思是……"

"那你是什么意思呢?"

"我也不知道。"

她低着头,在人行道的混凝土上拖拉着鞋子,然后回头仰望着他,说:"我得回去了。"

"好。"

"你做了一件好事,把他带过来。我爱你。"她用双臂环抱着他,双颊的泪水打湿了他的脖子,"再见,宝贝。"

再见,克劳德特。

盛夏深夜,空调不好使,圣·尼克的居民们都在院子里纳凉。白人警察从不会来这里,所以他根本就没想伪装。

马龙大摇大摆走了进去,好像这里还是他的地盘。

就好像他还是原来的丹尼·马龙。

哨声、嘘声、喊叫声和辱骂声一齐响了起来。所以当他来到七号楼的时候,整个圣·尼克的人都知道他来了,而且,没人会记得他圣诞节分发火鸡的事情。他们记得的,只是自己有多么恨警察。

几个"赚钱男孩"的成员站在七号楼的门口。

这本没什么令人惊讶的,但是马龙发现,特雷竟然也在其中。

这位说唱巨星走到马龙跟前。

"特雷,你是来贫民窟一日游?"马龙问。

"只是为了帮助保护我的人。"

"我也是。"

"如果一个黑人兄弟杀了一个警察,"特雷说,"整个世界都会被颠倒过来。但是,当一个警察杀了一个黑人兄弟的时候,情况却大不一样。"

"你想保护你的人,"马龙说,"那就告诉他们,别挡着我的道。"

"你有搜查令吗?"

"这里是公共建筑,"马龙说,"我不需要搜查令。我以为像你这样有法律学位的人,会懂得这个道理。"

"对你朋友的遭遇,我很抱歉,"特雷说,"蒙蒂很酷。"

"他一直都是。"马龙说。

"我听说的可不是这样,"特雷说,"我听说,他可能需要辅助工具。"

"你想报名吗?"马龙问。

"赚钱男孩"已经急不可耐,慢慢向马龙移动过来,准备好好教训他一顿。他们都知道,他没有支援。

特雷示意他们冷静,然后转身对马龙说:"你到这儿想干什么?"

"我想跟'胖泰迪'谈谈。"

特雷说:"你明明知道,即使你打死他,'胖泰迪'也不会告诉你任何事。他在圣·尼克和格兰特有一个老母亲,一个妹妹,三个表弟。"

"我们会保护他的。"

"你现在自身难保。"特雷说。

"你在阻碍警察进行调查,特雷。"马龙说,"要么走开,要么我把你铐起来。"

"听着,我觉得我在阻碍的是你和卡特之间的私人恩怨,"特雷说,"如果你非要给我扣上阻碍调查的帽子,把我铐起来,新一轮的暴乱就会随之而来。"

他转过身,伸出了双手。

"那正合你的心意,是吧?"马龙说,"为自己赚取更多的街头信任。"

"想干什么抓紧干,"特雷说,"我可没整晚的时间跟你耗。"

僵持之际,"胖泰迪"举着双手从前门走了出来:"我的律师正在赶过来,你找我干什么?"

"你被捕了。"

"我听说，你已经不是警察了。"

"你听错了，"马龙说，"在我把你的胖脑袋打开花之前，把手放到背后。"

"你没有必要这样，泰迪。"特雷说。

"闭上你的臭嘴。"

"我要是不呢？"

"那我就让它闭上，"马龙说，"别考验我。"

"你也别考验我，"特雷说，"你放眼望去，这里除了我们还有什么？马龙，你可以请求支援，听说没人会来。即使你变成一具死尸，他们也丝毫不会在意。"

"但是，你活着的时候看不到这个景象。"马龙说。大约有二十多人拿着手机在录像，看起来就像一场演唱会。他转身对泰迪说，"把手放到背后。一旦我拔枪，你就死定了，然后是特雷。你们需要知道的是，从今往后，我不会再顾忌任何事情。"

泰迪对他的话深信不疑，因为他已经把手放到了背后。马龙拉着他从门口往外走了几步，然后把他推在墙上铐了起来："你因为谋杀罪被捕了。"

"我杀谁了？"

"'脏屁股'。"

泰迪压低嗓门："不是我杀的。"

"不是你？"马龙问，"那是谁？"

"你。"

马龙感觉这确实是真相，但他还是忍不住问道："为什么？"

"军火，"泰迪说，"因为他泄露了卡特军火交易的秘密。"

"是卡特把他钉在了树上？！"

"你以为我不知道？"泰迪说，"你觉得我为什么告诉你？卡特的所作所为是不对的。当然，杀死一个黑人兄弟，如果有必要，是可以的。但是他对待'脏屁股'的方式，根本就非人类所为。"

"卡特现在在哪儿？"

泰迪说话的声音太大，以至于整栋楼的墙上都是他的声音："我不知道卡特在哪里！"

马龙靠近"胖泰迪"，悄声道："如果我告诉卡特，泄露军火交易秘密的那个人是你，他会杀了你，你的表弟，你的姐姐，你的母亲。"

"你为什么要这么对我？""胖泰迪"问，"这么对待我的家人？我看不起你，马龙。"

"我现在没有任何底线，泰迪，"马龙说，"再也没有了。他在哪儿？"

楼上开始飞下瓶子——"航空邮件"。

瓶子、罐子、燃烧的垃圾，燃烧的火焰从空中摇曳飘下。

汽笛声瞬间响起，身着蓝色制服的骑警闯进了这道城市峡谷。不是为了拯救马龙，只是为了在这些黑人走出大楼之前把他们踢回去。

"想好了没有，泰迪？"马龙说，"我们时间可不多。"

"西122街四号楼，"泰迪说，"顶楼。马龙，我真希望他们杀了你。我希望你的兄弟警察能在正面给你两枪，这样你就能眼睁睁看着子弹夺取自己的性命。"

"对，你这个混蛋。"马龙喊道，"把你的肥嘴唇粘在一起，看看能给你带来什么！"

人群开始朝着马龙移动。他慢慢后退，向汽车撤退。这不是他一贯的风格，竟然让黑人把自己赶出这里，但是，他再也不会回来了。

第三十六章

老旧的芒特·莫里斯（Mount Morris）社区。

曾经，哈莱姆优雅的褐石建筑是医生、律师、音乐家、艺术家和诗人的居所。

暴乱竟然没有蔓延至此。

现在，马龙洞悉了其中缘由。

德文·卡特没有下达指令。

马龙在他住处的对面停下车。他一下车，卡特的保镖就发现了他。其中一个人说："好大的胆子，一个白人警察敢来这里！"

马龙说："告诉卡特，我想见他。"

"为什么？"

"为什么你在问为什么？"马龙说，"你需要做的，就是去告诉卡特，丹尼·马龙想跟他谈谈。"

保镖用鄙视的眼神看了看他，然后进去了。十分钟过后，他出来说："进来吧。"

然后带着他上楼。

德文·卡特在客厅里等着他。公寓很大，有点儿开阔，也有点儿空旷。雪白的墙壁上挂着迈尔斯·戴维斯、桑尼·斯蒂特①、阿特·布莱基②、兰斯顿·休斯、詹姆斯·鲍德温③、特洛尼斯·蒙克④的黑白照片。一个涂着黑漆的书架从地板一直延伸到天花板上，上面摆放着本尼·安德鲁斯(Benny Andrews)、诺曼·刘易斯(Norman Lewis)、克里·詹姆斯·马歇尔(Kerry James Marshall)、休吉·李–史密斯(Hughie Lee-Smith)等人的艺术书籍。

卡特穿着黑色的牛仔布衬衣，黑色牛仔裤，脚上穿着黑色的拖鞋，没穿袜子。他注意马龙在盯着书看，便问道："你懂非裔美国艺术吗？哦对，你有一个黑人女朋友。也许她教了你些东西。"

"她教了我很多。"马龙说。

"我刚通过拍卖拿到了一本刘易斯的书，"卡特说，"十五万美金，无题。"

"你会不会觉得，花那么多钱，应该给它加上一个名字？"马龙说。

"在楼上，如果你想看的话。"

"我来不是为了看你的艺术收藏。"

"那你来干什么？"卡特问，"我听说你坐牢了。好像是你销售了一大批海洛因给多米尼加人。这么说来，我们是朋友，马龙。"

"我们不是朋友。"

---

① Sonny Stitt（1924—1982），美国次中音萨克斯演奏的里程碑式人物。
② Art Blakey（1919—1990），硬派爵士乐鼓手和乐队领袖，曾获得美国格莱美奖。
③ James Baldwin（1924—1987），美国黑人作家、散文家、戏剧家和社会评论家。
④ Thelonious Monk（1917—1982），美国爵士乐作曲家、钢琴家，博普爵士乐创始人之一，大大促进了冷爵士乐的发展。

"我应该再多给你一些的。"卡特说。

"你比我更需要钱。"马龙说,"现在,你既没有海洛因,也没有武器,所以你也没有钱,没有钱你就没有人。卡斯蒂略会像扔垃圾一样把你扔出去。"

"有警察保护我。"

"托雷斯的老部下们?"马龙问,"如果现在他们还没有去向多米尼加人投诚的话。用不了多久,他们肯定会的。"

不可能是加利纳,马龙想,他没有这个脑子,也没有这个胆量。

应该是特妮丽。

卡特知道马龙说的是实情,他问:"你来给我提供什么?你的部下?他们还剩下了什么?所以不用了,谢谢你的好意。"

"我来给你整个该死的部门,"马龙说,"北曼哈顿,区域自治,毒品,刑侦部门,再加上市长办公室和半条亿万富翁街。"

"你的条件是?"

"贝内特的视频。"

卡特笑了。现在,一切对他来说开始有了意义。"所以你的老板们让他们的黑鬼从监狱里出来拿回它。"

"他们派的是我。"

"是什么让你觉得,视频在我手里?"

"因为你是德文·卡特。"

确实在他手里。马龙能够通过他的眼神感受到。

"所以,你想让我出卖我的人,"卡特说,"来获得白人的庇护。"

"自从你把第一个一角硬币放到街头的时候,你已经出卖了你的人。"马龙说。

"这是一个肮脏的、贩毒的警察的观点。"

"据我所知,事实如此。"马龙说,"你和我,我俩都一样。我们都是恐龙,都尝试在灭绝之前给自己尽可能买一些时间。"

"人类本能。"卡特说,"一个人想要尽可能地存活。一个国王想要尽可能待在王位上。马龙,我们都是国王。"

"我们曾经是。"

"我们应该合作的,"卡特说,"那样的话,现在的国王还是我们。"

"我们依然可以。"

"前提是,我把那段视频给你。"

"就是这么简单,"马龙说,"你给我视频,我们一起掌管北曼哈顿。没人再敢动我们分毫。"

卡特盯着马龙,然后说:"你知道这些暴乱的好处是什么吗?他们烧掉了你想要打倒的任何东西——贫民窟建筑、肮脏的酒店和破败的酒吧。你把它们低价买下来,建造一些好的建筑,然后高价出售。马龙,我给你些建议:拿出一部分脏钱,投资房地产,你会成为整个社区的中流砥柱。"

"这是不是说,我们达成了协议?"

"我们一直都有协议。"

"我要看看那个视频。"

卡特有一个很漂亮的平板显示器,他接上了一部苹果手机。

图像异常清晰。

迈克尔·贝内特是一个典型的街头小混混,穿着灰色的连帽衫、宽松的牛仔裤和篮球鞋。他站在道路中央,跟穿着制服的海耶斯警官在争论着什么。

海耶斯要把他铐起来,他挣脱束缚跑掉了。

他跑得很快,是一个十四岁男孩应有的速度,但是,他不可能比子弹还快。海耶斯拔出武器,打空了子弹。贝内特的身体旋转着,所以最后两枪打在了他的脸上和胸口,跟法医的说法完全相反。老天爷。

这就是一次谋杀!

黑人的命也是命啊。马龙想。

只是没有白人的命重要而已。

"你留了复本。"马龙说。

"当然,"卡特说,"我母亲生的孩子都很聪明。你跟你的老板们说,如果我有什么意外,五十家媒体会曝光这个视频,还有互联网。到时,整个城市就会被焚毁。你也可以这么要挟他们,我不介意。因为我也想让你回到街头。"

他把手机递给了马龙。

"暴乱肯定会像往常一样消停下来。"卡特说,"你和我要保守这个秘密,因为这是我们的一贯作风。我们来让北曼哈顿成为房地产的安全岛。现在你可以跑去告诉安德森,只要我得到了我想要的东西,他完全没必要为这个视频担惊受怕。"

马龙把手机放进了口袋。

"我们成交了?"卡特问。

"我问你件事儿,"马龙说,"本杰明·库姆斯是谁?"

卡特看起来很疑惑,在自己的脑海里仔细搜寻,好像是他没听过的某个非裔美国合伙人。但是他始终想不起来,便有些烦躁地问道:"是谁?"

马龙拔出了枪。

"'脏屁股'。"他说。

然后直接朝卡特的胸口开了两枪。

第三十七章

大家都在安德森的顶楼公寓等他。

所有人。

就好像一个画家连续几天作的素描，同样的人，不同的姿势，但是当马龙走进来的时候，所有的眼睛都聚焦在他身上。

尼利总长说："搜身。"

"为什么？"伯杰问。

"他是个叛徒，不是吗？"侦探总长边说边走到马龙身边，开始对他搜身。他正视着马龙的脸说，"一日叛徒，终生叛徒。我可不想刚刚摆脱一次录音，然后又沾染上更严重的。"

"我没戴监听器，"马龙说完，举起双手，"但是长官，别客气。"

尼利从上到下搜了搜，然后看着其他人说："干净。"

"拿到视频了吗？"帕斯问马龙。

"别急，我拿到了。"马龙说，"这是我们之间的协议，对吧？我给你们搞到贝内特的视频，你们放了我？"

帕斯点点头。

"不，"马龙说，眼睛仿佛把帕斯透视，"我想听你说出来。我需要你提供一个充分披露的协议。"

"这是我们的协议。"帕斯说。

"对,这是我们的协议,"马龙说,"那是以前。"

"什么时候以前?"安德森问。

"在我看到视频以前。"马龙说,"在我看到警察杀害那个孩子以前。他在那个孩子逃跑的时候开枪,这是赤裸裸的谋杀。所以,现在视频升值了。"

"你想要什么?"安德森问。

"我要恢复工作,"马龙说,"我继续掌管北曼哈顿。这是我的提议。卡特的要求更多一些。他要求自由经营自己的毒品生意,我们只能对付多米尼加人,不能对付他。如果你们想派人除掉他——或者我,就此而言——我劝你们算了吧。"

"视频还有复本。"安德森说。

"你们以为在跟孩子玩游戏吗?"马龙问,"愚蠢的警察和丛林兔子?不管怎么说,他还是你们的房地产合作伙伴,安德森,是不是?不要担心,你保留你的那部分份额,我们保留我们的。"

市长说:"我们不能支持——"

"我们能,"安德森说,目光并没有离开马龙,"我们能,我们也会,我们没有选择,对吧?"

"所有人都参与,对吧?"马龙说着,扫视了整个房间,目光从一张脸移到另一张脸,就好像父亲以前喜欢的约翰·福德[①]的西部老影片,一张接一张的特写,展现了希望、恐惧、愤怒、焦虑和挑战。只是这些不是牛仔的脸蛋,而是城里人的脸,纽约城里集财富、勇气、愤世嫉俗、贪婪和能量于一体的脸。

---

① John Ford(1894—1973),美国导演、制作人、编剧、演员,多次获得奥斯卡奖项。

"市长先生、警察专员先生、尼利总长、奥德尔特工、帕斯女士、安德森先生,全都参与,对吧?有话要么现在就说,要么就永远别——"

"把视频给我们。"安德森说。

马龙把手机扔给了他:"这是原版。卡特已经死了。这段视频很可能已经上了有线电视新闻网(CNN)、福克斯电视台(FOX)、频道11、互联网,我不确定。"

帕斯用不可置信的眼神看着他。

"你有没有想过,你这是做了什么?"安德森问,"你这是要把这个城市付之一炬。你把整个国家都点上了火。"

"现在,我可帮不了你了,丹尼。"伯杰说,"我做什么也救不了你。"

"很好。"马龙说。他根本就不想被拯救。我爱工作,爱这座城市,但现在这是错的,你们搞砸了这一切。

"你们去死吧,不管从个人角度,还是从集体的角度,你们都去死吧。我花了十八年整顿街头,捣毁犯罪窝点,破获各类大案,做你们想要做的任何事情。你们根本就不在乎我用了什么手段,你们想要的只是结果。我为你们做到了,我也死定了。现在,你们活着必须承受我这类人不存在的风险。没有人会再去阻止黑人们走出家门、在百老汇大街游行,夺回你们四百年前从他们手里抢走的东西。

"你们说我是肮脏的警察,我和我的团队,我的兄弟们,被你们定义为腐败。我觉得,真正腐败的是你们。你们让这个城市、这个国家的灵魂都腐烂了。在城市建设中,你们受贿金额高达数百万,但是,你们为了掩盖这个事实,却要将我无罪释放。《贫民窟的百万富翁》中的建筑没有暖气、厕所年久失修,你们对此却视而不见。律师们收买法官席，买卖案件来挽回损失，你们却对此置若罔闻。"

他看着警察专员："你的人收礼，接受富裕阶层免费馈赠的旅行、餐饮、门票，从而让他们免于罚单、传讯和违章的惩罚……给他们提供枪支……而同时，你却因警察们拿免费的咖啡、饮料甚至三明治而处罚我们。"

马龙又转向安德森："还有你，你建造这座房子用来洗毒品钱，这该死的东西建造在一堆白色粉末和穷苦大众的背上。我真以曾经跟你共事、护你周全为耻。

"没错，我是个肮脏的警察，一个做了错事的人。我会向上帝忏悔我的所作所为，但不是向你们。你们没有一个人配。对你们来说，毒品战争是让黑人和西班牙人安分守己，让法院和监狱保持忙碌，让律师、保安还有警察保持高就业率的手段。你们只是玩弄着数字，让他们变成你们想要的样子，这样，你们就能得到晋升，登上头条，获得良好的政治生涯。

"但是，我们才是在外打拼的那些人。我们收拾尸体，把噩耗告诉他们的家人，当面看着他们流泪。我们回到家痛哭，我们流血、牺牲，而你们呢？一旦遇到困难，首先想到的就是出卖我们。但是我们还得走上街头，不管发生什么——不管我们做了什么，或者你们以为我们做了什么。即使我们迷路了，我们也会想方设法走出来，然后去保护那些好人。

"肮脏的警察？他们是我的兄弟姊妹。也许，他们是肮脏的，他们也可能做错了事情，但是，他们比你们强一百倍。他们之中的任何人都比在场的各位要强得多。"

马龙摔门而出，整个屋子里没人阻拦他。他沿着第五大道走向南中央公园，转而走向哥伦比亚环岛。走到半路，他回头看到，奥德尔右手插在夹克里，跟在他的后面。这位探员大步流星，速度极快，一看就是在执行秘密任务。

这是一个再好不过的地方了。马龙想。他转过身，等着奥德尔。

奥德尔有点儿上气不接下气地走到他跟前。

"拿到了？"马龙问他。

奥德尔打开衬衫，给他看了看窃听器："我乘下一班阿西乐快车①去华盛顿。你知道他们会来追杀你吧？"

"我知道，你也是。"

"也许，一旦人们听到这些对话……"

"也许，"马龙说，"但我也不能指望这个。他们在华盛顿也有朋友，所以，照顾好自己，务必低调行事。"

拥挤的人潮绕过他们，就像流水绕过岩石。在这个忙碌的城市里，停滞就是一种障碍。

"你现在有什么打算？"奥德尔问。

马龙耸了耸肩。

我还有一件事要办。他想。

---

① Acela，在美国东北部穿梭的火车，服务华盛顿—波士顿—费城一带。

第三十八章

纽约,凌晨四点。

又一个爆发骚乱的夜晚,整个城市彻夜无眠,大口喘着粗气。

原因是贝内特的视频被搬上了荧屏。

暴乱的人从哈莱姆一路闯到百老汇,砸碎了沿途的窗户。先是将哥伦比亚大学和巴纳德学院周围的商店洗劫一空,然后又来到上西区,掀翻汽车,抢劫出租,殴打没有把自己锁在家里的白人。暴徒到处纵火,直到国民警卫队在79街列队,先是橡胶弹示警,然后换成实弹射击。

十三个平民,全是黑人,中枪。其中两人当场死亡。

纽约城并不孤单。

纽瓦克、卡姆登、费城、巴尔的摩、华盛顿特区的游行都演变成了骚乱。夜晚时分——如同火焰的余烬在风中飞舞——骚乱蔓延到了芝加哥、东圣路易斯、堪萨斯城、新奥尔良、休斯敦。

洛杉矶的瓦茨、中南部、康普顿、英格伍德等地随后加入了骚乱的阵营。

国民警卫队已经全员出动,联邦军队进驻洛杉矶、新奥尔良和纽瓦克。迈克尔·贝内特案件引起的骚乱演变成了自罗德尼·金（Rodney King）事件①发生以来最严重的暴乱。这个夏天也成了1960年代以来最漫长、最炎热的。

马龙曾在都柏林之家（Dublin House）的高脚椅上观看了那段视频。

他看到总统出面请求大家冷静。总统发言结束后，马龙进到男洗手间，就着三杯尊美醇，吞下了四粒兴奋剂。

它们会派上用场的。

他知道他们会四处搜寻他。

也许已经去过他的公寓了。

他离开酒吧，钻进了车里——那辆他情有独钟的科迈罗。这是他晋身为警探的时候，送给自己的礼物。

他调大音响的音量，跟着一辆车开往百老汇。开车进城就是一趟梦想破碎之旅。

几十年文明的进步，在白天的愤怒和黑夜的痛哭之中化为乌有。马龙在这些街道上巡逻了十八年，当初，当它们还是贫民窟的荒地时，他就守护着它们，看着它们开花、成长，现在他看着它们又回到了当初那个满是木板床和烧焦的店面的时代。

在内心里，人们仍然心怀希望，饱尝失意。有爱，也有恨，有羞耻之心，也心怀梦想。可惜，梦想此刻已经被搁置。

马龙驱车经过哈密尔顿果蔬店、老大哥理发店、阿波罗药

---

① 在美国第二大城市洛杉矶，4名白人警察殴打黑人青年罗德尼·金的过程被人偶然摄入录像镜头，4名警察遂因刑事罪遭到加州地方法院起诉。一年后，以白人为主的陪审团判决"被告无罪"。判决一出，当地黑人群情激愤，聚众闹事，烧杀抢劫，引发了一场震惊世界的大暴乱。短短几十小时内，54人"阵亡"，2328人受伤，1000多栋建筑物被焚毁。

店、三一教堂墓地和155街上的乌鸦壁画。经过代祷会教堂——但是马龙想，现在代祷已经太晚了——路过瓦吉餐厅，路过建筑圣地、个人圣地、街道上的生活标志。他爱它们，就像丈夫爱着偷情的妻子，父亲爱着任性的孩子。

他开车直奔百老汇。音响里的说唱蹦了出来：

我从不入睡，只因睡眠与死亡相随。
远在智慧的墙外，生命被早已定义。
一想起犯罪，纽约就出现在我脑海。

上一次这个时候开车进城，马龙想：你还和你的兄弟们一起——开怀大笑，互相嘲讽。

结果那一夜，比利与世长辞。

现在，蒙蒂跟走了也没什么两样。

而鲁索，再也不会跟你称兄道弟。

莱文，那个需要你保护的家伙，早已撒手人寰。

而你的家人，让你付出一切的家人，已经离你而去，再也不想见你。

你现在一无所有。

凌晨四点的纽约，是时候被从美梦中唤醒了，也是时候从美梦中醒来了。

他左转上了177街，向西经过华盛顿堡和松树林大道，直行再次左拐，上了港口大道，穿过176街，停在港口大道东边、位于怀特公园的住宅区。马龙见加利纳、特妮丽和奥尔蒂斯从车里钻出来，甚至懒得去隐藏手里的武器——卡宾枪和半自动步枪——径直走进了大楼。

哨兵把他们放了进去。

有什么好奇怪的呢？马龙想，他们现在是一伙儿的。特妮丽做出的这个决定，是个明智的选择。

他接着看到一辆黑色的领航员停在建筑前，卡洛斯·卡斯蒂略从后座上下来。两个枪手跟他一起下来，当他走进去的时候在左右两侧保护着他。马龙驱车沿街向下，离开松树林大道，在一个死胡同的尽头停了下来。

> 当回溯到更早的从前，我解开了谜团，
> 因为纽约的心态，无与伦比。

马龙有一把西格绍尔，一把伯莱塔，脚踝上别着匕首，还有一个闪光雷。

但是，没有比利、鲁索、蒙蒂、莱文，没人再做他的后援。

他套上防弹背心，使劲扎紧，真希望能够看着蒙蒂歪戴着帽子，叼着雪茄，不停地抱怨背心太紧。

他拨了拨胸前的系带，然后从工具箱里拿出开锁工具，穿过公园，来到了卡斯蒂略大楼外的小巷。

他爬上安全梯，来到了屋顶的边缘。

哨兵正看向街的另一边，而且他并不是那么敬业——马龙闻到了大麻的味道。

马龙穿过屋顶。

他用左前臂勒住哨兵的喉咙，把他提了起来。这么近，这么紧，马龙用匕首扎了他后背两下，他都没叫出声。停止挣扎之后，马龙轻轻放倒了他的身体。

没人会在意枪响——整个城市都有零星的枪声，警车已经停止对 10-10①的回应——顽固的独立日党派还在不停燃放焰火。

马龙看着整个市区，满眼都是燃烧着的橘黄色火光和厚重的黑烟在夜空中升腾的景象。

他走向屋顶的那道门。

门锁了。所以他拿出工具，使劲挤压起来。又一次，他希望蒙蒂能够在场，因为这实在太费劲了。但是他持续使劲，锁终于松了，大门敞开。

马龙顺楼梯而下。

最后一次由上至下突袭。他想。

他双手擎着西格绍尔，来到一扇门前，这扇门没锁，通向一条走廊。锈迹斑斑的铁链上挂着一盏昏暗的荧光灯，灯光照在走廊尽头木门外出神的哨兵的脸上。

他的嘴巴形成了一个大大的字母"O"。

大脑传达的信息最终没能到达他的手上，因为马龙朝他开了两枪，他像一床瘫倒的草席一样倒在了门前。

马龙想，这是最后一道门。脑海里回想起比利和莱文的惨状。

那么多该死的门，门那边有那么多敌人，那么多的伤亡。

死去的家人，孩子。

死去的灵魂。

马龙紧贴墙壁，慢慢向门口挪去。

一梭梭子弹冲了出来，很密集。旋转的子弹打碎了门上的木头。马龙痛哭着，叫喊着，脸朝下跌到了地板上。门打开了。

加利纳举着枪，他四处查看威胁，发现脚下的死人之后，扭过头，因为肾上腺素飙升而睁大了眼睛。

马龙一枪射穿了他的胸口，他像陀螺似的倒下，胸口的血液

---

① Fight in progress，有战斗情况。

形成一个小喷泉。枪从他的手里脱落,哗啦啦掉在地上。

更多的子弹打了出来,打碎了马龙头顶的墙壁。

他从地板上滚到墙壁的另一面。这时,一把枪从门口探出头来,搜寻马龙的身影。

马龙拔掉闪光雷上的安全针,把它扔了进去,然后把自己的眼睛埋在了臂弯里。

里面的声音很恐怖,听起来令人作呕。

白光逼出了所有人。

马龙数到五,然后猛然起身,扑向那扇敞开着的门。爆炸让他有点儿失衡,整条腿迟钝得好像喝醉了一样。一个人跌跌撞撞冲了出来,高声尖叫着,脖子上的绿色大手帕着了火,感觉整个脸盘都在燃烧。他抓向自己的嗓子,想要把着火的套索给扯下来,左冲右突,把马龙撞到了地上,马龙的西格绍尔也随之脱手。马龙看不清它掉在哪里,便从腰带上拔出了伯莱塔。奥尔蒂斯看着躺在地上的马龙,举起手里的鲁格。

马龙扭动着屁股,把自己的背靠在墙上,同时开了枪。奥尔蒂斯沉重地吼了一声,然后双膝着地,手里的鲁格还在指向外面。马龙又给了他两枪。奥尔蒂斯脸朝下倒了下来。

身下血流成河。

五十公斤的"黑马"牌海洛因,整齐地码在一排桌子上。卡斯蒂略平静地坐在一张桌子后面,坐在他的毒品后面,就好像迈达斯[①]在清点自己的黄金。

马龙站起身,用伯莱塔指着他。

[①]迈达斯国王统治着一个古老的国家叫佛里几亚,也就是土耳其的中部地区。他大约生活在两千七百年以前。传说中的迈达斯国王特别富裕,能够点物成金。

"我还以为你是卡特。"卡斯蒂略对他说。

马龙摇了摇头:"你杀了我一个兄弟,还有一个脑死亡。"

"我们玩的是危险游戏,"卡斯蒂略说,"我们都知道风险,所以,现在我们要做什么?"

卡斯蒂略在微笑。一种撒旦遇见浮士德的微笑。

快速一瞥,马龙依然知道,所有的"黑马"都在这里。他们刚刚将其分好,要投放到街头,投放到他的王国里。上一次来这里的时候,他做了一个悔恨终生的决定。

现在他说:"你被捕了,你有权利——"

马龙听到两声枪响。

两颗子弹像拳打脚踢似的把他往前推,他脸朝下倒去,但是在碰到地面之前他翻了个身,抬头看到了特妮丽。

他的手指扣动扳机,不间断地朝特妮丽射击。

四颗子弹从低到高击中了她,先是腹股沟,然后是胃,再然后是胸和脖子。

她的黑发抽打着她的脸庞。

她像拍蚊子一样,拍打着脖子上的伤口。然后,她坐在地板上,看着马龙,脸上挂着那副不相信竟然自己即将死去的滑稽表情,好像在说,她不敢相信,自己竟然能蠢得被杀。

她的胸口发出低沉的呱呱声,然后瞳孔放大,也离开了。

马龙强行站了起来。

疼痛难忍。

他大声叫喊着,然后喷出呕吐物。弯下腰,又开始呕吐,然后低头一看,血液从他防弹背心下的伤口流了出来。他捂住伤口,血液从他的指缝中流出,把手指染得通红,血液温热、发黏。

马龙举枪对着卡斯蒂略,扣动扳机。听到金属咔哒声之后,他知道，弹匣空了。

卡斯蒂略开怀大笑。从椅子上站起来，走到马龙跟前。他把手放在马龙的胸前，轻轻一推，马龙就倒了。

马龙四肢着地，像一只动物，一只受了伤、需要被杀死的动物。

卡斯蒂略从夹克里拿出一把手枪，一把光滑的金牛座手枪。

个头不大，威力无穷。

他用枪管抵住马龙的头说："可怜的迭戈。"

马龙没说话，拔出藏在脚踝上的匕首，举起来朝他后背扎了一刀。

手枪发出振聋发聩的嘶吼，但是马龙仍然活在这个充满红光和痛苦的世界里。他站起来，转身，把匕首沿着卡斯蒂路的大腿向上，切断了他的股动脉。

他盯着卡斯蒂略的脸，拔出匕首，然后又插进他的胃里，直到戳穿。

卡斯蒂略张大了嘴巴，发出非人的嘶吼。

马龙拔出匕首，任由卡斯蒂略倒了下去。

他的血液染红了马龙的前胸。

马龙摇摇晃晃来到桌子前，开始将海洛因装进行李袋中。

第三十九章

曾经有一次，孩子们春假期间，马龙带着全家去了新罕布什尔州的怀特山脉①。他们在大峡谷里租了一个河边小屋。一天早上，他早早醒来，打开水龙头放水。水质冰冷，甚至喝起来都有些不太舒服。但是这些水的口感很好，而且很干净，让他欲罢不能。

那是一次完美的旅行，一个完美的假期。

马龙走出大楼，来到了街上，不知何处的音响响起了巴恰塔音乐②。

直升机的螺旋桨在空中转动。

马龙伤痕累累，他感到很口渴，双手拎着袋子，步履蹒跚，从176街向西挪动。血液像罪恶的秘密一样缠绕着他。他穿过街道，跌跌撞撞来到河畔，然后再穿过去，来到一小片树林，被树根绊倒了。

---

① White Mountains，在美国新罕布什尔中北部和缅因州西部，主要山峰以历届总统命名，有"总统峰群"之称。山区大部分处在怀特山国家森林境内，有1600多千米的天然小道和众多野营地，为理想的避暑区。
② Bachata music，发源于多米尼加共和国，无论其音乐还是舞蹈动作，大多温柔婉转、缠绵入骨。

如果就这样躺着，躺在草坪上，伴随着温暖和倦意入眠，那该多好。但是疼痛刺激着他，他明白自己不能待在这里——他有要去的地方——所以，他挣扎着站起来继续移动。

约翰从河里抓了一条鳟鱼，当马龙把鱼放在一个树桩上，准备清理的时候，约翰开始哭起来，因为他看到鱼的内脏流出来的时候，很自责自己杀了这条鱼。

马龙走上了亨利·哈得孙大桥。

一辆汽车大声鸣笛，在他身边来了个急转弯。车窗里传来一声怒吼："找死啊？！"

马龙从北向南穿过车道，继续南行，又来到了一片树林里。穿过树林，他来到了篮球场，拂晓时分，这里显得空荡荡的，甚至都能看到河面。他靠在一根柱子上休息了一下，稳住身子，却又在弯腰的时候吐了起来。

他继续前行，来到树木多的地方，这样他就可以支撑着坚持到河边的几块岩石上。

到达目的地之后，他坐了下来。

拉开行李袋的拉链，拿出一块块海洛因砖。

比利抬头看着他，笑着说："我们有钱了。"

然后大狗咔嚓挣脱了拴着它的铁链。

小狗低声哭泣，真是一帮蠕动的生命。

马龙从警校毕业的那天，是纽约难得的春日。在这个阳光灿烂的日子里，你知道自己哪里也不想去，不想成为任何人，只想享受这个地方，这座城市，这个世界自身的美好。

那时的他，意气风发，风华正茂，心怀希望、骄傲和信仰，相信上帝，相信自己，相信警局，相信使命，想要保护市民的安全，为市民服务。

马龙把匕首插进海洛因砖,在包装塑料上画出一道斜杠,然后扔进了河里,一次,又一次。

那个春日,他站在蓝色的海洋里,里面有他的兄弟姊妹,他的朋友,他的战友。他们的肤色或白或黑,或棕或黄,但是归根到底,他们都穿着蓝色制服。

他们鱼贯而入,立正站好的时候,辛纳屈①正唱着"纽约,纽约"。

这时,他想:我应该打 10-13——警官需要支援。但是,他手头没有无线电,也忘了自己的电话放哪儿了,不过这些都不重要了。因为如果知道求助的人是他,他们根本不会来,即使要来,也不会准时赶到。

你应该早点儿打 10-13,现在已经太晚了。

在白色丝绸的映衬下,克劳德特的黑色皮肤是这个世界上最柔软的地方。这个世界充斥着混凝土和沥青,手铐和监狱,冷酷的话语和更加冷漠的思想。她的皮肤又黑又软又凉,给他无限慰藉。

他清空了一个手提袋,又开始弄起另一个,必须要在沉睡之前把工作做完。

莱文抬头看着他,笑着说"我们有钱了"。

不是比利,也不是利亚姆。

死了很多人。

太多了。

约翰出生的时候,时间很长,但他最终出来的时候,马龙被熬得筋疲力尽,爬上轮床,和妻儿一起睡着了。

---

① Frank Sinatra(1915—1998),美国歌手、影视演员、主持人,被誉为"二十世纪最伟大的艺人"。

然后凯特琳出生的时候，速度快多了。

天哪，好痛。

马龙穿着蓝色的新制服，戴着新警徽、帽子和白手套，母亲和弟弟利亚姆还有塞拉看着他。他希望父亲也能够在这里，能够活着看到这一幕，他肯定会以自己的儿子为荣。尽管他告诉马龙，他不想让自己的儿子过这样的生活，但全家都知道，他的父亲、祖父都知道，这就是他们的生活。他们的所作所为，他们的信仰执念，不管是痛哭还是悲伤，都一如既往。所以，他希望自己的父亲能够看着他宣誓。

  我谨庄严宣誓并声明，我将维护《美国宪法》和《纽约州宪法》，尽我所能，忠实履行纽约市警察局警官的职责，愿上帝助我。

所以帮帮我，上帝。

不，你不会的，你哪有这个义务啊？

疼痛让他肝肠寸断，他在岩石上扭动身体的时候发出痛苦的呻吟。

如同约翰为那条鳟鱼伤心哭泣一样。

马龙流泪了。

空气中弥漫着灰烬的味道，像极了利亚姆牺牲的那一天——灰烬、烟雾、破烂的建筑、破碎的心。

泪水划破了他焦黑的脸庞。

整个城市开始苏醒。

警笛陆续响起来，就像新生的婴儿。

马龙回头看了看自己身后着火的王国，一股烟从火葬的柴堆中升起。

他割开另一个袋子，全部倒进了河里。

然后，他把白色手套扔到了空中，蓝色和白色的彩纸让他的兄弟姊妹们沐浴在狂欢之中。当人群开始欢呼的时候，他们大喊大叫，几乎扯破了嗓子。他知道，这一刻就是他想要的，一直梦想着的。这就是他即将贡献自己的生命、鲜血和灵魂的工作。

内心深处燃起奋斗的火焰。

这是他生命中最荣光的一天。

不对，不是今天，他记起来了。

不是现在，而是当时。

海洛因从天花板上落下，好像屋内在下雪。它们轻轻飘进了比利的伤口，融进了他的血液和静脉，缓解了他的疼痛。比利，还疼吗？

疼痛有没有停止？

一切结束了吗？

开始的时候，我们无法预测结局，就像廉洁无法想象堕落。他只知道，当时的自己，喜爱这份工作。早些年，他或步行，或开车巡逻，看着人们跟自己对望。因为他的存在，无辜的人感觉很安心，有罪的人感觉很不安。

第一次行动，就像第一次做爱一样让他记忆犹新——一个持枪的歹徒抢劫了一位老太太，马龙抓住他之后，把他从街上带走，结果意外发现，他还身背其他十起抢劫案。因为马龙的工作，城市和人们的安全得到了保障。

他喜欢人们指望他提供帮助，从坏人或他们自己手里拯救他们。他喜欢人们向他求助、问询，甚至请他起诉和对其进行赦免。他爱这座城市，爱他保护和服务的人们，爱这份工作。

那时候，他从没想过，那些街道能够让他厌烦，这份工作会让他筋疲力尽。他从没想过，愤怒和悲伤的情绪、死去的尸体、破碎的心、痛苦和愚蠢以及愤世嫉俗会如此折磨他的灵魂，就像钢铁上的石头，钝而不利，只能留下缺口和隐蔽的裂痕。这些裂缝会一直延伸开来，直至钢铁断裂、破碎，直至他明白是谁杀了他的父亲，把他的蓝色夹克扔在一堆脏雪之上。比利躺在地板上，浑身撒满了脏钱，他的身体和血液不断被腐蚀。

马龙的灵魂开始随着新的警徽而闪亮，警徽变成黄金后开始变暗，现在却像深夜一般漆黑。

他把最后一块海洛因砖扔进了河里。

完美。现在这些毒品再也无法在他的街头肆虐。

完成工作，他躺了下来。

父亲在一堆脏雪中去世，利亚姆则被压在燃烧的大楼下，而我躺在陡峭的岩石上，抬头能够看到天空。天空是灰色的，太阳即将升起。

汽笛轰鸣。

无线电在他耳边响个不停。

10-13，10-13，

警官需要支援。

天空泛着鱼肚白，汽笛声消失，无线电变得很安静。他想象自己又开始了自己的第一次行动，去抓捕那个抢劫老太太的犯人。

丹尼·马龙只想做一个好警察。

致谢

很多在职或退休的警官都与我敞开心扉。他们与我分享时间、经验、故事、想法、观点和情感。我亏欠他们很多,但是如果将名字一一列举出来的话,可能会给他们带来不便。相信他们知道我说的是谁。我的谢意无以言表,感谢他们的付出。

这本书源于肖恩·萨勒诺(Shane Salerno)一天早上的电话。他是我的写作伙伴和同事,也是我二十年的密友。他启发性的灵感、创造性的想法、坚持不懈的支持以及不可或缺的笑容,都让我获益匪浅。兄弟,这次经历令人难忘。

我还想谢谢大卫·海菲尔(David Highfill),感谢他把我介绍给莫罗出版社(William Morrow),感谢他对草稿有深度的编辑。

谢谢故事工厂的黛博拉·兰道尔(Deborah Randall)、大卫·科尔(David Koll)、尼克·卡拉罗(Nick Carraro)以及每一个人。

谢谢迈克尔·莫里森（Michael Morrison）、李亚特·斯蒂利克（Liate Stehlik）、林恩·格雷迪（Lynn Grady）、凯特琳·哈里（Kaitlin Harri）、珍妮弗·哈特（Jannifer Hatt）、夏琳·罗斯布鲁姆（Sharyn Rosenblum）、谢尔比·梅兹利克（Shelby Meizlik）、布莱恩·格罗根（Brian Grogan）、丹尼尔·巴特利特（Danielle Bartlet）、朱丽特·夏普兰（Juliette Shapland）、沙曼莎·海格伯姆（Samantha Hagerbaumer）、克洛伊·墨菲特（Chloe Moffett）等人对于本书的热心支持以及付出的努力。

我同样也想感谢制作编辑劳拉·切克斯（Laura Cherkas）和文件编辑劳里·麦基（Laurie McGee）的辛劳付出。

感谢里德利·斯科特（Ridley Scott）、艾玛·沃茨（Emma Watts）、斯蒂夫·艾斯贝尔（Steve Aabell）、迈克尔·舍费尔（Michael Schaefer）以及二十世纪福克斯电影公司，感谢他们在我们成功合作《贩毒集团》的基础上，看到草稿就决定购买本书的电影版权。

谢谢创新艺人经纪公司的马修·斯奈德（Matthew Snyder）和乔·科恩（Joe Cohen）。

谢谢辛西娅·施瓦茨（Synthia Swartz）和伊丽莎白·库舍尔（Elizabeth Kushel）为《野蛮人》和《贩毒集团》的辛劳付出，现在，他们又投身于《行动组》的工作之中。谢谢你们所做的一切。

谢谢我的律师，理查德·海勒（Richard Heller）。

谢谢约翰·奥尔布（John Albu）给我指引方向。

谢谢众多咖啡店里那些友好的家伙们，给我提供咖啡、墨西哥卷饼、汉堡、炸玉米片、墨西哥鱼卷以及各种消遣方式。

感谢马蒂·帕维斯（Matty Pavis）的友好与大方，也谢谢我的斯塔滕岛老乡斯蒂夫·帕维斯,将他的兄弟介绍给我认识。

谢谢鲍勃·露西(Bob Leuci),无论在哪儿,她都是一位公主。

谢谢我的新老读者,谢谢他们多年来的支持与善意。没有他们,我不可能从事我热爱的这份工作。

谢谢我的母亲,奥迪斯·温斯洛,感谢她老人家把前廊借给我用,感谢她多年以来让我在书的海洋里遨游。

谢谢我的儿子,托马斯。谢谢他广博的嘻哈知识以及多年来的耐心陪伴和支持。

当然,也要谢谢我亲爱的妻子,简。谢谢她不懈的支持以及陪伴我一次又一次的旅程。我爱你。